LA GLOIRE DE DINA

Du même auteur

AUX MÊMES ÉDITIONS

La Nuit du Décret
roman, prix Renaudot 1981
collection « Points-Romans », 1982

Gerardo Laïn
roman
collection « Points-Romans », 1982

A PARAÎTRE

La Guitare
roman
collection « Points-Romans », 1984

Le Vent de la nuit
roman, prix des Libraires et
prix des Deux-Magots, 1973
collection « Points-Romans »

CHEZ RENÉ JULLIARD

Tanguy
roman

MICHEL DEL CASTILLO

LA GLOIRE DE DINA

roman

ÉDITIONS DU SEUIL
27, rue Jacob, Paris VIᵉ

ISBN 2-02-006923-7.

© SEPTEMBRE 1984, ÉDITIONS DU SEUIL.

*Pour Sophie et Gérard Drubigny,
en témoigagne d'amitié.*

M. d. C.

I

Il n'y a pas de commencement.

Je pourrais certes faire partir ce récit à l'instant où ma main avait saisi ce volume parmi tous ceux qui, en piles chancelantes, encombraient ma table de chevet. Je vous donnerais à voir, Antoine, sa couverture blanche et glacée, ornée d'une illustration figurant, au bas d'un escalier piranésien dont les marches semblaient tournoyer dans le vide, la silhouette d'un homme, vu de dos, peut être perplexe, comme s'il se demandait où cette spirale de degrés conduisait. Je m'interrogerais pour savoir si le nom de l'auteur, Aldo Casseto, n'avait pas suscité en moi un élan de sympathie bienveillante, comme tout ce qui évoque l'Italie. J'essaierais de me rappeler si le titre, *Une enquête à Syracuse,* m'avait ou non intrigué, moi qui suis né à Palerme. Je vous peindrais ma chambre, dans cette ferme sans caractère où j'avais trouvé refuge à ma sortie de l'hôpital. Je vous dirais comment j'ai dû feuilleter ce volume, m'attardant sur la dédicace autographe où l'estime et l'admiration rituelles s'accompagnaient d'une flagornerie appuyée, comme un clin d'œil équivoque. Je m'attarderais sur l'impression, peut-être désagréable, que l'écriture de l'auteur, étroite et pointue, produisit sur moi : si le mouvement général inclinait à droite, quelques lettres, les premières d'un mot le plus souvent, se détachaient et penchaient à gauche, suggérant la ruse et la dissimulation. Je vous exprimerais mon étonnement, comme je l'éprouvai sans doute ce soir-là, de m'apercevoir, en consultant la liste, du reste brève — trois titres en tout —, des autres ouvrages publiés par Casseto, qu'aucun n'avait paru sous la même signature. (On trouvait Passeto, Belloni, Rosto, tous trois précédés du même prénom,

11

Aldo, comme si le prénom assurait seul la permanence de l'identité.) Je vous dirais enfin ma surprise que les précédents livres eussent paru chez mon éditeur habituel sans que je me souvienne d'en avoir lu aucun, malgré ma faim vorace de lecture, ce qui pouvait signifier, ou qu'ils étaient passés tout à fait inaperçus, ou que je me trouvais éloigné de France lors de leur parution, sans doute en Italie où je séjournais alors régulièrement, de 1960 à 1965. Je conclurais que je n'ai pas pu, ouvrant ce volume, le feuilletant comme je suis accoutumé de le faire avant de plonger dans la lecture, ne pas remarquer que nous avions, Aldo Casseto et moi, bien des points en commun : mêmes origines italiennes, longtemps le même éditeur. C'était suffisant pour que j'éprouve le désir de découvrir cet écrivain dont jusqu'à ce jour j'ignorais l'existence. Mais je ne suis pas certain d'avoir attaché la moindre importance à ces coïncidences, d'ailleurs assez lâches. Il se peut que j'aie tout simplement pris et ouvert ce roman parce qu'aucun autre ne se trouvait à ma portée, que j'aie commencé de le lire en toute innocence.

Je devrais vous dire ma volupté de lecture en ces temps de convalescence où la lassitude du corps renvoyait mon esprit à l'époque de l'adolescence, quand je lisais pour échapper au malheur, fuyant avec une rage forcenée une réalité littéralement insupportable pour une réalité imaginaire. Je vous rendrais sensible, comme elle l'était pour moi, la présence complice de la nuit, les plaintes du mistral dans le tilleul et le platane du jardin, devant l'étroite terrasse qui prolongeait le mas et où, les soirs d'été, nous dressions la table pour le dîner ; le silence des champs autour de la maison, plantés d'arbres fruitiers alignés comme à la parade, leurs maigres branches écartelées sur des fils de fer pour les contraindre à un rendement le plus haut possible ; le canal tout au bout de l'horizon, vers le sud, dissimulé derrière un rideau de saules et de peupliers ; la garrigue ensuite, ainsi que le village, à l'ouest, juché sur la colline et ramassé autour des ruines de l'ancien château ; les Alpilles enfin, délimitant le paysage dans la même direction et dont le profil fermement dessiné se détachait sur le ciel, cependant qu'à l'est la masse tranquille du Ventoux dominait l'ample vallée du Rhône, coupée de haies touffues. Tout ce pays entourait ma lecture, m'enveloppant de sa présence, me berçant de ses mille rumeurs où les abois des chiens répondaient aux rafales du vent. Sur cet océan sonore, la maison voguait, gémissant et craquant comme un vieux rafiot ballotté dans la tempête. Entendant sans les écouter toutes ces voix nocturnes, mes yeux déchiffraient les signes magiques qui recréaient les mondes inconnus.

Je vous ferais alors entendre le rythme de la lecture, sur un tempo tranquille, de marche régulière et paisible — *andante ma non troppo* —, celui-là même de mes promenades de convalescent. Un mot suit un autre mot, une phrase succède à une autre et, calmement, le décor prend forme et relief.

J'entends, dans la chambre voisine, Marc qui s'éveille, se tourne dans son lit, allume sa lampe de chevet, gratte une allumette, se mouche bruyamment. Je l'imagine qui, appuyé sur son coude, abaisse son visage vers le livre qu'il a posé sur le drap. A mes pieds, Zito, le chat roux, lève sa tête et, les yeux clos de volupté, émet un ronronnement régulier. Je reprends ma lecture plus haut, relisant les phrases oubliées, retrouvant la cadence. Il s'agit, vidant l'esprit, de laisser aux mots suggérer, par leur nombre et leur mesure, le tempo qui donnera à la musique toute son ampleur. Un instant rompu, le charme à nouveau opère ; le sortilège des phrases abolit, sans toutefois l'anéantir, la réalité ; tout comme le mélomane perçoit les toussotements et les mouvements des pieds de l'auditoire sans que ces bruits parasites l'arrachent à la fascination du thème et de ses variations, je replonge insensiblement dans l'hypnose du texte et le monde extérieur, par sa présence distante et rassurante, renforce mon attention, focalisée sur ces signes noirs.

Mais voici que, sous le motif premier, un second s'insinue, aux cordes d'abord, dans un ton majeur qui, loin de suggérer la joie ou la victoire, suscite le malaise. Comme des arpèges dissonants, ces quelques notes en cascade irritent mes nerfs. Je ne distingue pas encore ce deuxième thème, recouvert par le motif principal ; je n'en perçois que les présages, qui sonnent à mes oreilles comme des rires sardoniques et moqueurs. A ce moment, j'ai dû arrêter ma lecture, peut-être pour allumer une cigarette, à moins que j'aie seulement changé de position, espérant échapper à cette impression de gêne, d'insidieuse irritation. L'idée a pu traverser mon esprit d'abandonner là cette lecture aigre, rejetant sur le style la responsabilité de cette démangeaison. Je le déduis de ce que j'ai conservé le souvenir très net d'avoir, à un moment que je ne saurais préciser, éprouvé un mouvement de recul devant cette prose discordante. Mais j'ai, dans le même temps, su que je ne lâcherais pas ce livre détestable. Le mouvement s'est accéléré, devenant un *allegro vivace,* non pas gai, ni entraînant, mais sombre et emporté, une sorte de sarabande des enfers, comme si des musiciens fous s'étaient soudain déchaînés, raclant avec un entrain morbide les cordes de leurs violons, accélérant la cadence jusqu'au vertige. Emporté malgré moi par ce motif délirant, je courais de plus en plus vite, bondissant d'une phrase à la suivante, sautant d'un paragraphe à l'autre, sans plus pouvoir me délivrer de ce rythme des abîmes qui fouettait mes yeux, brûlait mes paupières, asséchait ma bouche, cognait à mes tempes, précipitait les battements de mon cœur. Je m'arrêtais une seconde, à bout de souffle, aspirais une bouffée, toussais de nervosité, changeais de position. J'aurais voulu, crois-je me rappeler, appeler à l'aide, et j'ai peut-être songé à réveiller Marc. Il m'aurait certes écouté et réconforté. Mais je savais qu'il valait mieux n'en rien faire. J'ai probablement caressé Zito, l'attirant contre ma poitrine où il aimait à se blottir, m'assenant au menton de petits coups de son crâne pointu. Il n'est pas non plus exclu que j'aie pleuré, non pas d'une abondance de larmes, mais de cette rosée qui mouille les prunelles sans décharger la poitrine. J'étais partagé entre le dégoût, une indicible lassitude de vivre et une folle espérance. J'avais, vous l'avez deviné, reconnu le personnage.

Aux renseignements épars dans le texte et qui, s'accumulant, avaient fini par m'imposer l'évidence : l'existence de deux frères, Aldo et Brunetto, le second de deux ans l'aîné ; la villa d'Anglet, sous la falaise du phare de Biarritz, une de ces maisons tarabiscotées, à échauguettes et tourelles, en meulière dite caverneuse, couleur de cendre, comme en aimait construire, dans son délire néogothique, le XIXe siècle finissant ; maison que j'avais, dans les années que je passai dans la région, si souvent interrogée du regard, cherchant à percer son secret. (Je me rappelais cette nuit d'août où, contemplant, mêlé à la foule des estivants, le feu d'artifice tiré depuis la plage de Biarritz, je m'étais confié à Michel de ce malheur originel et définitif, comme une plaie toujours suintante. Je me remémorais son attention tendue, qui nouait ses muscles, figeait les traits de son visage inachevé. Michel qui, à cette heure de débâcle où tout un passé de fange menaçait de submerger ma vie, eût été le seul être vers qui j'aurais pu me tourner, mais que les hasards de l'existence tenaient éloigné de moi.) La mère, dépeinte par Aldo Casseto comme une belle jeune femme, élégante et frivole, couverte de dettes et n'en dépensant pas moins sa fortune à pleines mains, avec cette frénétique insouciance, cette rage de vivre et de jouir qui caractérisent cette folle époque, les années 1925-1935, où toute une génération, traumatisée par la liturgie de la Grande Guerre, de ses commémorations austères et endeuillées, courait les routes dans des bolides épurés, fuyait le sommeil en dansant le charleston, se pâmait dans les langueurs morbides du tango, jetait son argent sur les tapis verts de Deauville et de Monte-Carlo, titillait l'opium et la cocaïne, s'enivrait d'une poésie hermétique, s'aventurait avec Carco dans les faubourgs, s'entassait dans les cabarets pour entendre les lamentations des ruisseaux. Cette Dina qu'Aldo et Brunetto n'avaient point connue, qu'ils avaient rêvée à partir des rares confidences des demoiselles Jeantet, lesquelles, à leur tour, ne savaient de leur voisine que cette légende de faste et de prodigalité, si bien que les rêves fous de ces deux orphelins s'étaient nourris des imaginations et des répulsions des deux vieilles filles, engendrant une Dina fantastique, un monstre de gloire et de cruauté dont même la beauté paraissait suspecte, gitane ou juive, trop noire de cheveux, trop mate de peau, trop imprévisible pour être honnête, une beauté, comme celle de Carmen, fatale et quelque peu démoniaque. Sans avoir vu *l'Ange bleu,* ces deux vieilles filles timorées caressaient la silhouette de la femme sans foi ni loi dont les maléfices avilissaient les hommes. C'est que le mythe, Antoine, hantait les esprits du temps, obsédés par leur propre déchéance, la souhaitant presque pour les soulager de cette tension qui les consumait. Comment du reste ces femmes sans imagination ni expérience eussent-elles pu s'expliquer autrement que par une perversion du cœur le fait que Dina ait pu se désintéresser, puis oublier ces deux garçons beaux et intelligents qu'elle avait confiés à leur garde ? Un si monstrueux dévoiement de l'instinct maternel devait, à leurs yeux, avoir une cause plus profonde que la noirceur d'un caractère ; il témoignait d'une ténèbre plus originelle, celle-là même d'une race maudite et rongée de haines séculaires. Dina devait être juive comme Dreyfus devait avoir trahi : parce que le parjure, la perversion du sens moral, la trahison appartiennent de toute éternité au Juif. Dans les mythes de l'époque, les demoiselles Jeantet trouvaient, avec l'image de la femme fatale, celle du Juif. C'est avec ces matériaux, les seuls qui fussent à leur portée, qu'elles tissaient la légende de Dina, cette femme qu'elles avaient d'abord admirée, aimée avant que de la haïr. Ce sont ces images imprécises et funestes qu'à coups de confidences arrachées, de remarques jetées en passant, de sourires apitoyés, les deux demoiselles gravèrent dans l'esprit des deux garçons ; images d'or et de soufre que je trouvais dans le texte d'Aldo Casseto, exprimant ce mélange de haine et d'adoration, de désespoir et d'attente où je ne pouvais pas ne pas reconnaître mes propres sentiments. Si bien que ce roman me tendait un miroir où je contemplais mon image, mais, comme c'est le cas dans ces baraques de foire, grotesque et déformée.

Aldo Casseto n'avait pu se dégager de la toile gluante où il continuait de s'ébattre ; il ne lui avait pas été accordé de confronter les figures de son rêve à celles de la réalité. Il demeurait, depuis ce jour où Dina, appelée à Palerme pour une affaire urgente, l'avait, ainsi que son aîné Brunetto, confié à la garde des demoiselles Jeantet, sans que d'ailleurs il en éprouvât autre chose que le chagrin habituel de ces séparations auxquelles il était accoutumé — et chaque fois Dina était venue les reprendre, les bras chargés de cadeaux, les yeux mouillés d'émotion —, il demeurait, depuis ce jour, plongé dans l'hébétude, partagé entre le ressentiment et le doute — au sens le plus juste : écartelé. Comme je l'avais été moi-même dans mon adolescence, de neuf à vingt ans, dans l'incapacité de me résigner à la réalité et condamné à bâtir des romans pour échapper à la folie.

L'avais-je donc, ce demi-frère, reconnu grâce aux renseignements contenus dans son livre et qui, par leur précision, ne laissaient aucune place au doute ? Ne serait-ce pas plutôt le son de sa voix qui m'a d'abord alerté, me causant ce vague malaise dont je vous ai parlé ?

Un ton où j'ai aussitôt reconnu la musique qui avait accompagné mon enfance. Faite d'abord de l'obsédante répétition des pronoms personnels — moi-je — chaque fois flanqués d'une épithète flatteuse, le plus souvent au superlatif ; de la monotone litanie des vertus et des qualités, évidemment éminentes et même extraordinaires. Sous la plume d'un autre, cet étalage candide, dépourvu de la moindre ironie, m'eût fait sourire, comme font sourire les déclamations des enfants. Aldo Casseto m'apparaissait en effet, dans sa prose égocentrique et narcissique, gonflé de vanité, comme un gosse vantard et fabulateur, dissimulant sa faiblesse derrière la récitation fastidieuse de ses talents. Car, comment croire qu'il pût être tout ce qu'il prétendait être ? : pianiste aussi virtuose et inspiré que Rubinstein, cumulant, de Londres à Istanbul, les succès les plus éclatants ; compositeur moderniste dont les opéras, représentés à la Scala de Milan, remportaient des triomphes et suscitaient l'enthousiasme de la critique musicale ; génial physicien, collaborateur et ami d'Oppenheimer qui, dans une lettre complaisamment citée, saluait la lumineuse intelligence de son élève ; linguiste émérite, parlant et écrivant dix langues, du suédois au russe, de l'arabe au turc ; parfait homme du monde, habitué des palaces internationaux et ne quittant le *Savoy* de Londres que pour le *Vierjahreszeiten* de Munich ; séduisant toutes les femmes,

19

cela va de soi, et d'abord les plus riches, la fille notamment d'un ancien ministre du Troisième Reich, épousée à Anvers, et dont il aurait eu un fils, âgé de vingt ans et étudiant à Cambridge —, comment croire à ce personnage tout droit sorti d'un roman de Paul Morand ? D'autant que, sans craindre de ternir cette image glorieuse, l'auteur se lamentait sur ses infortunes, attribuant à de mystérieux adversaires, à d'obscures machinations ourdies par des envieux, les malheurs qui fondaient sur lui, le précipitant d'une suite princière du *Ritz* de Madrid dans une geôle sordide, d'une villa à la D'Annunzio sur les hauteurs d'Anacapri dans une prison napolitaine, sans qu'il fût possible de seulement deviner les motifs de ces procédures minables où, la main sur le cœur, Aldo Casseto clamait son innocence d'une voix de théâtre, toute secouée de nobles sanglots. Ainsi livrait-il, dans sa candeur, une part de ses secrets qu'on pressentait misérables.

J'aurais souri, en d'autres circonstances, de ces inventions pitoyables si je n'avais deviné, derrière l'exaltation narcissique, une existence précaire, d'expédients louches, de médiocres duperies, de promiscuités suspectes, qui m'incitait à la pitié. Ses excuses, je ne les connaissais que trop ; elles apparaissaient dans la trame même du récit ; aucun lecteur averti n'aurait pu ne pas les voir. C'était d'abord le délire de l'incertitude, de l'homme privé de toute identité, sans même un nom auquel s'accrocher puisque son père n'avait pas pu, ni peut-être même souhaité, le reconnaître ; sans non plus une patrie — né en Sicile de parents italiens, élevé par deux Françaises qui n'avaient pu, malgré tous leurs efforts, l'adopter ; sans une image claire de ceux qui l'avaient engendré, se persuadant un jour qu'ils étaient des nobles, l'autre qu'ils étaient des Juifs honteux de leurs origines : Aldo flottait dans sa vie comme ces personnages de Pirandello qui ne savent plus s'ils sont des fous rêvant qu'ils sont rois ou des rois égarés dans leur délire, devenant l'un et l'autre tour à tour, condamnés à errer sans fin dans le labyrinthe de leurs songes. Ne sachant plus s'ils mentent quand ils avouent ou s'ils disent le vrai en mentant, mensonge et réalité se mêlant, se confondant dans leur esprit halluciné. Et comment échapper à l'hallucination si la réalité devient elle-même hallucinée ? Or, comment Aldo Casseto eût-il pu se résigner au cauchemar de son enfance et admettre l'inacceptable ? Il devait d'une part admirer des parents qu'on lui peignait jeunes, riches, pleins de charme et de séduction, élégants et désinvoltes, deux créatures solaires, comblées de tous les dons ; il devait, dans le même mouvement, haïr en eux les artisans de son malheur, deux monstres qui l'avaient, en l'abandonnant, en l'oubliant, rejeté dans le néant. Il était tout en eux, il participait de leur gloire ; par eux encore, il était rien, moins qu'un orphelin : le rejeton délaissé d'une race maudite.

Tout le livre reproduisait, jusque dans l'alternance de ses épisodes, glorieux les uns, sordides les autres, ce balancement. Les protestations d'innocence, les accusations vagues formulées contre des adversaires jamais désignés, mais dotés d'une redoutable puissance, sonnaient comme les appels d'un qui se noie. N'était-il pas, dans les faits, victime d'une incompréhensible machination ? Délirait-il en s'imaginant entouré d'adversaires décidés à l'empêcher d'accéder au bonheur ? Ils existaient bel et bien, ils vivaient en lui, le vidant de sa substance : ils s'appelaient Dina et Carlino. Leur fantastique puissance venait de ce qu'il ne les connaissait pas. Ils paraissaient d'autant plus terribles qu'ils demeuraient cachés.

Tout le roman, vous le savez, relate la longue quête du père, ce Carlino Casseto qui se terre, depuis plus de vingt ans, dans sa propriété des environs de Syracuse, sans voir personne et entouré seulement d'une poignée de domestiques, dont l'intendant du domaine, Falco.

Toute la première partie de sa vie, jusqu'à l'âge de vingt-trois ou vingt-quatre ans, Aldo l'emploie à se recréer une identité. Puisque le hasard de son abandon l'a fait français, il deviendra français, raflant à l'école puis au lycée les premiers prix et les mentions, voué en quelque sorte au génie par l'éclat de ses géniteurs. A Dina, fine musicienne, il doit de devenir un virtuose du piano et il tient sous son charme les demoiselles Jeantet, qui se pressent craintivement autour de l'instrument, regardant, fascinées, les doigts courir sur le clavier, écoutant la maison s'emplir d'une musique qui les oppresse et les transporte. Ce bel adolescent au regard farouche, au sourire enjôleur, elles ne l'ont pas rejeté, doutant, dans un premier temps, que Dina l'eût pour

de bon délaissé. N'a-t-elle pas, les cinq premières années, réglé, sinon ponctuellement du moins intégralement, la pension de ses fils ? n'a-t-elle pas envoyé des lettres pathétiques pour tenter d'expliquer son absence prolongée, accusant sa mère et son beau-père de la retenir de force en Sicile, multipliant les allusions à d'iniques procédures ayant pour but de la dépouiller de sa fortune ? n'envoie-t-elle pas, pour Noël, aux anniversaires d'Aldo et de Brunetto, des cadeaux aussi dispendieux qu'inutiles ? ne cesse-t-elle pas de les couvrir toutes deux d'éloges, de remerciements, leur jurant une « éternelle reconnaissance » ? Et ces lettres éloquentes, plusieurs feuillets remplis d'une écriture ample et arrondie, que l'une des demoiselles Jeantet lit aux enfants le soir, sous la suspension à pendeloques de la salle à manger, près de la fenêtre ouverte sur le jardin d'où, quelques années auparavant, elles regardaient Dina s'asseoir au volant de sa Bugatti, ces messages pathétiques ne disent-ils pas la certitude d'un prompt retour ? Pourquoi ces femmes au cœur simple douteraient-elles ? Dina est toujours revenue, sa villa, voisine de la leur, l'attend. Elle se plaint d'être séparée de ses fils, elle s'inquiète de leur santé et de leurs études, elle les exhorte à bien travailler et à ne pas négliger leur piano : n'est-ce pas la preuve qu'elle les aime ?

J'entends votre question, Antoine : les choses se sont-elles bien passées comme je le dis ? Nous ne le saurons jamais avec certitude. J'ai cependant l'intime conviction, et vous admettrez que je ne suis pas le plus mal placé, que si les demoiselles Jeantet ont gardé les enfants, c'est qu'elles ont un assez long temps — quatre, cinq ans probablement — conservé la foi en leur mère. Dina du reste était trop intuitive, trop intelligente pour purement et simplement se débarrasser de ses enfants.

Elle n'aurait, pour commencer, pas supporté d'apparaître à ses propres yeux comme une mère indigne. Elle était trop dévouée à son propre culte pour descendre du piédestal où elle se maintenait hissée. Il lui fallait des infortunes éclatantes, des malheurs insignes qui, la constituant en victime, excuseraient son geste. Ensuite, si elle avait, du jour au lendemain, cessé de régler la pension, d'envoyer des cadeaux et des lettres, les demoiselles Jeantet, alertées, n'eussent pas manqué de s'agiter, pressant le consulat d'Italie d'intervenir, en appelant à l'ambassadeur, au Quai-d'Orsay même. Dina ne redoutait rien tant que ce vacarme. J'en déduis qu'elle a fait du temps son plus sûr allié, endormant la défiance des deux demoiselles, jouant tantôt de sa séduction, tantôt de ses malheurs. Mieux : je parierais qu'elle est plusieurs fois revenue à Anglet, reprenant pour un temps ses fils, sanglotant à chaque nouvelle séparation, aussi sincère dans son désespoir que dans ses calculs. Elle ne *voulait* pas, comprenez-vous, abandonner ses enfants, comme elle n'a rien voulu de tout le mal qu'elle a causé dans sa vie. Elle aurait peut-être souhaité, si elle avait osé s'avouer ses désirs secrets, que ses fils lui fussent arrachés, qu'un « destin impitoyable » les lui enlevât, la laissant à la fois libre et agrandie par le malheur.

C'est un tort d'imaginer que les méchants veulent le mal : ils ne désirent le plus souvent que la jouissance ; c'est pour l'obtenir qu'ils consentent à causer la souffrance d'un innocent. Mis devant la responsabilité de leurs actions, ils ne comprennent le plus souvent pas ce qu'on leur reproche, car ils n'ont pas eu conscience de commettre l'horreur. N'avez-vous pas, dans votre pratique du barreau, rencontré de ces inconscients, naïvement persuadés de leur innocence ? On leur montre le sang, ils détournent la tête avec une moue de dégoût : ils se considèrent pacifiques, le crime n'aura été pour eux qu'un fâcheux accident. Dina voulait trop exclusivement son bonheur pour ne pas fuir le remords : tout son effort a dû tendre à se l'éviter. Elle aura fini par se persuader que la responsabilité en incombait à d'autres, à sa mère, à son beau-père, à mon père, qui la privaient cruellement de la présence de ses fils. Convaincue, elle n'aura pas eu de mal à convaincre deux vieilles filles droites et craintives qui se sont probablement fait un devoir de rassurer cette mère éplorée, de la consoler, de l'assurer de leur appui. Le temps aura coulé, les lettres se seront espacées, les cadeaux auront manqué aux enfants sans qu'ils comprennent le sens de ce silence brutal. La guerre a éclaté, empêchant les demoiselles de réagir, entretenant en elles un ultime espoir : ne fallait-il pas rendre cet orage responsable de l'incompréhensible disparition de Dina ? peut-être gisait-elle dans une geôle fasciste ? ou bien était-elle exilée dans une de ces îles où le Duce reléguait ses adversaires politiques ? à moins qu'elle fût, comme Juive, enfermée dans un camp ? La guerre s'achèverait, Dina reparaîtrait alors dans sa Bugatti décapotable, elle marcherait sur le gravier de l'allée, coiffée d'une de ces amples capelines qu'elle affectionnait. Combien de nuits, avant de sombrer dans le sommeil, les deux frères ont-ils dû se réciter ce conte, tendant l'oreille vers le jardin rempli de l'écho des marées, s'imaginant entendre le ronflement d'un moteur d'automobile, se persuadant qu'ils distinguaient dans l'obscurité la claire silhouette d'une robe évasée, croyant entendre la voix adorée : « Aldo ! Brunetto ! »

Je sais, Antoine, comment les enfants s'y prennent pour tromper l'attente sans espoir ; quels fantômes ils suscitent pour faire reculer l'horreur ; je sais la vertigineuse tristesse qui suit ces veilles hallucinées, quand le jour qui se lève ressemble à tous les autres jours, qu'il faudra dissimuler sa déception, relever le menton, durcir le regard. Un gosse que la mort rend d'un coup orphelin, il coule certes dans l'abîme, il est précipité dans la nuit de l'absence ; mais un enfant qui, jour après jour, espère, fixe le portail, tressaille dès que retentit la sonnette ; qui, délaissant ses jeux, se dresse brusquement en apercevant une silhouette, prêt à bondir...

La paix est revenue sans que soit rompu le silence où Dina désormais se cache. Les demoiselles comprennent enfin qu'il est vain d'espérer ; sans illusions, elles entreprennent des démarches qui restent sans résultat : Dina Lavanti a disparu sans laisser de traces, comme des millions d'autres. Se séparer maintenant des enfants qui ont quatorze, douze ans ? Les pieuses filles ne pourraient s'y résigner ; elles n'y songent d'ailleurs pas. Qui sait si leur mère n'est pas morte ? Dieu confie à leur garde ces deux orphelins qu'elles ne peuvent s'empêcher de considérer avec un mélange d'admiration et de crainte, comme si elles se sentaient mystérieusement écrasées par l'évidence de leurs dons ; Aldo surtout, si élégant, si naturellement séduisant, si conforme enfin à leurs rêves secrets : l'Homme tel qu'il leur apparaissait dans leurs songes de jeunesse, mélange de délicatesse et de cynisme, de nonchalance et de dureté. Calées au fond de leurs fauteuils, dans la salle à manger ouverte sur le jardin où s'épuisent les grondements de la mer, elles le boivent des yeux alors que, sa belle tête penchée au-dessus de l'instrument, laissant négligemment courir ses doigts sur le clavier, il les enveloppe de musiques déliquescentes. Comment pourraient-elles, profanes éblouies, juger de son jeu, ni soupçonner que l'habile magicien escamote les difficultés en les diluant derrière des architectures sonores aussi creuses qu'imposantes ? Elles en croient d'abord leurs yeux et leurs oreilles, séduits par l'agilité des doigts, par cette profusion de notes et d'accords ; elles font confiance au témoignage de leurs rares amies, aussi simples et confiantes qu'elles-mêmes mais, parce que plus infatuées, davantage assurées dans leurs jugements. De s'entendre répéter : « Ce garçon est un génie, il a l'étoffe d'un virtuose », les demoiselles Jeantet finiront par s'en persuader. La réputation de leur Aldo flatte trop leur vanité pour qu'elles songent jamais à la mettre en doute. Obstinément, elles accorderont leur foi à ceux qui partagent leur enthousiasme, refusant d'entendre ceux qui émettent des réserves ou osent avancer que, certes, l'adolescent possède un beau talent musical, mais qu'il conviendrait peut-être de l'astreindre à une plus stricte discipline. Elles finiront même par suspecter ces critiques de n'être que des envieux, secrètement mortifiés par la révélation du génie. Car ce front haut et dégagé, coiffé d'une abondante chevelure d'un noir de jais, cette figure aux traits finement ciselés, cette bouche charnue qui prodigue des sourires caressants, ce regard surtout, lourd d'une mélancolie rêveuse : c'est, à leurs yeux, le masque même du génie. Nul ne résiste à l'éloquence passionnée d'Aldo, qui donne à voir des continents inconnus ; au charme de cette voix assourdie, d'une gravité insidieuse comme une caresse. Aldo est devenu, au fil des ans, le fils de leurs songes, le Prince des chimères, l'idole qu'elles vénèrent et devant laquelle les deux vieilles filles se prosternent — l'Homme, l'unique. Que dans sa généreuse candeur — « Aldo ne voit pas le Mal, il se fait gruger par le premier venu » —, il se laisse entraîner dans des mésaventures fâcheuses (un ami dans le besoin lui a emprunté de l'argent, puis a disparu sans laisser d'adresse ; un inconnu lui a volé, dans le train, son portefeuille ; Aldo a le plus urgent besoin d'une somme rondelette pour mettre sur pied une association mirifique), ces incidents, loin d'entamer leur vénération, la renforceront au contraire. N'est-ce pas la preuve que, plus désarmé, plus crédule, il a davantage besoin de leur protection ? Elles le suivront donc, toujours prêtes à lui inventer des excuses, à croire, contre l'évidence même, ses fables minables, incapables de lui retirer leur amour, qui se confond avec leur existence même.

Rien ne me prouve que les choses se soient passées comme je vous les décris ? J'en conviens. Cela se cache pourtant dans la trame du roman d'Aldo Casseto, dans la façon désinvolte dont il parle de ses « mères adoptives », comme s'il lui paraissait inutile de se mettre en frais pour elles, assuré de leur dévotion tremblante. Il ne se préoccupe pas de dépenser pour elles son éloquence, se contentant de les saluer au passage d'un geste nonchalant, qui en remontre sur le mépris qu'elles lui inspirent. Ce faible déteste les faibles, et il ne songe certes pas à s'accuser d'avoir dupé ses mères adoptives : il sait trop qu'il leur a procuré tout le bonheur qu'elles désiraient : le bonheur de se dévouer à un homme. Il se sent donc quitte envers elles. Peut-être les plaint-il, mais de la même pitié qu'il déverse sur lui-même : comme lui, les demoiselles Jeantet ont été victimes d'un vide.

Est-ce pour lui, par amour de lui, qu'elles ont consenti à assumer les frais de son éducation, insistant pour qu'il poursuive des études universitaires après qu'il eut passé son bachot à Bordeaux ? (Son professeur de français en terminale s'appelait Roland Barthes : pouvait-il, Aldo Casseto, en avoir un autre ?) N'était-ce pas plutôt pour elles, pour assouvir un rêve de promotion sociale, se hisser, par lui et avec lui, au sommet de la hiérarchie sociale ? La majorité des parents agissent pour les mêmes inavouables motifs, je vous l'accorde volontiers. Ce qu'on accepte de ses parents, le pardonne-t-on à des étrangers ?

A partir de cette époque — Aldo a un peu plus de vingt ans —, sa biographie devient d'ailleurs fort imprécise. Je n'ai pas pu, malgré mes recherches, retrouver trace d'aucune inscription dans une université française. Lui-même fait preuve d'une surprenante discrétion, ne fournissant nulle précision sur la nature exacte des études entreprises, sauf à claironner qu'il aurait obtenu son doctorat de physique nucléaire à la très prestigieuse université d'Uppsala, en Suède, avant d'aller rejoindre Oppenheimer aux Etats-Unis pour participer à ses recherches, sous le nom d'Aldo Rosto, qui semble alors avoir été le sien.

Si les études universitaires, la thèse de doctorat brillamment soutenue à Uppsala, la collaboration avec Oppenheimer peuvent être mises en doute, faute de la moindre preuve irréfutable, excepté cette lettre d'Oppenheimer que vous connaissez, qui figure dans le dossier et sur laquelle je reviendrai, un fait est avéré : Aldo Rosto se trouvait, en 1957-1958, à Sidi-bel-Abbès, engagé dans la Légion. Un témoin digne de foi l'y a rencontré, lui a parlé, un homme qui le connaissait depuis l'enfance : Régis. Comme Aldo, né en 1927, avait alors vingt-neuf, trente ans et qu'il se trouvait depuis probablement déjà des années dans la Légion au moment de cette rencontre, il semble tout à fait exclu qu'en six ans il ait pu, malgré ses dons exceptionnels, achever ses études universitaires, rédiger sa thèse en Suède, travailler auprès d'Oppenheimer aux Etats-Unis.

La Légion a été d'ailleurs la seule expérience décisive de sa jeunesse, puisqu'il lui a consacré un livre, son premier roman, alors que ni la Suède ni l'Amérique ne lui ont inspiré la moindre ligne, fût-ce une remarque incidente. Il faut donc, sur ce point, corriger sa biographie en s'en tenant, faute de mieux, aux hypothèses les plus plausibles : il a ou n'a pas — éventualité pour moi la plus probable — décroché son baccalauréat ; il traîne à Bordeaux ou à Paris, peut-être sous le prétexte de perfectionner son piano avant d'entreprendre une carrière de virtuose ; les demoiselles Jeantet l'aident, plus persuadées que jamais de son génie, mais les sommes que ces femmes lui font parvenir ne suffisent pas à ce grand seigneur fastueux et dispendieux ; il connaît sans doute des « ennuis » qui le décident à s'engager dans la Légion.

Pour lui, la raison qu'il donne de son engagement est l'incertitude de son état civil. Il semblerait en effet que Dina et Carlino l'aient inscrit, ainsi que son frère, au consulat italien sous le patronyme de Rosto, qui pourrait bien avoir été celui de l'un des domestiques de Carlino. Aldo était par conséquent citoyen italien. Il aurait dû effectuer son service militaire en Italie, n'eût été son désir de demeurer dans le pays où il avait toujours vécu et où il entendait se fixer — souhait qu'on ne comprend que trop bien, si l'on songe qu'il avait fait ses études en français et parlait fort mal l'italien, comme me l'ont confirmé plusieurs de ses amis. C'est donc un fait que sa situation juridique était des plus embrouillées, point sur lequel, tout au long de son récit, Aldo ne manque pas d'insister. Qu'il se soit engagé dans la Légion dans le dessein de régulariser sa situation, cela paraît vraisemblable. A-t-il auparavant entrepris des études universitaires ? Ce n'est pas non plus exclu.

De cet imbroglio pirandellien, il a cependant très vite su tirer parti. L'on voit dans le dossier plusieurs pièces où il proteste avec éloquence de son innocence, arguant qu'on le confond avec un homonyme qui serait le véritable coupable des délits pour lesquels on le poursuit. Pour ajouter à la confusion, il changera deux ou trois fois de nom, jouant en virtuose des incertitudes de son état civil.

Quant à la nature de ses « ennuis », vous les connaissez, Antoine, mieux que personne, vous qui l'avez souvent défendu devant ses juges. Faux et usage de faux, escroqueries diverses, chèques sans provision, escroquerie au mariage, grivèlerie : une délinquance de beau parleur, de fabulateur dont les victimes se recrutaient surtout dans la classe moyenne qu'éblouissaient la faconde du personnage, son élégance de bon ton, le prestige de ses « relations ».

Il les rencontrait dans les bars des grands hôtels, dans les boîtes de nuit à la mode, aux stations de sports d'hiver, à Portofino, à Capri, ou autour de la piscine de La Mamounia, à Marrakech. Industriels de province, gros commerçants enrichis, médecins ou avocats, Aldo les abordait, les éblouissait par sa munificence, insistant pour payer, les invitant dans les meilleurs restaurants, les amusant par sa verve, jamais à court d'anecdotes piquantes, d'histoires grivoises, de souvenirs pittoresques. Il semblait avoir tout vu, tout connu. Il pouvait évoquer — et avec quelle suggestive éloquence ! — les bars louches d'Alger à la veille de l'indépendance, les bas-fonds de New York, les quartiers interlopes de Sidney ou de San Francisco, les maisons de thé de Kyoto et les cabines de massages de Bangkok. Sans insister et comme en passant, il jetait deux ou trois noms de célébrités dont il laissait deviner, avec cependant une délicate modestie, qu'il était l'intime.

Mis avec une élégance nonchalante et comme négligée, s'exprimant dans une langue châtiée émaillée de tournures argotiques, désinvolte dans ses manières, avec, parfois, des goujateries d'homme du monde qui se moque des conventions, disert et cynique, buvant sec, aimant la bonne chère, amateur de grands crus, affectant une indifférence de bon ton pour l'argent qu'il distribuait à pleines mains, avec même une imperceptible nuance de mépris, Aldo suscitait la curiosité, attirait la sympathie.

Il s'entourait, pour tout ce qui touchait sa vie professionnelle, d'un halo de mystère où chacun pouvait mettre ses propres rêveries. Insistait-on, il répondait vaguement qu'il était « dans les affaires », évoquait ses déplacements fréquents au Moyen-Orient, glissait un mot sur ses amis saoudiens, contait une anecdote sur l'un de ses associés, un magnat du pétrole du Koweït, faisant aussitôt surgir dans l'esprit de ses interlocuteurs des palais coiffés de dômes d'or, des écuries de Rolls-Royce. Il se montrait d'ailleurs, malgré ses hautes fréquentations, d'une parfaite simplicité, absolument dénué de snobisme, indifférent au prestige comme à la fortune, un aristocrate jetant sur ce monde vulgaire et frénétique un regard d'une ironie détachée. Avec cela, sachant manier la flatterie. Mais qui se plaint de la lourdeur d'un compliment quand celui qui le distribue apparaît comme un homme supérieur ? On se sentait tout ému, au contraire, d'avoir su s'attirer la confiance et l'amitié d'un pareil personnage. Car on en arrivait vite aux protestations d'amitié, grâce aux femmes, aux épouses surtout, séduites par cet homme de toute évidence exceptionnel et qui pourtant semblait bien seul, meurtri sans doute par des expériences malheureuses, comme elles le devinaient finement aux rares allusions qu'il faisait à ses deux mariages, aux tracasseries du divorce.

Quand, tard dans la nuit, après une soirée passée dans un restaurant élégant et dans l'une des boîtes de nuit de l'endroit, Aldo Casseto offrait à ses nouveaux amis un dernier verre au bar de l'hôtel, presque désert déjà — deux ou trois couples seulement, blottis dans une pénombre feutrée ; quand, d'un air distrait, il se dirigeait vers le piano, posait son verre sur l'instrument, laissait distraitement et comme rêveusement courir ses doigts sur le clavier, égrenait les arpèges d'un nocturne de Chopin, qu'il fermait ses yeux, comme pour s'abîmer dans ses souvenirs, écoutant la phrase mélancolique dont il faisait ressortir chaque nuance, le plus léger accent ; que le barman s'appuyait au comptoir, que les clients venaient se rassembler autour de l'instrument, applaudissant à tout rompre, le priant de jouer encore ; quand, une heure ou deux, cédant à leurs insistantes pressions, Aldo continuait de jouer, son beau visage rongé par la pénombre, de Falla à Bach et à Beethoven —, ils ne doutaient plus d'avoir vécu un moment de parfait bonheur. Se glissant dans leur lit, les épouses continuaient de rêver de cet homme si romanesque, si malheureux sans doute malgré sa fortune, sa position sociale. De leur côté, les hommes se sentaient remplis de fierté, comme si les succès de leur ami avaient rejailli sur eux.

Comment, le lendemain, eussent-ils refusé de rendre à cet ami exceptionnel un service qu'il ne leur demandait d'ailleurs pas, refusant au contraire leurs propositions avec une délicatesse qui témoignait de son intégrité ? Du reste, il s'agissait d'une somme insignifiante, si l'on considère la position de l'intéressé : vingt mille dollars, une bagatelle. Aldo Casseto détenait un chèque sur une banque du Koweït que les banques locales refusaient d'honorer. Or, il devait absolument se trouver le lendemain à Rome pour une conférence fort importante : il risquait donc, à cause de la sottise d'un banquier, de manquer son rendez-vous et, détail plus fâcheux, de manquer du même coup une affaire de près d'un million de dollars. C'était à mourir de rire vraiment ! L'époque, décidément, offrait un spectacle des plus comiques : des jets, des télex, des téléphones et des télévisions d'une part, des formulaires et des papiers de l'autre. Il ne pouvait être question, protestaient ses nouveaux amis, qu'il manquât, pour une somme ridicule, une affaire d'une telle envergure. A quoi d'ailleurs servirait l'amitié si elle devait s'effacer devant un ennui ? Mais Aldo, d'une voix émue, persistait encore dans son refus. Non, non, il ne pouvait y consentir ! A tout le moins, il les suppliait de prendre son chèque qu'ils encaisseraient dès leur retour à Zurich. On se félicitait, on se congratulait, on prenait un dernier repas ensemble, on se séparait à l'aéroport en se jurant de se revoir bientôt ; et, à l'instant où l'appareil quittait le sol, les yeux de l'épouse luisaient étrangement cependant que le mari murmurait, ému : « Quel homme extraordinaire, tu ne trouves pas ? Je suis très heureux de l'avoir connu, vraiment très heureux. » Le chèque était faux, bien entendu, et le couple

31

n'entendait plus jamais parler de leur fastueux et talentueux ami. Passant de la ferveur à la rage, les dupes d'Aldo finissaient, souvent avec un grand retard, comme si elles répugnaient à admettre qu'elles avaient été victimes d'un escroc, par déposer plainte, une de plus dans l'énorme dossier rempli de procès-verbaux, de comptes rendus d'audience, de jugements, de fiches de police, d'avis de recherche, que j'ai compulsé avec vous, Antoine.

Examinant ce dossier, j'ai du reste été saisi d'un sentiment d'accablement. Quelle monotonie dans l'existence d'un escroc ! Quelle absence d'invention dans cette suite fastidieuse d'expédients médiocres, de procédés minables et de fuites honteuses ! Pour la délinquance comme pour l'art, ce qui manque le plus c'est le génie. On trouve dans le vice la même routine que dans la vertu des bigots, une identique étroitesse, comme si les délits résultaient moins des calculs que des compulsions maniaques.

Je m'étonne qu'un caractère comme Aldo qui, sans être le génie qu'il croyait être et que les demoiselles Jeantet lui reconnaissaient, n'en possédait pas moins des talents évidents et une intelligence très au-dessus de la moyenne, je m'étonne qu'un pareil homme ait eu recours à des procédés si pitoyables, qui l'acculaient à une fuite éperdue. On le suit en effet d'un pays à l'autre, de Vienne à Berlin, de Bruxelles à Madrid, de Paris à Rome, et, chaque fois, on le retrouve en prison, tombant d'une geôle dans une autre, protestant toujours de son innocence, criant au complot, à la machination. Je songe également, si l'on additionne toutes ces condamnations, au nombre d'années, une dizaine environ, qu'Aldo Casseto aura passées derrière des barreaux. Je ne peux m'empêcher de me poser la plus sotte, la plus absurde des questions : pourquoi n'a-t-il pu faire un meilleur usage de ses dons ? quel sens donner à ce gâchis ?

Je me tourne alors, par la pensée, vers la villa blottie au pied du phare de Biarritz, enfouie derrière ses hortensias et ses tamaris, cernée par les grondements de la mer toute proche. J'imagine la chambre, au premier, les deux lits voisins où deux enfants, écoutant la longue expiration des vagues, éblouis par le pinceau du phare qui, régulièrement, vient éclabousser les tapisseries du mur, chuchotent, jetant des mots sur leur blessure honteuse, s'inventant un futur de gloire, rêvant d'une tendresse qu'ils ne connaîtront pas. Ils se voient triomphants, riches, adulés, reconnus enfin pour ce qu'ils sont : des fils de roi, des princes en exil. Ils ne cessent, dans leur solitude, d'écarter la réalité pour lui en substituer une autre, éclatante. Dans leurs rêves, ils prennent une revanche chimérique sur un sort qu'ils ne sauraient admettre. Je les regarde jouer dans le jardin, assis dans l'ombre d'un massif, se figeant soudain, tournant leurs regards incrédules vers le portail, puis, avec une moue d'indifférence et de dureté, replongeant dans leurs jeux. Si semblabes en apparence à tous les autres enfants : d'une gravité rêveuse, l'air de débarquer d'une autre planète, fixant les adultes avec cette expression trop sérieuse qui ne manque pas de décontenancer les grandes personnes, lesquelles s'interrogent, perplexes : « On se demande ce qu'ils ont dans la tête. » Ils ont l'univers et ses énigmes.

Combien de fois revenant de la plage, reprenant ma voiture pour rentrer à la ferme que nous louions à deux kilomètres de là, en direction de l'aéroport, combien de fois ai-je scruté du regard cette villa, son jardinet, tentant de deviner ses secrets ! Je pressentais qu'une part de moi, tout un pan de ma mémoire, reposait derrière ses volets clos.

Un lien relie cette enfance d'attente impuissante, d'incrédule hébétude, aux prisons successives où Aldo Casseto semblait chercher un refuge contre son inaptitude à vivre. Car, vous l'admettrez, l'homme était assez intelligent pour ne pas se faire si sottement et si ponctuellement pincer. Compulsant le dossier, on reste confondu devant la candeur du personnage, on lui en voudrait presque de ne pas s'y prendre mieux, on sourit de la puérilité de ses procédés et de ses mensonges. Pris en flagrant délit et, pour ainsi parler, la main dans le sac, il s'obstine à nier, jurant qu'on le confond avec un autre, qui porte son nom, qui doit avoir son visage. Espère-t-il tromper ses juges ? On en douterait, tant il s'y prend mal. Les tribunaux semblent d'ailleurs s'être souvent montrés d'une singulière indulgence envers lui, comme s'ils avaient eu l'intuition qu'ils se trouvaient devant un prévenu d'une espèce particulière, échappant pour partie à leur compétence. Non qu'ils l'aient tenu pour fou ou pour irrespon-

33

sable, ou alors d'une folie très singulière, proche parente de celle de l'artiste. S'ils avaient su l'exprimer, peut-être les juges l'eussent-ils accusé et condamné de délit de rêve.

Vous-même, évoquant les procès où vous avez assuré sa défense, faisiez cette confidence que vous renonciez à plaider le fond, qui était probablement indéfendable, pour éclairer la personnalité de votre client. Vous exhibiez devant la cour les livres qu'Aldo avait publiés, les critiques parues à l'occasion des rares récitals qu'il a donnés dans sa vie. Entendiez-vous, ce faisant, plaider l'irresponsabilité du talent ? J'en doute, vous connaissant. Vous ne vous situiez pas sur le plan de la morale personnelle ou civique, mais sur celui, plus indécis, de l'art. Vous cherchiez, me disiez-vous, à en imposer aux juges ; vous alliez, dans un excès qu'explique sans doute la fièvre du prétoire, jusqu'à évoquer Baudelaire et Verlaine, Villon ou Genet. Si, pour le cas d'Aldo Casseto, ces comparaisons paraissent démesurées, le sens de votre démarche ne m'en semble pas moins judicieux. Vous faisiez preuve, en la circonstance, d'une clairvoyance supérieure ; bien des magistrats, sans peut-être se rendre à vos spécieuses spéculations, consentaient à vous suivre, montrant une indulgence perplexe pour un prévenu dont le dossier aurait dû, à la seule vue de cette masse de rechutes et de récidives, les durcir dans une volonté de répression. D'où vient donc cette indulgence, cette brume de pitié dont juges, policiers et même, oui, avocats ont témoigné à l'égard d'Aldo Casseto ? Car vous-même, lorsque, commis d'office, vous l'avez rencontré à la Santé, vous n'avez pu vous empêcher, malgré l'instinctive aversion que vous inspire tout ce qui apparaît trouble, ambigu, insaisissable ou informe, vous n'avez pu vous empêcher de vous intéresser à lui. Aucune de ses pauvres ruses, de ses mensonges alambiqués n'ont cependant jamais eu prise sur vous, qui êtes trop décidé d'allure, trop ferme dans vos convictions, trop clair de pensée. Vous pesez trop de votre haute taille, de vos muscles et de vos chairs pour ne point éprouver si le sol sur lequel vous marchez est stable ou mouvant. Ce caractère tout de sinuosités, d'épanchements et de débordements, sans consistance ni point d'appui solide, vous l'avez néanmoins accepté ; vous lui avez prodigué une sorte d'amitié sans estime ni confiance, faite d'attention bienveillante, de compréhension, de réconfort, allant bien au-delà de votre rôle d'avocat. Je m'étonnerais de cette complicité distante si je ne savais votre passion de la lecture, votre respect des écrivains. Aussi bien vos plaidoiries pour Aldo Casseto ont-elles été moins tactiques que vous ne le dites et le pensez. Vous tendiez à séparer, dans votre esprit, l'artiste de l'escroc, défendant l'un contre l'autre et avouant par là qu'il pourrait exister une connivence mystérieuse entre l'art et la délinquance. Tout comme Hitler a été, avant que de devenir dictateur, un peintre raté, un rêveur impuissant, Aldo vous est apparu, derrière ses loques d'escroc sans envergure, comme un écrivain inaccompli, un romancier frappé d'impuissance.

Depuis près de dix ans, vous en comprendrez les raisons, cette question m'obsède : pourquoi a-t-il été refusé à Aldo ce qui m'a été accordé à moi ? quelle obscure alchimie produit l'artiste ? comment expliquer que les uns parviennent à maîtriser leurs rêves alors que d'autres s'y noient ? Remarquez, j'évite de parler de talent. Je ne saurais me prononcer sur celui d'Aldo et je ne considère pas davantage celui que je pourrais ou non avoir. Je ne songe qu'à cette capacité de *faire,* de produire des œuvres uniques, bonnes ou médiocres. Qu'a-t-il manqué à Aldo, si l'on écarte le talent, pour bâtir des fables au lieu de les vivre ? Il serait vain, ici, d'invoquer les traumatismes de la petite enfance. Tout ce qu'Aldo a vécu, je l'ai moi-même vécu. Nous sommes tous deux sortis blessés à mort des combats d'une enfance marquée par la folie. Peut-être Aldo a-t-il même rencontré, grâce aux demoiselles Jeantet, des facilités que je n'ai pas eues. Il ne s'agit pas de psychologie, il s'agit d'un plus profond mystère.

J'ai sous les yeux le document que vous m'avez passé, ce long mémoire manuscrit qu'Aldo rédigea en prison, à la veille d'un de ses innombrables procès, dans le dessein d'éclairer sa personnalité, telle qu'il l'analysait, non d'ailleurs sans justesse ni lucidité. Débarrassées du jargon psychanalytique à la mode, que contiennent ces pages ? Passons sur l'angoisse morbide de l'identité : j'ai assez insisté là-dessus. Aldo attribue ce qu'il appelle son « dédoublement schizophrénique » au doute qui l'a rongé depuis l'enfance. Non seulement il ignore son véritable nom, mais il doute de sa filiation, se demandant s'il est bien le fils de son père. Si loin va son doute qu'Aldo suspecte même son sang,

37

juif ou sarrasin par sa mère. Il explique par là ses conduites en apparence les plus insensées. Surtout, il pose cette étrange question que je me suis moi-même souvent posée à son sujet : il se demande s'il ne recherche pas, dans la délinquance, la punition, comme s'il devait expier sans fin le délit de sa naissance illégitime. Il suggère qu'il pourrait bien poursuivre, de cour en cour, d'un tribunal à l'autre, une quête éperdue de reconnaissance, comme s'il attendait, de chaque procès, moins un verdict qu'une confirmation de son indignité. Mais, pour subtiles qu'elles soient, ce ne sont pas ces analyses dostoïevskiennes qui m'ont retenu. « La fuite dans le mensonge, écrit-il, exprime mon incapacité à savoir qui est *je*. Je me parle ailleurs, parce que je ne me trouve nulle part. Mes paroles m'échappent comme m'échappe ma conduite : sons et gestes viennent du néant qui est moi. Leur bruit pour les uns, leurs conséquences pour les autres me procurent, pour un temps, l'illusion d'exister. » Rien, bien sûr, ne prouve qu'il fût davantage sincère en écrivant ces phrases que quand il fabulait. Il se peut même que ses mensonges aient contenu une plus haute vérité que ces spéculations dont il est permis de douter qu'elles proviennent de son propre fonds. Il les fait siennes pourtant, et c'est ce qui m'importe. Du reste, une unique idée m'intéresse : celle que suggèrent les mots « fuite, échapper » appliqués à la parole.

Les profanes s'imaginent qu'écrire et dire expriment une activité identique. On se mettrait à écrire parce qu'on a quelque chose *à dire*. Rien n'est plus faux. Il arrive, et plus souvent qu'on ne le pense, qu'il faille des années à un écrivain pour entrevoir ce qu'il aspire à dire ; et s'il le dit, c'est, plus souvent encore, à son insu. Car l'écrivain habite le silence. On reconnaît l'exacte nécessité des mots qu'il emploie à la gangue de silence dont ils sont enveloppés. Paradoxalement, écrire, c'est d'abord se taire, c'est se recueillir, c'est plonger dans le silence et se familiariser avec sa pénombre où, telles des algues et des fougères sous-marines, évoluent des formes imprécises. On est bien loin, dans ces régions de ténèbres et de pulsations abyssales, des évidences de la réalité, de la dure consistance des apparences. Mensonge et réalité, songe et vérité se mêlent et se confondent. Tout l'effort consiste, en bougeant le moins possible, en devenant pure attention, à ne rien déranger de l'étrange alchimie qui défait et refait les formes.

Ce silence des profondeurs, cette attention concentrée, Aldo en était dépourvu. Une fièvre secrète l'empêchait de s'ancrer en lui-même, de persévérer en son moi, fût-il vide. Il écrivait comme il agissait : d'abondance et sans discernement. Il ne pouvait, comme on le dit des enfants agités, demeurer en place, toujours en mouvement, en gesticulations. Sa plume courait au rythme de ses peurs ; sa prose prenait l'allure d'une course, haletant dans l'éloquence pour dissimuler sa fatigue.

Rien de plus significatif à cet égard que la liste des ouvrages publiés, telle qu'on la trouve dans les pages de garde de son roman : à la suite des livres édités, deux romans ainsi que plusieurs titres d'ouvrages d'érudition que je soupçonne de n'avoir eu d'autre réalité qu'imaginaire — comme cette *Diplomatie secrète au traité de Westphalie* ou *la Théorie des nombres imaginaires* —, figurent trois autres titres de romans à paraître qui, dans son esprit, devaient être écrits ou presque, comme s'il ne s'agissait, de l'ébauche à la réalisation de l'œuvre, que d'une simple formalité. L'écriture en elle-même, cette tenace patience des semaines et des mois passés au-dessus de la feuille blanche, ce corps à corps avec les mots rebelles, c'est peu dire qu'il les ignorait : il les tenait pour une besogne routinière. Il plaçait l'artiste trop au-dessus de l'artisan et, parce qu'il se rêvait artiste, dédaignait la matière si elle ne se montrait pas docile à ses visions magnifiques. Il eût sans doute jugé indigne de son talent de s'abaisser à l'humble apprentissage des mots, à la monotonie des relectures et des corrections. Génie de droit divin, la prose devait obéir à son inspiration. Pour les mêmes motifs qui l'avaient empêché de devenir le pianiste qu'il eût peut-être pu devenir, il n'était pas non plus l'écrivain qu'il rêvait d'être. Paresse, absence de volonté ? Je vois à ce ratage une plus essentielle raison : l'orgueil. Il manquait à Aldo l'humilité ouvrière. Il se persuadait qu'il était né consacré.

Cet orgueil qui récuse d'avance la sanction de l'œuvre, je

l'avais flairé en lisant son livre. C'est peu dire que « le style est l'homme même » : il révèle la personne tout entière, il la reflète mieux que ne le ferait un miroir, faisant apparaître les ridules du cœur comme les bubons de l'esprit. De là provenait le malaise que j'avais ressenti devant cette prose boursouflée, déclamatoire et emphatique. Elle faisait de la plus pathétique des histoires un plaidoyer confus et pitoyable. Je demeurais cependant sensible à ces milliers de signes accumulés, aussi ému que je l'eusse été devant un message venu d'une autre galaxie : pour grossiers qu'ils fussent, ces signes témoignaient d'une volonté de transmettre une émotion, de partager une douleur, de balbutier un espoir. Que le hasard ou le destin les eussent mis entre mes mains, rien n'eût pu me bouleverser davantage. Comme écrivain, en qualité de frère, qui mieux que moi les pouvait déchiffrer, regardant plus loin que les mots ?

Si cette histoire avait vraiment commencé, Antoine, durant cette nuit de fièvre et d'insomnie, de tristesse et d'espoir, je vous dirais comment les premières clartés de l'aube me trouvèrent assis dans mon lit, tout frissonnant de froid, remplissant de notes et de commentaires les marges du roman. J'étais rompu de fatigue, j'avais la migraine, je m'interrogeais : qu'allais-je faire ? Mon premier mouvement, je dois vous l'avouer, avait été de me précipiter vers mon bureau, d'écrire une longue lettre qui n'eût sans doute été qu'un cri de bête blessée : « Je t'ai reconnu, viens ! »

Toute mon enfance, j'avais rêvé de cet aîné prestigieux sur qui j'aurais pu m'appuyer ; de ce confident et de ce double devant qui j'aurais pu m'épancher, certain d'être compris. Je le voyais grand, fort, invincible, toujours prêt à secourir ma faiblesse. Je lui parlais dans mon lit, je reposais ma tête sur son épaule : il m'aidait à ne pas couler, maintenant mon buste au-dessus de l'eau. Voici que la vie me rendait mon rêve, défiguré. Je devinais que le grand frère était, dans la réalité, plus faible, plus démuni. Je n'aurais pas la force de le porter. J'aurais bientôt quarante ans, lui six ou sept de plus : nous avions passé l'âge des chimères.

Le secret d'Aldo pourtant ne m'appartenait pas. Il était d'abord celui de Dina. Je constatais, une fois encore, qu'un homme n'est jamais davantage seul que devant l'énigme de son passé. Nulle consolation, aucune aide à solliciter ni à espérer. Tout est déjà joué. Les chœurs peuvent bien prier Œdipe d'arrêter ses questions : il sait bien, lui, que son secret lui appartient. Il ne lui reste que de l'ignorer ou de le reconnaître.

Mais s'agit-il vraiment d'un choix ? Le sommeil n'est pas une conduite, mais une abdication dont le rêve se venge.

J'ai bu mon thé à la table de la cuisine, auprès d'un Zito attentif à chacun de mes gestes ; je suis sorti sur l'étroite terrasse pour respirer l'air du matin ; j'ai regardé les rosiers. Je suis remonté à l'entresol ; je me suis assis à mon bureau. J'ai compulsé les notes que j'avais prises durant la nuit, tentant de combler les lacunes dans la biographie d'Aldo, mettant un point d'interrogation devant chaque trou — et vous savez, Antoine, s'ils sont nombreux ! —, rassemblant les renseignements que le roman renfermait sur Dina, inexacts pour la plupart. Elle était la fille unique d'un richissime banquier de Palerme qui se serait, pour des raisons incompréhensibles, opposé à son mariage avec Carlino, un rejeton d'une antique et noble famille de Syracuse auquel, depuis sa plus tendre enfance, elle se voulait fiancée. Amour passionné, violent et voué à l'échec, car Carlino, sous ses airs d'élégance et de séduction, était un bon à rien, un jouisseur et un ivrogne. Espérant venir à bout de l'opposition du banquier Lavanti, les jeunes gens s'enfuyaient. Reprise à Rome, ramenée à Palerme, Dina était d'abord recluse dans un couvent avant que d'être mariée de force ou presque à un jeune médecin de Messine, Paolo Valponte, qui lui faisait un fils, Massimo. Mais Dina ne se consolait pas d'avoir perdu Carlino et, trois ans plus tard, elle s'enfuyait à nouveau avec lui, en France cette fois. Commençait alors pour le couple une existence d'errances et d'aventures qui les menait dans tous les endroits à la mode, Deauville, Paris, Monte-Carlo, Baden-Baden, où leur conduite désordonnée suscitait le scandale, lui, sans le sou, la trompant ouvertement, la battant, l'exploitant ; elle, privée de ressources par sa famille, accumulant les dettes, perdant ce qui lui restait d'argent autour des tapis verts. Dans ce maelström, Aldo et Brunetto naissaient, étaient confiés aux demoiselles Jeantet. Le couple enfin se déchirait et se séparait, Dina s'en retournant dans sa famille et Carlino allant se terrer dans son domaine proche de Syracuse où, vingt ans plus tard, Aldo le découvrirait, vieillard alcoolique et violent, encore hanté du souvenir de Dina, seule femme qu'il eût jamais aimée.

J'avais ainsi résumé les faits, tels qu'Aldo les racontait dans son roman. Je ressentais l'impression de me trouver devant un médiocre livret d'opéra auquel il ne manquait que la musique de Donizetti, creuse et bruyante, remplie des effets les plus grossiers. Non que tout fût faux, loin de là. Mais les quelques faits authentiques se trouvaient mêlés à tant d'extravagances et d'invraisemblances que l'ensemble produisait une impression de totale fausseté. Ainsi, pour ne prendre qu'un exemple, Carlino ne se serait jamais consolé de la perte de Dina ; il aurait passé les vingt ou trente dernières années de sa vie cloîtré dans son domaine, refusant de voir quiconque, fût-ce les membres de sa famille, dans une solitude farouche, sans autre compagnie que ses chevaux, ses chiens, ses métayers et Falco, son intendant ; il passait ses jours à parcourir ses terres à cheval, à se saouler dans la grande salle du rez-de-chaussée de sa maison, fixant d'un regard trouble le portrait de Dina posé sur un piano dont le couvercle demeurait abaissé, symbole du silence et de l'absence. Or, outre que ce tableau d'un désespoir davantage celtique que sicilien m'apparaissait trop littéraire, il démentait le portrait qu'Aldo avait brossé de son père jeune : celui d'un noceur alcoolique, d'une goujaterie très machiste, humiliant et même frappant Dina, conduite qui ne me semblait pas, à première vue, exprimer une passion éperdue. Sans doute la vie s'amuse-t-elle souvent à bâtir les histoires les plus invraisemblables. Celle-ci cependant rendait un son par trop excentrique, dans sa seconde partie surtout qui, si je la traduisais en prose, semblait vouloir dire : mes parents se sont passionnément, follement aimés, et mon père est mort dans le désespoir de cet amour perdu, affirmation peut-être destinée à réconforter le fils, comme si Aldo Casseto se disait : je suis le fruit du plus grand, du plus tragique amour ; ce qui, dans une certaine mesure, pouvait le consoler de son abandon. En outre, la folie du père, noyant dans l'alcool son obsession amoureuse, noircissait le caractère de Dina, implicitement accusée d'avoir trahi et abandonné son amant.

En y réfléchissant, je trouvais néanmoins que ces contradictions étaient moins évidentes qu'il n'y paraissait d'abord. Dina était certes accusée du malheur du père, peut-être parce qu'il était plus difficile à Aldo de pardonner à sa mère ; mais elle se trouvait en quelque sorte justifiée par la goujaterie et la brutalité de son amant. En somme, Aldo les renvoyait dos à dos, les condamnant et les absolvant tous deux. De plus, cette hésitation reflétait probablement les opinions contradictoires et successives des demoiselles Jeantet, leurs propres imaginations se superposant au roman familial qu'Aldo et Brunetto, dans leur solitude désemparée, s'étaient inventé. *Une enquête à Syracuse* révélait, dans ses différentes strates, ces apports, ces ajouts et ces variations qui en faisaient un autel baroque où des armées d'angelots occupent le moindre vide, où des nuages, des trompettes, des bras et des culs se mêlent et se confondent, créant une sensation de vertige ; le mouvement général, dans sa frénésie, dissout les figures, si bien que l'œil ne perçoit que des spirales tourbillonnantes, comme si l'univers était aspiré par une immense bouche d'ombre. De même, dans la tête d'Aldo, les images d'un passé aveugle dont il ne possédait que des bribes incertaines se mélangeaient-elles en s'agitant au rythme d'une musique barbare.

La seconde partie du roman, la plus longue, illustrait cette agitation sans but ou, pour mieux dire, sans résultat. Aldo, qui a enfin réussi à découvrir l'identité de son père, se rend en Italie avec l'intention de le rencontrer et de se faire reconnaître de lui. Ignorant cependant où et comment son père vit, ni même s'il est toujours en vie, il se livre à une patiente et méticuleuse enquête qui le mène à Turin, à Milan, à Rome, à Naples, à Palerme enfin. Dans chacune de ces villes, il rencontre des cousins, des oncles, des frères et des sœurs de Carlino, tous occupant des postes importants, tous riches et influents, qui considèrent avec défiance ce « parent » qu'ils soupçonnent de reluquer l'héritage de son richissime de père. Aussi le font-ils, sous des accusations évidemment inventées de toutes pièces, jeter en prison, traîner devant les tribunaux. L'un des frères de Carlino surtout, magistrat à Naples, se montre le plus acharné, et Aldo en brosse le portrait le plus noir et le plus venimeux, réglant ses comptes avec cette justice qui ne cesse de le persécuter, lui, l'agneau innocent, la victime des calculs les plus sordides.

Je dois confesser que la peinture qu'Aldo fait de l'Italie, notamment de sa bourgeoisie, m'a assez diverti. Ce pays dont on ne parle, en France surtout, que pour évoquer la volupté, la douceur de vivre, l'amour, l'auteur en fait, lui, l'enfer de Dante, un univers de ruses sordides, d'abjectes machinations, de veulerie et de lâcheté. J'ai d'ailleurs relevé dans son récit assez de détails justes, de remarques pertinentes pour me persuader qu'il a en effet effectué ce séjour, comme il a rencontré bon nombre des personnages dont il parle. Je dispose en outre du témoignage de l'un de ses amis, qui l'a assez bien connu pour avoir eu affaire avec lui, Frédéric : Aldo aurait, vers le milieu des années soixante (ce serait donc peu après avoir quitté la Légion et il aurait eu trente-quatre ans environ), dirigé à Palerme une affaire d'exportation d'agrumes. L'imperceptible sourire ainsi que le haussement d'épaules dont Frédéric accompagnait cette affirmation me laissent d'ailleurs penser qu'il gardait quelques doutes sur la réalité de l'existence de cette société et peut-être même des agrumes. Je suppose qu'Aldo lui a écrit pour lui demander de l'argent (sur un beau papier à en-tête d'une grosse société, je vois ça d'ici) et que Frédéric n'a pas même cru devoir répondre à sa lettre, sachant à quoi s'en tenir sur le personnage. Il n'en demeure pas moins qu'Aldo Casseto a bel et bien atteint Palerme où il a sans doute rencontré des membres de la famille de son père. Aucun doute non plus qu'il ait connu la prison de la ville à la suite d'une « indélicatesse ». Aussi bien la seule question que je me posais était de savoir s'il avait ou non rencontré Carlino. Or, le récit, combien dramatique, de l'entrevue me persuadait que non.

D'abord la description qu'il fait de cette propriété, « la Dinatella », ceinte de champs plantés d'orangers, de mandariniers et de citronniers, avec sa vaste maison à péristyle et à fronton, ne renferme aucun détail révélateur, elle reste vague et, pour tout dire, stéréotypée. C'est le domaine seigneurial de la Sicile, tel que le peut rêver un lecteur de Lampedusa qui aurait vu le film de Visconti. Plus décisif à mes yeux : Aldo se serait trouvé devant un homme ravagé par l'alcool et incapable de prononcer deux mots, de sorte que le père et le fils, se retrouvant face à face quarante ans environ après les événements, n'ont rien pu se dire. Bien entendu, tout, dans la réalité, peut arriver, y compris l'incroyable. Imagine-t-on pourtant que Carlino, usé, malade, noyé dans les brumes de l'alcool, ait consenti à rencontrer son fils s'il n'avait pas joui de toutes ses facultés mentales ? Le style du reste infirme la réalité de la scène, lâche, sans la moindre consistance, aussi flou qu'un rêve. Carlino, dans le roman, ne parvient pas à exister parce que l'auteur n'a pu que le rêver, sans non plus oser l'inventer. Il se cache dans le brouillard des mots, il se tient dans les limbes des désirs inassouvis. Il suffit d'ailleurs de comparer son personnage à celui de Falco, l'intendant, qui s'impose en quelques phrases, massif et rusé, plein d'une humanité cynique et compatissante.

Il me paraît possible de reconstituer la scène. Aldo écrit à son père de Palerme, sollicitant une entrevue ; il s'installe à Syracuse, attendant la réponse à sa lettre (assez de détails autorisent à croire qu'il connaît bien la ville) ; Carlino finit par dépêcher Falco auprès de ce fils contre lequel sa famille, échaudée, n'aura pas manqué de le mettre en garde. L'intendant, qui ne souhaite probablement pas plus que les parents de son maître ces retrouvailles pathétiques, s'acquitte au mieux de sa mission et annonce au fils que son père refuse de le rencontrer, ne souhaitant pas remuer un passé oublié. Peut-être lui remet-il de la part de Carlino une somme d'argent pour qu'il s'en retourne au plus vite en France, invitation assortie de menaces voilées. On devine encore que, touché du désespoir d'Aldo, l'intendant lâche quelques confidences apitoyées : il faut comprendre le maître, n'est-ce pas ? il est vieux, malade, il ne se sent pas la force de supporter un pareil choc ; et puis, c'est une vieille histoire qui remue des souvenirs trop pénibles. Lui-même, Aldo, ferait mieux de laisser dormir le passé et de songer à l'avenir. Qu'a-t-il réussi, depuis son retour en Italie, si ce n'est à irriter toute la famille de son père, à l'exaspérer ? Et la famille est influente, elle dispose d'appuis puissants. Voudrait-il moisir de longues années en prison ?

Je crois l'entendre, ce Falco, mélange très sicilien de bonhomie et de ruse, d'humanité et de calcul. Il contemple cet homme égaré dans son délire, il l'écoute divaguer, il entend ses protestations : il ne veut rien, lui, que d'être reconnu par son père, de recouvrer son identité, d'obtenir le droit de porter son nom. Il renonce à tous ses autres droits, il se moque de l'héritage. C'est sa vie qui est en jeu, l'intégrité de sa personne. Il raconte son enfance écartelée, ses efforts pour retrouver son père ; il évoque ses succès littéraires, ses travaux scientifiques, ses talents musicaux, laisse entendre qu'il est assez riche pour mépriser l'argent. Falco, tranquille, d'une immobilité minérale, secoue sa tête chenue. Il n'a pas bronché quand Aldo a jeté le mot héritage ; toutes ses rides expriment la compréhension, la mélancolie. Oui, c'est une histoire bien triste ; tout ce qu'il peut dire c'est que son maître n'est pas responsable de son malheur. Et, en prononçant ce mot, Falco a dû ébaucher un geste ample et vague, comme pour évoquer tout le malheur de la Sicile, depuis des siècles, toute l'infortune de cette terre opulente et saccagée, toutes les tristesses des hommes, depuis qu'ils vivent et meurent. Que faire là contre ? Il convient de vivre, d'ajouter un jour aux jours. Aldo se sent compris, il ne doute pas que ce vieux paysan vêtu de noir, coiffé d'un chapeau qu'il a posé sur le marbre de la table, comprend son désespoir. Il n'a d'ailleurs retenu des propos de Falco qu'un point : Carlino ne nie pas être son père et, s'il refuse de le rencontrer, c'est qu'il se sent trop faible pour supporter pareille émotion ; qu'il ne consent pas davantage à le reconnaître officiellement parce que cela impliquerait des démarches aussi longues et fastidieuses qu'aléatoires. Remarquez que l'intendant s'est probablement bien gardé de dire « votre père » s'en tenant aux mots « maître » ou « mon maître ». Mais toute son attitude, ses mimiques comme ses paroles disaient : Oui, peut-être... Mais vous aimez, n'est-ce pas, votre père, même si vous ne l'avez pas connu ; vous êtes à présent un homme fait ; vous devez donc comprendre. Vous ne voudriez pas causer sa mort en le replongeant dans un passé qu'il a eu tant de mal à oublier. Vous imaginez un père jeune, fort. Or, mon maître est un vieillard malade qui n'aspire plus qu'à finir ses jours le plus paisiblement possible. Devant les yeux hallucinés d'Aldo se dressait ainsi l'image d'un vieillard enfoncé dans le désespoir, perdu dans ses souvenirs, reclus dans son

domaine, un pur fantôme dépourvu de toute réalité. C'était aussi
le but recherché par Falco : persuader cet agité de décamper au
plus vite. Pour réussir, il avait habilement joué de la compassion,
de la sympathie. Ayant flairé la faiblesse du personnage qu'il
avait en face de lui, il lui avait accordé ce qu'il demandait sans
non plus le lui donner vraiment : puisqu'il réclamait une
reconnaissance, Falco lui donnait la reconnaissance du cœur, la
plus précieuse, n'est-ce pas, la seule qui importe, tout en lui
faisant valoir que l'autre, la reconnaissance juridique, eh bien,
c'était, après tant d'années, chose impossible. Et il le prenait à
témoin : comment son maître, si même il le voulait, parvien-
drait-il à prouver sa paternité devant des juges ?

Il n'est pas difficile à qui connaît la Sicile d'imaginer cette
scène toute d'esquives et de feintes, de protestations d'amitié et
de menaces voilées, de soupirs lourds de sous-entendus et de
sourires compatissants. Je pourrais, sans risquer de me tromper,
vous dépeindre le décor : la salle de restaurant ou le hall d'un
grand hôtel, tout en stucs, décoré de palmiers et de cattleyias,
baignant dans une pénombre violacée où les mouches bourdon-
nent, plein de colonnes auxquelles s'appuient, nonchalants et
ennuyés, de jeunes serveurs dont les vestes blanches, froissées,
auréolées, sous les bras, de sueur, paraissent constellées de
taches, ces taches qui sont les décorations des uniformes
siciliens. Je devine que tout le long de cette conversation
chuchotée — on n'élève guère la voix en Sicile où tout ce qui se
dit se murmure, où l'on ne crie que pour conjurer ce silence —,
je devine que Falco n'a cessé de se demander quelle part de la
somme, à lui confiée par son maître pour Aldo Casseto, il allait
pouvoir garder pour lui, évaluant par des regards furtifs son
interlocuteur, le jaugeant. Je n'ai pas non plus de mal à ressentir
ce qu'a pu éprouver Aldo après cette rencontre : le soulagement
et le bonheur d'avoir été reconnu, d'avoir acquis la certitude
qu'il était bien le fils de son père, un mélange de lassitude et de
triomphe, comme l'athlète après une victoire durement acquise.
Un brin d'inquiétude peut-être, vite balayée : car il n'a pas vu
son père, ni entendu de la bouche du vieil homme les quelques
paroles décisives. Mais c'est *comme* s'il l'avait vu à travers les
propos de Falco. D'où cette impression de flou qu'on ressent en

lisant la scène. Il s'agit bien, je le crois, de la transcription d'un désir, d'un rêve où Aldo raconte, mêlant ce qu'il sait de son père et ce que Falco lui en a dit, ou plutôt, suggéré, ce qu'il se serait passé entre eux si... Non pas un mensonge, pas même une illusion : une hallucination.

Le jour s'avançait, je restais penché au-dessus de mon bureau, transcrivant patiemment les notes que j'avais griffonnées dans la marge du livre, ordonnant les différents éléments de cette vie morcelée, m'efforçant de combler les lacunes, de remplir les vides, me coulant dans la peau d'Aldo, interrogeant ses conduites et ses réactions ; j'écrivais comme je le fais à cette heure, avec une absurde obstination, sans me poser la question si ces signes dont je noircissais des feuillets pouvaient conjurer le malheur. J'écrivais comme les vivants prient devant les tombes, en espérant que Quelqu'un entendra peut-être leurs murmures accablés.

Depuis des heures que je me tenais ainsi courbé sur cette vie si proche et si étrangère, je me sentais pénétré d'une pitié découragée. C'est peu dire que je comprenais Aldo Casseto : j'étais lui et il revivait en moi. Il habitait mon esprit depuis toujours ; aussi loin que je remontais dans mon passé, son ombre sans visage hantait ma mémoire. Notre fraternité ne découlait pas seulement du sang qui coulait dans nos veines : elle se fondait sur la même quête forcenée ; comme lui, j'avais dû, suivant le fil d'une mémoire amputée, tourner dans le labyrinthe où la folie rôdait, grimaçante ; comme lui, je m'étais débattu contre les mensonges engendrés par la peur. Qu'il sortît vaincu de ce combat, cela me le rendait plus proche encore, doublement fraternel. Je prenais conscience qu'un lien mystérieux nous unissait l'un à l'autre. Aldo était mon double nocturne, celui que j'aurais pu être. Il avait assumé, dans sa chute, toutes mes faiblesses, il me déchargeait de mes fautes.

De ce lien secret, le livre que je touchais, que je ne cessais

51

d'interroger depuis la veille, témoignait. Etait-ce dû au hasard si notre rencontre se produisait autour d'un livre, l'objet magique auquel je devais de me survivre ? si son appel m'arrivait par le truchement de ces signes que je vénérais depuis l'enfance et qui avaient comblé mon néant de gosse rejeté dans la solitude ? J'imaginais Aldo courbé comme je l'étais moi-même au-dessus de la feuille blanche, traçant d'une main prudente ces mots où je déchiffrais son destin. (Je ne pouvais alors deviner qu'il avait écrit ce livre en prison et qu'il vous remettait au parloir ces cahiers d'écolier dont la couverture s'orne d'un personnage en habit du XVIIᵉ siècle, brandissant une épée au bout de sa main droite et enjambant un minuscule canon, personnage sous lequel, en caractères gras, le nom s'étale : Jean Bart. Cahiers que je palpe et dont les pages quadrillées sont remplies d'une écriture étroite et serrée, sans une rature. Il est vrai qu'une étiquette collée en haut de la couverture, à droite, proclame : *Texte définitif,* ce qui laisserait supposer qu'il y eut d'autres versions, abandonnées ou perdues. Cahiers, quatre en tout, chacun d'une couleur différente, que vous m'avez envoyés, et que je conserve pieusement, moi qui égare ou distribue mes manuscrits. J'ignorais alors que ce livre fût né de l'échec, qu'il sanctionnât une vie gâchée.)

J'imaginais l'effort de chaque heure pour trouver le mot juste, pour ne point perdre la cadence des phrases. Et si, dans mon cas, ma vocation d'écrivain — je souris, soyez tranquille — s'expliquait, du moins le pensais-je, par une enfance bercée par le grattement de la plume sur le papier, je ne pouvais m'empêcher de considérer le roman d'Aldo avec une appréhension mêlée de crainte. Il n'avait pas connu Dina, il ignorait tout d'elle, il ne l'avait pas vue assise dans son lit, noircissant rageusement du papier en fumant cigarette sur cigarette, avec ce geste, par moments, pour chasser la fumée, ou ce mouvement de la tête pour écarter une mèche de ses cheveux qui s'obstinait à retomber sur son œil droit. Il avait été élevé par deux femmes simples et bonnes qui, si elles lisaient, ne devaient lire que des romans édifiants, deux créatures plus probablement étrangères à la littérature. Or, il nous avait rejoints, Dina et moi, dans notre folie graphique. Le résultat, sur ce point, m'importait peu. Le geste seul me fascinait et m'effrayait, ce mimétisme qui faisait d'Aldo mon double, reflété dans le miroir des temps.

L'image, certes, était inversée : ses phrases tendaient à s'élever, à s'envoler, quand les miennes pesaient, cherchaient à s'enfoncer, à creuser. Mais la différence ajoutait au mystère : si je m'étais contraint à écrire bas, à toujours assourdir ma voix, c'est que Dina parlait haut. Je m'étais fait contre, je m'étais construit dans le refus. Aldo, lui, retrouvait le ton de celle qu'il n'avait ni connue ni entendue ; sa voix répercutait celle de Dina, l'amplifiait. Si bien que, scrutant le miroir, ce n'est pas une image que je découvrais, mais deux, superposées.

Pour que la ressemblance fût plus étroite encore, à donner le vertige, le piano s'ajoutait à l'écriture, la musique aux phrases. Aldo était-il ou non le grand virtuose qu'il prétendait être ? La réponse ne m'importait guère. Je ne contemplais que cette image : ce garçon de douze ou treize ans courbé au-dessus de l'instrument, dans l'attitude même où j'avais si souvent vu Dina. Le temps s'abolissait sous mes yeux, les années reculaient, se creusaient, découvrant un abîme tourbillonnant où toute forme existe avant que de se manifester, où la réalité déjà repose, renfermant toutes nos destinées singulières, nos amours et nos haines, nos victoires et nos défaites.

Je pourrais faire partir ce récit, vous disais-je en commençant, à la minute où ma main a saisi le roman d'Aldo. Mais, à cet instant-là, tout était déjà accompli. Aldo avait joué et perdu la partie ; la plus grande part de ma vie était évanouie ; toute notre histoire était achevée. L'ombre qui surgissait de ces pages, qui prenait le visage de mon frère, je ne la reconnaissais que parce qu'elle vivait en moi. Tout début renferme aussi son dénouement, inexorable ; il est une fin dans le même temps qu'il est un commencement. Ainsi le spectateur qui, par un dimanche pluvieux, s'installe dans une salle de cinéma voit la dernière image en regardant la première. Et si la fin n'était pas celle que le début impose, il trouverait l'histoire absurde. De même une vie ne fait-elle, jetée dans le temps, que se révéler ; elle porte en elle tout son développement ; elle est semblable à une pellicule qu'on plonge dans un bain chimique. Mais il existe un temps dans le temps et, même, des temps qui s'emboîtent les uns dans les autres, des histoires dans toute histoire. Le film, s'il raconte une histoire, possède aussi son histoire, il contient son propre temps de gestation et de croissance. Histoire qui renvoie à celle du metteur en scène, de l'auteur, en une spirale sans fin. Je me sentais de même arraché à la chronologie et aux événements, plongé dans un temps sans durée, sphérique et non linéaire. Je reculais dans le passé dans le même moment où je marchais vers l'avenir, je tenais la naissance et la mort dans mes mains, je comprenais que tout commençait et que tout était fini déjà. Je consentais à ce mystère et m'abandonnais à ce vertige. Tout comme Aldo était moi sans cesser d'être lui-même, tout comme il était Dina en s'imaginant devenir lui-même, j'étais l'un et l'autre sans abandonner ma singularité. Un même élan nous emportait, une force identique nous propulsait. D'une certaine manière, nous étions déjà passés, échappés à Chronos, filant dans un même vide où nos figures se confondaient pour n'être plus que des signes balbutiants. Ce chaos avait porté le livre d'Aldo jusqu'à ma table de chevet, ce même chaos m'avait porté jusqu'à cette maison, cette chambre. Comme les particules, dans un accélérateur, se trouvent, dispersées par le mouvement qui les agite, partout et nulle part, nos existences sont à la fois ici et toujours ailleurs, une chronologie ne signifiant rien d'autre que leur rencontre fortuite : un événement.

II

Il n'y a pas de commencement.

J'aurais pu faire partir cette histoire du jour où, après de longues et minutieuses recherches, j'avais fini par découvrir l'endroit où résidait Fortunata : Azzio, un bourg poussiéreux perché sur les pentes de l'Etna, à une soixantaine de kilomètres environ de Catane. Ce devait être en 1955 ou 1956, à l'automne, crois-je me rappeler. En prenant le courrier que la concierge glissait sous le paillasson, devant la porte de l'appartement, j'avais aussitôt découvert l'enveloppe, libellée avec une émouvante maladresse, d'une écriture gauche et appliquée, l'écriture des humbles qui tirent la langue en formant chaque lettre, appuient très fort sur le papier, comme s'ils craignaient que la plume leur échappe des mains. Je lus avec attendrissement la missive, fort laconique, rédigée avec solennité, comme il convient pour un rite aussi pompeux. Après m'avoir souhaité la meilleure santé ainsi qu'à tous ceux que j'aimais, m'avoir assuré qu'elle-même se portait parfaitement bien, grâce à Dieu, et qu'aucun jour ne passait sans qu'elle se souvînt de moi, Fortunata m'apprenait que ma lettre, dont elle me remerciait et qui l'avait remplie de bonheur, lui avait été remise par Monsieur le Maire après qu'elle eut été réexpédiée à la mairie d'Azzio par celle de Sorano, où elle ne vivait plus depuis déjà dix ans ; qu'elle avait en effet, se sentant trop seule à Sorano, rejoint à Azzio une nièce mariée à un fonctionnaire, excellent homme et tout à fait sérieux, mère de deux filles et de trois garçons (et Fortunata citait consciencieusement leurs noms, comme si rien ne devait m'importer davantage que de savoir comment s'appelaient ces marmots), chez qui elle vivait, gâtée et respectée. (Ce dernier mot, calligraphié avec un soin particulier, se détachait du texte. Il me transportait dans ce bourg misérable où Fortunata, qui avait passé la majeure partie de sa vie à Palerme, qui avait visité l'Italie, vu le pape à Rome — un dimanche de Pâques sur la place Saint-Pierre —, qui avait séjourné en France et, même, été à Paris, où Fortunata donc devait jouir d'une respectueuse considération ; où les misérables paysans qui n'avaient jamais été plus loin que Catane — et encore ne faisaient-ils le voyage qu'en des occasions aussi rares que solennelles — devaient la consulter pour chaque difficulté rencontrée, recueillant avec vénération ses avis et ses conseils ; où chacun, dans la rue, à la sortie de la messe, le dimanche, s'empressait sans aucun doute de la saluer révérencieusement, se découvrant, inclinant gravement la tête, comme on le doit faire devant une citadine, une femme d'expérience qui sait remplir un formulaire, rédiger un libelle aux autorités.) Elle ajoutait qu'elle se réjouissait de mon succès — c'en était manifestement un, à ses yeux, que d'habiter Paris dont elle ne doutait pas que tous les habitants fussent riches — et qu'elle acceptait bien volontiers mon invitation, se sentant, grâce à la protection de sainte Rosalie à qui elle n'avait jamais manqué de se recommander, suffisamment forte pour entreprendre un si long voyage ; qu'elle ne redoutait pas de prendre l'avion, mais qu'elle lui préférait le bateau et le train (je n'avais pas pu retenir un sourire en imaginant son angoisse à l'idée de s'arracher du sol, de se retrouver encagée à huit mille mètres d'altitude) ; qu'elle attendait ma prompte réponse ainsi que le billet aller-retour, se réjouissant déjà de me revoir et me souhaitant la meilleure fortune, tant dans ma vie professionnelle que privée, avec l'aide de Dieu et de Sa Très Sainte Mère. Sans plus à ajouter, elle m'embrassait. Quant à la signature, elle s'ornait d'un paraphe d'une complication extravagante, qui cachait presque le nom, comme un emblème d'un orgueil aussi puéril que démesuré, lequel était inspiré non par sa personne, mais par la signature, affirmation majestueuse de sa supériorité sur tous ceux qui, ne sachant ni lire ni écrire, se trouvaient dépourvus d'existence légale, réduits à n'être, sur le papier, qu'une croix anonyme, comme ces défunts sans identité dont la sépulture ne s'ornait que d'une croix de fer ou de bois, les privant de la certitude de la résurrection comme de l'intercession des prières des vivants — ces morts sans visage pour lesquels, dans mon enfance, Fortunata m'obligeait à prier.

Je pliai la feuille de papier, en proie à une émotion aussi violente qu'incompréhensible. Je ne savais à peu près rien de Fortunata (comme ce prénom, Fortunée, semblait ironique, quand on songe que celle qui le portait n'avait, de sa vie, rien possédé ou presque !), j'aurais été incapable d'évoquer les traits de son visage, j'ignorais même son âge : soixante-cinq, soixante-dix ans ?

Depuis plus d'un an, depuis que j'avais retrouvé Dina, j'avais multiplié les démarches pour retrouver la trace de cette femme qui, seule, détenait les secrets de ma mémoire. J'attendais d'elle, si je réussissais à la voir et à l'interroger, qu'elle m'ouvrît les portes du passé. J'espérais qu'elle me sauverait des mensonges où je m'enlisais, comme elle m'avait si souvent sauvé de mes peurs d'enfant, me serrant contre sa poitrine, me couvrant de baisers, me donnant mille noms tendres comme son « beau prince tout en sucre », son « joli roi des Iles », se glissant dans mon lit pour me conter d'une voix sourde et enrouée (dont je m'étonnais de percevoir l'écho dans ma mémoire) la geste du preux Roland, l'histoire des chevaliers de la Table Ronde, les aventures du pur Perceval, avec une minutie de détails qui pouvait laisser supposer que ces événements fantastiques dataient de la veille et qu'elle avait elle-même connu ces personnages extraordinaires. Je retrouvais dans mon cœur l'empreinte de sa tendresse bruyante, je respirais son odeur de musc et d'huile d'olive (elle s'en aspergeait les cheveux pour, prétendait-elle, les fortifier), je croyais toucher sa peau dure et sombre, j'entendais, au fond de ma mémoire, résonner son rire sauvage, comme des hennissements rauques.

Dans le *palazzo* Lavanti (ne vous méprenez pas, Antoine, car on appelle *palazzi* en Sicile les HLM sordides qui ont jailli du sol depuis la guerre) caché tout au fond d'une ruelle sinueuse, près de la cathédrale, une austère bâtisse dont la façade, au-dessus de l'immense portail arrondi, s'ornait d'une paire d'Atlantes supportant un balcon ; dans cette maison pompeuse où l'on pénétrait par un porche plus sombre et plus profond que l'antre de la Sibylle et d'où s'arrachait, à droite, un monumental escalier de pierre flanqué d'une rampe à colonnes ; porche ouvert, tout au fond, sur un jardin clos de murs, laissé à l'abandon, où, dans une profusion végétale aussi suspecte qu'inquiétante, poussaient des palmiers, qui étiraient leurs troncs à la recherche de la lumière ; dans l'interminable enfilade de pièces, hautes de plafond, décorées de stucs et de moulures, de glaces qui agrandissaient encore ces espaces démesurés, dans cette succession sans fin de salons occupant tout le premier, seul étage que nous habitions — dans ce *palazzo* qu'on eût cru hanté de fantômes, le soleil ne pénétrait jamais, volets de bois et rideaux de brocarts aux couleurs fanées toujours fermés, comme pour repousser la lumière. Pour cacher aussi « la honte », cette tare mystérieuse dont nous semblions atteints.

Cette « honte » sur laquelle je n'arrivais à mettre aucune image, qui résonnait à mes oreilles comme un mot chargé de mystère, d'une opacité menaçante ; qu'Assunta, ma grand-mère (que j'appelais Assou faute de réussir à prononcer son prénom convenablement), exhalait parfois en un murmure, comme arraché à ses entrailles ou jetait, d'autres fois, à Dina avec une rage meurtrière, dans un cri biblique ponctué d'un geste d'opéra, ample et vaguement ridicule.

« C'est à cause de la honte », proférait Fortunata, sentencieuse, si j'insistais pour savoir quel motif m'interdisait d'aller jouer dans la rue ; ou « c'est depuis la honte », susurrait-elle d'une voix d'église quand je lui demandais pourquoi Assou passait ses jours couchée, recluse dans sa chambre. Si bien que cette « honte » paraissait se tapir dans la pénombre, se cacher derrière les meubles imposants, sombres et luisants, s'insinuer entre les bibelots, les vases de porcelaine de Chine, les bronzes et les paravents, se glisser dans les vitrines du grand salon où dormait une collection d'automates, ramper sur les tapis, rôder autour du Steinway à queue, noir et solennel comme un catafalque. Je l'imaginais, cette « honte », comme un événement mythique, une faute impardonnable commise dans l'obscurité des temps, un péché des origines dont l'un de nous se serait rendu coupable, appelant la malédiction sur toute la famille.

Beaucoup s'imaginent naïvement que l'ombre vit au septentrion et qu'elle implique une absence de lumière. Mais cette ombre diffuse, nostalgique et poétique est à l'ombre véritable ce qu'un jour de pluie est à la nuit d'Afrique. Non, l'ombre dense, minérale, condensée en silence, en pas feutrés, en chuchotements d'agonie, en aigres relents de sueur et de maladie, cette ombre de caveau rongée de moisissures hante les pays de soleil dont elle constitue l'accomplissement. De toutes ces terres de lumière, aucune, si l'on excepte peut-être l'Espagne, ne produit d'ombres plus profondes que la Sicile. C'est peu dire qu'on y vit : on s'y plonge, on s'y terre, on s'y enfouit. La présence, tout autour de soi, d'une lumière coulant comme de la lave épaissit cette nuit artificielle. Il me semble parfois avoir, toute mon enfance, vécu en aveugle, ne discernant que des fantômes glissant dans les ténèbres. J'avais fini, semblable à ces poissons préhistoriques qu'on trouve dans les flaques, au fond des grottes de l'Ardèche ou de la Dordogne, par développer un œil frontal qui me permettait de m'orienter dans cet univers abyssal où les sons et les odeurs même prenaient forme, devenaient des réalités concrètes.

Le matin surtout, cette nuit sonore m'enveloppait, m'emplissant d'une frayeur quasi sacrée. Ni Assou ni Dina ne se levaient avant midi, la première passant ses nuits à dévorer des romans qu'elle faisait venir d'une proche bibliothèque, Kiki, un pékinois hargneux et asthmatique, couché à ses pieds. Et j'entendais, du fond de mon lit, l'appel strident de sa sonnette au milieu de la nuit, puis la voix gouailleuse et enrouée de Fortunata, tirée de son sommeil : « J'arrive, *signora,* j'arrive... » Elle mettait dans ce mot *signora* une intonation populacière qui le faisait sonner comme une insulte. Ensuite, le silence retombait, bientôt déchiré d'appels répétés, de plus en plus impatients, auxquels la voix, maintenant excédée, de Fortunata faisait la même réponse dilatoire et méprisante, allongeant démesurément la deuxième syllabe : *si-gno-o-o-ra,* mélodie qui m'évoquait le chant monodique de l'aiguiseur de couteaux, quand il passait sous nos fenêtres.

Il y avait, peu après, un bruit de casseroles venu de la cuisine et le parfum du chocolat chaud s'insinuant jusqu'à mon lit, odeur que je humais avec volupté, yeux clos. Les pas de Fortunata dans le couloir courant entre les pièces de réception, donnant sur la rue, et les chambres et les commodités, regardant le jardin : glissement plutôt que marche, car Fortunata chaussait, la nuit, des pantoufles. Suivaient des récriminations, des insultes qu'Assou proférait d'une voix haut perchée. Fille de rien, souillon, maritorne. Le grave murmure de Fortunata, parfaitement indifférente à ces cris. Puis, de la façon la plus imprévisible, des éclats de rire, des plaisanteries, le chuchotement confidentiel enfin, et je pouvais imaginer les deux femmes dans la position où je les avais découvertes, une nuit que, intrigué par ce manège, je m'étais avancé jusqu'à la porte de la chambre : Assou, assise dans son lit, la nuque calée par une pile d'oreillers, un châle de laine sur ses épaules, le plateau sur ses genoux, une tasse fumante à la main, et, au pied du lit, près de Kiki lové en boule, Fortunata, renversée, secouée d'un rire convulsif. J'écoutais l'écho de leurs confidences susurrées, me demandant de quoi elles pouvaient bien parler, et quel lien énigmatique les unissait par-delà la haine qu'elles ne cessaient de se manifester, s'insultant avec gourmandise, chaque gros mot qu'elles se lançaient emplissant un long moment leurs bouches, comme s'il s'était agi d'un de ces tétons de sainte Rosalie, faits de massepain enrobé de sucre, que Fortunata déposait au fond de mon gosier en chantonnant : « Mange, mon joli roi des Iles, mange... »

Quant à Dina, elle ne rentrait guère avant l'aube, ôtant ses souliers dans le vestibule, les jetant sur le parquet avec un long soupir de fatigue (et ces deux coups espacés, comme deux coups de feu, pénétraient dans mon sommeil, m'envahissant d'un bonheur ineffable), retirant sa cape de renard argenté qu'elle lançait sur la banquette ; elle s'arrêtait ensuite devant la haute glace, au-dessus de la console, et, enlevant ses boucles d'oreilles, ses bracelets, elle examinait attentivement son visage, souriant à son image, mordant ses lèvres, avant de s'avancer dans le couloir, de pousser doucement la porte, d'approcher de mon lit.

« Tu dors, mon ange de lumière ? »

Je tendais les bras, m'accrochais à son cou, respirant ce

parfum que j'aurais reconnu entre tous, enfouissant mon visage dans la peau tiède que ma bouche couvrait de baisers. Certaines nuits, elle m'emportait dans ses bras jusqu'à son lit où elle me déposait et où je me blottissais, pâmé, en attendant qu'elle vînt m'y rejoindre.

« Réchauffe-moi la place, Sandro chéri.

— Je ne veux pas.

— Méchant ! Je ne te raconterai pas d'histoire alors.

— Une longue ?

— Très longue.

— D'ici à la lune ?

— Jusqu'au soleil.

— Elle est toute chaude déjà.

— Vraiment chaude ? J'ai les pieds gelés.

— Tu n'as pas dansé ?

— Très peu. J'ai surtout causé.

— Tu as dansé avec un beau cavalier ?

— Le plus beau.

— Raconte : comment était-il ?

— Les cheveux très noirs, la peau sombre, des yeux allongés.

— Grand ?

— Très grand, très svelte.

— Il est amoureux de toi ?

— Passionnément.

— Et toi, tu l'aimes ?

— Peut-être. »

Sa voix gorgée de rires m'arrive de la salle de bains ; je vois son corps nu reflété dans la glace.

« Qu'est-ce que tu fais, Dina ? Je t'attends.

— Je me démaquille.

— Pourquoi donc ?

— Pour garder une peau douce.

— Elle est la plus douce. Viens.

— Flagorneur. Hypocrite ! Que dirais-tu si je te chatouillais... là sous les bras ou... tiens, sous la plante des pieds. C'est plus terrible encore, tu vas voir. »

Je suffoque en me tordant, j'étouffe, je trépigne. Elle se jette sur moi et nous roulons sur le lit, riant, pleurant, nous embrassant.

« Tu m'aimes, mon Sandro adoré ?

— Non ! Je te déteste.

— Menteur !

— C'est la vérité vraie.

— Ose le redire en me regardant dans les yeux. Ose ! »

Je presse mon visage contre ses seins, j'appuie mes lèvres sur sa peau.

« Et toi ? dis-je dans un murmure.

— Qu'en penses-tu ?

— Plus que tout au monde ? »

Je vois ses yeux qui approchent des miens, brûlants, pleins d'une gaieté railleuse ; ses lèvres s'écartent devant des dents étincelantes.

« Mon unique amour. Ma chose à moi. Mon garçon. Mon roi.

— Ma reine.

— Tu veux bien me gratter le dos ?

— Seulement si tu me racontes une histoire.

— D'accord... Il était une fois, tout au fond de la forêt celtique, sombre et touffue, une jeune et belle princesse... »

Les mots coulent, les phrases sinuent, décrivant de lentes spirales, les images se lèvent. J'écoute, avec une tremblante ferveur, cette musique au rythme tranquille dont les thèmes, sur un *tempo* de promenade paisible, s'élargissent, s'enrichissent de dix autres thèmes à la fois inédits et familiers. Je me laisse doucement bercer par la voix chérie, me sentant glisser dans un sommeil peuplé de rêves heureux ; je colle ma joue contre le ventre d'où je suis sorti et dans lequel mes songes me replongent...

Dans la cuisine, chaque matin, je retrouvais l'univers de Fortunata et de Margutta : un monde de blancheur et de lumière intense qui m'éblouissait, blessait mes paupières, me faisait cligner des yeux. Je m'asseyais à la grande table, au milieu de la pièce, pour avaler mon bol de cacao en mâchant une épaisse tartine. Une haute porte vitrée, à ma gauche, qui restait le plus souvent entrouverte, donnait accès à un balcon aussi long qu'étroit où Margutta rangeait ses seaux, ses serpillières, ses balais, où elle entassait des caisses de bouteilles vides. Il dominait le jardin intérieur et regardait l'arrière d'autres *palazzi*, portant des balcons similaires, habités de tout un peuple de femmes également rieuses, qui s'interpellaient, s'accoudaient à la balustre pour bavarder, échanger des nouvelles, s'injurier parfois, parlant une langue que j'avais du mal à comprendre, pleine de mots drus et colorés qui m'évoquaient les villages traversés quand, une fois l'an, en juin, nous traversions l'île en direction de Syracuse. Ces mots exotiques sentaient le fumier de chèvre, la cueillette des oranges, le battage des blés dans une poussière d'or, la musique des cloches, le tintement des troupeaux. S'y mêlaient d'autres mots que je reconnaissais pour les avoir entendus dans les venelles graisseuses du vieux quartier, autour du port — les gamins en haillons que je croisais et qui, jetant un regard de hautain mépris sur mon uniforme bleu, mon col amidonné, mes chaussures de cuir noir, se lançaient à ma poursuite, leurs bouches sales de poussière et de morve éructant avec une rage haineuse ces vocables brefs dont le sens m'échappait mais qui faisaient battre mon cœur.

A ce concert de voix et de cris s'ajoutait celui des radios

diffusant, dans chaque cuisine, les mêmes chansons sirupeuses, mélodies d'une simplicité contagieuse qui collaient à l'oreille comme collait à mes mains le miel dont Fortunata recouvrait mes tartines. Je me surprenais parfois à les fredonner, quand j'étais inquiet ou bouleversé, comme si ces airs triviaux, ces paroles imbéciles avaient seuls détenu le pouvoir d'apaiser l'angoisse. Se détachait encore, de cette symphonie fantastique, un morceau d'opéra, *Aïda* ou *la Traviata,* chanté par une voix de soprano que doublait une seconde voix, celle, éraillée, de Carla, une vieille, petite et bossue, toujours coiffée d'un foulard qu'elle nouait sous son menton à la façon des paysannes. Et s'élevaient alors, de tous les balcons, des protestations moqueuses : « T'as bientôt fini de nous casser les oreilles, la *diva ?* — C'est que Madame aime la grande musique ! — Carla ! tes bouseux de parents ont-ils tant besoin de pluie ? — Taisez-vous, ignares ! Vous ne connaissez que vos chansons d'amour. — L'amour, pour sûr que tu ne dois pas le connaître beaucoup, hein, Carla ? Quel homme voudrait de ta bosse ? — Et de tes poux, ils en veulent peut-être, les hommes ! » Avec une bonne humeur combative, Fortunata participait à ces joutes, sortant sur le balcon pour lancer une réplique, revenant avec un rire triomphant : « Attrape donc ça ! », lançait-elle en me couvant d'un regard extasié, puis se penchant soudain pour m'embrasser. « Regarde-le qui fait le dégoûté, Margutta. Il n'aime pas les baisers des femmes. Il préfère ceux de sa jolie Maman. Hein, mon voyou, que t'es amoureux de Dina ? Ne rougis pas, va. Quel regard ! Mais c'est qu'il nous tuerait, ce vaurien ! » Et de me chatouiller, de glisser ses mains sous ma chemise pour caresser ma poitrine, de rire en rejetant la tête.

Quand je traversais le couloir pour aller dans le salon rouge, j'éprouvais la sensation de changer d'univers, retrouvant, brusquement, celui de la faute. L'ombre et le silence se refermaient sur moi, j'allais m'asseoir sous le Steinway, j'ouvrais un livre, je m'installais dans le rêve et l'attente.

Je m'habituais à l'idée qu'il existait deux mondes, parfaitement étrangers l'un à l'autre et, même, hostiles : le monde de la rue, de la mer, des paquebots dont j'écoutais, la nuit, les plaintifs appels, des cuisines et des arrière-cours, des voyages et des champs ; le monde enfin de Dina et d'Assou, obscur, glacé, plein de relents de produits pharmaceutiques, de parfums lourds, de silences haineux — ce monde de la « honte » qui faisait de moi l'habitant d'une planète éloignée.

Vers midi, Fortunata pénétrait dans le salon, poussant une table roulante avec la vaisselle du petit déjeuner. Elle l'installait au fond d'un large bow-window, entre deux fauteuils qui se faisaient face.

La première, Assou paraissait, imposante dans sa robe de chambre de velours grenat aux manches évasées, coiffée d'un bizarre bonnet transparent, la figure enduite d'une épaisse couche de crème qui lui faisait un masque livide. Elle s'avançait très droite, le menton haut, portant, sous son bras droit, un journal replié. Majestueuse, elle me tendait sa main à baiser, osait parfois une caresse sur mes cheveux, faisait une remarque, le plus souvent désobligeante :

« Décidément, tu as des cheveux impossibles. On dirait du crin. Tu dois tenir ça de ton malheureux père. Ne reste donc pas à me fixer comme ça : tu as l'air parfaitement stupide. Retourne jouer. »

Elle s'asseyait dans le fauteuil de gauche, écartait du bout des doigts un pan du rideau pour observer le mouvement de la rue, versait le chocolat chaud dans sa tasse, étalait avec des gestes sûrs le beurre sur le toast, trempait ses lèvres, avalant une gorgée.

Enfin Dina surgissait, vive, ses cheveux noirs dénoués, marchant à pas rapides, chaque jour vêtue d'une robe de chambre différente, taillées dans des étoffes souples et légères. Dès que j'avais entendu ses pas dans le couloir, j'avais bondi pour me jeter dans ses bras, muet de bonheur. Elle me berçait longuement, sans un mot.

« Cesse donc de tripoter cet enfant. Tu vas en faire une mauviette. Il n'a déjà que trop tendance à rêvasser. »

Doucement, Dina m'écarte, me regarde avec une joie complice, me sourit, passe ses doigts dans mes cheveux.

« Comme tu es beau, Sandro !

— Beau ? C'est affaire de goût, ma fille. Un véritable moricaud, oui. Il ressemble à son père.

— Son père était superbe, Assou.

— A t'en croire, tous les hommes sont superbes.

— Son père l'était. A vous faire tourner la tête.

— Oh ! pour ça, il te suffit de peu : le premier venu te fait perdre la tête.

— Pas le premier venu, non. Son père était un homme du monde.

— Laisse-moi rire, tiens ! Tous les Français jouent à l'homme du monde. Si tu n'avais pas eu le sou, je parie qu'il se serait montré moins galant. Les Français ne respectent que l'argent. T'a-t-il donné signe de vie, depuis qu'il te croit ruinée ? De plus, ce n'était même pas un vrai Français : un Auvergnat. Et plus noir de peau qu'un métayer de Pachino. Il a sûrement du sang sarrasin, si tu veux mon avis.

— Comme nous tous. Connais-tu un Sicilien qui n'ait pas du sang maure ?

— Parle pour toi, ma fille. Je ne suis pas sicilienne, moi. Je suis de Naples, et j'ai la peau blanche et les cheveux blonds.

— Blonds de teinture. D'ailleurs, les Napolitains sont des Espagnols, lesquels ne sont rien qu'un mélange de sang juif et mauresque. »

Elles parlent d'une voix égale, elles donnent l'impression de s'amuser. Dina s'est assise face à sa mère et boit son thé au lait. Je les contemple depuis mon observatoire, sous le Steinway, feignant d'être absorbé dans la lecture. Elles ressemblent à deux vieilles amies qui se retrouveraient après une longue séparation. Elles bavardent d'une voix chuchotante, et Dina parfois renverse sa tête pour rire. Sa beauté alors me blesse, fait battre plus vite et plus fort mon cœur. Elles échangent des nouvelles de la ville, citent des noms, font d'obscures allusions à d'anciennes histoires.

Fortunata a débarrassé le service du petit déjeuner, elle a apporté une table recouverte d'une nappe blanche sur laquelle elle a déposé un nécessaire de toilette, tout un jeu de brosses, de peignes, de flacons, de boîtes d'argent où se voient deux initiales entrecroisées. Elle reste un moment debout entre les deux femmes, causant avec une familiarité complice. Avec des gestes concentriques, Assou a retiré la crème qui couvrait son visage, elle dépose des morceaux de coton dans une boîte, devant elle ; son teint paraît maintenant luisant, huileux. Elle se tamponne la figure avec une houppette qu'elle trempe dans un pot, cependant que Dina brosse lentement, méticuleusement, ses cheveux. Je connais chacun de leurs gestes, je sais que la séance durera près de deux heures, jusqu'à l'arrivée de la manucure, celle, plus tard, de la coiffeuse ; celle, trois fois par semaine, de la couturière et, les trois autres, de la modiste, une jeune femme svelte et blonde qui affecte de parler avec l'accent français bien qu'elle soit, prétend Assou avec un gloussement mauvais, originaire de Messine. Jusqu'à cinq heures environ, elles resteront assises l'une en face de l'autre, dans une pénombre d'église, chuchotant, se pomponnant. Je verrai leurs visages se transformer, devenir deux masques bariolés, pareils aux images des saints, dans les vitraux de la cathédrale. Je ne manquerai pas de me demander, comme je le fais chaque jour ou presque, pourquoi, puisqu'elle ne quitte jamais la maison, regagnant, après le dîner, son lit à baldaquin, pourquoi Assou prend un soin si minutieux de son aspect. J'aurai, avant qu'elles n'aient terminé leur cérémonie de fards et de poudres, mangé dans la cuisine entre Margutta et Fortunata, écoutant leurs histoires, celles de Margutta surtout, qui n'a pas vingt ans et qui se croit chaque semaine amoureuse. Fortunata, qui passe pour avoir de l'expérience, la conseille gravement, d'un ton docte. Il faut prendre garde, déclare-t-elle à Margutta, de ne pas céder ça à un homme, si l'on ne veut pas finir vieille fille. (Elle accompagne ses paroles d'un geste de la main droite, l'ongle du pouce entre ses dents.) Elle soutient que les hommes ne pensent qu'à une chose, qu'il ne faut leur accorder que contre la bague, ce qui me semble tout à fait mystérieux. Je pense qu'il faut beaucoup d'argent pour aimer, si l'on doit donner une bague en échange de chaque baiser. Je songe à tous les baisers que Dina a dû recevoir, elle qui possède des centaines de bijoux. Je comprends la perplexité de Margutta dont les amoureux ne roulent de toute évidence pas sur l'or. Elle dit que bon, c'est d'accord, mais que c'est bien dommage parce que la chose est bien agréable. Fortunata aboie un rire profond, comme une quinte de toux. La chose, dit-elle, c'est toujours pareil, et il n'y a pas de quoi en faire un conte. Pour les hommes, oui, c'est agréable, mais les femmes, elles, qu'est-ce qu'elles en retirent, les ennuis mis à part ? Margutta s'arrête de manger, part d'un rire d'enfant.

« Tu l'as déjà fait, toi, Fortunata ?

— Comme tout le monde, ma petite. Il n'y a pas besoin de sortir de l'université pour savoir faire ça. Ni d'être une beauté. D'ailleurs, ajoute-t-elle rêveusement, je n'étais pas non plus trop laide : j'étais dans le milieu du panier. »

Je me demande ce que cela peut bien signifier. J'essaie d'imaginer un panier rempli de mandarines.

« Il était bien ? insiste Margutta, l'œil luisant.

— Ils sont tous bien ou mal, vus à une certaine hauteur.

— Moi, j'en ai connu un, Mario, il n'avait pour ainsi dire rien, glousse Margutta. Une moitié d'allumette, et encore...

— A l'usage, c'est souvent les meilleurs. Ils ne sont pas exigeants et ils vous laissent dormir en paix. Ce dont les femmes manquent le plus, vois-tu, c'est de sommeil. Ça leur prend parfois en pleine nuit, aux hommes, question rêves sans doute, et ils ne s'occupent pas si vous dormez ou non. Ma mère m'a souvent raconté qu'elle m'a faite sans arrêter de dormir.

— C'est dommage, quand même.

— Tu dis ça parce que tu es jeune, tu verras quand tu seras mariée depuis dix ans : tu préféreras le sommeil alors.

— Tais-toi. Il me semble qu'elles ont sonné.

— Penses-tu ! Elles sont à se bichonner et à se peindre. Et puis, elles attendront. Nous avons le droit de manger, tout de même... »

Depuis le matin, le soleil a tourné. Fortunata a déroulé le store de sparterie, créant une pénombre, non pas froide et opaque comme celle qui obscurcit les pièces sur la rue, mais irisée, traversée de phosphorescences qui éclairent les faïences blanches et bleues, les cuivres sur l'étagère, au-dessus des fourneaux, les bocaux de terre cuite, l'image de sainte Rosalie dans son cadre doré.

Je me sens comme engourdi, plongé dans une léthargie accablée, une torpeur animale. La chaleur coule sur les murs comme un fleuve de lave, étouffant les bruits. Les voix pathétiques des speakers semblent résonner dans un autre monde : elles parlent de grandeur, d'empire, de force et d'héroïsme. Quand elles se taisent, les accords martiaux des hymnes retentissent, mais ces musiques guerrières se noient, elles aussi, dans ce silence brûlant où la sirène d'un bateau mugit longuement, où un rire de femme soudain s'élève, se prolongeant dans un écho assourdi. Au loin, je le sais, la guerre se poursuit, héroïque, opposant nos soldats à des hordes sauvages. Des batailles dignes de celles que César livrait aux Germains et aux Gaulois se déroulent dans le désert, au milieu des sables. Rome retrouve sa grandeur évanouie et le Duce emploie, pour s'adresser aux foules massées devant le balcon du Palais de Venise, les mots mêmes de Caton. Mais ici, à Palerme, à cette heure d'écrasement, tous ces événements prennent un air d'irréalité. Un autre temps s'installe, fait de la poussière des siècles, comme si rien ne pouvait résister à cette chaleur poisseuse qui fait taire jusqu'aux chiens. Les discours héroïques se diluent dans cette atmosphère déliquescente.

Fortunata a écarté sa chaise, elle étend ses jambes, les mains à plat sur ses cuisses. Yeux mi-clos, elle exhale de longs soupirs. Margutta, le coude gauche sur la table, s'évente après avoir repoussé son couvert.

Laissant Margutta et Fortunata à leur béate somnolence, je me glisse sans bruit hors de la cuisine pour retrouver la pénombre du long couloir qui, du vestibule au débarras rempli de malles et de valises, sépare en deux l'appartement. L'obscurité participe ici de l'indécision des régions frontalières. Elle ne possède, ni la densité opaque du monde de Dina et d'Assou, ni l'étouffante palpitation de celui de Fortunata. C'est un monde de transition que traversent des scintillements et des faisceaux phosphorescents. J'y avance à pas lents, observant les taches de lumière sur les murs tendus de soie pourpre. J'ouvre, l'une après l'autre, la dizaine de portes donnant, comme la cuisine, sur le jardin intérieur et l'arrière des *palazzi* voisins ; j'inspecte ces chambres dont le mobilier, rassemblé en leur centre, recouvert de housses et de draps, forme des montagnes enneigées sous lesquelles, relevant un coin d'un drap, je me glisse. Je demeure assis sous une pile de fauteuils, sous un matelas, dissimulé à mes propres yeux, invisible, absent de la réalité, plongé dans un univers de songes plus mouvants que les nuages. Je me berce d'histoires fantastiques, je m'invente des dragons à combattre, des princesses à délivrer, des amitiés héroïques. Depuis que je suis né, depuis bien avant peut-être, ces chambres demeurent inoccupées, plongées dans un sommeil à l'odeur de naphtaline. Rideaux tirés, volets refermés, elles voguent dans une pénombre où des éclats de lumière tremblent, créant une illusion d'aquarium. Des formes pâles se reflètent dans les miroirs, au-dessus des cheminées, fantômes des femmes et des hommes qui, à une époque reculée, habitaient ces pièces aux plafonds ornés de stucs.

Je m'attarde auprès de ces spectres, retardant l'instant où je devrai pousser la porte du grand salon pour découvrir, au fond de cette scène qu'est, à mes yeux, le bow-window, Dina et Assou, assises à leurs places habituelles. Leurs chevelures, noire pour Dina, cuivrée pour Assou, friseront et onduleront ; leurs mains s'agiteront comme des moineaux pour hâter le séchage du vernis à ongles. Elles tiendront la tête haute et immobile afin de ne point déranger le masque posé sur leurs traits. La lampe à abat-jour rose sera allumée, éclairant leurs bouches ensanglantées, leurs cils alourdis de rimmel. Je percevrai le sifflement de leurs voix gonflées de venin. Avec ponctualité, la dispute commence après le départ de la manucure, dispute annoncée d'abord par une imperceptible altération de la voix d'Assou qui, quittant le registre des graves, se hausse d'une octave. Il s'agit, le plus souvent, d'une remarque sur les « fréquentations » de Dina. Ne te suffit-il pas de nous avoir couverts de honte ? A cause de toi, je n'ose pas me montrer dans la rue, je demeure cloîtrée entre ces murs, je suis une morte-vivante. Dina feint de ne pas entendre, sa bouche s'écarte en un sourire de fiel, elle approche ses mains de ses lèvres, souffle lentement sur ses ongles. Tu te fiches bien de ta mère, tu ne songes pas davantage à tes fils. Que nous soyons devenus, à cause de toi, le scandale de toute la ville, ça ne te fait ni chaud ni froid, bien sûr. Tu ne penses qu'à toi, tu ne t'occupes que de ta petite personne. Dina poursuit son manège, secouant ses mains, feignant de ne rien entendre, attitude qui achève de démonter Assou dont la voix se hausse encore jusqu'à l'extrême aigu. Oh ! tu peux jouer les indifférentes. Ça ne prend pas avec moi, va ! Crois-tu que, parce que je n'ose pas me montrer au-dehors, j'ignore quel genre de gens tu rencontres ? La lie de l'humanité, des voyous, des apatrides sans foi ni loi. — Je sais, Assou, tu préférerais, n'est-ce pas, que je voie les voyous de ton camp, les tueurs en chemise noire, ces gigolos pommadés qui s'imaginent être des hommes parce qu'ils portent un gros pistolet à leur ceinturon. Tu seras satisfaite, sûrement, quand ils auront réussi à nous jeter dans la guerre et que les jeunes Siciliens s'en iront crever pour les beaux yeux de ton Duce, cette marionnette ! — Qui donc a redonné un peu de dignité à ce pays ?... — Dignité ? Laisse-moi rire, Assou !

De la rhétorique creuse, oui. Veux-tu que je te dise ? Ton Mussolini, c'est un gros tas d'excréments. — Voilà comment l'on parle dans ton milieu... — Parce que tu es née, toi, dans un palais peut-être ? — Je t'interdis de me parler sur ce ton ! Je suis ta mère. Je suis née dans une famille honorable. Je connais mes ancêtres, moi, ce qui n'est pas le cas de tout le monde... — Quelle délicatesse, Assou ! A défaut d'autre chose, tu devrais avoir la reconnaissance du ventre. Où serais-tu, si papa ne t'avait pas tirée de ton minable salon de coiffure ? — Je n'ai jamais travaillé dans un salon de coiffure ! Je n'ai jamais été, comme toi, une traînée qui couche avec le premier venu. — Certainement pas. Ton Cossimo, c'était un homme du monde, n'est-ce pas ? Le plus parfait salaud de toute la Sicile, un *maffioso*... Et tu le mettais dans ton lit devant mon père. Tu ferais mieux de te taire, tiens. — Je me tairai si je le veux. Je suis ici chez moi, je suis ta mère. — Ma mère, oui, je n'en doute pas. Pour la paternité, c'est déjà plus incertain... — Putain ! Tu n'es qu'une putain. — Voilà le naturel qui revient. Tu as sans doute appris ce beau langage avec les coiffeuses de Naples...

Je traverserai le salon sans faire de bruit, je me glisserai sous le piano, je ferai semblant de m'absorber dans la lecture de mes livres de contes. Je suis un enfant sage qu'on n'entend guère : on ne cesse de le dire et j'ai peut-être fini par m'en persuader. Je ne bouge pas, j'évite tout mouvement brusque. Arrête, dira soudain Assou, le petit nous écoute. Les voix brusquement s'apaiseront, redeviendront murmure. Je n'ai pas tourné la tête ni levé mon regard : ai-je entendu ? Les mots m'atteignent moins que le son de leurs voix. Parfois je m'étonnerai de ne pas détester Assou, qui pourtant paraît haïr Dina. Je reculerai devant ma surprise, pressentant un danger. Je n'oserai pas regarder en face cette pensée : Assou, dans sa fureur, exprime une part de mes propres sentiments. Serait-ce la raison pour laquelle je la considère avec une affection amusée ? Elle a beau faire la grosse voix, dire que j'ai des cheveux impossibles, me traiter de moricaud. Il court dans son ton une tendresse complice et rude, et je distingue parfois dans son regard une lueur de pitié. On dirait qu'elle voudrait me protéger d'un danger vague. Il m'arrive, sans raison précise, de courir vers elle, de me jeter dans ses bras, d'enlacer sa taille, ma joue sur son ventre. Elle a alors un mouvement de recul, sa main hésite avant de se poser sur mon crâne. « Qu'est-ce qui te prend, gros bêta ? Allons, ressaisis-toi. » Mais ses bras se referment autour de mes épaules, un rire la secoue. « Tu n'es pas un mauvais bougre. Méfie-toi de ta sensibilité. »

Le moment que j'aurai attendu, assis sous le piano, arrivera enfin. Assou se lève, toujours aussi imposante ; elle glisse le journal sous son bras droit avant de déclarer : « Ça y est, je crois que ça vient. » Digne et majestueuse, elle traverse le salon en direction des cabinets où elle restera plus d'une heure enfermée, lisant son journal. Je ne saurais dire ce qui, dans ce rite, me fascine. Est-ce la gravité avec laquelle Assou parle de « ça » ? Car il y a des jours où « ça » vient et d'autres où « ça » ne vient pas et où il lui faut recourir à des médicaments, se résoudre même à supporter un lavement que Fortunata lui applique avec une solennité de prêtresse antique, traversant d'abord tout l'appartement l'appareil dans ses mains, criant ensuite d'une voix où je décèle une nuance de joie mauvaise : « Encore un moment, voyons ! Il en reste tout juste une moitié. » Est-ce la dignité de sa démarche pour se rendre au petit endroit ? Est-ce parce que, dès qu'elle a quitté le salon, Dina écarte les rideaux, laissant la lumière couler à flots dans cet espace immense ? J'abandonne aussitôt ma cachette, je cours vers Dina, je me serre contre elle, très fort.

« Fais attention à ne pas me décoiffer, Sandro.

— Tu me joues quelque chose ? »

Elle s'approche du piano, souriante, lève le couvercle, frotte un instant ses mains l'une contre l'autre, pose sur moi son regard d'or.

« Que veux-tu que je joue ?

— Chopin.

— Encore ! Ecoute, je vais te jouer quelque chose que tu ne connais pas... »

Les doigts parcourent le clavier, le son remplit la vaste pièce, rebondissant sur les plafonds et sur les murs, m'atteignant avec une violence à peine supportable. Avec une insistance redoutable, la main gauche scande un rythme obsédant tandis que la droite suggère une mélodie lascive ; lent et régulier, comme un tam-tam, le martèlement rythmique crée une atmosphère de sorcellerie ; la mélodie, de son côté, évoque les contorsions d'un corps qui se penche, se renverse, s'éploie, s'étire, se ramasse. Je quitte l'appartement, la ville, l'île ; je me retrouve dans une clairière de la forêt primitive, entouré de masques grimaçants ; des mains frappent des tambours, de plus en plus vite ; la danseuse, au milieu du cercle, tourne à une vitesse vertigineuse. Je voudrais crier, je ferme les yeux. Une expression de sombre fureur, de sauvagerie se peint sur le visage de Dina, penché au-dessus de l'instrument. J'ai peur soudain de cette femme inconnue, impitoyable et terrible.

« Arrête, Dina ! Arrête !

— Ça ne te plaît pas ?

— Ça me donne la chair de poule, ça me fait peur.

— Petit sot ! Qu'y a-t-il de redoutable dans cette musique ? C'est le battement du cœur dans la poitrine, du sang dans les artères, c'est le rythme de la vie. Ecoute !

— Arrête, Dina ! Je n'aime pas ton visage, quand tu joues cette musique. Il devient laid.

— Laid ? Quel nigaud tu fais ! Dina n'est jamais laide. M'entends-tu ? Jamais ! »

Elle a refermé le couvercle, elle a fait pivoter le tabouret ; ses yeux me fixent avec une expression haineuse.

« Tu pensais vraiment ce que tu as dit ?

— N-non.

— Pourquoi l'as-tu dit alors ?

— C'est la musique. Elle me fait peur.

— Peur ! La vie ne doit pas te faire peur. La vie peut être terrible. Entends-moi bien, Sandro : terrible. Comme l'amour, comme tout ce qui importe. Allons, ne fais pas cette tête-là. Viens contre moi, gros bêta ! »

Je ne pleurerai pas, je ne crierai pas. Je reste impassible. Je sais que je dois l'aimer aveuglément, si je veux survivre. Je ne lui montrerai rien de ce que je ressens, je lui cacherai ma peur et ma haine, je tiendrai le rôle qu'elle m'assigne.

« Elle te plaît, Sandro ?

— J'aime mieux l'autre.

— Mais c'est une robe superbe. Elle me va à ravir.

— Tu as l'air d'une gitane.

— Evidemment, puisque c'est une robe andalouse.

— Tu es plus belle dans la noire.

— Je ne peux tout de même pas porter chaque soir la même robe. Tu es bien sûr qu'elle ne me va pas ? »

Assis sur le lit, dans la chambre de Dina, je la regarde tournoyer devant les trois glaces de l'armoire. Trois Dina identiques et différentes. Une dizaine de robes du soir s'étalent autour de moi. Je les caresse du bout des doigts.

« Tu me trouves vraiment mieux dans celle-ci ?

— Tu es plus belle comme ça.

— Belle comment ?

— La plus belle.

— Mon tyran, mon amoureux. Viens que je t'embrasse. Pas là, tu vas te mettre tout plein de poudre.

— Où vas-tu ?

— Je ne le sais pas encore. Nous irons souper, peut-être à Bagheria.

— Avec Andreo ?

— Oui, bien sûr.

— Tu l'aimes beaucoup ?

— A la folie.

— Plus que moi ?

— Petit sot ! Comment pourrais-je aimer quelqu'un davantage que mon Sandro ?

— Il est beau ?

— Superbe.

— Pourquoi est-ce qu'il n'aime pas le Duce ?

— Parce que le Duce est un gros porc qui va, avec ses criailleries, nous plonger dans la guerre ; parce que c'est un arriviste et un adversaire de la liberté.

— Et s'il mettait Andreo en prison ?

— C'est Assou qui t'a dit ça ? Remarque, ça pourrait arriver.

— Qu'est-ce que tu ferais alors ?

— Je ne sais pas, Sandro. Je pourrais mourir. Je ne sais vraiment pas ce que je deviendrais sans lui. Ecoute, je vais te confier un secret. Jure-moi de ne le répéter à personne, ni à Assou ni à Fortunata. Jure-le sur ma tête.

— Je le jure.

— Voilà, Sandro, nous allons bientôt partir tous les trois, Andreo, toi et moi.

— Où ça ?

— En France. Nous partirons dans un grand bateau tout blanc. Tu découvriras ton pays, tu apprendras le français.

— C'est comment, la France ?

— C'est le plus beau pays du monde, Sandro. Vert. Avec des arbres plus hauts que les colonnes de la cathédrale, des rivières larges et claires. Nous irons à Paris.

— Qu'est-ce qu'il dira Julien, s'il te voit avec Andreo ?

— Ton père ? Que veux-tu qu'il dise ? C'est un homme du monde. D'ailleurs, il vit avec une autre femme, une petite bourgeoise insignifiante.

— Quand est-ce qu'on partira ?

— Dès que possible. Andreo n'a pas de passeport, vois-tu. Il faut attendre qu'une occasion se présente. Tu es content ?

— Oui.

— Ce sera magnifique, tu verras. »

Je ne suis ni content ni mécontent. Je regarde Dina, occupée à mettre ses boucles d'oreilles. Je bondis du lit pour l'aider à refermer son collier. Mes mains frôlent sa nuque. Elle secoue maintenant sa tête en riant. Elle jette une cape de fourrure sur ses épaules, se contemple d'un air satisfait.

« Ça va, Sandro ?

— Tu es superbe.

— Mon petit trésor, mon amour. Je rentrerai tôt, j'irai te chercher dans ton lit, je te raconterai tout. »

Elle s'éloigne dans le couloir, traverse le vestibule, se tourne pour m'envoyer un dernier baiser du bout des doigts. Je reste immobile comme foudroyé. Je respire son parfum, je sens ma gorge qui se serre. Une main dure se pose sur ma nuque.

« Allons, l'amoureux. Elle va revenir, ne t'inquiète pas. A-t-on idée d'aimer sa Maman à un tel point ! Pauvre Sandro ! Tu es malheureux, hein ? Tu ferais mieux de pleurer au lieu de te raidir comme ça. Viens, mon petit prince tout en sucre, viens dans la cuisine. Je t'ai préparé une glace au melon comme on n'en mange pas *piazza* Bellini. Quel chagrin, sainte Rosalie, mais quel chagrin ! »

Je cache mon visage dans la jupe de Fortunata, je la suis dans le couloir.

Tout comme l'espace séparait, autour de moi, deux mondes opposés, celui de Dina et d'Assou et celui de Fortunata, je vivais dans un temps lui aussi partagé en deux : le temps de la présence et celui de l'absence. Dans le premier, la présence physique de Dina abolissait la durée, créant une illusion d'éternité. C'était un temps sans passé et sans futur, un présent d'extase et de ravissement. Le second, au contraire, semblait s'étirer en une attente anxieuse et tremblante. Je vivais alors aux aguets, sursautant au moindre bruit, interprétant chaque son, observant chaque nuance de la lumière. Pour tromper mon attente, j'essayais de m'imaginer chacune des actions de Dina. Je l'imaginais assise à une table de restaurant, riant de ce rire que je connaissais bien, qui découvrait très haut ses dents, jusqu'à la gencive, avec, entre la lèvre supérieure et les narines, un léger frémissement, comme une palpitation. Je me répétais à voix basse ce que, dans mon esprit, elle devait dire à Andreo, assis auprès d'elle. Je les regardais alors qu'ils dansaient, étroitement enlacés, comme je les avais vus un jour que Dina m'avait emmené avec elle pour me présenter à Andreo, un homme grand et sec, très brun de peau, à l'aspect sévère. J'avais caché à Dina combien le regard de cet homme m'avait fait peur, je m'étais montré aimable, malgré la terreur où me jetait le timbre de sa voix, très grave, avec des inflexions tranchantes. J'étais resté sagement assis, les regardant danser en riant. Andreo m'avait dit que je devrais bientôt aller à l'école, si je voulais devenir un homme ; qu'il était sûr que j'y travaillerais bien, car rien n'était plus important que d'acquérir une vaste et solide culture ; qu'il veillerait sur moi comme un père et qu'il était sûr que nous deviendrions de bons amis. Tout le temps qu'il s'adressait à moi, j'observais Dina, manifestement ravie. Elle paraissait certaine que j'aimerais Andreo, puisqu'elle avait décidé que je l'aimerais. Rien de ce qu'elle voulait ne pouvait pas ne pas se produire. Elle en eût été contrariée et malheureuse ; or, comment aurais-je souhaité la rendre malheureuse ?

Avais-je seulement une existence propre ou n'étais-je qu'un pur reflet de Dina, un miroir vivant où elle pouvait contempler son image, comme elle le faisait devant chacune des glaces de la maison ? Je n'entendais pas davantage ses propos : je les absorbais comme l'éponge se gonfle du liquide où on la plonge. Ce n'étaient pas même des paroles, mais une musique dont mon cœur s'imprégnait. Comme ces héroïnes d'opéra dont on ne songe guère à analyser, ni moins encore à critiquer, les attitudes et le comportement, la musique suffisant à produire le sentiment de l'évidence, Dina m'apparaissait auréolée d'une irréalité irréfutable. Comme les fées de mes contes, elle vivait d'une existence tout ensemble chimérique et définitive. Sa personne s'imposait à moi moins par la persuasion, ni même par le sentiment, que par la magie. Je ne pouvais pas davantage échapper à ses charmes que la princesse ne peut échapper au vœu de la méchante fée. Aussi n'étais-je rien hors de la présence de Dina, condamné à l'attendre pour revivre, dormant quand je feignais de vivre, plongé dans une léthargie morbide dont ne me tirerait que le contact de ses lèvres sur ma peau.

Seule Fortunata réussissait à m'arracher à l'enchantement de Dina en me persuadant, par la contagion de son regard cynique, de l'existence d'une réalité plus immédiate. Je ne saurais d'ailleurs, quand même je le voudrais, exprimer en quoi consistait la manière dont Fortunata considérait le monde et ses habitants, tant son attitude suscitait mon étonnement et, parfois même, ma perplexité. Elle savait se montrer bonne et compatissante, prête à pleurer devant tout malheur et toute infortune, comme elle pouvait faire preuve d'une dureté impitoyable. Le plus souvent, elle n'exprimait qu'une curiosité paisible et satisfaite, comme si le monde avait été un vaste théâtre où se jouait une comédie dont les péripéties n'eussent pu l'émouvoir, trop invraisemblables peut-être.

Nous sortions chaque jour nous promener en ville. Elle me conduisait *piazza* Verdi, ou au Jardin botanique, une ou deux fois, en calèche, jusqu'au sanctuaire de sainte Rosalie, au sommet du mont Pellegrino. Elle achetait des glaces que nous mangions assis sur un banc, observant la foule. Fortunata léchait sa glace à petits coups de langue rapides, comme un chaton qui lape son lait, avec une étrange et intense concentration. On aurait dit, la voyant courbée sur son cornet, léchant consciencieusement tout le pourtour de la glace, le regard attentif, que rien ne pouvait être plus important ni, même, plus essentiel que cette lente, cette délectable succion. Elle ne voyait rien d'autre, ne s'intéressait à rien d'autre : tout l'univers tenait dans cette crème onctueuse dont elle ne perdait pas une goutte. Puis, tirant un mouchoir de son sac, elle s'essuyait les doigts, le contour des lèvres, frottait mes mains et ma bouche avant de déclarer sur un ton d'évidente satisfaction : « C'était bien bon, hein, mon joli roi ? » Elle s'installait ensuite, le dos bien droit, les mains à plat sur ses genoux, promenant autour d'elle un regard de contentement. Elle semblait pleinement, magnifiquement satisfaite de constater que l'eau de la fontaine coulait dans la vasque, que les gigantesques ficus élevaient leurs hautes colonnes à l'endroit habituel, que chaque passant tenait convenablement son rôle, les enfants jouant comme doivent jouer les enfants, leurs bonnes riant aux plaisanteries des militaires, les curés exhibant la dignité de leurs soutanes et les veuves ayant la figure et les toilettes du veuvage. J'ignore ce qui, dans ce spectacle, lui causait une si manifeste satisfaction. Etait-ce le fait que chaque chose fût à sa place, que chaque personne parût tenir son rôle avec conviction ? Etait-ce plutôt le bonheur innocent de regarder ? Ses yeux ne perdaient aucun détail, tout comme sa peau ne laissait rien perdre de la douceur de l'ombre, de la tiédeur de l'atmosphère. Elle se trouvait tout entière lovée dans ses sens. Elle laissait échapper de longs soupirs de béatitude ou, brusquement, partait d'un rire rauque. « Regarde-moi un peu comment il est fait, ce tordu. Quel avorton ! » Ou bien elle s'exclamait avec une joie mauvaise : « Tiens, fixe-moi un peu ce bossu, maudite soit la mère qui l'a engendré ! », et Fortunata détournait la tête pour lâcher un gros crachat de mépris.

« Mais il est malheureux, Fortunata. Tout le monde se moque de lui.

— On ne s'en moquera jamais assez, mon joli roi. N'est-ce pas une honte de promener une pareille monstruosité !

— Mais il est né comme ça ; ce n'est pas sa faute, tout de même.

— Pas sa faute, pas sa faute : ce sera la faute de son père ou de sa mère alors. »

Cette impassible cruauté me jetait dans la perplexité. Je cherchais en vain l'explication de ses imprécations et de ses condamnations. Fortunata ne se souciait en effet guère de les justifier, sauf par des marmonnements haineux. Elle détestait les infirmes comme elle admirait les brigands : d'instinct. Les premiers insultaient à l'ordre du monde quand les seconds tendaient à le rétablir : elle discernait dans le crime une beauté qu'elle refusait aux boiteux, aux manchots, aux éclopés, les insultant s'ils lui tendaient la main en invoquant la charité.

« Va demander au Diable qui t'a engendré, espèce d'avorton ! »

Et elle me tirait avec brusquerie comme si elle avait redouté que je fusse contaminé par le contact de cette souillure.

« Récite vite une invocation à sainte Rosalie, mon petit prince tout en sucre. La maladie du malheur, ça s'attrape d'abord par les yeux. »

Si l'infirmité suscitait son dégoût, la mort ne lui procurait qu'une curiosité attentive. Elle ne manquait pas de se signer chaque fois que nous croisions un enterrement ni d'entrer dans une église dès qu'elle entendait le glas, s'agenouillant pour saluer le défunt.

« On leur doit bien ça, aux pauvres morts. Ils ont besoin de nos prières en attendant la Résurrection. »

Le spectacle, dans la crypte des capucins, de milliers de cadavres ne semblait guère affecter Fortunata qui les contemplait avec une désinvolte goguenardise, riant de leurs postures, de leurs vêtements. Elle s'approchait pour les regarder de plus près, se moquant de ma peur d'enfant.

« Ils ne te mordront pas, va ! La mort les rend tout doux. Va distinguer le méchant du saint homme. C'est à souhaiter d'être mort. Regarde, mon joli roi, regarde : ils sont là comme à la parade. Quelle farce tout de même ! »

Elle les examinait comme elle fixait l'horizon de la mer, cherchant à distinguer les bateaux ; comme elle regardait Dina ou Assou, avec un mélange de pitié et d'ironie. Elle me traitait avec la même tendresse brusque et moqueuse, prenant parfois un incompréhensible plaisir à jouir de mes peurs ou à tourner mes chagrins en dérision. Elle me caressait, me couvrait de baisers, puis, sans motif apparent, m'écartait et me rabrouait. Imprévisible, Fortunata n'en donnait pas moins l'impression d'un fantastique équilibre. On la sentait remplie d'une force aussi puissante et mystérieuse que celle de la mer. Pieuse, catholique fervente, respectueuse des commandements de l'Eglise, collectionnant dans sa chambre les images de tous les saints et de toutes les saintes de la Sicile à qui elle ne manquait pas d'adresser une prière avant de se glisser dans son lit, Fortunata n'en faisait pas moins preuve, dans ses réactions comme dans ses réflexions, d'un amoralisme placide, ne voyant rien à redire, ni dans l'adultère, ni dans la sodomie, ni même dans le crime, pourvu que ces actes fussent commis « dans les règles », elle entendait par là : dans le plaisir et pour le plaisir. « Là où il y a plaisir, Dieu ni Sa Sainte Mère ne trouvent rien à dire », aimait-elle à répéter.

Fortunata échappait à la « honte » tout en participant à notre malheur, qu'elle semblait d'ailleurs vouloir gérer avec un soin scrupuleux, comme si elle se sentait secrètement flattée d'évoluer dans un univers marqué par le destin et, de ce fait, presque sacré. Elle prenait très au sérieux son rôle de vestale de l'honneur bafoué, rôle qui l'investissait d'une éminente dignité. Aussi veillait-elle jalousement sur les faits et gestes de sa patronne, la rappelant parfois durement aux convenances.

Il y avait les toilettes qu'Assou pouvait porter et celles qu'il lui était interdit d'exhiber, les endroits où elle avait le droit de se rendre et ceux qu'il lui était interdit de fréquenter, sauf à susciter un scandale. Elle ne devait pas se montrer à la grand-messe célébrée dans la cathédrale, mais se rendre à celle de huit heures, dans la chapelle des sœurs clarisses. Il eût été malséant qu'elle commandât chez Rossetto un gâteau au chocolat mais

« convenable » de se faire livrer une glace au melon ; choquant de rendre visite à ses cousines, lesquelles devaient venir dans notre appartement, et en toilette de veuvage, pour bien marquer que le malheur avait frappé notre maison.

Le plus surprenant, à mes yeux d'enfant, était la docilité avec laquelle Assou suivait les prescriptions de Fortunata, la consultant avant d'entreprendre la moindre démarche. On eût dit, les entendant discuter si un diamant était « convenable » ou si seule l'émeraude convenait en pareille circonstance, deux prêtresses d'une religion tatillonne. Elles chuchotaient dans la chambre, Fortunata assise au pied du lit, disputant sur chaque détail de cette mystérieuse liturgie.

Bien au-delà des actions, des gestes et des vêtements, l'interdit frappait aussi les habitants de la maison, selon leur plus ou moins grande participation à la « honte ». Il paraissait ainsi établi qu'Assou devait supporter seule tout le poids de la faute, puisque aussi bien Dina se fichait éperdument de sa réputation. Quant à moi, Fortunata avait paru longtemps hésiter : j'étais, certes, sorti du ventre maudit et devais en conséquence pleinement participer de la « honte », mais, d'un autre côté, j'étais un garçon appelé à engendrer une nouvelle lignée, laquelle serait pure de toute tache. Il suffisait donc de me préserver jusqu'à l'âge adulte de tout contact.

Ce qui dérangeait cette liturgie austère, c'était l'incompréhensible indulgence dont Fortunata faisait preuve à l'égard de Dina, qu'elle eût pourtant dû maudire. Elle semblait au contraire considérer qu'ayant répudié toutes les lois de l'honneur, Dina échappait du même coup à la réprobation. Je m'habituais ainsi à l'idée ou, plutôt, au sentiment que les rigueurs de la loi ne se pouvaient appliquer qu'à ceux qui la reconnaissaient et l'acceptaient et qu'une autre règle, non moins mystérieuse, régissait la vie de ceux qui s'étaient affranchis du code commun. S'il était interdit, en général, de verser le sang, on devait, en d'autres circonstances, tuer impérativement, sauf à perdre l'honneur ; s'il était mal, et même déshonorant, de tromper son mari, il devenait tout à fait acceptable de tromper tous les hommes, à la condition de ne s'attacher à aucun. Il existait pour Fortunata un ordre commun, régi par les lois de la convenance, et un ordre du désordre où l'horreur même trouvait sa place, pourvu qu'elle parût parfaite et, pour ainsi dire, d'une horreur accomplie. Elle ne trouvait rien de mal à torturer ni à dépecer des innocents si l'on respectait la famille, mais elle eût jugé abominable de livrer un complice à la police, l'essentiel dans tous les cas étant d'accepter des règles et de les respecter. D'où peut-être sa dureté envers les infirmes : ils ne participaient ni de l'un ni de l'autre ordre, constituant un pur scandale. Se fussent-ils ligués pour créer une association de criminels sadiques, elle eût aussitôt salué leur « courage », savourant avec gourmandise chacun de leurs forfaits.

Dans sa propre vie, Fortunata se conformait à cette vision esthétique de la morale. D'un côté, elle se montrait fort scrupuleuse dans l'accomplissement de ses devoirs religieux, assistant chaque dimanche à la messe, communiant régulièrement, récitant ponctuellement ses prières et m'obligeant à en faire de même au lever comme au coucher. Il s'agissait là de rites qu'on ne pouvait enfreindre sous peine d'encourir les plus terribles châtiments. De l'autre, elle mettait à gruger et à voler Assou une sorte d'innocente candeur, se cachant à peine et riant si on découvrait ses larcins. Peut-être pensait-elle que la règle veut que les domestiques volent leurs maîtres, et elle n'était pas femme, vous l'aurez compris, à enfreindre la règle. Ou bien l'expérience lui avait-elle enseigné que l'exploitation constitue le fondement même de l'ordre social et en avait-elle tiré la conclusion qu'elle devait, pour survivre, s'y soumettre. Toujours est-il qu'elle dérobait sans presque se cacher, s'empressant de jouir paisiblement de ses larcins. Il arrivait même qu'elle me fît profiter de ses chapardages, m'invitant à déguster une glace dans la plus élégante des pâtisseries de Palerme où elle s'installait avec une majestueuse satisfaction, regardant la clientèle huppée avec un air de radieuse complicité.

« Choisis ce qu'il y a de plus cher, mon joli roi. C'est Assou qui régale. »

Et elle partait d'un rire carnassier, découvrant toutes ses dents.

Elle mentait avec le même aplomb, soutenant le faux avec une

87

véhémente et sincère conviction. Ainsi lorsque Assou avait aperçu l'une de ses montres à son poignet.

« Mais c'est ma montre, voleuse ! Celle que mon mari m'avait offerte pour mon anniversaire.

— Pour sûr que c'était la vôtre. Mais je ne l'ai pas volée. Vous me l'avez donnée.

— Moi ? Et quand donc, menteuse ?

— Mais pour Noël, vous ne vous en souvenez pas ?

— Non, je ne m'en souviens pas. Je suis bien sûre de ne jamais t'avoir donné cette montre. Tu me l'as volée.

— Prenez-la donc, si c'est ce que vous pensez. J'ai les moyens de m'en offrir une autre, plus belle. Vous ne savez seulement plus ce que vous faites. »

Elle l'avait tendue à Assou en un geste théâtral, hochant la tête d'un air apitoyé, refusant de la reprendre quand sa maîtresse, troublée, avait voulu la lui rendre.

« Non, non. Pour que vous alliez encore prétendre que je vous l'ai volée ? Merci bien. Des cadeaux de cette sorte, je n'en ai pas besoin. Et puis, j'en ai assez de m'entendre traiter de voleuse.

— Prends-la, ma fille, prends-la. Tu me feras plaisir. Je ne voulais pas te vexer. Je sais que tu es honnête et dévouée. Il m'arrive de ne plus avoir toute ma tête à moi et de ne pas savoir ce que je fais.

— Ne vous frappez pas, voyons ! J'aimerais bien, moi, à votre âge, avoir votre tête. »

Fortunata n'aimait personne ou à tout le moins ses affections, qui étaient sincères, n'entamaient-elles pas son fond, qui était un tranquille égoïsme. Bonne, compatissante, généreuse même, elle était incapable de se donner tout entière, un cynisme salubre la préservant de tout sentimentalisme. Elle avait été mariée, sans que l'on pût savoir ce qu'il était advenu de son mari, qui vivait retiré dans un village proche de Catane. Elle s'en était séparée sans raison précise, quand elle avait mesuré que, dans le mariage, les inconvénients l'emportent sur les avantages. Elle convenait que c'était le meilleur des hommes, et elle en parlait avec une indulgence attendrie. Mais il avait le grand tort d'occuper la moitié du lit, la dérangeant dans son sommeil. On ne savait pas davantage si elle avait eu un enfant, ni, dans l'affirmative, ce qu'il était devenu, élevé par ses grands-parents paternels probablement. Elle faisait parfois de vagues allusions à ce fils, sans marquer le moindre remords ni la plus légère inquiétude. Nul doute que tant qu'elle l'avait gardé auprès d'elle, Fortunata s'en était parfaitement occupée et qu'il avait reçu son compte de caresses et de baisers. Simplement, elle avait cessé d'y penser du jour où elle ne l'avait plus vu, comme ces chattes qui, lasses de leur progéniture, s'évanouissent dans la campagne, espérant trouver le panier vide à leur retour. De l'animalité, Fortunata tenait d'ailleurs une aptitude à pleinement vivre l'instant sans jamais céder aux illusions de l'imagination. Elle semblait incapable d'éprouver des regrets ou de former des projets, vivant dans un temps composé de présents successifs. Mieux : elle n'était pas loin de penser que le sentiment, si l'esprit s'en mêle, constitue une maladie, une sorte d'aberration. Aimer, pour elle, signifiait jouir et se sentir bien.

Sans se le proposer, Fortunata me tirait de mes rêves morbides. Sa froide lucidité m'ouvrait les yeux sur une réalité débarrassée de tout mystère. Son rire rauque et saccadé écartait tous les enchantements, me faisant découvrir un monde dur et plein où les morts même possédaient une existence rassurante. On savait quelle place ils occupaient, quelles étapes ils franchissaient dans leur long voyage, dans quel port ils finiraient par accoster. Limbes, purgatoire, enfer et ciel, ces lieux avaient pour Fortunata une réalité aussi irréfutable qu'Agrigente ou Messine, et elle pouvait en décrire les paysages. C'était, la sienne, une religion résolument matérialiste dont la fonction consistait à ranger l'univers, assignant à chacun sa place. Ainsi les saints devaient-ils, sous peine de sanctions, remplir avec exactitude leur rôle, et Fortunata eût été bien incapable de dire quelles vertus héroïques les avaient juchés sur les autels. Elle ne leur demandait que de ponctuellement accomplir les prodiges qu'on attendait d'eux, faisant tomber la pluie, éloignant les maladies, assurant les récoltes. En échange de quoi, on se devait de les honorer et de leur présenter des offrandes, tout comme on retournait leurs images contre le mur s'ils se montraient durs d'oreille ou par trop distraits dans l'accomplissement de leurs charges.

Si elle ne songeait ni à critiquer ni à blâmer Dina, la défendant même contre Assou, c'est qu'elle attribuait sa conduite à ce qu'elle appelait son caractère, par où elle entendait d'abord sa beauté, qui la condamnait à l'amour comme l'infirmité condamne au mépris. Elle fixait souvent sur Dina un regard d'une extatique admiration ou bien tendait une main craintive pour caresser ses cheveux.

« Mon Dieu, que tu es belle, ma fille ! C'est une douleur de te regarder. »

Qu'une semblable beauté trouvât en elle-même sa propre justification et relevât d'une autre morale que l'ordinaire, Fortunata le comprenait d'instinct, tant cela ressortissait, à ses yeux, à l'évidence.

« Si j'étais homme, murmurait-elle parfois, je crois bien que je consentirais à me damner pour toi. »

Elle mettait, dans ces mots, une ferveur religieuse, la même qu'elle éprouvait devant sainte Rosalie, considérant que le miracle de la vertu comme celui de la beauté physique relèvent du même ordre et méritent la même vénération.

Vous l'auriez pourtant bien étonnée si vous lui aviez fait remarquer qu'elle retrouvait, pour saluer et célébrer la beauté physique, l'attitude même des Grecs d'Homère, qui justifiaient les massacres de Troie par la splendeur d'Hélène. Fortunata ne vous eût même pas entendu, tant elle se croyait catholique, soumise aux enseignements de l'Eglise.

Elle ne blâmait pas davantage l'amour passionné que je ressentais pour Dina, le trouvant sans doute naturel, c'est-à-dire conforme à l'ordre des choses. Car on ne pouvait pas ne pas aimer Dina. Tout juste raillait-elle l'excès avec lequel je m'abandonnais à ma passion. Elle acceptait de me parler de celle qu'elle appelait ma déesse, me racontant l'existence qu'elle menait au-dehors. Assise à la table de la cuisine, épluchant des légumes, elle me peignait un monde de fêtes et de plaisirs, mettant à évoquer les succès de Dina un enthousiasme complice. Elle semblait approuver cette frénésie de vivre, cette faim de plaisirs, les jugeant en quelque sorte morales. Elle eût jugé contraire à la nature qu'une créature comme Dina se confinât dans la vertu, Dieu ayant dû créer, dans son esprit, des laiderons pour les couvents et des beautés pour l'amour.

La nuit, si Dina tardait à rentrer ou si, trop lasse, elle allait directement se coucher sans venir me chercher, Fortunata se glissait dans mon lit, me serrant contre son corps, réchauffant mes membres glacés, m'embrassant et me caressant. Elle trouvait, pour excuser les cruels caprices de Dina, les arguments les plus étranges, qui me jetaient dans une incrédule perplexité. Ainsi m'assurait-elle que si Dina paraissait m'oublier ou se désintéresser de moi, c'est qu'elle manquait d'amour, affirmation que je trouvais à tout le moins extravagante, puisque Dina ne cessait de parler de ses innombrables soupirants. Loin d'entamer son opinion, cette objection la renforçait au contraire, Fortunata professant que « trop d'amours, c'est pas d'amour », docte sentence qu'elle explicitait comme suit : la beauté et le charme de Dina dépassaient tant les normes communes qu'aucun homme ne saurait jamais éprouver un sentiment digne d'elle. Elle adoptait, pour tenir de tels propos, un ton de gravité proche du recueillement, comme si elle m'avait livré un secret redoutable. C'est qu'elle distinguait dans la beauté un maléfice en même temps qu'un prodige, un don terrible qui retranchait ceux qui le recevaient de la communauté humaine.

Cette vision en quelque sorte mystique de Dina m'aidait, paradoxalement, à me détacher d'elle. Non que je l'en aimasse moins ni avec moins de ferveur, mais de m'apparaître, par les yeux de Fortunata, si radicalement autre me permettait de découvrir un monde à mes mesures où je pouvais respirer un air moins raréfié. Plus Fortunata plaçait Dina sur des hauteurs inaccessibles et plus aussi je me sentais libre de me mouvoir dans une réalité plus humble.

Cette stricte séparation des ordres, cette hiérarchie des mondes, je m'apercevais du reste que Fortunata les appliquait à toute réalité, visible et invisible. J'ai, dans ma vie, connu peu d'êtres moins démocratiques que Fortunata. C'est peu dire que l'idée d'égalité lui était étrangère : elle lui inspirait une instinctive défiance, car elle n'y voyait qu'une ruse des puissants pour mieux manœuvrer les humbles, qu'elle appelait « les petits ». Une hiérarchie féodale leur abandonnait, au contraire, toute une réalité qu'ils pouvaient aménager à leur guise. Aussi exigeait-elle des maîtres qu'ils fussent des maîtres afin de pouvoir, dans son univers de domestique, tenir son rôle. Elle ne haïssait rien tant que la confusion, l'ambiguïté, les transfuges de l'ordre social qui osaient parler un langage qui n'était pas le leur et ne pouvait, en aucun cas, l'être. Elle ne ressentait aucune envie pour la fortune, répétant que « là où pousse le blé, on trouve toujours à glaner ». Elle se réjouissait au contraire d'admirer les somptueuses toilettes des femmes de la haute société, leurs riches attelages.

Elle prêtait aux discours politiques une oreille ricanante, persuadée que les arrivistes du pouvoir parlaient la langue de leurs ambitions, quand même, peut-être surtout, se déclaraient-ils les défenseurs des opprimés. En Mussolini, elle regardait d'abord l'aventurier, riant de ses attitudes à l'antique et de sa rhétorique ampoulée.

« Je le connais, va, déclarait-elle avec bonne humeur. Il a beau gonfler ses plumes, nous sommes sortis du même poulailler et avons picoré les mêmes épluchures. »

Elle n'en admirait pas moins sa ruse et son habileté, saluant sa réussite.

« Il peut les monter maintenant, les poules du Tonkin », ricanait-elle ; ces « poules du Tonkin » devant être, à ses yeux, du moins je le suppose, ces grandes dames de l'aristocratie romaine, couchées devant le dictateur.

Elle n'en prévoyait pas moins la chute du grand homme.

« Il n'a pas l'habitude de la soie, il finira par revendre sa chemise et par marcher tout nu. Vois-tu, mon joli roi, les vieux riches font les meilleurs maîtres, parce qu'ils ne souhaitent plus que conserver ce qu'ils possèdent. Le Benito, lui, je le vois comme si je l'avais fait : il ne sera jamais rassasié. »

Le scepticisme avec lequel elle considérait le Duce se muait cependant en hargneuse aversion dès qu'il était question de ses adversaires politiques, les démocrates.

« Ah, nous savons ce qu'elle vaut, leur république ! C'est passe-moi la moutarde et je te donnerai le sel. Le peuple, ils n'ont que ce mot à la bouche ! Est-ce qu'il leur a demandé quelque chose, le peuple ? J'aime encore mieux me faire voler franchement que d'être dépouillée au sentiment, tiens. »

Les diatribes de Dina ne l'indignaient curieusement pas, et elle riait de l'entendre vitupérer Mussolini.

« Toi, rétorquait Fortunata avec un haussement d'épaules, tu es bien une femelle. Il serait monarchiste, ton Andreo, que tu crierais " Vive le roi ! ". Je voudrais t'y voir, tiens, dans ta république démocratique, quand tu ne pourrais seulement plus t'acheter des robes du soir et des fourrures. Et tu crois que c'est nous qui profiterions du partage, pauvre innocente ? Le vison, c'est la femme de ton député qui le mettra, oui, et par 40° à l'ombre encore, pour qu'on la remarque bien. »

La regardant vivre, l'écoutant parler, je recevais de Fortunata les leçons d'une millénaire sagesse que je ne qualifierai pas de populaire, ce mot ayant fini par acquérir un sens de simplicité et de santé bien éloignées du caractère, autrement complexe, de cette femme pleine de contradictions. Ce qui la définit encore le mieux, quand je repense à elle, c'est un appétit de vivre, une allégresse bacchiques. Sans le savoir, elle professait une philosophie panthéiste où se mêlaient tous les dieux qui avaient visité l'île. Avec un fatalisme joyeux, elle s'inclinait devant toutes les forces de l'univers, s'arrangeant seulement pour qu'elles troublent le moins possible la marche du monde, et notamment du sien. Si elle manifestait un si évident respect pour Dieu, la Vierge, les saints, les morts, les prêtres et les autorités, c'était pour les mieux tenir à distance, son apparente soumission fondant sa liberté. Sicilienne jusqu'au bout des ongles, les grandes causes et les mots trop vastes se heurtaient à un scepticisme goguenard, son horizon s'arrêtant aux rivages de son île. Rien de bon ne pouvait venir du continent, tout ce que les Siciliens pouvaient souhaiter étant qu'on les oubliât.

Après tant d'années, je m'interroge : aurais-je trouvé en moi-même les ressources suffisantes pour survivre si je n'avais, dans mon enfance, reçu l'enseignement de cette femme ?

Il n'y a qu'un sujet dont Fortunata refusait de parler, opposant à toutes mes ruses, à toutes mes questions, pourtant d'une innocente sournoiserie, un silence à la fois soupçonneux et buté, et c'était la « honte ». Non que le crime fût trop horrible (je connaissais assez Fortunata pour savoir qu'aucune faute ne lui semblait assez grave pour qu'elle en détournât les yeux), non plus qu'elle répugnât à blâmer Dina (laquelle se trouvait être, je l'avais compris, responsable de notre malheur), mais parce qu'elle craignait, en la désignant et en la dévoilant, d'ôter à la « honte » son caractère de mystère. Le malheur qui nous retranchait de la communauté devait rester vague, enveloppé de brume, d'une redoutable imprécision, afin de conserver sa toute-puissance dramatique, qui nous désignait comme les victimes d'une divinité implacable. Participant à notre infortune, veillant à la stricte célébration de cette liturgie expiatoire, Fortunata se sentait une haute responsabilité qui, aux yeux des étrangers, faisait d'elle un personnage important, la vestale d'un culte immémorial. Dans la rue, si les voisines lui adressaient la parole ou quand elle bavardait avec les commerçants du quartier, elle adoptait une attitude digne et compassée, elle s'exprimait d'une voix lente et solennelle, elle ne manquait pas de ponctuer ses phrases de soupirs pleins de sous-entendus, elle levait parfois les yeux au ciel, comme pour le prendre à témoin des magnifiques tristesses qu'elle avait pour mission de consoler et de réconforter. Sa voix descendait jusqu'au murmure dès qu'on prononçait devant elle le nom d'Assou, comme l'eût fait un initié pour évoquer les mystères d'Eleusis. Elle ne désignait jamais sa maîtresse par son prénom ou par son nom, disant seulement « la

95

malheureuse », et d'un ton tel qu'on eût pu croire qu'Assou était
à tout le moins agonisante, près de rendre son dernier soupir. De
même faisait-elle tomber sur moi, si quelqu'un me caressait ou
me parlait, un regard de commisération, accentué d'un soupir
que suivait, ponctuellement, cette phrase, qui sonnait à mes
oreilles comme une formule rituelle : « Le pauvre ! Il ne
comprend pas son malheur. » Et l'interlocuteur de hocher
gravement la tête, de m'adresser un sourire apitoyé, de soupirer
à son tour.

Cette pitié dont j'étais l'objet, et qui aurait dû sans doute
m'irriter ou m'inquiéter, me causait au contraire un sentiment de
contentement, car elle me grandissait à mes propres yeux.
J'avais conscience d'être davantage qu'un enfant : un personnage tragique, victime de la vindicte des dieux. Je m'étais très
vite rendu compte quel plaisir délectable Fortunata prenait à ces
cérémonies, et je la suivais avec joie dans ses déambulations,
jouant avec conviction mon rôle de victime inconsciente. Je ne
prenais pas plus au sérieux ces haltes et ces stations rituelles que
ne le faisait Fortunata, laquelle était surtout soucieuse que le
spectacle fût réussi, c'est-à-dire qu'il se déroulât dans les règles.
Je soupçonnais pareillement tous les autres acteurs de participer
à une cérémonie dont le sens m'échappait, qui me rappelait la
procession de la Fête-Dieu. J'étais l'ostensoir que Fortunata
promenait gravement dans les rues pour que chacun pût
s'incliner devant le malheur.

Si j'interrogeais Fortunata sur la nature de la « honte », c'était
moins par curiosité que pour le plaisir trouble d'éprouver son
embarras. Je la sentais en effet partagée entre le désir de me
faire un récit pathétique et sa crainte, en dévoilant le mystère, de
déchoir de sa haute position. Aussi me rabrouait-elle, marmonnant qu'il est des sujets dont il ne faut même pas parler.

Ce qui ne manquait pas non plus de m'intriguer, c'était de
deviner, dans l'attitude des gens, comme une respectueuse
admiration envers Dina, dont ils évitaient de prononcer le nom,
ne l'appelant que la *signorina*. Et la mimique de Fortunata, en
entendant ce mot, signifiait moins l'horreur ou la réprobation
qu'une pitié désarmée, la même sans doute qu'elle eût témoigné
envers un dément. « Que voulez-vous ? semblait-elle dire. Elle

ne sait pas ce qu'elle fait ! » Mais une petite lueur s'allumait dans ses prunelles d'un noir charbonneux, tout comme elle éclairait les regards de ses interlocuteurs, où je croyais déceler une admirative satisfaction. C'était la lumière qui faisait briller le regard de Fortunata quand, assise à la table de la cuisine, après le repas de midi, elle lisait dans le journal le récit d'un de ces crimes qu'elle appelait d' « honneur », savourant chaque détail avec une gourmandise experte.

« Tu te rends compte, Margutta ? Le mari a quitté son village, il est venu les retrouver à Palerme, il les a guettés durant près de six mois, observant leurs faits et gestes. Il s'est glissé de nuit dans l'appartement, est entré dans la chambre. Il a d'abord poignardé l'amant — cinq coups de couteau, dont un en plein cœur — cependant que la femme hurlait, tentait de fuir. Puis il l'a égorgée, elle, comme on le fait avec les moutons. Elle a mis plus d'une heure à mourir, vidée de son sang.

— Quelle horreur ! Je sens que je vais en rêver toute la nuit. Egorgée...

— C'est la tradition, dans son pays. On tue l'amant et on égorge la femme. Il a tout fait dans les règles, il n'y a pas à dire. Il est ensuite allé se rendre aux carabiniers.

— J'espère qu'on va le tuer, cette brute !

— Tu es folle ou quoi ? Il a tué pour l'honneur, il a tout bien fait, comme il faut. Aucun juge n'oserait le condamner pour ça.

— Quel pays de sauvages ! Egorgée, tu te rends compte ?

— Oh ! c'est seulement l'idée qui fait peur. Dans la réalité, on ne sent pas grand-chose, on perd très vite conscience. Ce qui a dû être terrible, c'est le temps écoulé entre la mort de l'amant et la sienne. Ça doit faire des siècles, des minutes pareilles...

— Tais-toi, je t'en prie. Tu me rends malade.

— Il n'y a pourtant pas de quoi. On mourra tous. Et puis, c'est beau.

— Tu es folle, Fortunata ! Beau ?

— Parfaitement ! Quand un homme fait tout dans les règles, sans tricher, il y a de la beauté. Il aurait pris un fusil, par exemple, ç'aurait été moins réussi. Pour l'adultère, le couteau s'impose. »

Ce sentiment de secret contentement, je le devinais aussi chez les cousines d'Assou, à l'occasion des visites qu'elles venaient lui rendre une fois par mois, le premier vendredi.

Ce jour-là, Margutta et Fortunata nettoyaient le grand salon, époussetant les bibelots, battant les tapis, cirant le parquet. Assou revêtait une robe noire, passait un collier de perles également noires autour de son cou, se faisait un maquillage de pâleur, posait une mantille de dentelles au-dessus de ses cheveux, puis elle s'installait, imposante, dans un fauteuil, près du piano, devant une table dressée pour la cérémonie du thé. Elle ne se levait pas pour accueillir ses cousines, imprimant à son visage une expression d'extrême lassitude, d'accablement résigné, tendant en un geste de douce indifférence sa joue à baiser, puis, d'un imperceptible mouvement de la main droite, elle leur désignait les fauteuils, de l'autre côté de la table.

Les cousines, l'une courte et trapue, un soupçon de barbe sur le menton, maigre et pâle la seconde, s'asseyaient avec circonspection, écartaient les voiles noirs qui recouvraient leurs visages de veuves, arrangeaient leurs jupes de deuil, posaient leurs mains, chaussées de mitaines et refermées autour d'un réticule, sur leurs genoux.

« C'est bien gentil à vous de vous déranger pour visiter une vieille femme malade qui ne sait même plus si c'est le jour ou la nuit, ni même la saison…, commençait Assou d'un ton dolent.

— Il ne faut pas parler comme ça, Assou, rétorquait la grosse avec la même suavité. Tu es plus jeune que nous. Tu devrais sortir prendre l'air, ça te ferait le plus grand bien, je le disais encore hier à Elsa, n'est-ce pas, ma chérie ?

— Sortir ? Pour que toute la ville me montre du doigt et que le rouge me monte au visage ? Non, ma petite, non, quand on est, comme je le suis, marquée par le malheur, on n'appartient pour ainsi dire plus au monde des vivants. J'aurais trop peur que la honte me tue. Tout ce que je puis faire, c'est de me cacher et de pleurer des larmes de sang.

— Tu es admirable, Assou ! Partout où nous allons, nous n'entendons que des éloges sur ton courage et ta fermeté d'âme.

— Il en faut, murmurait Assou. Je ne souhaite pas à mon pire ennemi d'endurer ce que j'endure.

— A chacun sa croix, concluait doctement Mariana, l'obèse. »

Les répliques continuaient de s'enchaîner, rituellement, et j'aurais pu, de sous le piano où je me tenais accroupi (car j'étais l'un des acteurs de la comédie, et lavé, poncé, coiffé, habillé d'une chemise blanche amidonnée au col dur, de culottes rayées gris et noir et d'une veste noire, j'attendais le moment de paraître sur la scène), j'aurais pu, en cas de défaillance de la mémoire, leur souffler le texte que je connaissais par cœur. Elles échangeraient des nouvelles de tous les membres de la famille, l'un après l'autre, elles loueraient le discernement et la bonté de leur confesseur, elles parleraient des Clarisses, « ces femmes admirables », s'extasiant devant le raffinement de leurs travaux de couture et de broderie, glissant un mot sur la modicité de leurs prix, feraient une brève allusion aux événements politiques pour exprimer l'espoir que le Duce, « cet homme providentiel », aurait la sagesse de ne pas entraîner l'Italie dans la guerre, se plaindraient longuement du froid ou de la chaleur, feraient de mystérieuses allusions aux « ennemis de la patrie » que les fascistes étaient bien résolus à mettre au pas, boiraient leur thé à petites gorgées, s'essuyant chaque fois les lèvres avec des mouchoirs brodés à leurs initiales, elles demanderaient enfin de mes nouvelles ainsi que de Massimo, mon demi-frère. Je quitterais alors ma cachette, m'avancerais vers elles, tête baissée, m'inclinerais comme pour effleurer le bout de leurs doigts, mon apparition suscitant la feinte surprise d'Assou, qui dirait :

« Tu étais là, petit brigand ? C'est un enfant adorable, heureusement. On ne l'entend pas, on ne sait même pas où il est. Il ne se rend compte de rien, grâce à Dieu.

— Il a bien grandi, depuis la dernière fois.

— Oui, sa santé est bonne, remerciée soit sainte Rosalie, qui veille sur lui.

— Comme il ressemble à sa mère ! C'est son portrait tout craché.

— Oh ! il tient aussi de son père, qui était plus noir qu'un

·métayer de Pachino. Du reste je l'appelle " mon moricaud ", hein, mon Sandro chéri ?

— Il est si beau... Quel dommage, mon Dieu !

— C'est un grand malheur, oui. Mais il deviendra un homme de bien, avec l'aide de Dieu.

— Et avec la tienne, Assou ; ne minimise pas ton rôle. Que deviendrait-il s'il ne t'avait pas ?

— Oh ! je fais ce que je peux, pas grand-chose en vérité. »

Je retournerais alors sous le piano, ayant tenu ma partie dans ce quatuor en mineur, avec la mine qui convient à un enfant sage, ignorant tout du malheur qui l'a frappé. Je guetterais sans en avoir l'air la subtile variation mélodique, les instruments jouant *pianissimo*. J'entendrais prononcer le nom de Carlino, qu'elles auraient vu en ville.

« Il ose se montrer ! s'écrierait Assou, mimant l'indignation. Il y a des gens, décidément, qui ne savent pas ce qu'est la honte.

— Pense un peu à ce qui arriverait si Dina le rencontrait ! murmurait Elsa.

— Oh ! pour ça, elle ne serait guère gênée, allez !

— Tu veux dire qu'elle accepterait de lui parler ? interrogerait Mariana avec une indécente curiosité.

— Elle mangerait avec lui au restaurant, oui ! Elle ferait exprès de s'exhiber en public, quand même la honte devrait me tuer.

— Pauvre Assunta ! On se demande comment avec une mère telle que toi...

— On se met à deux pour faire les enfants, que veux-tu ! Le mauvais sang finit toujours par ressortir. »

Toutes trois se courberaient un peu plus au-dessus de la théière et du sucrier d'argent massif, des tasses de porcelaine blanche, leurs figures cireuses se touchant presque ; leurs voix se confondraient pour n'être plus qu'un chuchotement indistinct. Puis, avec un mouvement brusque, elles se redresseraient en donnant à leurs visages une expression de dureté. La porte s'ouvrirait et Dina apparaîtrait, maquillée, peignée avec soin, vêtue d'une robe aux couleurs vives, répandant dans la pièce des effluves d'un parfum capiteux. Vive, légère, découvrant ses dents en un rire de défi, elle marcherait vers le trio.

« Alors, on fait silence dès que j'apparais ? On parlait de moi, bien sûr : celle par qui le scandale arrive.

— Tu te trompes, ma petite, dirait Elsa. Nous venons prendre des nouvelles de ta pauvre mère.

— Pauvre ? Pourquoi serait-elle plus pauvre que vous, ou plus malheureuse, ma chère Elsa ? Parce qu'elle a une fille indigne ?

— Quelle idée ! protestait Mariana. Nous t'aimons beaucoup, tu le sais bien.

— Vraiment ? Et pourquoi m'aimeriez-vous, puisque je ne vous aime pas, moi ?

— Dina ! soupirait Assou, s'installant dans le rôle de la mère outragée, mais néanmoins décidée à supporter en silence les pires injures.

— Quoi, Dina ? Je déteste les charognards. Elles veulent savoir à quoi ressemble une femme de mauvaise réputation, une fille dénaturée ? Eh bien, me voici ! Je mets du rimmel sur mes cils, de la poudre sur mes joues, du rouge aux lèvres et je m'inonde de parfum, en quoi vous feriez bien, soit dit en passant, de m'imiter.

— Tu peux bien nous insulter, ma petite : ne blesse pas qui veut.

— Chère, chère Mariana ! Comme tu as dit ça ! On perçoit dans ta voix toute ta charité chrétienne.

— Moque-toi de la religion, si ça te fait plaisir. Tes provocations puériles ne peuvent rien contre Dieu. »

Dina avait pris un fauteuil, s'était assise. Elle fumait, regardant les cousines avec un air réjoui.

« Ne te vient-il jamais à l'esprit, ma bonne Mariana, que ta vertu suffirait à susciter l'envie de blasphémer un Dieu capable de produire de tels adorateurs ?

— Je ne te répondrai pas.

— Dina ! gémissait Assou, se tassant un peu plus dans son fauteuil.

— Arrête tes jérémiades, Assou ! Tu n'en penses pas moins, je le sais. A quoi bon jouer cette comédie lamentable ?

— Tu divagues.

— C'est ça. Dis-moi donc ce qu'elles sont venues faire ici, ces

101

deux bigotes de malheur ? Je parierais qu'elles t'ont appris que Carlino se trouvait à Palerme.

— Tu le savais ? s'écriait Assou.

— Nous sommes allés souper à Bagheria, si tu veux le savoir. Nous avons même dansé, et il s'est saoulé, comme à son habitude. Je crois même qu'il s'est battu avec un serveur.

— Mon Dieu, mon Dieu ! marmonnait Assou.

— Tu peux être fière, sifflait Elsa. Tu n'as donc aucun amour-propre ?

— Pour tout te dire, j'étais également avec Andreo, qui est mon amant.

— Il y a de quoi se vanter ! ricanait Mariana.

— Et pourquoi ne m'en vanterais-je pas ? Il est beau et il fait bien l'amour.

— Sainte Rosalie, aie pitié de moi ! pleurnichait Assou.

— Tu es indécente ! Vois ce que tu fais de ta pauvre mère !

— Assou, Assou ! appelait Elsa en lui tapotant les mains.

— L'indécence, c'est ce que vous portez dans votre tête, c'est ce poison qui vous ronge le cerveau.

— Tu as perdu jusqu'au sens de ce qui est bien et mal. Quand on est capable d'abandonner ses enfants, on ne s'arrête d'ailleurs devant rien.

— Je vous interdis de parler de mes enfants !

— Tu t'imagines peut-être que personne n'est au courant ? Mais toute la ville ne parle que de ça, malheureuse ! Les gens d'honneur détournent la tête en te voyant de peur d'attraper le vice.

— Les gens d'honneur ! Laisse-moi rire, tiens !

— D'honneur, parfaitement. Ça existe encore, si même tu l'ignores. Il y a des mères qui sacrifient leur vie pour leurs enfants au lieu de se traîner devant les mâles. Mais quand on fréquente les gens que tu fréquentes...

— Tu parles d'Andreo Moratti sans doute ? Tu voudrais que je sorte avec vos chemises noires, ces voyous.

— Ces voyous, comme tu dis, défendent le monde dans lequel tu es née, ils empêchent tes amis de ruiner le pays.

— Ruiné, il y a belle lurette qu'il l'est, et par tous vos

maquereaux en uniforme. Saccagé, pillé ! Mais la misère, ça ne vous atteint pas, votre charité ne pense pas à s'en émouvoir.

— La misère ! Tu oses parler de misère, toi ? Et la misère de tes fils, est-ce que tu y penses ? Des coucheries, voilà ce que cache ton humanitarisme. Viens, Elsa, ne restons pas ici. Malgré tout, je ne manquerai pas de prier pour toi, Dina. Je te pardonne en souvenir de ton père, à cause de ta pauvre mère, qui est une sainte. Je te pardonne parce que tu n'es pas tout à fait responsable. »

Ces mots, « je te pardonne », Mariana les prononçait debout, dans une attitude hiératique et sur le ton même dont Floria Tosca les jette au-dessus du cadavre de Scarpia. Je me retenais pour ne pas applaudir. Toujours assise, Dina ricanait, haussait les épaules tandis qu'Assou, tassée dans son fauteuil, paraissait près de rendre l'âme. Je m'étonnais seulement que le dénouement parût favorable aux cousines, qui s'éloignaient avec dignité, Mariana en tête, suivie d'Elsa. Pourquoi Dina, qui déclenchait les hostilités, que je soupçonnais d'attendre le meilleur moment pour faire son apparition, pourquoi consentait-elle à perdre la face, s'enfermant dans un mutisme hargneux ? J'avais l'impression que l'accusation des deux cousines lui ôtait tous ses moyens, la laissant désarçonnée. Je ne comprenais pas sa tristesse résignée, après le départ des deux femmes, puisque je pensais que ces fils qu'on l'accusait d'avoir abandonnés étaient Massimo et moi-même, qui n'éprouvions guère le sentiment d'avoir été abandonnés. Je lui en voulais presque de ne pas se défendre mieux. Je l'aimais combative, provocante, d'une ironique perfidie. Je la voulais victorieuse. Je la voyais soudain apathique, chassant la fumée de sa cigarette avec des gestes las, le visage éteint.

« Allons, Dina, ne te laisse pas abattre.

— Quelles vipères ! Tu les a entendues ?

— Il m'aurait été difficile de ne pas les entendre. Pourquoi les provoques-tu aussi ?

— Je les déteste. Je hais cette ville, ce pays.

— Tu exagères peut-être un peu, non ?

— La Sicile, c'est la médisance, c'est l'envie, c'est la mort.

« — Rien que ça ! Mon Dieu, que j'ai mal à la tête ! Vous m'avez épuisée avec vos disputes.

— Pourquoi aussi te prêtes-tu à ce jeu, Assou ? Je ne te comprends pas. Toi, si fière.

— Je suis fatiguée, ma fille. Fatiguée, comprends-tu ? J'en ai eu ma claque de tous ces commérages. Je peux enfin me reposer dans mon lit.

— Tu n'es pas obligée de te prêter à cette mascarade. Tu geins, tu pleurniches, tu soupires : c'en est écœurant !

— Le malheur, Dina, c'est comme les orchidées : ça réclame des soins. Une fois par mois, ce n'est pas trop cher payé. Demain, toute la ville saura que je suis anéantie, mourante : on me fichera la paix.

— Et moi, là-dedans ?

— Tu as choisi, non ? Pour l'heure, tu as Andreo, tu en auras d'autres, tu mènes ta vie comme tu l'entends.

— Il y a des moments où je voudrais trouver un homme, un vrai, qui me tiendrait enfermée. J'aimerais peut-être passer mes jours dans un harem, à me préparer pour l'amour.

— Tu trouverais bien le moyen de dresser toutes les autres femmes les unes contre les autres, ou de fomenter un complot, qui sait même ? de faire une révolution.

— J'en ai pourtant assez, je te le jure. Je ne sais plus...

— Dina, ma toute belle. Viens m'embrasser ! On ne s'entend pas trop mal, toutes deux, malgré tout. Ça te passera, tu verras. »

Ce dénouement, malgré son étrangeté, me satisfait davantage, si même je ne saisis pas sa signification. Pourquoi, puisqu'elles ne « s'entendent pas trop mal », Assou et Dina se déchirent-elles chaque matin ? Pourquoi, puisque Dina rêve d'une existence paisible, ne reste-t-elle pas à la maison, auprès d'Andreo ou, mieux, de Julien, mon père, qu'elle ne peut évoquer sans pleurer ? Pourquoi les grandes personnes ne savent-elles pas, comme je le fais, demeurer tranquilles, rêvant paresseusement des nuages qui passent ? La vie, dans les autres familles de la ville, est-elle aussi absurde, aussi compliquée que dans la nôtre ? Je me persuade que non et que la cause de tant de nervosité vient de cette « honte » qui pèse sur nous.

Dans cet univers entre songe et réalité, baigné d'une pénombre où les rêves les plus fous se déchaînaient, engendrant des chimères ; où drame et musique se mêlaient comme dans une salle d'opéra, exaspérant les sentiments, les épurant jusqu'au symbole, induisant chez chacun des acteurs des attitudes et des poses emphatiques, qui avaient moins la prétention de suggérer leur réalité que de visualiser leur contenu onirique ; dans ce monde qui semblait chercher à se conformer au plus extravagant des livrets écrits pour Verdi, *le Trouvère*, par exemple, avec ses malédictions immémoriales, ses filiations suspectes, ses haines séculaires, ses amours déchirantes, ses traîtres et ses nobles cœurs — dans ce théâtre d'illusions où l'on ne pouvait distinguer le vrai du faux, la duperie de la sincérité, un événement se produisit dont je ne perçus d'abord que les conséquences.

Dina cessa brusquement de sortir, passant ses journées, soit dans sa chambre, à se farder et à se peigner devant sa coiffeuse, soit dans le salon, courbée sur le piano auquel elle arrachait des plaintes chuchotées, des rêveries languides, des soupirs étouffés. Elle ne s'habillait pas, changeant deux ou trois fois par jour de robe de chambre. Ou elle allait s'enfermer dans la chambre d'Assou d'où m'arrivait l'écho assourdi de leurs pleurs et de leurs murmures. Ou encore, elle me prenait dans ses bras, me serrant violemment contre sa poitrine, fondant en sanglots.

« Mon Sandro adoré, mon amour ! que deviendrais-je sans toi ? Tu ne cesseras jamais d'aimer ta belle Dina, n'est-ce pas ? »

Je prenais mon air le plus noble pour jurer, adoptant l'attitude des choristes en armures du *Trouvère*, le regard levé vers les loges, le bras droit étendu. Emu de la dignité de mes paroles et de mon attitude autant que par le chagrin de Dina, je sentais mes prunelles se mouiller, et, si je ne pleurais pas, c'est, du moins Assou le prétendait, que j'avais les glandes lacrymales atrophiées, malformation probablement héritée de mon père, les Français souffrant tous d'une infirmité de la sensibilité. J'étais du reste fort déçu de ne pas savoir pleurer aux moments convenus, je me rendais compte que je n'étais pas à la hauteur de mon rôle, malgré tous mes efforts. Du moins compensais-je cette sécheresse oculaire par une éloquence à laquelle même Assou rendait hommage, expliquant que les Français possèdent le sens de la formule, ce qui flattait fort ma vanité.

Toutes les nuits, Dina me faisait une place dans son lit. Serré contre son corps, je sentais sur mon front la rosée de ses larmes, j'écoutais ses plaintes, je m'efforçais de la consoler. Elle se plaignait du froid, frissonnait, et, comme je lui faisais remarquer que le thermomètre marquait 22°, elle m'objectait qu'il s'agissait d'un « froid intérieur », qui gelait son squelette. Du reste, Dina s'était toujours plainte du froid, même au plus brûlant de l'été. Nous disparaissions donc sous les draps, jouions à souffler très fort, jusqu'à ce que l'atmosphère de notre igloo (Dina appelait ce jeu « faire l'Esquimau ») devînt plus torride que celle d'un sauna. Nous sortions alors le nez hors des draps pour respirer, ce qui devenait « faire le phoque », puis plongions à nouveau. Il y avait encore d'autres jeux dont, bien entendu, le grattage du dos que je marchandais longuement contre des contes. Le plus souvent cependant, Dina préférait me parler d'Andreo, me décrivant avec minutie chacun des traits de son visage, me donnant à respirer l'odeur de sa peau — « une odeur d'ambre et de cannelle », précisait-elle.

Je comprenais qu'Andreo avait été victime d'un malheur, je n'aurais su dire lequel. Peut-être la « honte » s'était-elle abattue sur lui également ? Dina faisait de mystérieuses allusions à ceux — des salauds — qui l'avaient « donné », ajoutant qu'ils l'avaient eu par surprise, sans quoi il n'aurait pas manqué de chèrement défendre sa peau, tuant à tout le moins trois ou quatre de ces porcs, ce qui me paraissait tout à fait bien. Nous devisions ainsi, cachés sous les draps, jusqu'à une ou deux heures du matin et je sombrais enfin dans le sommeil, ma joue posée sur le ventre de Dina, mes bras refermés autour de sa taille.

Le matin, je me glissais hors de la chambre et m'en allais retrouver Fortunata dans la cuisine. Elle riait en me voyant arriver, les yeux encore gonflés de sommeil.

« Tiens, voilà l'amoureux ! Tu es heureux, hein, d'avoir récupéré ta Dina ? Tu l'as maintenant tout à toi, mon joli prince tout en sucre. Dépêche-toi d'en profiter, va, avant qu'elle n'en dégote un autre. Regarde-moi ces cernes, Margutta ! Ha, Ha, elle va te sucer la moelle, ta belle Dina. »

Je buvais mon chocolat, mâchais ma tartine.

« Qu'est-ce qui est arrivé à Andreo, Fortunata ?

— Que veux-tu donc qu'il lui soit arrivé ? Ce qui devait lui arriver, pardi ! Quand on joue au conspirateur, on ne se montre pas dans tous les endroits les plus fréquentés. Il est en prison.

— On va le tuer ?

— Mais non ! Pourquoi voudrais-tu qu'on le tue ? On lui fichera une bonne chiasse à coups de litres d'huile de ricin et on l'expédiera dans une île.

— Pour longtemps ?

— Pour assez longtemps, tu peux le croire... Non, mais, écoute-moi, ce vaurien, Margutta. C'est qu'il voudrait qu'on fusille son rival. Hein, coquin, que tu voudrais le voir mort, l'Andreo ? »

Elle m'embrassait, me chatouillait, me poursuivait autour de la table avec des rires pareils à des aboiements.

« Ha, ha, petit voyou, vaurien ! »

Me voici enfin dans ses bras, respirant son odeur, tout rempli d'une joie légère.

« Mon joli prince, mon filou. »

Massimo qui, depuis toujours, c'est-à-dire depuis que ma mémoire savait conserver des souvenirs, venait passer le jeudi avec nous, déjeunait maintenant en notre compagnie, dans la grande salle à manger, « l'anglaise » disait Assou, qu'on avait rouverte depuis que Dina demeurait dans l'appartement.

De neuf ans mon aîné, il suivait les cours du lycée français, le français étant, à en croire Dina, la langue des gens civilisés. Il portait l'uniforme — pantalon gris, veston bleu croisé orné d'un écusson, chemise blanche et cravate rayée — et il était coiffé d'une curieuse casquette à visière dont il semblait très fier, la retirant avant d'embrasser Dina et la gardant dans la main droite pour baiser la main d'Assou, cérémonie qu'il accomplissait avec une dignité parfaite. Il se montrait d'ailleurs en chacun de ses gestes d'une élégance compassée, parlant l'italien avec un léger nasillement qui ravissait Assou.

« Ce garçon, disait-elle en le couvant d'un regard extasié, est d'un chic, mais d'un chic ! »

Ce mot, « chic », qu'elle prononçait avec emphase, me jetait dans la perplexité. Il m'évoquait en effet ces boules de gomme que les enfants du quartier du port mâchonnaient, extirpant de leurs lèvres crasseuses des filaments gluants qu'ils étiraient avant de les relâcher brusquement, ce qui faisait dans leurs bouches un bruit indécent — un « bruit de pet », disait Fortunata pour me faire rire. Or, je n'imaginais pas Massimo, si réservé, s'amusant à de pareils jeux. D'autant qu'il désapprouvait fort ce qu'il appelait des « inconvenances », et qu'il m'avait un jour grondé parce que j'avais prononcé le mot cul en sa présence ; mot, m'avait-il déclaré, qu'on n'entend qu'à l'office et auquel je devais substituer celui de postérieur, seul « convenable ».

Il se montrait, envers Dina, d'une tendresse pleine de réserve, répondant avec application à toutes ses questions, l'embrassant quand elle le lui demandait, demeurant assis sur son siège, parfaitement droit, le pli du pantalon dans l'axe du buste, les avant-bras sur les accoudoirs. Il n'abandonnait sa place que pour jouer avec moi, examinant mes soldats de plomb, mes automobiles et prenant, pour m'interroger, des intonations puériles que je jugeais ridicules. Ainsi me demanda-t-il une fois, exhibant un spahi monté sur son cheval blanc, lesquels, parmi mes soldats, étaient les bons et lesquels les méchants. Je lui rétorquai avec humeur qu'il s'agissait de reproductions de différents corps d'armée et qu'aucune armée ne se composait exclusivement de bons et de méchants. Il parut déçu de ma réaction et, reposant le spahi sur le parquet, me dit que j'étais trop sérieux pour mon âge, puis il posa sa main sur ma chevelure et me déclara qu'il éprouvait une très grande affection pour moi. A chacune de ses visites, il me répétait qu'il m'aimait vraiment beaucoup, insistance qui aurait pu, si j'avais eu l'âge de comprendre, susciter mon inquiétude.

Dina donnait l'impression d'être tout aussi décontenancée par son fils.

« Je n'arrive pas à le comprendre, confiait-elle à Assou. J'ai beau faire, il m'échappe. Il a l'air d'un mannequin.

— Tu es vraiment impayable ! Il vit seul avec son père, il te voit une fois par semaine et tu voudrais qu'il te saute au cou.

— Mais c'est son père qui a demandé à le garder !

— Tu crois vraiment que ça change quelque chose pour un enfant ? Tu vis avec Sandro, voilà tout ce qu'il comprend. Je le trouve, moi, délicieux, sérieux, affectueux. Il se montre d'une touchante gentillesse envers son frère, qu'il aurait toutes les raisons du monde de détester.

— Tu as probablement raison. Il n'empêche : je ne le sens pas. Il paraît guindé, empoté. J'ose tout juste l'embrasser.

— Tu voudrais peut-être le mettre dans ton lit ? Il n'a plus l'âge de Sandro, ma chérie.

— Tu es bête, Assou. Sandro, c'est ma chair, c'est mon sang. Je sais ce qu'il ressent, ce qu'il pense. Massimo, lui... »

Le fait que Dina, qui incarnait pour moi la jeunesse et la beauté, que je voyais comme délivrée du temps, fixée dans une éternelle adolescence, que cette femme rieuse, joueuse, pleine de fantaisie eût un fils de neuf ans mon aîné, ce qui reculait d'autant son passé : cela ne m'étonnait ni ne me donnait à réfléchir. Tout simplement, je ne le concevais pas, je ne l'imaginais pas. Certes, je comprenais que Massimo était mon frère, qu'il était donc le fils de Dina : cette pensée demeurait cependant une pure abstraction. Massimo se trouvait hors de mon existence, hors de la vie de Dina : il m'apparaissait comme dénué de toute réalité, un pur fantôme. J'acceptais ses caresses et ses baisers comme j'acceptais d'être touché par des vieilles dames dans la rue ; je ne ressentais nul élan de jalousie quand Dina le prenait dans ses bras en l'appelant « mon chéri ». Il était de passage, il repartirait dans quelques heures, il disparaîtrait de nos vies sans laisser plus de traces que des visiteurs inconnus. Je pouvais me montrer aimable envers lui, accepter de jouer avec lui — si même la puérilité de ses réactions gâchait mon plaisir en m'empêchant de m'abandonner librement à mon imagination —, de l'embrasser et de répondre à ses naïves questions : cela ne me coûtait qu'un effort de courtoisie. Je voulais lui être agréable parce que je comprenais qu'il était malheureux et qu'il devait souffrir de vivre privé de sa mère. Mais sa mère n'était pas la *vraie* Dina, qui n'appartenait qu'à moi seul. Aussi ma pitié même demeurait en quelque sorte générique : elle allait non pas à Massimo mais à « l'enfant privé de sa mère ». Jusqu'aux traits de son visage que je n'arrivais pas à fixer : il était « bien élevé, gentil, sérieux » ; bref, il était un modèle, autant dire personne. Il ne possédait ni consistance ni densité : il flottait quelque part dans l'éther, auprès des personnages de mes contes. Moins réel qu'Aladin, tout juste autant que Sinbad : un mauvais génie aurait pu le faire disparaître sans que je songe à m'en inquiéter.

Sentait-il cette irréalité qui le dissimulait à nos yeux ? Est-ce pour cela qu'il se montrait si guindé ? Il ne s'animait qu'auprès d'Assou, dont il éprouvait l'affection et avec qui il semblait prendre plaisir à bavarder. Elle l'interrogeait avec une attentive curiosité sur ses études, ses amis, ses vacances près d'Agrigente, ville où son père résidait. Il lui répondait avec aisance, osant parfois un sourire. Elle le flattait habilement, lui glissait quelques billets qu'il commençait par refuser avec une politesse parfaite, elle touchait son front, haut et vaste. Elle soupirait enfin dès qu'il avait disparu.

« Le pauvre ! murmurait-elle. Il paraît triste.

— Ce n'est pas ma faute, tout de même. J'ai proposé cent fois à son père de le prendre avec nous.

— Je ne te reproche rien, ma fille. J'ai pitié de lui, voilà tout. Je vais me coucher, tiens. Je me sens fatiguée. »

Assou repartait d'un pas lent qui la faisait soudain paraître plus vieille.

« Non, mais, quel empoté ! Je fais tout ce que je peux pour le mettre à l'aise et il reste là, le cul sur le bord de la chaise, l'air d'un sous-lieutenant en garnison à Catane.

— Massimo dit qu'il ne faut pas dire cul, mais postérieur.

— Il t'a vraiment dit ça, cet imbécile ? Ça ne m'étonne pas de lui, remarque. Il me rappelle son père, toujours à cheval sur les principes. Il voulait, figure-toi, que j'offre des réceptions aux femmes des notables d'Agrigente. Non, mais, tu me vois, Sandro, entre la femme du notaire et la femme du commandant des carabiniers ? Passe-moi le vernis à ongles, veux-tu ?

— Tu l'as quitté ?

— Son père ? Et comment !

— Tu l'aimais ?

— Tu es fou, Sandro. Je ne pouvais pas le voir en peinture.

— Pourquoi l'as-tu épousé alors ?

— Parce que... Je te raconterai ça une autre fois. J'ai cassé un ongle à cause de ce mannequin. Postérieur ! »

Ces quelques semaines où Dina demeura à la maison, elle se montra cependant d'une particulière sollicitude envers Massimo, le cajolant, lui parlant, comme si elle avait voulu l'amadouer. Elle y réussit d'ailleurs sans trop de peine, et Massimo parut se détendre, allant jusqu'à plaisanter et même, oui... rire !

Un jour, il eut une réaction qui nous stupéfia, tant elle détonnait sur son attitude habituelle, toute de réserve. Il se préparait à partir, il avait déjà coiffé sa casquette quand, sans que rien ne l'eût laissé prévoir, il se retourna avec une brusquerie farouche, courant se jeter dans les bras de Dina, qu'il embrassa furieusement.

« Je t'aime, ma petite Maman. Je t'aime », cria-t-il d'une voix méconnaissable, toute frémissante.

Se dégageant avec la même brusquerie, il courut vers la porte, disparut, laissant Dina essoufflée et comme abasourdie.

Assise dans le bow-window, Assou feignait d'être absorbée dans la lecture du journal.

« Tu ne devrais pas t'amuser à ce jeu, Dina. C'est encore un enfant.

— Quel jeu ? De quoi parles-tu ?

— Je te connais, ma fille. Je sais ce que tu mijotes.

— Je n'ai pas le droit de me montrer tendre envers mon fils peut-être ? »

Assou replia lentement son journal, se redressa, marcha vers sa chambre.

« Je ne te reproche rien, Dina. Je te mets en garde. Toute sa vie, il risque de souffrir. »

J'observais Dina qui semblait soudain décontenancée, comme désorientée. Elle m'aperçut, me sourit, haussa les épaules.

Les jours suivants, Dina prit, pour s'adresser à Massimo, un ton que je reconnus aussitôt : notre ton nocturne, celui des contes, des confidences, de l'intimité la plus charnelle. Elle lui chuchotait qu'il ne devrait pas la juger mal si elle partait pour un long voyage, que son départ ne signifierait pas qu'elle ne l'aimât pas, qu'elle avait toujours souffert de vivre séparée de lui mais que son père avait exigé de le garder, que, si elle partait, ce serait peut-être pour des motifs très graves. Elle lui demandait de ne jamais l'oublier, de ne pas haïr son souvenir, de lui conserver son amour comme elle-même lui conserverait le sien — « jusqu'au tombeau ». Massimo ne quittait pas son visage des yeux, je voyais sa pomme d'Adam remuer très vite dans sa gorge, ses prunelles marron luisaient étrangement, un imperceptible frémissement secouait sa lèvre inférieure. Je m'étais arrêté de jouer pour mieux écouter.

« Tu comprends, Massimo ?

— O-oui. Tu veux partir.

— Je ne *veux* pas, je serai peut-être contrainte de partir pour un temps. Mais je reviendrai bientôt.

— C'est à cause d'Andreo ?

— Oui et non. Je ne peux pas tout te dire, Massimo.

— Mais je *sais*, ma petite Maman. C'est à cause des fascistes, n'est-ce pas ?

— Tu as compris ça, mon chéri ? Il est vrai que tu es un homme. Tu ne le répéteras à personne, n'est-ce pas ?

— Je te le jure. Moi aussi, je déteste les fascistes.

— Comme je t'aime, Massimo ! Tu es tellement sérieux, si réfléchi. Viens dans mes bras, mon grand garçon. J'ai si mal à l'idée d'être séparée de toi. Ce ne sera pas long, j'en suis sûre. Un pays comme le nôtre ne peut pas supporter longtemps pareille bêtise.

— Et Sandro... tu le laisses ici ?

— Je ne sais pas, vraiment je ne sais pas. Il est encore si petit ! Qu'en penses-tu, toi ?

— Emmène-le avec toi. C'est trop dur, à son âge, de vivre sans mère.

— Tu as raison, Massimo, tu as raison. Je ferai ce que tu dis. Tu es si intelligent ! Tu comprends tout... »

Je ne les quittais pas des yeux, je buvais toutes leurs paroles. Pour la première fois, j'eus le pressentiment de ce que pourrait être mon destin.

La nouvelle de l'arrestation d'Andreo, l'ostentatoire douleur de Dina qui, dans son désespoir, semblait envisager l'éventualité d'un départ pour l'étranger d'un œil de jour en jour plus favorable, se persuadant qu'elle courait, si elle demeurait à Palerme, les plus graves dangers, se préparant à l'exil en se créant, lors de nos longues et confidentielles insomnies, une France mythique, véritable pays de cocagne dont les habitants brûlaient tous d'un ardent amour de l'égalité et de la liberté, peuple de héros qui saurait terrasser, comme il l'avait fait en 1914, le dragon de la tyrannie : ces changements créaient, dans l'appartement noyé d'ombres, une atmosphère d'attente exaspérée. Je croyais écouter l'une de ces scènes dites d'exposition qui n'ont d'autre utilité que de présenter les personnages et d'annoncer l'action. Je prêtais, la nuit, une oreille distraite aux tirades de Dina, qui se voyait déjà jouant, dans une France exaltée par la musique des clairons, un rôle héroïque et décisif, moderne Jeanne d'Arc juchée sur la barricade de la démocratie. En était-elle, comme le soutenait Fortunata, venue à détester le fascisme à cause seulement de son amour pour Andreo ? Avait-elle toujours haï ce régime dont la vulgarité surtout la dégoûtait ? Je n'aurais su, ni poser la question, ni, moins encore, y répondre. Je devinais seulement que ce qui n'avait d'abord été qu'un éloignement ironique, une dédaigneuse aversion, un mélange d'indifférence et de mépris, tendait, depuis l'emprisonnement de son amant, à se muer en détestation violente. Elle ne se contentait plus de plaisanter le Duce, de railler sa prose emphatique : un frémissement de haine, quand elle en parlait, secouait sa voix. Ses disputes avec Assou, dans le bow-window,

115

atteignaient une violence hystérique et, emportées par la colère, les deux femmes se jetaient les pires accusations à la figure, se couvrant mutuellement d'insultes, chacune haletant, les yeux dilatés, pareilles à deux chattes ennemies. Le moindre prétexte, le mot le plus banal suffisaient d'ailleurs à déclencher la bagarre, comme si, dans leur animosité impitoyable, elles n'attendaient qu'un prétexte pour se jeter l'une sur l'autre, babines retroussées, toutes griffes sorties. Elles ne se réconciliaient plus, mais, après chaque bataille, se séparaient rageusement, chacune continuant, dans sa chambre, de siffler et de cracher.

Seule Fortunata conservait, au milieu de cette tempête, un calme imperturbable, riant, au fond de sa cuisine, des jurons et des insultes que ses maîtresses échangeaient. Elle semblait savourer chaque gros mot et marquait les points avec une satisfaction jubilatoire, avec aussi une sympathie manifeste pour Assou, qu'elle jugeait plus « vraie », c'est-à-dire mieux armée pour ce genre d'affrontements.

Ma peur et mon désarroi devant ce déchaînement de violence l'amusaient également fort :

« Ne fais donc pas cette figure, mon petit prince tout en sucre. Il n'y a pas de quoi trembler, je t'assure. Ça leur nettoie le foie, ça leur lave le sang, ça les distrait de leur ennui. Que veux-tu ? Deux femmes comme ça ne sont pas faites pour rester enfermées dans une cage. C'est qu'elles ont chacune un sacré tempérament ! Elles ne se tueront pas, va. »

Et, peut-être pour me distraire, peut-être aussi parce que cette belle violence la mettait de bonne humeur, elle me chantait de sa voix rauque une ballade de son pays, une complainte à la mémoire d'un bandit fameux, tué par les carabiniers à l'issue d'un combat furieux. Monodique, la musique gardait une sorte de sauvagerie primitive, comme un long lamento, et ce caractère archaïque se trouvait encore renforcé par la rudesse de la voix qui, dans la modulation de certaines phrases, m'évoquait le ululement d'une louve affamée.

Dina devait sans doute partager l'avis de Fortunata sur la difficulté qu'il y avait, pour elle et pour Assou, à demeurer tout le jour face à face, chacune refermée sur sa haine, car elle prit soudain l'habitude de sortir, m'emmenant avec elle.

Le chagrin ou, plus simplement, l'idée qu'elle se faisait alors d'elle-même — une femme dont l'amant se trouve en prison, victime de ses opinions politiques — transformaient son apparence, et je découvrais avec stupeur une Dina mise avec simplicité, à peine fardée, d'allure presque sportive avec ses souliers robustes, le foulard de soie qu'elle posait sur ses cheveux et nouait sous son menton. Même sa démarche était devenue plus décidée, plus volontaire, et elle paraissait découvrir avec ravissement les plaisirs de la marche et de la découverte, se perdant avec une joie enfantine dans les venelles du quartier du port, m'entraînant dans des tavernes enfumées où, dégustant un café plus noir que l'encre, elle discutait avec des ouvriers et des pêcheurs, riant de leurs saillies, répondant à leurs plaisanteries équivoques, s'extasiant ensuite de ce qu'elle appelait « l'intelligence populaire », instinctivement juste, à l'en croire. Elle me faisait aussi visiter la chapelle palatine, me parlant du passé de la Sicile, de ces siècles où différentes civilisations parvinrent à cohabiter dans la tolérance, produisant des chefs-d'œuvre uniques, fruits d'une collaboration entre l'Orient et l'Occident. Elle s'exprimait avec un enthousiasme contagieux, sans trace de pédantisme, sachant trouver les mots à ma portée, m'inoculant l'orgueil de cette terre écartelée, la tristesse de la ruine et du pillage, le désespoir de la spoliation, le scepticisme de la dépossession. Elle m'enseignait que nous n'étions rien après avoir été tout, que nous vivions plongés dans un songe maléfique, ignorant même qui nous étions, ayant tout oublié de nos origines, privés de futur. Elle me disait que la Sicile était une terre de folie, peuplée de déments qui jouent à ressembler aux personnages qu'ils voudraient être, qui s'effondrent soudain, désarticulés, quand ils s'aperçoivent que la réalité dément leurs rêves. Elle m'entraînait plus loin dans le passé, jusqu'aux colonnades de Ségeste. Assis sur la pente d'une montagne, nous regardions, étroitement enlacés, le soleil plonger dans la mer, et tous les temples, nimbés d'une lumière d'or, délivrer, en un embrasement soudain, le secret de leur nombre et de leur mesure. Devant ce spectacle, Dina m'entretenait de la Grèce, dévidait pour moi la généalogie de ses déesses et de ses dieux, exaltait son culte de la beauté physique. J'apprenais à aimer

Déméter, avatar de la Mère, cette matrice de la Méditerranée ; à plaindre Proserpine, à redouter Héphaïstos et son armée de cyclopes, à vénérer la sage Athéna. J'entrais, avec Dina, dans l'épaisseur des millénaires, découvrant, sans le savoir, que rien ne meurt et que chaque forme constitue la métamorphose d'un archétype. Je m'habituais à regarder, derrière chaque sainte et chaque vierge, les figures des divinités tutélaires, enfouies au plus profond de la mémoire des hommes.

Me transportaient de joie, surtout, l'élan juvénile de Dina, son bonheur communicatif, cette gaieté avec laquelle elle me confiait ses secrets. Vous avouerai-je, Antoine, ma stupéfaction de découvrir une Dina dont je ne soupçonnais pas l'existence ? Non que je comprisse tous ses propos : je discernais seulement, dans le ton de sa voix, une gravité fervente, une sérieuse et profonde méditation dont chaque mot sorti de ses lèvres portait l'empreinte. Je l'avais toujours connue occupée de ses toilettes, de ses fards, de ses amours ; je ne la croyais pas sotte, non, ni superficielle ; je n'avais cependant jamais imaginé qu'elle pût être cette femme de réflexion. Rien, dans son comportement, ni même dans ses propos, ne m'avait préparé à la révélation de cette joie intime dont elle semblait emplie en partageant avec moi ses pensées les plus secrètes. Elle m'avait longtemps caché le monde, elle me le rendait soudain avec un élan de tout l'être. Etait-ce la perte d'Andreo ? le pressentiment qu'elle ne reverrait plus cette terre qu'elle feignait parfois de mépriser ? Elle semblait vouloir me crier son attachement à cette île qu'elle disait « maudite », ponctuant ce mot d'un rire haut et clair. Elle courait sur les routes bordées de lauriers-roses, tenant le volant d'une main, fumant de l'autre, d'Agrigente à Syracuse, de Sélinonte à Monreale, arrêtant brusquement sa petite auto décapotable pour me faire admirer un paysage, pour contempler la façade baroque d'une église construite par les Espagnols, pour courir se jeter dans la mer, m'initiant à la plongée, me criant de ne pas avoir peur. Nous voyant traverser leurs villages, les paysans s'arrêtaient de travailler, nous fixant d'un regard sombre et soupçonneux. Au lieu de baisser la tête, de se soumettre à leur réprobation dédaigneuse, Dina les provoquait, leur criait qu'un jour viendrait où, au lieu de se tenir cloîtrées dans leurs maisons,

118

leurs femmes aussi conduiraient des voitures et fumeraient des cigarettes. Etait-ce l'effet de sa beauté ? de sa crânerie ? Ils ne se fâchaient pas, mais plaisantaient avec elle, nous invitaient dans leurs masures, nous offrant du vin, un peu de miel, une poignée de figues sèches. Les femmes se pressaient autour de moi, me cajolaient, me palpaient.

« Qu'il est beau, très Sainte Mère ! C'est à pleurer de bonheur, un enfant pareil ! Mange, Sandrino, mange, mon bel archange. »

Elles demandaient à Dina la permission de toucher ses cheveux.

« C'est de la soie. Un pur miracle. »

Les hommes taquinaient Dina, lui disaient qu'à courir ainsi les routes, sans autre protection qu'un enfant, il pourrait bien lui arriver malheur ; que c'était tenter le Diable d'exhiber devant de pauvres hommes une telle beauté et qu'il s'en trouverait peut-être un...

« Tu crois donc que je ne saurais pas me défendre ? Je suis sicilienne, moi aussi.

— Voilà qui s'appelle parler !

— D'ailleurs, je connais les Siciliens : ils ne feraient pas de mal à une femme, à une mère surtout. »

Ils approuvaient bruyamment, ils applaudissaient, ils la félicitaient de son courage, s'étonnant qu'elle comprît leur dialecte.

« Et alors ? Je suis une bourgeoise, une citadine, c'est ce que vous voulez dire ? Il ne faut pas gratter fort pour retrouver l'odeur du purin. »

Nous repartions, joyeux ; nous nous enfoncions dans le pays, empruntant de méchantes pistes creusées d'ornières et semées de grosses pierres ; nous arrivions dans des hameaux reculés où les habitants acceptaient de nous céder un lit pour la nuit. Il nous arrivait de rester trois ou quatre jours sans revenir à Palerme, et je m'étonnais seulement que Dina voulût chaque soir téléphoner à Assou. « Je la connais, disait-elle, elle ne dormirait pas de la nuit. »

Quand nous retrouvions l'appartement, Dina paraissait transformée, comme revigorée par ces balades, mangeant avec appétit, s'endormant dès que couchée, racontant nos voyages d'un ton allègre. Mais une réflexion sur l'hospitalité des paysans, leur finesse, suffisait à déclencher les hostilités, Assou s'en saisissant aussitôt pour l'accuser de démagogie ou suggérer qu'elle était, chez ces brutes, sensible à autre chose que la finesse.

Le « coup de théâtre » que nous pressentions, que nous souhaitions presque, tant l'atmosphère s'épaississait de jour en jour, se produisit enfin. Son effet fut cependant tout autre que je ne l'aurais imaginé, d'une discrétion surprenante, au point que je ne fus, un assez long temps, nullement assuré de l'avoir perçu, car il me surprit en plein sommeil. Je gardai l'impression d'avoir entrevu, entre deux rêves, deux hommes qui se tenaient debout au pied du lit, vêtus de costumes clairs et coiffés de chapeaux ; il me semblait avoir entendu la voix de Dina, étrangement calme, les prier de s'abstenir de faire du bruit pour ne pas me réveiller ; de l'avoir vue, elle, comme dans un songe, enfiler ses bas assise sur le lit, puis se pencher pour me baiser sur le front ; d'avoir perçu, venant du vestibule, des chuchotements, des pleurs ; de m'être ensuite enfoncé dans le silence.

Ce n'est qu'à mon réveil, découvrant le visage mouillé de larmes de Fortunata penché au-dessus du mien, que je compris que mon rêve était réel et que deux policiers étaient, en pleine nuit, venus arrêter Dina, qui se trouvait dans une caserne désaffectée, transformée en prison. Ecoutant les explications de Fortunata que ce nouveau malheur excitait, dont la voix se chargeait, pour m'encourager à montrer ma force de caractère, d'une tristesse recueillie, je m'étais intérieurement préparé aux débordements d'Assou. Or, pénétrant dans la chambre, vaste et profonde, tendue de soie bleue, remplie de meubles solennels et de tableaux figurant des saints et des saintes, en approchant du lit à colonnes qu'éclairait avec parcimonie une lampe coiffée d'un abat-jour rose, je fus surpris et presque effrayé de découvrir une vieille femme au teint cireux, aux cheveux rares et fins laissant apercevoir la peau du crâne, aux paupières gonflées et rougies. Sans un mot, elle m'ouvrit ses bras, me serra contre sa poitrine. Elle ne pleurait pas, elle se tenait assise, le dos calé par des oreillers, vêtue d'une chemise de nuit d'un bleu passé ornée, au cou et aux poignets, de dentelle.

Rien n'aurait pu davantage m'inquiéter que ce mutisme, cette immobilité, si éloignés de son caractère. D'autant que je pressentais qu'il ne s'agissait pas d'une attitude, d'une pose convenue. Non, Assou était tout bêtement défaite, incapable d'une réaction, hagarde presque. Ses yeux erraient dans la chambre, comme s'ils hésitaient à reconnaître ce décor. Il fallut que Fortunata me prenne, me tire vers elle pour qu'Assou relâche son étreinte, retrouvant son immobilité.

« *Signora,* supplia Fortunata en prenant un bol sur la table de chevet et en l'approchant d'Assou. *Signora,* il faut manger. Vous ne pouvez pas rester comme ça, voyons ! Pensez à Sandro. Elle va revenir bientôt, votre Dina. Faites un effort, *signora :* pour le petit.

— Ils la tueront. Ce sont des brutes, des assassins, lâcha soudain Assou d'une voix terrible.

— Mais non, *signora !* Ils n'oseraient pas. Ça ferait un trop gros scandale. La *signorina* est trop connue...

— Ils se gêneront peut-être ! Mateotti aussi était connu, il était même député. Ce sont des criminels, je te dis.

— Vous vous faites des idées. Il faut d'abord manger un peu, rien qu'un peu. C'est du bouillon de poule, je l'ai fait tout exprès pour vous. »

Est-ce d'entendre Fortunata l'appeler *signora,* ce qu'elle ne faisait jamais ? est-ce le son de la voix d'Assou, comme un cri de bête blessée ? ou l'inquiétude que je lisais dans le regard de Fortunata ? — je prenais brusquement conscience que quelque chose d'irréparable venait de se produire ; qu'Assou ne serait jamais plus la femme que je croyais connaître ; qu'elle venait d'être, en l'espace d'une nuit, précipitée dans la solitude de la vieillesse. Je devinais que l'opéra que nous nous amusions à mimer débouchait soudain sur l'horreur, que les musiciens s'arrêtaient de toucher leurs instruments, que le rideau tombait précipitamment et que des fous tiraient sur le public, semant la panique. Un temps s'évanouissait, là, sous mes yeux, et un autre surgissait du chaos. Je restais figé au pied du lit, je contemplais ce visage que la vieillesse rongeait, j'écoutais cette voix inconnue, plate et déchirée. J'observais Fortunata qui, son bol de bouillon à la main, semblait soudain désemparée, comme si elle se demandait quel rôle elle devrait jouer dans cette pièce dont elle ignorait le texte.

Dans la cuisine aussi, je perçus cet affaissement du plaisir de vivre. Si les larmes de Margutta, du reste douée pour les scènes pathétiques, relevaient encore de la convention, ses regards traqués, ses gestes maladroits suggéraient une inquiétude plus profonde. Jusqu'à ce jour, les déclamations du Duce, les fanfaronnades des chemises noires qui défilaient dans les rues en bombant le torse, les punitions mêmes qu'ils infligeaient à leurs adversaires politiques, ces « chiasses au ricin » dont riait Fortunata, l'indignation de Dina, ses colères et ses diatribes, toute cette agitation nous apparaissait comme une nouvelle mouture d'une éternelle comédie. Elle ne nous inquiétait ni ne nous touchait vraiment. Nous étions persuadés qu'elle ne pouvait pas affecter notre vie, ni cette ville. La Sicile assisterait au spectacle tout en feignant d'y prendre part, et si Dina s'agitait, pensions-nous (mais c'était moins une pensée qu'une intuition), c'est qu'elle aimait le mouvement. Elle posait à la démocrate comme l'obèse *diva* prend, sur la scène, la pose de la cousette rongée par la tuberculose, et seule la stylisation musicale sauvait la situation du ridicule. Nous applaudissions Dina, comme nous applaudissions la malheureuse Mimi : après tout, un rôle en vaut un autre et celui de la résistante dressée contre la tyrannie n'était pas le pire. Voilà pourtant que les malotrus enfreignaient toutes les règles, perturbaient la représentation, prenaient, dans leur grossière ignorance, les acteurs pour des personnes réelles.

Comme Margutta, Fortunata semblait anéantie. Plus que de l'injure faite à Dina, elle souffrait de l'insulte faite à la Sicile, tant, dans son esprit, Dina et Palerme se confondaient. En arrêtant Dina, ces rustres paraissaient crier à la Sicile : « Assez joué maintenant ! Nous ne sommes plus au théâtre. » Mais si l'on ne pouvait plus jouer, qu'allait-on faire ? Question que je croyais lire dans le regard de Fortunata, assise de l'autre côté de la table, l'air abasourdi. Elle jugeait, en Sicilienne, ce manquement aux règles d'autant plus injuste qu'elle savait bien, elle, tout comme le savaient tous les Palermitains, tous les habitants de l'île, que les fascistes n'étaient rien d'autre que des acteurs, mais de second ordre, avec des voix minables, tout juste bonnes à pousser la chansonnette. Et ils prétendaient monter sur la scène du Royal, chanter un de ces drames wagnériens d'une philosophie absconse, remplis de symboles plus massifs que l'Etna ! Ils chassaient sans ménagements les gloires de la sublimation, qui possédaient l'art de faire pleurer et rire dans le même temps ! Ils forçaient le public, un canon de pistolet braqué derrière chaque nuque, à faire un triomphe à cette musique indigeste, toute de tambours et de fifres ! Tout cela, savoir qu'un certain désordre s'achevait, qu'une folie hurlante succédait à une démence ironique et moqueuse, que cette ville baroque et délirante se trouvait menacée en la personne de Dina, Margutta et Fortunata le pressentaient. Tout comme l'avait fait Assou, elles exprimaient soudain une haine passionnée des fascistes, et je m'apercevais avec étonnement qu'aucune ne les avait jamais aimés, quand même elles prenaient leur défense. Cela aussi faisait partie du jeu, qui voulait qu'elles s'opposent à Dina, peut-être pour accélérer le mouvement de l'action. Elles n'aimaient pas davantage la démocratie, ni la république, ni le socialisme : elles détestaient tout ce qui n'était pas sicilien. Avec stupeur, je découvrais qu'il y avait en chacune d'elles, Assou, Dina, Margutta et Fortunata, quelque chose de plus profond que leurs haines et leurs inimitiés, quelque chose qui les soudait, les rendait soudain solidaires, et c'était cette ville étrange, d'une réalité insaisissable, comme perdue dans le rêve, quelque part entre Byzance et Séville, Athènes et Carthage, Rome et Rouen, un monstre, un dragon surgi de la mer, crachant le feu.

Cette solidarité se manifesta de la façon la plus spectaculaire. Assou, qui n'avait pas quitté l'appartement depuis plusieurs années, que la « honte » maintenait recluse, qui vivait plongée dans un songe de malheur et de malédiction, décida de sortir et de m'emmener avec elle.

La veille déjà, la manucure, la coiffeuse, la couturière et la modiste se succédèrent dans le salon, mêlant leurs jacassements. Le « fiancé » de Margutta, un jeune paysan des environs de Messine, fut convoqué et on lui fit, dans la cuisine, endosser l'uniforme bleu de l'ancien chauffeur, dont il dut aussi coiffer la casquette. On le vit ensuite écarter avec solennité les portes du garage, au fond du jardin, et, aidé du portier, sortir la Rolls, qu'il passa tout l'après-midi à laver, à poncer, à faire briller, à faire démarrer enfin, ce qui se fit avec une facilité qui enchanta Assou.

« Je l'ai toujours dit : seules les Rolls méritent d'être appelées automobiles, les autres sont des chars à moteur. »

Le lendemain, après le repas de midi, qu'elle prit dans sa chambre, elle parut enfin, maquillée avec discrétion, ses cheveux roux coiffés d'un chapeau à voilette qui dissimulait ses yeux, gantée, un manteau d'astrakan noir sur une robe de même couleur, très droite, comme grandie. Elle m'inspecta, parut approuver mon costume marin, retoucha ma coiffure et, saisissant ma main, commença de descendre lentement l'escalier monumental, accueillie au bas de la dernière marche par le portier qu'accompagnait toute sa famille ; puis, devant le portail, par une foule de voisins, mystérieusement avertis de l'événement. La voyant paraître, parée comme une reine, tenant fermement ma main, les hommes se découvrirent, les femmes murmurèrent, cependant qu'Assou, assise sur la banquette, l'air impassible, donnait l'ordre à Sisto de démarrer.

« Roule lentement, fit-elle, je veux que toute la ville nous voie, que tout le monde sache que ces porcs ont osé mettre ma fille en prison. »

Et la Rolls traversa toute la ville à la vitesse d'un mulet, suscitant partout la curiosité. Les hommes, assis aux terrasses des cafés, retiraient leurs chapeaux pour saluer Assou qui, dignement, inclinait la tête. « Nous savons ce que vous faites et pourquoi vous le faites, semblaient-ils lui dire. Nous trouvons ça bien. — Je vous remercie. Je remplis mon devoir en défendant mon honneur », me donnait-elle l'impression de leur répondre.

Quand nous fûmes arrivés devant la prison, Assou se tourna vers moi :

« Tu ne pleureras pas, dit-elle. Même si tu as l'impression que ton cœur se rompt dans ta poitrine, tu devras rester digne. Tiens-toi droit, parle le moins possible. Nous ne demandons pas la pitié : nous voulons la justice. »

Nous pénétrâmes dans le parloir, Assou en tête, aussi verticale qu'un I majuscule, moi ensuite, la bouche sèche de peur, Fortunata enfin, portant un panier rempli de victuailles et une couverture de laine.

Vous peindre, Antoine, l'étonnement, le saisissement que notre entrée provoquèrent, je ne le saurais. Derrière un rideau de barreaux, deux cents femmes peut-être hurlaient, gémissaient, essayant de se faire entendre de leurs parents, de leurs enfants, qui s'époumonaient également dans l'espoir de couvrir le vacarme. C'était une vision dantesque : les détenues misérables, tondues pour la plupart, vêtues de robes de futaine grises, s'agrippaient aux barreaux, hurlant, pleurant ; des centaines de pauvres bougres, vêtus de haillons, vociférant, touchant ces mains qui se tendaient vers eux en un geste d'imploration. Des voûtes vertigineuses, en ogive (la prison avait été un couvent avant que de devenir caserne), une lumière glauque, des sentinelles en uniforme, une expression de morgue sur leurs figures. Et soudain, au fur et à mesure que nous avancions, s'élargissant en ondes concentriques, un silence de stupeur, d'apitoiement, de respect devant cette vieille dame suivie d'un enfant de sept ans, l'air si sage dans son costume marin, un nom que toute la ville connaît, qu'on murmure dans les venelles les plus crasseuses, un nom qui est associé au malheur et à la « honte » ; et voilà que cette mère anéantie abandonne sa solitude, ose affronter le regard des gens, vient solennellement montrer sa solidarité avec sa fille, défiant l'ordre nouveau. Dans cette salle d'une nudité menaçante, ils voyaient soudain surgir devant eux, tous ces misérables, toutes ces prisonnières massées derrière les barreaux qui les séparaient de leurs familles, l'antique déesse tutélaire, la Mère millénaire, dans sa robe de deuil, accompagnée de l'enfant ; pénétrés de respect, ils s'écartaient devant elle, se taisaient et, lentement, le silence s'élargissait, se creusait, s'installait de l'autre côté des barreaux où les détenues, de droit commun pour la plupart — putains, voleuses, avorteuses, maquerelles ou receleuses —, cessaient à leur tour de crier et de gesticuler, se figeaient ; des mains saisissaient Dina, la poussaient vers les barreaux ; et la mère et la fille, enfin face à face, s'observant entre les barreaux, muettes, composaient,

125

cernées par la foule, un de ces tableaux vivants qu'on donne, en maints endroits de l'île, le jour du Vendredi Saint. Sans un mot, Assou m'attirait vers elle, appuyait mon dos contre son corps.

Dès que nous avions pénétré dans le parloir, au fur et à mesure que nous avancions, traversant la foule des visiteurs, au fur et à mesure que le silence descendait, s'épaississait, comme si chacun avait retenu son souffle, les surveillants avaient paru d'abord intrigués, puis inquiets, angoissés enfin, comme s'ils redoutaient une émeute. Ils regardaient la foule avec une expression de craintive perplexité, se demandant sans doute ce qu'ils devaient faire. Mais ils n'osaient pas bouger, ni proférer un mot ; ils comprenaient enfin qu'ils assistaient à une manifestation, la plus imposante, la plus étrange, qui n'était pas politique, qui les atteignait dans leur for le plus intime d'hommes de ce pays. Ils saisissaient, comme tous les témoins de cette scène, la valeur symbolique de l'instant ; ils entendaient ce qu'Assou proclamait dans son silence, dans son immobilité, par sa seule présence.

Alors, Assou inclina lentement la tête, reposant son menton sur sa poitrine ; sa main reprit la mienne et, tout aussi lentement qu'elle était entrée, elle marcha vers la porte, escortée du même silence religieux. Elle ne se retourna pas, ne fit pas un geste. Elle s'installa dans la voiture qui, par d'autres rues, avec la même allure de corbillard, se dirigea vers le *palazzo*. Je crus seulement discerner sur le visage d'Assou un frémissement d'impatience, l'ombre d'un sourire passa sur ses lèvres : tout s'était déroulé comme elle l'avait prévu. La « honte » était lavée : toute la ville savait qu'Assunta Lavanti avait relevé le défi du malheur. Dans chaque maison, du plus misérable taudis aux salons les plus huppés, son geste serait commenté, apprécié comme il convient. Assise sur la banquette de la Rolls, regardant défiler les rues et les places de Palerme, Assou savait que toutes les femmes, tous les hommes qui s'arrêtaient pour contempler ce véhicule d'un autre âge, cette femme vêtue de noir et cet enfant dignement assis à ses côtés, elle sentait, Assou, que toute cette foule saluerait cette représentation.

A peine la porte de l'appartement refermée, elle retira son

chapeau, se regarda dans la glace, s'adressa un sourire de contentement.

« Nous leur avons montré ce que nous savions faire. Tu as été parfait, Sandro. Je suis fière de toi et je suis sûre que Dina l'est également. Du reste, elle ne tardera pas à rentrer *maintenant*. »

Puis d'une voix plus haute :

« Demande à Margutta d'ouvrir en grand les rideaux du salon, Fortunata. Nous n'avons plus rien à cacher. »

Et, soudain vieillie, courbant ses épaules, elle alla s'enfermer dans sa chambre, sans doute épuisée après pareil effort.

Dans la cuisine, où j'allai la retrouver, Fortunata commentait l'événement, ajoutant des détails, improvisant des variations.

« Quelle femme ! disait-elle à Margutta, qui l'écoutait bouche bée. Pour avoir une idée pareille, il faut être un génie ! Ah, ils auront bonne mine demain, tous ces fascistes. Ils n'oseront seulement pas se montrer dans la rue. Ils ont perdu la face, ils sont déshonorés. Et mon Sandro ! Si tu l'avais vu, Margutta ! Tranquille, impassible, à rompre les cœurs les plus endurcis. Et une classe avec ça ! Je ne te dis que ça, ma fille : c'était à se mettre à genoux, tellement c'était beau. »

Elle n'eut d'ailleurs pas le temps de distiller à Margutta chaque détail de cette scène sublime, car on l'appelait de tous les balcons, demandant des précisions, l'interrogeant pour savoir s'il était vrai que l'un des gardiens avait fondu en sanglots, ce que Fortunata confirma aussitôt, l'ayant vu de ses propres yeux, « comme je te vois » ; si le président de la Cour, qui se trouvait à la terrasse de *Rossetto,* s'était bien levé pour saluer Assou « deux fois même, comme ça, le chapeau sur la poitrine ». Dix, vingt, trente voix commentaient le spectacle, et je pouvais, assis sur ma chaise, imaginer la rumeur qui courait par toute la ville. Je me demandais si l'amour maternel avait seul dicté ce geste à Assou. Mais, de toute évidence, personne, autour de moi, ne cherchait à savoir *pourquoi* Assou avait agi comme elle l'avait fait, mais seulement *comment*. Le geste se suffisait à lui-même, il effaçait l'intention, il constituait en lui-même une signification achevée.

J'éprouvais cependant une vague mélancolie, pressentant que cette représentation, pour réussie et même éclatante qu'elle fût, était aussi la dernière qu'Assou donnerait. Elle m'évoquait ces galas d'adieux qu'offrent les cantatrices les plus célèbres à l'heure de se retirer de la scène : ni les applaudissements frénétiques, ni les gerbes de fleurs, ni les *brava, brava* scandés du poulailler aux loges ne parviennent à dissiper l'impression de mélancolie qu'elles produisent, chaque spectateur sentant que la vieillesse l'a tout de même emporté et que les triomphes ne seront bientôt plus qu'un souvenir de jour en jour plus ténu. Et chacun crie très fort, bat des mains à se faire mal, espérant, par ce vacarme, étouffer le bruit des pas de la mort, qui se glisse entre les fauteuils.

Tout comme Assou l'avait prévu, Dina fut libérée moins d'une semaine après notre visite au parloir de la prison. Pour dévoués qu'ils fussent en effet à leur chef, le Duce, les fascistes palermitains n'en étaient pas moins siciliens ; ils redoutaient trop, devant l'émotion que la sortie d'Assou avait causée dans toute la ville, les poisons du ridicule et de la honte, dont ils pouvaient à chaque moment sentir les effets, en des sourires d'une suave sournoiserie, en des propos d'une ficlleuse candeur, en des regards d'une dédaigneuse allégresse. Ils l'éprouvaient, ce ridicule, dans le silence qui s'installait dès qu'ils apparaissaient aux terrasses des cafés, dans une salle de restaurant, aux théâtres même. Ils connaissaient trop bien leurs compatriotes pour ignorer cette insidieuse désaffection, cette réprobation teintée de pitié, plus dangereuses mille fois qu'une haine ouverte et déclarée. Leurs mouchards les tenaient exactement informés des propos qui se tenaient dans les salons, des plaisanteries circulant dans les quartiers populaires, des coups de téléphone incessants, du cortège de visiteurs au *palazzo* Lavanti. Ils savaient qu'on oublie, en Sicile, aussi vite qu'on s'exalte, et qu'il leur fallait réagir sans délai, la seule difficulté étant d'éviter que la libération de Dina pût augmenter le scandale. Aussi la tirèrent-ils de sa prison de nuit et la déposèrent-ils en voiture devant le portail de la maison, lui témoignant des égards auxquels même Fortunata et Assou parurent sensibles, lesquelles décrétèrent que « tout de même, ils avaient su bien se tirer de ce faux pas ».

L'atmosphère de l'appartement, après le retour de Dina, changea de nouveau et d'une façon que je n'aurais pas non plus imaginé. Plus de batailles, plus d'insultes, mais des conciliabules interminables qui réunissaient la mère et la fille dans la chambre d'Assou, où elles demeuraient des heures en tête à tête, chuchotant et murmurant. Leurs figures paraissaient souvent pâlies, leurs traits étaient tirés, leurs yeux gonflés et rougis.

Dans la cuisine aussi, Margutta et Fortunata, peut-être par mimétisme, parlaient à voix basse, détournaient la tête pour renifler dans leurs mouchoirs, leurs regards se posaient sur moi avec une expression d'apitoiement, comme si j'étais devenu orphelin. En des élans brusques, Fortunata se jetait sur moi, me pressait contre sa poitrine, me couvrait de baisers. Elle m'appelait « pauvre petit » ou « mon pauvre petit innocent » en hochant la tête.

Assou redoublait, elle aussi, d'affection à mon endroit. Le matin, quand j'allais l'embrasser dans son lit, elle me gardait un long moment serré contre sa poitrine, elle passait ses doigts dans mes cheveux, les ébouriffant. Elle m'appelait toujours « moricaud », mais d'un ton de tendre plaisanterie. Elle fixait sur moi un regard d'inquiétude, presque d'angoisse.

Depuis notre visite à la prison, un changement subtil s'était d'ailleurs produit dans nos relations. J'avais conçu pour elle, ce jour-là, une admiration qui devait se lire dans le regard dont je la contemplais. Elle m'avait jusqu'à ce moment parue imprévisible, énigmatique, vaguement inquiétante. Je l'aimais, certes, malgré ses rudesses, ses rebuffades, ses manières brusques derrière lesquelles j'avais toujours senti une tendresse aussi solide que pudique. Mais elle était, Assou, enveloppée d'un mystère qui la rendait, à mes yeux d'enfant, quelque peu effrayante, comme une déesse des ombres tapie dans son antre, qui était cette chambre trop vaste, remplie de meubles crépusculaires, de peintures austères, d'odeurs de médicaments. Elle semblait mener, à l'abri des regards, confinée dans une solitude incompréhensible, une existence irréelle, entre son pékinois plein de hargne, ses romans aux couvertures triviales où l'on voyait des chirurgiens en blouse verte souriant à des infirmières blondes et langoureuses, ses tisanes et ses fards, ses parfums à base d'essence de rose. Tous ses gestes, jusqu'à la séance du cabinet, revêtaient un caractère de solennité qu'elle accentuait encore par son maintien trop vertical, sa démarche majestueuse. Je redoutais vaguement ses cris, le son quelque peu strident de sa voix quand elle injuriait Fortunata, ses accès de violence, et je redoutais presque autant ses affaissements, sa douceur plaintive et dolente. La voyant descendre l'escalier de l'immeuble, s'asseoir dans la voiture, la tête haute, le buste redressé, d'une élégance exacte, en la regardant traverser le parloir de la prison, fendant la foule avec une lenteur étudiée, nullement surprise en apparence du respect qu'elle imposait, j'avais cru découvrir une autre Assou, une femme courageuse, dotée d'une force de caractère exceptionnelle, sachant faire face à l'adversité, aimant à la passion cette fille qu'elle ne cessait de provoquer et d'injurier. Je l'avais sentie, durant le trajet du retour, tout ensemble fière et défaite, triomphante et mélancolique, comme un chef de guerre après une bataille gagnée, mais qui laisse sur les champs boueux des milliers de cadavres. Je l'avais sentie heureuse de sa victoire et triste de cette défaite qu'est la vieillesse. Elle avait su, une dernière fois, se montrer d'une beauté imposante, mais elle savait trop bien de quels artifices cette illusion était faite, et qu'il ne s'agissait plus, au sens strict, que d'une ultime représentation, comme un reflet de celle qu'elle avait jadis été. J'avais été ému, dans le vestibule, du sourire qu'elle avait adressé à son image, en retirant son chapeau, un sourire d'orgueil et de mélancolie.

Cet élan d'admiration, Assou l'avait lu dans mes yeux. Sans nous parler, nous avions conclu une nouvelle entente, plus profonde. Elle me caressait parfois, avec maladresse, me tirait l'oreille, me pinçait le bout du nez, avec, dans ses yeux, une lueur de malicieuse affection.

« Sale petit moricaud, va ! Tu n'as pas un mauvais fond, non. Tu es un étrange bonhomme. Je serais curieuse de savoir ce que tu deviendras. »

Depuis le retour de Dina, ce sentiment de complice tendresse se compliquait d'une nuance d'inquiétude, et Assou me donnait parfois l'impression de vouloir me protéger d'un danger qu'elle n'arrivait peut-être pas à distinguer clairement, qu'elle ne faisait que pressentir, et qui voilait ses yeux.

La nuit, lorsque nous nous retrouvions au fond de notre igloo étouffant, Dina me parlait toujours de la France, ma vraie patrie, qui, au fil du temps, devenait un pays de plus en plus beau, une terre fabuleuse où les mottes de beurre pendaient aux arbres comme, autour de Palerme, les oranges aux branches des orangers. Elle me faisait également mille recommandations, comme de me montrer sage, sérieux, puisque aussi bien j'étais maintenant un homme ; d'obéir très exactement à Assou et Fortunata, sans poser aucune question, sans chercher à comprendre.

Pour me prodiguer ces conseils, elle prenait la voix dont elle s'adressait à Massimo, lequel ne quittait pour ainsi dire plus l'appartement, couvant Dina d'un regard éperdu. Depuis qu'elle avait été arrêtée et mise en prison, il paraissait plus amoureux encore de Dina, la contemplant d'un air extasié, buvant chacune de ses paroles, se détournant parfois avec brusquerie pour cacher ses larmes, dont il avait honte, car il se sentait, avec ses seize ou dix-sept ans, un homme fait. Tous deux, ils passaient de longs moments assis dans le bow-window, penchés l'un sur l'autre, chuchotant, se cajolant. Quand Dina disparaissait dans sa chambre, Massimo s'approchait de moi, me parlait d'une voix importante, la voix de l'aîné, m'exhortant à veiller sur Dina, à la protéger surtout, à ne lui causer aucun souci. Il l'appelait Maman, ce qui me dérangeait fort, car elle était, pour moi, Dina, une femme jeune et belle, que je tenais, chaque nuit, dans mes bras, dont je respirais le parfum en glissant dans le sommeil. La solennité de Massimo, sa gravité notariale me causaient une vague gêne. Je trouvais que son jeu manquait de naturel, qu'il n'était ni assez simple, s'il voulait donner l'illusion du réalisme, ni assez stylisé, s'il prétendait au sublime. Mais j'avais de l'affection pour lui, je ne voulais pas lui causer de la peine : je l'assurais donc, baissant les yeux, que je ferais comme il disait, réponse qui le comblait. il m'embrassait avec effusion, me déclarant que j'étais « un brave petit garçon », expression que je trouvais aussi niaise que le pli de son pantalon, toujours impeccable.

Une fois de plus, comme pour l'arrestation de Dina, la grande scène que j'appréhendais, me demandant si je saurais me

montrer à la hauteur de la situation, glissa dans le rêve. Je
continuais de somnoler pendant que Fortunata, pleurant et
reniflant, m'habillait, je dormais encore quand, me serrant dans
ses bras, Assou éclata en sanglots, hoquetant, s'étouffant. Je
crus rêver que Sisto me prenait dans ses bras, m'emportait à
travers le jardin plongé dans l'obscurité, que d'autres mains me
saisissaient, me portaient à travers des cours, des corridors, des
caves, qu'on me couchait dans un lit et que deux femmes
caressaient mon front, baisaient mes paupières. Dans un songe
brumeux, j'aperçus, dans la lueur laiteuse d'une aube indécise,
des grues, des silhouettes chuchotantes, une passerelle ; je ne
m'éveillai que plus tard, couché dans la cabine d'un paquebot
dont peut-être le mouvement lent et balancé m'avait tiré de mon
sommeil.

Je regardai autour de moi, affolé : des boiseries d'acajou clair
ornées de guirlandes de roses stylisées, un meuble-écritoire,
deux fauteuils, une porte entrouverte sur une salle de bains dont
j'apercevais les faïences. Je me redressai, collai mon visage au
hublot : je vis, avec terreur, la côte s'éloigner, la masse
imposante du mont Pellegrino se détachant sur un ciel d'opale,
strié de zébrures violacées, la ville enfin, comme enfouie au fond
de l'anse. Je criai. Un homme entra, un matelot, qui posa ses
doigts sur ses lèvres.

« Reste tranquille, mon bonhomme. Ta mère va venir bientôt.
Il ne faut ni te montrer ni attirer l'attention, si tu ne veux pas
qu'il arrive un malheur. N'aie pas peur, je me tiens devant la
porte. »

A ce moment seulement, je compris que nous avions quitté la
Sicile, que cette terre, qui, lentement, s'évanouissait dans la
brume, était bien l'île où j'étais né et que j'avais, il y avait de
cela quelques mois, parcourue en tous sens avec Dina ; que cette
masse grise, hérissée de clochers et de coupoles, qu'une chape de
brouillard semblait vouloir engloutir, était la Palerme où je
flânais avec Fortunata, avec ses palais baroques, ses minarets,
ses cloîtres, ses catacombes où veillaient des milliers de morts
alignés dans l'attente du Jour, ses places où je léchais — assis sur
un banc, à l'ombre des gigantesques figuiers-magnoliers, des
palmiers vertigineux, dans le vacarme des rires et des cris — où

133

je léchais des glaces au melon. Je pressentais, avec un bizarre sentiment de lassitude et de résignation, que je m'en éloignais peut-être pour toujours, que je n'entendrais plus les rires sauvages de Fortunata, le chant de la voisine bossue, les jurons des voyous du quartier du port, les modulations de l'affûteur de lames et de ciseaux, quand il passait sous le balcon à triple renflement que portaient deux Atlantes barbus ; je pensais que je ne retournerais sans doute plus à l'opéra et je me rappelais soudain le silence qui se faisait à l'instant où la diva s'avançait vers la rampe, sa tête levée vers le poulailler, dans une attitude de défi, pour attaquer le *casta diva* ; je percevais encore le *pianissimo* de l'aigu, ces guirlandes vocales, ces ornementations qui s'enroulaient autour de la mélodie et qui suscitaient le délire du public populaire.

Je découvrais également que ce qui m'avait paru n'être qu'un rêve, ces jardins traversés, ces cours, ces caves, ces visages rongés d'ombre, ces voix étouffées, constituait en fait une Palerme souterraine, une taupinière aussi étendue que la ville, faite de galeries nocturnes, d'un dédale de tunnels où glissait, silencieux, un peuple de conspirateurs. Je prenais une conscience obscure de la ténacité soupçonneuse de ces milliers de femmes, d'hommes, dissimulant, sous leurs cris, sous leurs chants, sous leurs bavardages imprudents, tout un univers de ruses et de complicités. Me revenaient à la mémoire les propos de Dina, devant les ruines de Ségeste : les déesses des enfers vivaient toujours dans les profondeurs de cette île en ébullition, elles recevaient toujours les offrandes de leurs fidèles qui célébraient, dans les Madones catholiques, les avatars des plus antiques figures féminines, elles habitaient toujours les cœurs des hommes de ce pays. Des temps immémoriaux respiraient derrière le temps des existences éphémères, ils donnaient à chaque habitant de ce pays fantastique des perspectives vertigineuses, ouvrant sur des univers inexplorés. Cette terre que je regardais s'enfoncer dans l'horizon de la mer vivait suspendue entre le songe et la réalité, elle s'agitait dans son délire, ou, comme Assou, elle glissait dans le sommeil de l'illusion.

Le soleil se trouvait déjà haut dans le ciel quand Dina, écartant la porte, parut, m'ouvrant ses bras, m'étouffant presque sous ses baisers passionnés.

« Nous avons quitté les eaux territoriales. Nous sommes libres, Sandro, libres ! »

Elle s'assit sur la couchette-divan, retira son chapeau, ses gants, sa veste de vison, me racontant comment elle avait préparé et organisé notre fuite, rendue difficile surtout à cause de moi, un enfant passant moins aisément inaperçu qu'une femme seule ; comment elle avait vécu plusieurs semaines cachée chez une famille de dockers, attendant de pouvoir s'embarquer ; quelles complicités elle avait partout rencontrées ; comment elle avait assisté, derrière une fenêtre, au départ d'Andreo et de ses camarades, condamnés à l'exil dans une minuscule île et qu'on avait emmenés au port, menottes aux poignets. Elle s'emportait contre Mussolini, « ce pitre », contre les fascistes de Palerme, « ces guignols ridicules », leur souhaitant à tous de finir hachés menu, égorgés et dépecés, prédisant qu'ils mourraient ensevelis sous les décombres qu'ils allaient, de toute évidence, semer autour d'eux ; visions apocalyptiques que j'appréciais, qui m'évoquaient une représentation du *Crépuscule des Dieux* à laquelle j'avais assistée avec Dina, dans une loge louée à l'année par les cousines d'Assou.

La colère biblique de Dina ne dura pas plus d'une heure ou deux, sa douleur même s'apaisa. Elle prit un bain, se maquilla, changea de robe, et nous sortîmes sur le pont.

C'était mon premier voyage en mer, le bateau m'apparaissait comme une ville fantastique, une architecture piranésienne, toute d'escaliers, d'échafaudages, de salons imbriqués les uns dans les autres. Je courais du haut du pont supérieur aux salles des machines, je poussais des portes interdites, suscitant partout des sourires amusés ; les officiers m'introduisirent dans le poste de pilotage, me montrèrent leurs instruments, me firent scruter l'horizon avec leurs jumelles ; j'explorais cet univers inconnu, rôdant dans la bibliothèque, dans les salons où des vieilles femmes chapeautées jouaient au bridge en se chamaillant d'un ton aigre, je retrouvais, sur le pont avant, Dina, étendue sur une chaise longue, une couverture sur les genoux, en une pose à la fois langoureuse et féline. Etait-ce le mouvement du navire ? l'effet du soleil et du grand air ? la douceur de cette navigation paisible sur une mer d'huile, d'un bleu profond ? Dina oubliait qu'elle était malheureuse, qu'elle partait pour l'exil, qu'elle laissait sa ville et Assou, sans la moindre certitude de les revoir avant longtemps. Elle riait en me voyant surgir, essoufflé, tout excité ; elle me renvoyait à mes explorations, me recommandant de bien visiter les salles de la cale, le garage, l'infirmerie, afin de les lui décrire avec une minutieuse exactitude. Je m'enfouissais dans le ventre du monstre pour, à mon retour, retrouver Dina en compagnie d'un jeune officier vêtu d'un uniforme blanc, qui se tenait nonchalamment appuyé sur le bastingage, exhibant, dans un visage hâlé, un sourire étincelant. Il me caressait la tête, m'incitait à aller rejoindre le pilote, dans son poste. Dina riait, rejetant la tête, montrant sa gorge.

Le soir, elle choisit avec soin sa robe de gala « pour faire honneur au commandant », qui l'avait invitée à sa table ; elle assortit sa parure au fourreau de soie verte, posa une capeline de zibeline sur ses épaules, diffusa un voile de *Shalimar* derrière ses oreilles, sur sa poitrine qu'ornait un collier d'émeraudes serties de brillants, enfila des gants blancs, se contempla longuement dans la glace avant de vérifier ma coiffure, le nœud de ma cravate.

« Regarde-nous, s'écria-t-elle. Deux amoureux. Tu es mon petit mari, le plus beau, le plus élégant de tous les maris.

— Et toi, la plus belle de toutes les femmes.

— Tu le penses ? Tu ne trouves pas que ce vert me fait un teint brouillé ?

— Tu es superbe !

— Vraiment ? Eh bien, offrez-moi votre bras, mon beau chevalier. Nous allons faire une entrée à l'Assou, tu sais, comme le jour où elle est venue avec toi au parloir de la prison, raide, imposante. Mon Dieu, quand je vous ai aperçus, j'ai failli applaudir... Allons, viens, mon petit lord. »

J'entendis distinctement, comme nous pénétrions dans la salle à manger, le choc, le saisissement que l'apparition de Dina provoquait ; les hommes la buvaient des yeux, oubliant de manger ; les femmes l'examinaient d'un regard dur cherchant quel défaut elles pourraient critiquer ; tous les officiers, le commandant en tête, s'empressaient, l'un écartant son fauteuil, l'autre l'aidant à retirer sa capeline, un troisième s'inclinant pour murmurer un compliment. Avec une simplicité souriante, Dina recevait leurs hommages, remerciait, répondait aux questions, s'extasiait devant le raffinement de la décoration florale. (« Roses rouges et lilas blanc, comment avez-vous deviné, commandant, que c'étaient mes fleurs préférées ? — Peut-être parce que le cœur, quand il est touché, devine les pensées ? — Mais vous êtes un redoutable séducteur, commandant. Parlez-vous de la même façon à toutes les femmes ? — Seulement aux plus belles, Madame, et à aucune, jusqu'à cette heure, je n'ai su parler comme je vous parle. — Vous allez me faire rougir ! ») Je la dévore du regard, je m'efforce de bien me tenir, comme Assou me l'a appris, je réponds : « Non, merci ; oui, volontiers, je vous remercie. » Les officiers s'amusent de moi, ils insistent pour que je boive une demi-flûte de champagne, ils sollicitent l'autorisation de Dina.

« Oh ! mais c'est à lui de décider. Sandro n'est plus un enfant, c'est mon petit homme, mon ami, mon confident. »

Je bois du bout des lèvres, m'essuyant aussitôt la bouche avec le coin de la serviette. C'est agréable, il me semble que le bateau tangue, la musique de l'orchestre résonne tout au fond de mon esprit : « *Adios, muchachos, compañeros...* » L'officier qui, le matin, tenait compagnie à Dina sur le pont, se trouve assis à sa droite, il ne cesse de se pencher, de rire. Je le trouve jeune et beau, je le crois gentil, je voudrais que Dina soit heureuse, qu'elle ait toujours le regard que je lui vois en cet instant.

Elle m'a accompagné jusqu'à la cabine, elle m'a aidé à me coucher, riant parce que, à l'en croire, j'étais « saoul comme une bourrique », ce qui me paraît tout à fait loufoque, puisque je n'ai jamais vu une bourrique ivre. Elle m'a bordé, m'a embrassé sur le front, sur les joues, sur le nez. Elle m'a fait jurer d'être sage, de bien dormir, m'expliquant qu'elle devait im-pé-ra-ti-ve-ment assister au bal offert en l'honneur du commandant, mais qu'elle tâcherait de me rejoindre le plus vite possible. Elle est allée vers la porte, s'est retournée pour m'envoyer un dernier baiser.

« L'officier de ce matin, tu l'aimes ?

— Eh bien ! toi, alors... Mais qui m'a fichu un pareil vaurien ? Que veux-tu savoir, nâ ? »

Elle est revenue s'asseoir sur la couchette, elle se penche, une lueur de gaieté dans les yeux.

« Tu l'aimes autant qu'Andreo ?

— Quelle idée ! Je le connais à peine. Remarque, il est beau, l'animal. Tu as vu son sourire ? Il te plaît ?

— Beaucoup.

— Il s'appelle Luciano, il est de Parme, il parle avec l'accent toscan. J'ai l'impression de m'entretenir avec Dante. C'est d'un drôle !

— Il a l'air gentil.

— Oui. Je me méfie cependant. Les Toscans, ils sont bien capables de vous verser du poison avec le sourire.

— Tu as peur qu'il t'empoisonne ?

— Va savoir ! Imagine qu'il devienne fou de jalousie... »

Elle s'éloigne en riant et j'entends, dans le sommeil qui déjà m'envahit, résonner ce rire clair, léger, lumineux.

Je me réveillerai au milieu de la nuit, je m'habillerai, je me glisserai hors de la cabine, arpentant les ponts déserts, écoutant le clapotis de la mer se refermant autour de la quille du navire, contemplant le sillage que le bateau laisse derrière lui et, à bâbord, le scintillement de l'eau, éclairée par une lune ronde et pâle. Je marcherai, prudent, vers la musique dont je perçois des échos assourdis, je reconnais l'air, un « slaou », dit Fortunata, une mélodie lente et nostalgique — « une musique qui poisse », affirmait Assou — d'inspiration espagnole, me semble-t-il. Des bribes de mots me reviendront à la mémoire : « *muñequita linda* » — petite poupée jolie, ce qui me semble en effet stupide. Mais je trouverai que cette musique facile convient à ce navire blanc, à cette mer assoupie, à cette lune bêtement ronde, à cette tiédeur dans l'air. Dressé sur la pointe de mes chaussures anglaises — « l'élégance, pour les hommes, est anglaise, comme elle est française pour les femmes », proférait Assou, sentencieuse —, je collerai mon visage à la vitre du hublot, je regarderai Dina et Luciano, seuls au milieu de la piste, collés l'un à l'autre, comme soudés. Je poursuivrai mon exploration nocturne, je finirai par m'asseoir, seul, caché derrière une énorme corde enroulée, comme un serpent lové, à l'avant, au-dessus de la proue. Je m'apercevrai avec surprise qu'Assou se trompait : je sais pleurer, puisque mes joues sont toutes mouillées. A moins que ce ne soit la rosée de l'embrun ?

III

Rien ne commence. La roue du temps n'arrête pas de tourner, années, siècles, millénaires passant et repassant aux mêmes endroits. L'axe seul demeure immobile.

Dans cette ville, Marseille, où j'échouerais, à quarante ans, pour affronter la mort ; où, du fond de mon lit d'hôpital j'aurais, en contemplant quelques toits se détachant sur un pan de ciel bleu, la révélation d'une Palerme éternelle à laquelle j'appartenais dès avant ma naissance — dans cette ville que, du haut du pont du bateau, je contemplais, noyée dans un crachin gris, mon destin allait rejoindre celui d'Aldo, de qui j'ignorais jusqu'à l'existence ; Aldo qui, à l'heure même où j'interrogeais du regard cette masse de pierres hérissée de clochers, se tournait peut-être vers le portail de la villa d'Anglet dans l'espoir d'apercevoir Dina, puis, désespéré, retournait à ses jeux avec Brunetto. Une inexorable nécessité nous conduisait l'un vers l'autre ; nous étions déjà, sans que même nous soupçonnions nos existences, attachés par un lien mystérieux ; nous marchions l'un vers l'autre, dans l'obscurité des temps, nos mains tendues vers le fantôme d'une femme adorée et rêvée. Il était déjà, à cette heure où, considérant avec angoisse cette ville inconnue, froide, presque hostile, je me serrais contre Dina, il était déjà, Aldo, celui que j'allais bientôt devenir. Son visage figé dans l'orgueil de l'enfant qui ne veut pas montrer sa douleur se reflétait dans cette brume légère qui cachait en partie Marseille. Un pressentiment vague m'étreignait le cœur, l'angoisse me rendait muet. En me sentant seul, livré à Dina, privé de tout appui, j'éprouvais un vertige de peur.

Le hall de l'*Hôtel de Noailles,* avec ses colonnes, ses plantes vertes, son armée de portiers galonnés et de bagagistes, le mouvement des clients autour du comptoir de la réception — ce spectacle me donnait le tournis. Dina, radieuse, répondait aux salutations des uns et des autres, glissait des pourboires extravagants dans toutes les mains qui se tendaient, évoquait des souvenirs, demandait des nouvelles de personnes inconnues de moi, saisissait le télégramme que le réceptionniste lui tendait avec la clé de la chambre, m'entraînait vers l'ascenseur.

« Tu es triste, mon Sandro chéri ? Tu ne dis rien ! C'est la fatigue. Tu as vu comme les Français sont gentils ! »

Déjà les malles, les valises, les cartons à chapeaux, les sacs remplissaient la chambre, pourtant vaste, avec deux hautes fenêtres regardant la Canebière. J'avais écarté le rideau, je contemplais, fasciné, la rosée de la bruine qui mouillait les pavés, le défilé des parapluies sur les trottoirs, les reflets des feux des automobiles sur la chaussée. Ce spectacle me semblait plus exotique qu'une forêt de palmiers à un Esquimau. J'étais attentif surtout au sentiment dont je me sentais envahi. Un sentiment tout à fait inconnu de moi, une mélancolie douce et résignée, voluptueuse presque. Je n'arrivais pas à me détacher de cette fenêtre, j'observais les enseignes lumineuses qui laissaient, sur la chaussée, des traces indécises et tremblantes, j'écoutais la rumeur de la ville, assourdie, comme si les bruits s'enfonçaient dans le rêve. Je devinais un pays secret, énigmatique. Instinctivement, je retenais mon souffle, évitais de bouger, devinant que, dans cette contrée mystérieuse, il convenait de ne pas faire de bruit, ni d'attirer l'attention. Je mettais sur mes traits le masque de l'exil.

Assise sur le grand lit, les jambes repliées, Dina lisait le télégramme.

« Devine qui arrive dans trois jours, Sandro ?

— Julien ?

— Ton père, oui. C'est un homme merveilleux. Beau, séduisant, intelligent. Je suis sûre que tu l'aimeras. La tête qu'il fera en te voyant ! Il ne t'a pas revu depuis que tu avais... trois... quatre ans, je crois.

— Il m'a vu à Palerme ?

— Non, c'était à Paris, où nous habitions alors, à Auteuil. J'y avais une maison. Tu ne te souviens pas du jardin ?

— N-non.

— Tu ne te rappelles absolument pas la France ?... Comme c'est étrange ! Tu étais petit, il est vrai. Moi, je garde plein de souvenirs de l'âge de trois ans, je revois encore une poupée que mon père m'avait offerte. Il l'avait rapportée d'Allemagne. Elle marchait et disait : " Papa, Maman. " Viens m'aider à dégrafer ma robe, veux-tu ?... Mon chéri, comme tu es sérieux. Tu n'es pas content d'être en France ? C'est un si beau pays ! Regarde-moi, embrasse-moi, à la chinoise, nez contre nez, tchin-tchin. Nous voici seuls tous deux, perdus dans la forêt. Rien que nous deux. »

Nous roulons sur le lit, nous étreignant, nous baisant.

« Je vais faire couler mon bain, nous le prendrons ensemble, tu me frotteras le dos avec le gant de crin. Allons, paresseux, remue-toi ! »

Dina a tourné les robinets de la baignoire ; nue devant le lavabo, elle se démaquille en se regardant dans la glace, tout en faisant d'étranges mimiques, comme de retrousser sa lèvre supérieure, de cligner d'un œil. Je suis assis sur le rebord de la baignoire qui s'emplit très vite, l'eau coulant avec force. Un nuage de vapeur s'élève qui, lentement, épaissit l'atmosphère. La blancheur froide des faïences s'estompe et s'adoucit. Je plonge ma main dans l'eau, qui est bouillante.

« Je vais me faire belle pour mon Sandro. Puis nous irons manger au restaurant. Je te ferai goûter la bouillabaisse. Tu adoreras, j'en suis sûre. Ensuite, j'irai acheter quelques robes, les miennes doivent être démodées. Les couturières de Palerme ont trois ans de retard sur Paris, j'en mettrais ma main au feu.

— Assou prétendait...

— Si tu crois tout ce que dit Assou ! Quand elle était jeune, elle faisait deux fois par an le voyage à Paris pour s'habiller. A propos, rappelle-moi de lui envoyer un télégramme... Je t'achèterai aussi un joli costume.

— Avec des pantalons longs ?

— Mais ce serait ridicule à ton âge, Sandro ! Tu aurais l'air déguisé. Ne boude pas, je t'en prie. J'ai horreur des bouderies.

Tu y tiens vraiment aux pantalons longs ? Tu les auras, nâ ! Tu es content ?... Qu'attends-tu pour te déshabiller ? Allez, ouste ! »

Elle a déjà disparu dans l'eau, elle renverse sa tête, sa nuque posée sur les faïences, yeux clos. Je reste un moment debout, hésitant.

« Tu viens ?

— Elle est bouillante.

— Douillet ! Ça détend. »

Ses pieds reposent sur ma poitrine, je les masse doucement.

« Luciano est reparti ?

— Non. Il reste deux jours. Il dîne ce soir avec nous. Il habite l'hôtel, à l'étage au-dessus, je crois.

— Il t'aime ?

— Il est fou. Il voudrait divorcer pour vivre avec nous. Il m'a montré une photo de sa femme, une gourgandine. Le pauvre !

— Tu veux te marier avec lui ?

— Il ne manquerait plus que ça ! Mais je suis déjà mariée, Sandro.

— Avec Julien ?

— Avec ton père, oui. Et avec celui de Massimo. Ça me fait deux maris. Tu ne trouves pas que c'est suffisant ? Sans compter mon vrai mari, le seul qui importe...

— C'est qui ?

— Devine un peu.

— Andreo ?

— Bandit ! Hypocrite ! Tu le sais très bien... »

Je me contorsionne dans l'eau, éclaboussant le carrelage ; j'étouffe de rire ; je me débats.

« Arrête, Dina, arrête... Je n'en peux plus. Tu me fais mal !

— Ça t'apprendra à jouer les idiots. Tu veux vraiment que je prenne un mari ? Allons, réponds.

— N-non.

— Tiens, frotte-moi le dos.

— C'est pas le jeu. Tu ne m'as pas raconté une histoire.

— Et les pantalons longs alors ? Ou tu me frottes le dos ou je te déguise en bébé ; je te mets un costume marin comme celui que tu portais le jour où tu es venu me voir à la prison... Ce pauvre Luciano tout de même ! Sais-tu qu'il est malade de chagrin, mais *réellement* malade.

— Il se tuera peut-être ?

— Espèce de monstre ! Veux-tu bien te taire !... Il me fait de la peine quand même... Il est si mignon... Plus bas, Sandro. Là, au creux des reins. Frotte fort... Si attendrissant ! »

Nous avons déjeuné en tête à tête, devant le Vieux-Port. La bruine s'était arrêtée, un léger vent soufflait, qui nettoyait le ciel. Le soleil luisait, moins impitoyable que celui de Palerme. Discret, presque amical, il jetait une lumière dansante sur la forêt de mâts, la mer, dense et huileuse, les immeubles, de l'autre côté du port. Le serveur, originaire de Naples, qui nous avait identifiés à notre accent, bavardait avec nous, le dos à la fenêtre cintrée. J'écoutais ses propos d'une oreille distraite, je regardais, en contrebas, les têtes des passants, je me sentais gai, mais d'une gaieté, elle aussi, nouvelle, toujours teintée de cette mélancolie voluptueuse qui ne m'abandonnait pas depuis le matin. Je regrettais de ne pas savoir pleurer.

J'ai suivi Dina dans une dizaine de boutiques, assistant aux essayages, donnant parfois mon avis sur une teinte ou sur la coupe d'une robe. J'aimais la regarder marcher devant une glace, se tournant, se retournant, l'air étrangement grave. Elle ne savait pas résister aux pressions subtiles des vendeuses, qui la flattaient grossièrement, s'écriaient que cela lui allait « à ravir ». Ces mots — *ravir, ravissant* —, je m'amusais à compter le nombre de fois que les Français les prononçaient, avec une curieuse moue de la bouche, comme pour sucer un bonbon. Je les répétais intérieurement. Je tournais mes yeux vers la rue, observant la foule. Je me rappelais que c'était l'heure où je rejoignais Fortunata dans la cuisine, pour le goûter. Nous sortirions ensuite nous promener, nous irions nous asseoir sur un banc, *piazza* Verdi, ou bien au Jardin botanique. Dina avait même dû, une ou deux fois, me gronder parce que j'étais distrait. Elle ne supportait pas que je me désintéresse du choix de ses toilettes. Elle m'accusait d'être « dans la lune », sauf que

147

la lune était Palerme. Dans chaque boutique, elle achetait une ou deux robes, des tailleurs, des chapeaux qu'elle appelait, en riant, des « bibis », mot que je trouvais aussi léger que *ravissant*. Je récitais : un ravissant bibi, un bibi qui vous va à ravir. Le français était une langue étrange, légère, mousseuse, éthérée presque. Hautaine également, à cause peut-être de ce nasillement qui perchait les phrases sur des hauteurs dédaigneuses. Des oiseaux : voilà ce qu'étaient les mots de cette langue. Des oiseaux avec un bec acéré, un œil rond et vif. Mais Dina me donnait l'impression d'éprouver une joie enfantine à jongler avec ces oiseaux-là. « C'est charmant », disait-elle en coiffant un curieux chapeau orné d'un bouquet de fleurs artificielles.

« On les porte un peu plus sur le côté, comme ceci, vous permettez ? »

La modiste adoptait un ton d'institutrice. Je percevais dans sa voix une nuance d'imperceptible mépris.

« Il me semble que je devrais changer aussi de coiffure.

— Vous avez parfaitement raison. A Paris, la mode est au chignon relevé, qui dégage la nuque. Ça met le chapeau en valeur. »

Paris — dans chacune de ces boutiques où je retrouve la même moquette, grise ou bleue, les mêmes fauteuils tendus de soie grise, les mêmes boiseries peintes d'un bleu délavé et rehaussées de lisérés blancs, la même trace d'un unique parfum à base d'œillet et de chèvrefeuille, dans chacune, j'entends ce mot magique, prononcé avec une nuance de respect révérencieux. « Je viens de recevoir de Paris ; à Paris, en ce moment... ; la mode, à Paris. » Je me rappelle l'avoir entendu, ce mot, des milliers de fois dans le salon de Palerme, en un murmure de nostalgie. Je m'imagine Paris comme un immense salon de couture où des femmes élégantes virevoltent devant des milliers de glaces. Chaque fois qu'une vendeuse le prononce, je vois une lueur dans le regard de Dina. Il y a, dans ses prunelles, la même lumière que j'ai vue sur le pont du bateau, quand elle plaisantait avec Luciano.

« Rentrons vite, Sandro. Je sens que je vais me ruiner. Mon Dieu ! regarde-moi cette étole. Tu ne la trouves pas *ravissante* ? Je me demande combien elle peut coûter. Une fortune sûrement ! Si nous demandions le prix ? Juste pour savoir. Empêche-moi de faire cette folie, surtout ! »

Elle la fera, bien sûr, cette folie. Elle se lamentera ensuite, s'accusant de manquer de caractère. Elle prétendra qu'elle ne sait pas « résister à la tentation ».

Depuis plus d'une heure, je me demande, avec une curiosité ironique, si elle se rappellera sa promesse de m'acheter un costume neuf. Je pourrais, certes, le lui demander ; elle s'empresserait alors de tenir sa promesse. Mais je garderai le silence. Je n'aime pas demander. Je me tiens sur la réserve, comme je demeurais, à Palerme, assis sous le piano, feignant d'être absorbé dans mes jeux.

Me voici le front contre la vitre de la fenêtre, contemplant la Canebière. Je devine que cette attitude va désormais devenir une habitude. Je ne regarde rien de précis, je n'observe même pas : je poursuis le même songe informe. Il fait nuit et les réverbères, les enseignes, les phares des voitures dansent dans une obscurité moins dense, moins cruelle que celle de Palerme, comme si, en France, tout était plus doux, plus indécis. Les passants se hâtent, me donnant l'impression qu'ils savent tous où ils vont et d'où ils viennent. Ils ne paraissent pas douter de leur réalité. Je devine en eux une dureté secrète, celle que j'apercevais dans les regards des vendeuses s'empressant autour de Dina. Tout en babillant, en s'esclaffant, en jetant des mots-oiseaux, leurs yeux étaient pleins d'une froide cupidité. Des chiffres défilaient derrière leurs jolis fronts. Je me rappelle l'hésitation de la foule, à Palerme, comme si chacun répugnait à rentrer chez soi. Je me souviens du soupir qu'exhalait Fortunata en s'arrachant à son banc : « Allons, mon petit roi tout en sucre. Il va falloir rentrer. » Mais son regard continuait de chercher, comme si elle avait pressenti que sa vie, notre vie à tous, était ailleurs que là où nous feignions d'être, sous les figuiers-magnoliers peut-être, sur la mer, plus loin encore.

Dans la salle de bains, Dina achève de se maquiller. Elle traverse la chambre dans une combinaison garnie de dentelle, elle passe une robe, une autre, tourne devant la glace. En riant, elle plonge ses mains dans tous les paquets qui encombrent le lit.

« C'est bien moi, ça ! Voilà que je ne sais plus quoi mettre. Un tailleur peut-être ? Qu'en dis-tu, Sandro ?

— Le tailleur à épaulettes, avec le « bibi » à fleurs.

— Tu crois ? C'est plutôt une tenue d'après-midi. Remarque, tu as peut-être raison : nous ne sommes pas à Paris. Je me demande d'ailleurs si, même à Paris, on s'habille encore le soir. C'est terrible, Sandro : je crois que je ne sais même plus vivre. »

La phrase résonne un long moment dans ma tête. Je cherche à comprendre : qu'est-ce que ça signifie, ne pas savoir vivre ?

Nous dînons dans un restaurant élégant, servis par toute une escouade de maîtres d'hôtel. J'observe Luciano. Je remarque son nez court, retroussé du bout. Ici, dans cette salle, il semble, malgré son uniforme blanc, ses galons, avoir perdu tout son prestige. Il ne rit pas, il sourit à peine, avec une douceur blessée. Il s'exprime à voix basse, dans une langue dont les intonations m'étonnent. Il parle un italien moins rude, mais davantage tendu que le nôtre. Un italien vertical. Il ne cesse de demander à Dina :

« Que comptes-tu faire ?

— Mais que veux-tu que je fasse, *amore* ? Je suis une exilée politique, je ne peux ni ne veux rentrer en Italie tant que ce... J'ai un enfant.

— Pourquoi ne te fixes-tu pas à Marseille ? Nous pourrions louer un appartement.

— Peut-être, oui. C'est une bonne idée. Mais je dois d'abord aller à Paris.

— Tu resteras longtemps ?

— Quinze jours, un mois. Je dois rencontrer des amis.

— Je ne te comprends pas, Dina. Veux-tu ou ne veux-tu pas vivre avec moi ? Je suis complètement perdu, je...

— Que tu es bête, Luciano ! Mais bien sûr que je le veux ! Seulement il faut me laisser le temps de m'organiser. Je dois m'habituer à ma nouvelle vie, voir comment je pourrai m'arranger. Il faudra que je songe à gagner de l'argent...

— Je t'ai proposé de t'aider, je suis disposé à tout faire...

— Tu es adorable, Luciano. Cesse de te tourmenter, veux-tu ? Profitons de ces heures où nous sommes encore ensemble. Tu reviendras bientôt, je serai sur le quai, avec Sandro, nous agiterons des mouchoirs. J'aurai l'air d'une veuve de marin. Tiens, je mettrai une robe noire.

— Je ne reviendrai pas avant un mois.

— Mais un mois, c'est... une éternité qui dure une minute. Ça te permettra de réfléchir. Tu t'apercevras peut-être que tu ne m'aimes pas autant que tu le crois. Tu regretteras ta femme.

— Je n'apprécie pas tes plaisanteries. »

J'ai pitié de lui. Avec ses cheveux noirs et courts, son front bas, ses lèvres boudeuses, il a l'air d'un enfant. Je me sens plus vieux que lui. Je voudrais le consoler, je voudrais lui dire de ne pas être triste. Ses yeux marron semblent voilés. Je trouve curieux qu'un homme, un officier de marine, puisse éprouver un tel chagrin.

Plus tard, couché dans le grand lit de la chambre de l'*Hôtel de Noailles,* les livres que Dina m'a offerts répandus autour de moi — quatre romans d'Alexandre Dumas, *les Mille et Une Nuits* dans la traduction de Mardrus, la seule *vraie* version —, le visage tourné vers la lampe de chevet, le menton dans la paume de la main et le coude bien calé dans le matelas, je continuerai de penser à Luciano, tout en écoutant la discrète musique de la pluie tombant sur les toits, une musique pour moi inconnue, mystérieuse, aussi douce et aussi mélancolique que cette solitude où, depuis notre départ de Palerme, je m'enfonce.

Dina a passé un long moment assise à mes côtés. Elle m'a cajolé, couvert de baisers, elle m'a parlé de Julien, de Paris où nous irons bientôt, elle m'a fait jurer d'attendre sagement son retour, m'a montré la sonnette sur laquelle il me suffirait d'appuyer si je voulais quelque chose. Elle a encore changé de robe, elle a retouché sa coiffure et son maquillage, sans cesser de me parler de cette voix enjouée qui la fait paraître plus jeune encore à mes yeux. Enfin elle est partie « consoler ce malheureux Luciano ».

En l'attendant, je plongerai dans la lecture, bercé par cette mélodie ténue. Traversant le miroir des mots, je visiterai des mondes inconnus. Je n'éprouverai d'autres tristesses ni d'autres joies qu'imaginaires. Je cesserai de coïncider avec moi-même. Délivré de mes limites, j'habiterai d'autres vies. J'ai l'habitude de ces vagabondages : j'attends Dina depuis toujours, me semble-t-il. J'ai seulement perdu Fortunata, Margutta, Assou, les rues familières, les places remplies d'une ombre amicale. Je devrai m'habituer aussi à ces attentes sans recours, à ces chambres d'hôtel sans autres repères que les vêtements épars de Dina, un bas sur le bras du fauteuil, une chaussure sur le seuil de la porte de la salle de bains, une combinaison accrochée à la poignée de l'armoire à glace. De quoi aurais-je peur ? Dina reviendra, elle est toujours revenue.

Avec une curiosité mêlée d'étonnement, je considérais cet homme grand, svelte, vêtu avec une élégance nonchalante. Assis sur le bras d'un fauteuil, près de la fenêtre, il balançait une jambe en fumant une cigarette. Je le reconnaissais pour avoir vu, au-dessus du piano, dans le salon de la maison de Palerme, son portrait, dans un cadre d'argent. Je savais qu'il était mon père, je m'étais souvent demandé de quoi un père pouvait avoir l'air. J'identifiais ses traits, retrouvais les cheveux noirs et ondulés, la peau mate, le lourd regard sous des cils presque trop longs et recourbés, le dessin de la bouche, avec ce renflement de la lèvre inférieure et cette brusque avancée du menton, étroit et pointu. J'écoutais le son de sa voix, très grave, descendant jusqu'à la basse, une voix de baryton verdien. Je pensais qu'il aurait pu chanter Rigoletto ou, même, le Philippe II du *Don Carlo,* ce monologue déchirant surtout, précédé d'une cantilène haletante au violoncelle. Il souriait peu, mais d'un sourire d'enfant boudeur qui veut obtenir le cadeau qu'on lui refuse. Il parlait vite, avalant la fin de certains mots, disant *s'pas* pour n'est-ce pas, avec une nonchalance gouailleuse.

J'ignorais quand il était arrivé. En ouvrant les yeux, je l'avais vu assis sur le lit, fixant sur moi son regard sombre.

« Alors, mon bonhomme, on s' réveille ? Je suis Julien, ton père. Mets-toi debout que je te regarde. Tu as grandi, dis donc ! T'es un homme, maintenant. Tu sais où est passée ta mère ?

— Elle est sortie, elle va revenir.

— Parfait. Mon train est arrivé plus tôt que prévu. Je suis monté directement. J'avais hâte de te revoir. Viens te laver les dents.

— Je ne me lave pas les dents avant le petit déjeuner.

— Comment ça? La première chose qu'on doit faire, en se levant, c'est de se laver les dents. Ta mère ne t'a pas appris ça?

— Je les lave *après* le petit déjeuner.

— Eh bien, aujourd'hui tu vas les brosser tout de suite. »

J'avais hésité à engager l'épreuve de force, doutant de l'issue. Son regard noir me fixait, impassible. J'y lisais une force quelque peu effrayante. J'obtempérai, mais pris ma revanche en sonnant la femme de chambre pour commander le petit déjeuner.

« Tu t' débrouilles bien, hein, bonhomme. Tu ne m'embrasses pas? »

Sa joue sentait la lavande anglaise et le tabac blond. Il me touchait les cheveux, riait.

« T'as hérité cette crinière de moi. Je te ressemblais, à ton âge : je te montrerai une photo. J'étais même plus sombre de peau que toi, un vrai moricaud. Nous tenons ça d'un ancêtre turc, je crois.

— Il portait un turban?

— Sûrement. Ou une chéchia. Remarque, je suis sûr de rien. C'est une tradition familiale. Une de nos arrière-grands-mères aurait eu une aventure avec un Turc. C'est peut-être une calomnie. »

A ce moment, Dina poussait la porte, surgissait devant nous. Une seconde, elle nous regardait, interdite. « Qu'as-tu dit? » me demandaient ses yeux. « Rien », lui répondaient les miens.

« Tu es là, toi? Je ne t'attendais pas avant midi. J'ai dû raccompagner une amie qui repartait pour Palerme. J'ai les pieds trempés. Il fait un temps de cochon dans ton pays. »

Ils s'embrassaient comme le feraient deux vieux amis. Dina me prenait dans ses bras, me serrait avec force, comme pour me remercier.

« Tu as vu comme ton fils est beau? Les gens m'arrêtent dans la rue pour le caresser. L'autre jour, à l'opéra, un spectateur m'a même demandé si je permettais qu'il change de place pour venir s'asseoir à côté de Sandro. Il ne voulait que le regarder.

— C'était sûrement un pédé.

— Tu es bête, Julien! Je me change, j'en ai pour une minute. »

Il s'était alors assis sur le bras du fauteuil, près de la fenêtre, et il avait allumé une cigarette, expirant lentement la fumée. Il tournait parfois la tête pour observer Dina, me présentant son profil. Ils bavardaient maintenant d'une voix paisible, citant des noms, évoquant des souvenirs.

« Tu es toujours avec Jacqueline ?

— Françoise. C'est terminé. Elle ne rêvait que de mariage, elle était fauchée.

— Tiens ! Je croyais que c'était Jacqueline. Tu es toujours aussi désintéressé, à ce que je vois ?

— Deux fauchés, ça fait un zéro, ça ne fait pas un couple.

— Elle est de toi, la formule ?

— Je crois, oui. Elle te paraît trop brillante pour ma petite cervelle ?

— On dirait du Carco, ou du Mac Orlan. »

J'avais cessé d'écouter, me replongeant dans *les Trois Mousquetaires*. Le charme cependant n'opérait pas. Quelque chose, dans l'atmosphère de la chambre, avait changé avec l'apparition de Julien. Je n'aurais su définir cette imperceptible altération, mais je l'éprouvais dans tout mon corps. Je me sentais soudain plus léger, plus libre, rempli d'une joie énigmatique. Par sa seule présence, par sa façon de fumer, de plaisanter, de parler en mangeant des syllabes, de suivre d'un regard à la fois tranquille et complice chaque mouvement de Dina, Julien reprenait possession de cette femme que je considérais comme mienne, exclusivement. Loin d'en ressentir du dépit ou de la jalousie, j'éprouvais, au contraire, un soulagement teinté de gratitude, comme si, en écartant Dina de moi, en s'interposant entre nous, cet homme me rendait à mon enfance. L'intimité paisible qui, insensiblement, s'installait entre eux, faite peut-être de connivences, d'habitudes, de souvenirs partagés, d'autre chose aussi que je n'aurais pas su imaginer, cette intimité et cette familiarité ironique me délivraient d'un obscur maléfice. Je me sentais rendu à moi-même. J'aurais pu, si je l'avais voulu, sortir dans le couloir, me promener dans les rues, jouer avec des enfants de mon âge peut-être. Ils me donnaient l'impression de se retrouver seuls sur une île déserte entourée des années qu'ils avaient vécues ensemble, qui les soudaient l'un à l'autre. C'est à Julien que Dina demandait de l'aider à tirer sur la fermeture éclair de sa robe, se baissant devant lui en lui tendant sa nuque ; lui qu'elle interrogeait pour savoir quelle robe elle devait mettre ; c'est à lui qu'elle racontait son emprisonnement, son départ de Palerme.

« Il est bien, votre Benito ! Quel clown !

— Je ne te le fais pas dire. Et encore ! Vous ne savez pas tout, vous autres Français. Ce qui se passe en Italie... C'est tout simplement atroce, Julien.

— De toute façon, on aura la guerre.

— Tu crois ?

— C'est réglé.

— Nous vaincrons, Julien.

— Tu rigoles ou quoi ? Ces larves du Front populaire nous ont mis à genoux. Avant deux ans, Hitler sera à Paris, je te l' dis.

— Tu es fou ! L'Amérique viendra à notre secours, l'Angleterre...

— Ce que tu peux être naïve, Dina ! Tu ne changeras jamais, toujours prête à croire les fables que tu t'inventes... »

Est-ce au restaurant, près de l'Estaque ? dans le bateau qui nous emmène vers l'île d'If où nous allons visiter la prison de Montecristo ? sur la route en corniche, entre Marseille et Bandol ? dans la chambre, le soir ? — toutes leurs conversations se mêlent dans ma mémoire. Je n'entends, mais distinctement, comme si elle résonnait encore à mes oreilles, que la musique apaisante des répliques ponctuées du rire cynique de Julien.

Elle m'enveloppait, cette musique, elle me protégeait, elle faisait descendre, entre le monde et moi, un rideau transparent. Je m'endormais heureux en l'entendant. (Nous avions changé de chambre, nous occupions maintenant deux chambres contiguës, dont la porte de communication restait entrouverte.) Dans mon sommeil, je percevais encore ce murmure auquel se mêlaient d'autres bruits, devenus, eux aussi, familiers : le craquement de l'allumette quand Julien allumait sa cigarette, sa toux grasse au réveil, ses jurons quand il se cognait aux meubles, le rire de Dina...

Dans la journée, nous prenions la voiture de Julien, une décapotable, et nous partions rendre visite à des amis à eux qui habitaient, sur les collines dominant Grasse, des maisons luxueuses, ceintes de jardins remplis de fleurs. Durant le trajet, j'appuyais ma joue sur l'avant-bras, je regardais le paysage tout en respirant l'odeur du cuir, du tabac blond, de la lavande anglaise. Je demandais parfois le nom d'une plante, car j'avais constaté que rien ne plaisait autant à Julien que de pouvoir étaler ses connaissances en botanique. Il me donnait le nom français, puis celui en latin ; il me faisait un cours sur les acacias dont les mimosas, malgré leur appellation, faisaient partie. Il me reprenait si je prononçais mal un mot, car il ne supportait pas que j'écorche le français.

« Laisse-le donc tranquille, Julien !

— Il est français, il doit parler sa langue correctement. Du reste, il aime apprendre. Pas vrai, bonhomme ? »

Des femmes élégantes, des hommes à l'allure distinguée se penchaient vers moi, s'extasiaient, félicitaient Julien qui, parfois, en un éclair, me décochait un sourire ironique dont le sens m'échappait.

« Dina, chérie ! Tu es revenue enfin parmi nous ! Tu es superbe ! Quelle ravissante robe ! Vous voilà donc réunis, vous deux ! Faites-nous le plaisir de ne plus vous séparer. Vous formez un couple merveilleux ! »

Je m'aventurais dans ces vastes jardins en terrasses, je suivais des allées sinueuses, je m'asseyais pour contempler la mer. Ou bien, s'il y avait d'autres enfants, je m'amusais avec eux. Je découvrais avec confusion que je ne savais pas jouer, que je n'avais même pas appris à parler avec des enfants de mon âge. Je me tenais devant eux, intimidé, gauche, un sourire de gêne aux lèvres. Ils se moquaient de moi, me traitaient de « macaroni », m'envoyaient des coups de pied et de poing que j'encaissais sans me plaindre ni, même, m'indigner. Au fond de moi, je leur donnais raison de me mépriser : j'étais maladroit, emprunté, d'une timidité farouche.

Leurs rebuffades ne me rendaient pas non plus triste. Ces étrangers, ces indigènes d'une autre planète, je les considérais avec émerveillement. Ils connaissaient toutes sortes de jeux, ils savaient grimper aux arbres, ils osaient se battre, ils baissaient la voix pour prononcer de gros mots. Ils foulaient avec assurance le sol ferme, leurs mains palpaient une réalité dure et dense. Leurs coups, leurs quolibets, leurs insultes même m'acculaient à la riposte, me faisant découvrir un langage charnel, une syntaxe physique.

Le soir, sur le chemin du retour, je somnolais, la joue sur mon bras. Je regardais, sur le tableau de bord, les cadrans, avec leur lumière verdâtre, les spirales de la fumée des cigarettes, je respirais le parfum de Dina mêlé à celui de Julien.

« Tu crois qu'il dort ?

— Sûrement. Il doit être crevé, il n'a pas arrêté de courir et de gambader. J' crois même qu'il s'est battu avec le fils de Bob.

— Il ne s'est pas fait mal au moins ?

— Tu penses ! J'espère surtout qu'il aura amoché ce petit con. T'as vu un peu, la couche qu'il tient, Bob ? Plus bête, j' crois pas que ça existe. »

Combien de semaines, de mois Julien demeura-t-il auprès de nous ? Cela me parut durer une éternité, et n'avoir duré qu'une heure. Cela forme, dans ma mémoire, un temps confus, un bloc informe dont je n'ai conservé qu'un sentiment de regret, une lancinante nostalgie.

Il avait été entendu que nous irions, à notre retour de Paris où Dina voulait absolument se rendre, nous installer à la campagne, dans une maison que Julien avait louée pour nous trois. Je devrais fréquenter l'école afin de m' « insérer », disait Julien, dans une scolarité régulière.

J'attendais près de la porte, j'avais boutonné mon pardessus, j'avais enfilé mon gant gauche. Je regardais Julien qui arpentait la chambre, vérifiant le nombre de malles et de valises. Il tira son portefeuille de la poche de son veston, tendit une liasse à Dina.

« Tiens, va régler l'addition, sois gentille. »

Il restait debout au pied du lit, surveillant les bagagistes, leur recommandant de prendre soin des cartons à chapeaux ; il enfilait enfin son imperméable, s'approchait de moi, me regardait. Doucement, il se baissait, retirait la cigarette qu'il gardait toujours au coin gauche de sa lèvre, son visage s'approchait du mien jusqu'à me frôler presque.

158

« Alors, bonhomme, ça t' plaît l'idée de vivre à la campagne ? »

Je comprenais que j'aurais dû dire quelque chose ; je voulais esquisser un geste. Il restait penché vers moi, ses yeux noirs dans les miens. Il semblait attendre ma réaction. Je restais figé, écoutant les battements de mon cœur.

« Allons, viens, c'est l'heure de partir. »

Il avait lâché cela d'une voix brusque, il s'était redressé, il refermait déjà la porte, s'avançait dans le couloir. Je courais derrière lui, je saisissais sa main. Alors, Julien s'était retourné, avait posé sur moi ce même regard sombre, un sourire s'était formé sur ses lèvres, imperceptible d'abord, de plus en plus large ensuite, remontant jusqu'aux yeux qui s'éclaircirent.

« Sacré bonhomme, va ! »

Et sa main se refermait sur la mienne, la broyant presque.

« Monsieur ! Excusez-moi, monsieur Delfot, vous avez oublié de régler votre note. »

Julien était déjà assis dans la voiture, sa main gauche sur le volant, la droite sur la clé de contact. Il regardait le réceptionniste d'un air mécontent.

« Ma femme a dû s'en charger.

— Excusez-moi d'insister. Il doit y avoir un malentendu. Elle vient de me dire que vous le feriez. Je ne voudrais pas... »

Il a jailli de l'auto, il a traversé d'un bond le trottoir, disparaissant derrière la porte à tambour qui tourne maintenant à vide. Je couche ma joue sur le bras, j'observe la marquise, au-dessus de la porte d'entrée, les gestes du portier qui salue en ôtant sa casquette à visière, ce qui lui donne, vu à distance, l'air d'une marionnette. Je traverse le miroir, je retrouve Athos, qui m'accueille par un sourire las...

Julien revient le premier, blême, suivi de Dina, les bras chargés de colis : des parfums sans doute. Il s'assied, claque violemment la portière, tourne la clé de contact. Je remarque que sa cigarette tremble au bord de ses lèvres.

« Tu es ridicule à la fin ! Faire toute une histoire pour ça ! Tu es bien toujours le même, va !

— Je n'ai pas l'intention de changer, figure-toi. Je ne veux pas recommencer cette vie de dingues. Je croyais que tu avais changé, je me suis trompé : restons-en là.

— Tu es grotesque ! Tout ça pour quelques billets de mille francs. Tu es bien un petit-bourgeois. »

Il a freiné si brutalement que ma tête est allée heurter sa nuque.

« Tu as mal ? »

Je secoue la tête. Il regarde Dina haineusement.

« J'ai dit que ça suffisait comme ça ! J'en ai marre des scènes, des caprices, des drames.

— Tu crois me faire peur peut-être ? L'homme qui me fera peur n'est pas encore né, je te le jure. »

Il appuie soudain son front sur le volant, entre ses deux mains crispées, pareilles aux serres d'un aigle blessé. Je l'entends haleter. Il relève la tête, me présente son profil.

« Tu veux toujours garder le petit, je suppose ? »

Dans sa voix, je perçois une douceur plus effrayante qu'un cri.

« C'est *mon* fils, non ?

— Comme tu voudras. »

Il redémarre, conduisant avec un calme étudié. Son visage, dans le rétroviseur, me paraît d'une impassibilité de rocher.

« Tu peux nous déposer ici, si ça t'ennuie d'aller jusqu'à la gare. »

Il n'a pas répondu. Il ne répondra plus. Il arrête la voiture devant la gare, descend le premier, fait le tour pour ouvrir la portière de Dina.

« Ça devait finir comme ça, Julien. C'est sans doute mieux pour l'un comme pour l'autre. »

A-t-il entendu ? Il a adressé un signe au bagagiste, l'aide à charger les malles, vient enfin vers moi, se baisse comme le matin, dans la chambre, plongeant son regard dans le mien.

« Adieu, bonhomme. T'es un gentil gars. »

Il pose sa bouche sur ma joue, se relève, retourne à sa voiture, qui s'éloigne lentement. Dina hausse les épaules, me prend par la main.

« Viens, Sandro adoré. Nous sommes plus heureux seuls, n'est-ce pas ? Ton père est un imbécile, un petit-bourgeois avaricieux. Demain, nous serons à Paris, la plus belle ville du monde. Nous visiterons la tour Eiffel, nous irons à l'Opéra, je t'inviterai à dîner chez *Maxim's*... »

Quand le train s'ébranle, je pose mon front contre la vitre, regardant défiler la banlieue crasseuse. Je ne cesserai plus, je le sens, de faire ce geste : coller mon visage à une fenêtre pour contempler la vie. Plus tard, quand je serai devenu un adulte, il me suffira d'apercevoir un garçon de huit ou neuf ans figé dans cette attitude, la même expression de gravité sur son visage, ses yeux vides ouverts sur la même attente, pour que je doive aussitôt détourner la tête, tousser très fort, fermer les yeux pour oublier.

Ne croyez cependant pas, Antoine, que j'étais malheureux. Eprouver du malheur, c'est déjà réagir. Je ne ressentais rien, ce qui s'appelle rien. J'observais le compartiment, ses boiseries d'acajou qui me rappelaient celles du bateau, les lampes en forme de tulipes stylisées, le velours fané des banquettes.

Dans le wagon-restaurant, je m'efforçais de manger.

« Tu n'as pas faim, Sandro adoré ? Tu veux autre chose ?

— Non, merci.

— Tu es triste ?

— N-non.

— N'est-ce pas merveilleux, toi et moi seuls, filant vers Paris ? Je t'achèterai un train électrique, dans une boutique proche de l'hôtel, avenue Hoche. Regarde ce monsieur là-bas, il ne cesse de sourire en nous observant. Il nous prend sans doute pour des amoureux... »

Plus tard, dans la nuit, je rejoindrai Dina dans la banquette-lit supérieure. Nous jouerons à l'Esquimau et au phoque, elle continuera de me parler de Paris.

« Quelle bêtise j'ai faite en demandant à Julien de venir nous rejoindre ! Nous sommes tellement mieux seuls, toi et moi, sans personne pour nous séparer. Ce n'est pas vrai, Sandro ?

— Si, bien sûr.

— Personne ne peut m'aimer comme tu m'aimes, personne ne t'aimera jamais comme je t'aime. C'est notre secret. Tu dors ? Demain, dès notre arrivée, j'irai chez Antonio, un grand coiffeur. En m'attendant, tu regarderas guignol, aux Champs-Elysées. Il y a aussi des manèges.

— J'aime mieux lire, les manèges me font peur.

— Gros bêta ! De quoi donc as-tu peur ?

— Du bruit, de la musique, je préfère le silence.

— Mon petit poète. " *Sono poeta...* ", tu te rappelles ?

— *Rodolfo, si.* »

Doucement, je glisserai dans un sommeil léger, traversé de rêves. Réveillé, je resterai sans bouger, évitant même de respirer, à regarder le compartiment baigné dans cette lumière bleue, irréelle, à écouter le martèlement des roues sur les rails, deux coups brefs, un long, deux coups brefs...

Quelle folle impatience, quelle absurde espérance remplissaient mon cœur lors de cette première arrivée à Paris ? Etait-ce
d'avoir si souvent, avec une si communicative ferveur, entendu
prononcer ce nom fabuleux, Paris ? était-ce, au fond de ma
mémoire, le souvenir de la voix d'Assou, quand elle évoquait
cette ville que je m'imaginais plus fastueuse et plus exotique que
la Bagdad de mes contes ? ou bien l'espoir insensé d'un
événement imprévisible et miraculeux, qui bouleverserait notre
vie ? Levé avant le jour, je m'étais lavé, habillé sans faire de
bruit ; je me tenais assis sur le lit inférieur ; j'avais relevé
légèrement le rideau noir et, le nez contre la vitre, je regardais,
dans un matin blême, défiler un paysage de pavillons et de villas
auquel, malgré son évidente médiocrité, je trouvais un charme
émouvant. Le désir d'aimer fait naître l'amour ; je voulais aimer
Paris et je l'ai aimé d'emblée.

Que pourrais-je vous dire cependant de ce séjour qui dura au
plus trois mois, Antoine ? On ne dépeint pas l'amour, ni aucun
des sentiments qui importent : on ne peut exprimer que leurs
effets. J'étais heureux. Non pas de telle chose en particulier,
mais du bonheur d'être à Paris, d'arpenter ses rues, de regarder
ses ciels, d'observer sa foule. Je continuais d'attendre Dina, qui
courait les boutiques, visitait des amis, répondait à des invita-
tions. Elle était sortie un jour des salons d'Antonio, le coiffeur,
teinte en blond platiné, peignée avec un chignon relevé, « à la
Marie-Antoinette », m'avait-elle expliqué. Elle marchait sur des
talons hauts, elle portait des tailleurs cintrés à la taille, aux
épaules carrées, elle arborait de minuscules chapeaux à voilette
qu'elle inclinait du côté droit, elle avait un sac en bandoulière,

163

elle jetait parfois sur ses épaules l'étole qu'elle avait achetée à Marseille. Sur les Champs-Elysées, les hommes se retournaient, s'arrêtaient même pour la contempler. Je lisais dans leurs yeux une expression d'admiration qui m'emplissait de fierté. Je le signalais à Dina, qui riait de son rire léger. Je remarquais dans sa démarche, quand je déambulais accroché à son bras, un balancement aérien, comme d'un ballon poussé par le vent. On aurait dit que de fouler le trottoir de Paris l'allégeait, lui retirait des années, la rendant à sa jeunesse. Elle était toujours pressée, courant d'un rendez-vous à la boutique d'une modiste, d'un grand couturier à un restaurant. Je l'avais d'abord accompagnée, puis, voyant que je m'ennuyais lors de ces visites où, dans un salon blanc et or, je devais écouter, des heures durant, des papotages incompréhensibles, nous étions convenus que je disposerais, entre deux rendez-vous, d'une entière liberté. J'en profitais pour flâner à ma guise, pour m'engouffrer dans le métro et en ressortir à l'autre bout de la ville, explorant des quartiers inconnus. Ou j'entrais dans un cinéma, regardant parfois deux fois de suite le même film ; ou encore, j'allais au guignol des Champs-Elysées.

Je retrouvais Dina à l'hôtel. Elle poussait, en arrivant, un soupir de lassitude, se plaignant d'être « vidée ». Elle me racontait sa journée cependant que je faisais couler son bain où elle plongeait aussitôt, les yeux fermés, lourde d'une fatigue heureuse. Elle rencontrait de nombreux Italiens, exilés comme elle. Elle me les décrivait en riant, divisés en clans, séparés par des rivalités mesquines, se chamaillant, s'injuriant, se soupçonnant. D'un ton de gravité, elle me peignait la vie des plus pauvres, habitant des chambres sordides, faisant mille métiers pour subsister, harcelés par la police. Tout comme je l'avais été lors de notre randonnée à travers la Sicile, j'étais surpris de découvrir cet aspect de la personnalité de Dina. Certes, je la connaissais assez pour savoir qu'elle oublierait vite ; mais, au moment où elle me parlait de ces hommes, une sincère compassion secouait sa voix. Je devinais également que des malins devaient profiter de sa candeur, lui soutirant de l'argent en jouant de sa pitié. Pas plus qu'elle ne savait résister à ce qu'elle appelait « la tentation », c'est-à-dire à l'envie, Dina ne savait refuser. Elle paraissait même confuse de donner, rougissant comme si elle avait commis une mauvaise action. Dans chaque main qui se tendait vers elle, Dina glissait hâtivement un billet, détournant vite la tête, se pressant de fuir. Il lui arrivait même de fondre en sanglots, si le malheur qu'on lui contait était particulièrement terrible, ou si la personne qui sollicitait son aide avait une apparence lamentable. En fait, Dina ne supportait pas la vue d'un malheureux parce qu'elle lui gâchait le fantastique plaisir qu'elle trouvait à vivre. Elle eût souhaité, pour son repos, n'être entourée que de gens beaux, jeunes, éclatants, assez riches pour n'avoir pas à se préoccuper de l'argent. Elle haïssait la misère pour les mêmes raisons qu'elle détestait la laideur, la maladie et la mort. Je devais souvent la réconforter, la consoler et la bercer, tant ce qu'elle appelait « l'injustice », qui était la vieillesse autant que la pauvreté, l'accablait. Elle s'effondrait sur le lit, pleurant, hoquetant, et je restais une heure à caresser sa nuque, à lui murmurer de ne pas s'en faire. Mais le moindre plaisir l'élevait aussi haut qu'un chagrin la faisait descendre bas. Il n'y avait en elle aucun frein : elle donnait avec la même fougue dans le désespoir ou dans l'exaltation. Ignorant les nuances, elle balançait sans cesse d'un extrême à l'autre, passant de l'effondrement à l'enthousiasme le plus fou, de l'insouciance au désespoir. Ces oscillations incessantes, qui en auraient brisé plus d'une, n'atteignaient cependant pas son fond. Si la surface vibrait, les couches profondes ne bougeaient pas. Sa force vitale l'emportait toujours.

Ce caractère que je connaissais, dont je pouvais prévoir chaque réaction, il ne m'apparut dans toute sa complexité que lors de ce séjour à Paris. Peut-être mûrissais-je, peut-être cette ville excitait-elle les nerfs de Dina au point de la rendre d'une légèreté maladive. Le moindre souffle d'air l'arrachait au sol : elle planait, puis retombait.

Du reste, j'éprouvais moi-même les effets de cette griserie. Je n'arrêtais pas de courir, m'émerveillant de tout. Je ne savais plus si je vivais ou rêvais. Les repas au restaurant avec les amis de Dina — avocats, médecins, acteurs —, les soirées au théâtre, à l'Opéra, la piscine de Molitor, les promenades au bois de

Boulogne, les courses de chevaux à Auteuil, les cinémas : cette existence me tournait la tête.

La nuit, nous nous effondrions, rompus de fatigue.

« Quelle ville, Sandro ! N'est-ce pas merveilleux ? Je suis tellement heureuse ! »

Je passais mes bras autour de sa taille, reposais ma tête sur son ventre, me laissais glisser dans le sommeil.

Le plus souvent, Dina ne rentrait pas avant deux ou trois heures du matin. La tiédeur de son corps me tirait un instant de mon sommeil, je tendais les lèvres pour répondre à son baiser.

« Tu dors, mon Sandro ?... J'ai passé une soirée merveilleuse avec des amis. Je te raconterai demain. Fais de beaux rêves, mon joli prince. Serre-toi fort contre moi. J'ai froid. C'est drôle, c'est toujours au lit que je ressens le froid. »

Le lendemain, elle ne s'éveillait guère avant midi, passant ensuite une heure ou deux au téléphone, tout en buvant plusieurs tasses de café noir. Aussi avais-je pris l'habitude de partir me promener seul, lui laissant un billet sur l'oreiller. Ma première visite était pour la devanture du *Nain bleu,* à quelques pas de l'hôtel. Je demeurais là debout, contemplant les jouets. Dès qu'il m'apercevait, l'un des vendeurs, qui me connaissait, venait me chercher, me priant, avec une gentillesse suspecte, d'entrer dans le magasin. Il me présentait des jouets, toujours parmi les plus coûteux, me demandant lequel je préférais. Son manège me faisait tellement honte que je n'osais pas refuser, me contentant de répondre :

« Mais je n'ai pas d'argent.

— Ça ne fait rien, jeune homme. Nous nous arrangerons avec Madame votre mère. »

La chambre d'hôtel se trouvait ainsi remplie de jouets dont je ne me servais guère, qui ne m'avaient jamais tenté. Mais le vendeur semblait ne pas comprendre que le simple regard pût procurer un plaisir suffisant ; il continuait de guetter mon apparition, si bien que, dès qu'il faisait un mouvement, je détalais, courant vers le parc Monceau où j'aimais à flâner.

D'autres jours, je coupais jusqu'aux Champs-Elysées, que je descendais lentement. Avec leur double rangée d'arbres imposants, leurs luxueuses boutiques, les terrasses des cafés qui débordaient alors sur des trottoirs dégagés, où aucune voiture n'aurait pu stationner, l'avenue produisait une impression de paisible élégance.

De retour à l'hôtel, je trouvais Dina habillée. Nous sortions déjeuner ou nous faisions déposer par un taxi au bois de Boulogne, près du lac que nous longions en devisant.

Loin de troubler notre bonheur, la déclaration de guerre avait eu au contraire pour effet de l'exaspérer, comme si, pressentant que ce conflit pouvait bouleverser la société qu'elle aimait, dans laquelle elle avait toujours vécu, Dina avait voulu se hâter de profiter des derniers rayons de ce soleil déclinant. Chaque soir ou presque, nous allions au restaurant, à l'Opéra, en compagnie d'une bande de ses amis. Nous soupions parfois dans un établissement, face à l'Opéra-Comique, et je finissais par m'endormir d'épuisement sur la banquette, d'un sommeil repu, lourd de bonheur. Je somnolais encore quand l'un des amis de Dina me portait dans ses bras jusqu'à la chambre, pendant qu'il me déshabillait et me glissait dans le lit. Je poursuivais mon rêve d'ivresse tandis que Dina me rejoignait, me caressait et me baisait. Je me sentais roi d'un royaume enchanté où les fêtes succédaient aux fêtes, les féeries du théâtre aux délicats poisons de l'opéra, les repas fins aux magies du cinéma ; où j'étais sans cesse et partout cajolé, embrassé, comblé de présents ; où tous feignaient de me traiter en grande personne, me parlant d'égal à égal, écoutant mes avis avec une bienveillante attention ; où, surtout, j'éprouvais à chaque heure l'amour de la femme aimée, qui n'appartenait qu'à moi.

Dina n'en suivait pas moins les événements avec une attention passionnée. Elle s'indignait en lisant les journaux, s'emportait contre les « fascistes », exultait quand le gouvernement français et l'état-major militaire annonçaient des batailles décisives, gagnées bien entendu. Elle gardait une foi inébranlable dans l'armée française, « la plus grande », déclarait-elle avec emphase.

De plus en plus nombreux, des exilés italiens venaient la

rencontrer dans le hall de l'hôtel où, dans un recoin, ils restaient des heures, chuchotant, discutant avec animation, assis autour d'une table chargée de verres et de bouteilles. Ils avaient persuadé Dina d'écrire des articles de politique générale pour plusieurs de leurs journaux, qu'ils prétendaient réussir à introduire en Italie par des voies mystérieuses et des réseaux non moins obscurs. Ils semblaient croire que toute l'Italie, de Milan jusqu'à Catane, les lisait dans la fièvre et que, dans le Palais Venise, le Duce s'étranglait de fureur ou tremblait de peur en prenant connaissance de leurs accusations *terribles*. (Ils ne cessaient de répéter ce mot auquel ils mettaient trois *r,* qu'ils roulaient dans leur gorge pour suggérer le roulement des canons, l'écrasement du tyran.) Ils s'imaginaient entourés de mouchards, ils voyaient partout des policiers, ils jetaient des regards soupçonneux autour d'eux. Ils n'avaient eu aucune peine à convaincre Dina qu'elle était surveillée et qu'on projetait de l'enlever ou de l'assassiner, si bien que la peur s'insinuait dans son esprit et qu'elle se persuadait, quand nous marchions dans la rue, que nous étions suivis. Une nuit que nous rentrions à pied de l'Opéra-Comique, elle s'aperçut qu'une femme, vieille et bossue, marchait derrière nous ; elle pressa le pas, tourna dans la rue du Faubourg-Saint-Honoré : la vieille était toujours derrière nous, accélérant si nous accélérions, ralentissant quand nous ralentissions.

« Sandro ! C'est un agent de la police politique, j'en suis sûre. Tourne-toi doucement. Que fait-elle ?

— Elle marche derrière nous.

— Est-ce qu'elle nous regarde ?

— Je crois, oui.

— Mon Dieu ! Et pas un taxi. Il faut que nous arrivions jusqu'au Rond-Point des Champs-Elysées. Regarde encore, Sandro. Qu'est-ce qu'elle fait ?

— Elle est derrière nous.

— Sandro, écoute-moi bien, mon amour. Je compte jusqu'à trois, nous partons en courant, sans nous arrêter. Tu as compris ? Un, deux, trois... »

Nous voilà courant, puis nous arrêtant, essoufflés, riant de nervosité, d'une peur ni tout à fait feinte ni tout à fait réelle.

« C'était peut-être une pauvre vieille, Dina.

— Mais non ! J'ai l'œil. C'était, ou un agent de la police, ou une sorcière. »

Je me serre contre elle, tout rempli d'une excitation joyeuse. Nous venons d'inventer un nouveau jeu, plus fou que tous les autres : nous sommes poursuivis, traqués. Des espions rôdent autour de nous, guettant chacune de nos paroles. Nous inventerons un code secret : première syllabe en italien, la seconde en français, code qui se révèle, à l'usage, d'une difficulté plus grande que nous ne l'avions imaginé.

N'était-ce qu'un jeu ? Dina croyait-elle à la réalité des dangers qu'elle ne cessait d'évoquer ? Les exilés italiens étaient-ils vraiment sous surveillance ? Je n'oserais trancher. Je serais enclin à penser que les *trois* hypothèses étaient également justes : sans doute certains exilés, parmi les plus actifs, faisaient-ils l'objet d'une discrète surveillance ; avertis du danger, tous les autres se tenaient sur leurs gardes ; la contagion aidant, Dina redoutait cette menace imprécise. L'amplifiant, elle s'amusait à jouer avec sa peur, qui était tout à la fois feinte et sincère. Pour moi, j'entrais gaiement dans ce jeu. Je devenais agent secret, surveillant les mouchards des services rivaux. J'avertissais Dina de toute présence suspecte ; nous discutions gravement le cas, imaginions des pièges, inventions des ruses.

La nuit, elle rédigeait, assise dans le lit, fumant cigarette sur cigarette, les articles que ses amis lui demandaient. Elle écrivait vite, s'arrêtant souvent pour se relire, biffant rageusement, reprenant. Couché sur le flanc, le visage tourné vers la pénombre, j'écoutais cette musique qui accompagnerait désormais une partie de mon enfance, qui me suivrait tout au long de ma vie, que je continue d'entendre à cette minute.

Dina avait toujours aimé écrire. Je l'avais souvent vue penchée au-dessus de son bureau, dans la chambre de Palerme, noircissant des feuillets de sa grande écriture, parfaitement ronde, d'une exemplaire régularité. Elle n'avait cependant jamais écrit en professionnelle, en vue de l'impression. Elle découvrait le métier, surprise elle-même du plaisir qu'elle y prenait. Le matin, elle me lisait son papier, que j'admirais de confiance. Tous ses articles dénonçaient avec une imprudente impétuosité les méfaits de Mussolini et de son régime, ils appelaient les démocraties à balayer la pourriture fasciste, ils prédisaient avec véhémence la défaite des dictateurs, ils appelaient les Italiens à la résistance.

La première fois que Dina vit l'un de ses textes imprimé, elle éprouva ce sentiment de fierté, de juste orgueil, que tous les journalistes, tous les écrivains ont ressenti en semblable occasion. Elle me montra sa signature, DINA, avec un sourire de triomphe, elle me relut son article à voix haute, louant ici une trouvaille de style, une formule heureuse, blâmant plus loin une banalité, bref exerçant cette censure qui, resserrant la prose, lui ôtant toute graisse inutile, lui donne sa juste mesure.

Plus singulier néanmoins fut l'effet de cette première publication : se voyant imprimée, en quelque sorte instituée, Dina se considéra comme une journaliste politique. Elle durcit donc son ton, comme je devais le constater des années plus tard, relisant l'ensemble de ses articles. Elle glissait ainsi dans une opposition de plus en plus affirmée. Les mots l'entraînaient plus loin peut-être qu'elle ne l'eût souhaité. Ses effets de style, son éloquence passionnée attirèrent sur elle l'attention d'autres cercles de l'émigration, qui vinrent également la solliciter. Elle rédigeait ainsi jusqu'à trois articles de six à sept feuillets chacun par semaine. Son nom figurait dans la plupart des publications de l'émigration dont elle devenait, peut-être à son insu, l'une des figures marquantes. Bien entendu, les services de l'ambassade ne tardèrent pas non plus à la remarquer, à la coucher sur leurs listes, à établir enfin une discrète surveillance autour de sa personne, si bien que ce qui avait d'abord été un danger imaginaire, dont nous nous amusions, finit par devenir un danger réel.

Tous ces facteurs influèrent sur son caractère. Elle n'était pas, je crois, Antoine, vous l'avoir montré, qu'une femme légère, éprise de plaisirs. Elle savait être aussi d'une intelligence claire et lucide, quand bien même les deux aspects de sa personnalité n'ont jamais réussi à se fondre harmonieusement. L'écriture l'inclinait doucement vers l'analyse et la réflexion. Poussée par la contrainte de rendre à temps ses chroniques, elle prenait l'habitude de renoncer à ses sorties, du moins à une partie d'entre elles. Elle restait auprès de moi, rédigeant, raturant, recommençant, passant des nuits blanches.

Cette ascèse, pour légère qu'elle fût, transformait également son visage, qui prenait une expression plus grave, plus émouvante. Ses traits se resserraient, se tendaient ; son regard s'approfondissait ; son sourire se faisait moins éclatant. Toutes les photos de l'époque témoignent de ces changements imperceptibles, précipités peut-être aussi par l'âge. Elle devait à ce moment approcher de la quarantaine et, si même elle continuait de paraître dix ans de moins, sa peau commençait de la trahir, découvrant des ridules, des griffures, toute une géographie de l'usure. Dans la rue, à une certaine distance, elle gardait, fardée, coiffée, parfumée, vêtue avec une élégance raffinée, tout le charme, tout l'éclat même de sa jeunesse. Dans l'intimité, surtout aux heures d'abandon, quand la fatigue s'abattait sur elle, sa peau soudain la trahissait. L'observant à la dérobée alors que, penchée au-dessus de son papier, son profil éclairé par la lumière de la lampe de chevet, elle écrivait nerveusement, oubliant de se surveiller, je découvrais avec émotion les traces de ses défaites. Je comprenais mieux les heures devant la glace, les séances chez le coiffeur, les crèmes et les fards, la poudre et le rimmel, la voilette et le foulard de soie autour du cou ; je m'apercevais du sens de ce combat qu'elle livrait chaque jour contre un double refusé, détesté, qu'elle apercevait dans le miroir, un double qui se cachait en elle.

Ce qui précipita cette évolution cependant, ce fut le déclenchement de l'offensive allemande. Je n'oublierai pas la stupeur, l'accablement qui se peignirent sur son visage le jour où elle devina la réalité.

Nous étions assis à la terrasse d'un café, sur les Champs-Elysées ; elle lisait un journal. Je la sentis soudain se raidir, se figer ; elle abaissa lentement le journal qu'elle replia, posa sur la table.

« Les Allemands seront à Paris avant une semaine. Il nous faut partir avant qu'ils arrivent, Sandro. »

L'expression de son visage me rappela celle d'Assou le matin qui avait suivi l'arrestation de Dina : c'était la même résignation accablée, la même lassitude morne et douce. Nulle emphase, aucune de ces phrases déclamatoires qu'elle affectionnait : un simple constat, une douleur étonnée.

Jusqu'au bout, Dina avait refusé de même envisager la possibilité d'une défaite de la France, écartant de son esprit tous les signes, tous les avertissements, accrochée à son rêve avec une farouche obstination. Les quelques lignes du communiqué qu'elle venait de lire avaient, en un instant, ruiné son espoir. Une réalité menaçante se dressait soudain devant elle, une réalité qu'elle fuyait depuis des mois. J'ignorais alors quels liens l'attachaient à ce pays et que la France, du moins une certaine France, celle des palaces de Cannes et de Paris, de Deauville et de Monte-Carlo, des cabarets de Montparnasse et des restaurants de luxe, des fêtes et des bals dans des villas luxueuses, des amis appartenant au même milieu qu'elle et parlant le même langage, cette France de riches oisifs occupés à jouir se confondait avec sa jeunesse, laquelle, elle le pressentait, s'évanouissait avec la ruée des chars allemands.

Il faisait une chaleur torride ; Dina portait une robe claire au large décolleté découvrant sa poitrine et ses bras ; sa peau, hâlée, contrastait avec la blondeur pâle de ses cheveux teints. Il y avait, dans l'atmosphère, un lascif abandon. C'était une de ces journées faites pour le bonheur et pour l'amour. Dina promenait autour d'elle un regard incrédule, plein d'une stupéfaction enfantine. Elle donnait l'impression d'hésiter encore à ajouter foi à ce qu'elle savait pourtant inexorable. Je devinais les larmes qui appuyaient sur ses prunelles, les embuant. « C'est trop bête », semblaient dire ses yeux. Ce qui lui paraissait trop bête, révoltant même, c'était d'avoir à renoncer à tout ce qu'elle aimait, de devoir prendre congé d'un univers où elle avait connu le bonheur de la fortune et de l'amour, de l'insouciance et de la gaieté. Elle venait, avec ravissement, de retrouver, après quatre années passées à Palerme, dans une maison qu'elle détestait, elle venait de retrouver sa véritable vie, la patrie de son cœur, beaucoup des amis de sa jeunesse, ses anciennes habitudes. Elle contemplait l'avenue, le ciel, les arbres, la foule qui défilait devant nous avec une lenteur voluptueuse ; elle considérait Paris avec une expression de désespoir. Dina n'était pas préparée au malheur ; elle était née riche, comblée ; elle avait vécu entourée

172

et adulée, volant de fête en fête. Les seuls drames qu'elle eût connus étaient ceux qu'elle avait elle-même suscités, peut-être pour secouer l'ennui de son désœuvrement, peut-être mue par sa nature inquiète et agitée. Mais il s'était toujours agi de drames de la vie intime, comme ceux qui l'avaient dressée contre sa mère, contre Julien. Cette fois, le malheur qui s'annonçait la dépassait de beaucoup. Il menaçait de tout emporter. Elle se sentait paralysée, gelée devant cette ombre qui allait obscurcir tout le paysage.

Née trop tôt, Dina s'était accommodée d'un monde qui n'était pas fait pour elle. Elle s'était jetée dans les plaisirs avec toute la fougue d'une nature passionnée, avide de vivre. Sous les rires, dans les aventures, dans les fêtes, elle s'était efforcée d'oublier l'autre femme qui vivait en elle, indépendante, fière, d'une intelligence virile. Serait-elle venue au monde trente ans plus tard, elle aurait probablement poursuivi des études, embrassé une carrière, satisfait ses ambitions de réussite sociale. On lui avait enseigné le piano, tous les arts d'ornement, cette calligraphie stéréotypée qui la rendait semblable à des milliers d'autres femmes, éduquées comme elle dans des couvents où l'air du dehors ne pénétrait pas. Le monde avait couru trop vite. Dina, comme toutes ses semblables, avait dû affronter le XXe siècle avec les armes du XIXe : le charme, la ruse, la séduction. Tout son caractère se ressentait de ce divorce. Elle était tout ensemble une petite fille trop gâtée, habituée depuis l'enfance à voir ses moindres désirs satisfaits, et une femme libre et passionnée. Tantôt l'une, tantôt l'autre, elle comblait cette distance par des intrigues et des manèges, par une fabulation incessante où elle se perdait.

Mais voici que le siècle après lequel elle courait, s'essoufflant, accélérait sa course : Dina se sentait prise de vertige. Elle éprouvait soudain son âge, devinant qu'il était trop tard pour elle, et qu'elle ne réussirait plus à rattraper les temps à venir. Elle devrait désormais lutter pour survivre, elle allait être acculée à seulement défendre sa peau. Le futur lui échappait. Le monde qui commençait aurait un visage trop grimaçant. Ses armes, Dina devinait qu'elles seraient sans effet contre un tel

173

monstre. Elle n'entendrait plus les langages nouveaux. Elle ne saurait comment se défendre contre ces mots de fer.

Elle avait bien essayé pourtant, depuis quelques années, de « s'engager » dans le combat politique, de manier ces mots. Cela relevait toujours du jeu. Non qu'elle fût insincère, ni qu'elle ne comprît pas la gravité des enjeux. Mais les mots qu'elle employait, alors même qu'ils étaient entendus, approuvés, conservaient pour elle un sens ancien, qui les rendait flous. Elle croyait à la démocratie, au socialisme, au bonheur universel, par où elle entendait une fête de toute l'humanité, une ronde joyeuse à laquelle tous les peuples participeraient. Peut-être s'imaginait-elle ce futur comme un grand bal où l'humanité, radieuse et comblée, entonnerait un de ces chœurs verdiens, pleins de généreuse ardeur. Elle était trop fine cependant pour ignorer ce que son rêve avait d'irréel. Elle prévoyait que l'avenir ne serait ni aux gestes sublimes ni à l'éloquence passionnée. Elle regardait s'avancer des brouillards de honte, des brumes de sang. Dans sa chair, qui frissonnait, elle éprouvait la cruauté d'une époque implacable. Si, jusqu'à cette heure, la politique et l'amour s'étaient, pour elle, étroitement confondus, c'est que les deux constituaient l'atmosphère de sa jeunesse. Dans les deux cas, il s'agissait d'un art de vivre. Voilà que la politique devenait un art de tuer et de mourir, une foi exclusive et sombre, avec son clergé fanatique, ses bûchers et ses geôles. Dina ne pouvait pas comprendre ce refus de la vie, cette religion de l'idée.

Nous regagnâmes à pied l'hôtel, remontant les Champs-Elysées. Dina gardait la tête baissée, me dissimulant ses larmes. Pour la première et la dernière fois, elle pleurait en silence, avec honte presque. Je la sentais lourde à mon bras, avançant d'un pas lent, hésitant.

Comme nous arrivions à l'Etoile, elle se retourna, regarda un long moment l'avenue, noire de monde.

« C'était tout de même beau, Sandro. »

Cette phrase, elle l'avait murmurée d'une voix douce, plaintive presque. L'emploi qu'elle avait fait de l'imparfait me frappa surtout. Elle ne parlait ni des immeubles ni de la perspective, mais d'une forme de vie, d'un monde dont elle prenait congé du ton d'une petite fille qui doit quitter la maison au bord de la mer, pour retrouver l'école.

Assis face à face, nous contemplons, silencieux, le paysage. J'observe parfois Dina à la dérobée. Elle se tient très droite, le menton relevé. Dans cette attitude roide, elle me rappelle Assou. Je discerne, autour de ses lèvres, quelque chose de dur que je n'avais jamais remarqué auparavant, comme un rictus de méchanceté. Elle porte son tailleur bleu à épaulettes, sa blouse dont le jabot de dentelle s'orne d'une broche d'émeraudes et de diamants ; un chapeau à voilette penche au-dessus de sa tête. Elle fume avec une lenteur qui ne me trompe pas. J'observe sa main remplie de bagues, si menue qu'elle doit acheter ses gants au rayon des fillettes. L'index et le médium se crispent sur la cigarette, trahissant sa nervosité. Depuis que le train a quitté Paris, elle n'a pas prononcé un mot. Sentant mon regard fixé sur elle, elle tourne parfois son visage vers moi, m'adresse un sourire. J'éprouve sur ma peau l'effort qu'elle accomplit pour me sourire. Ses yeux ne me voient plus, ils ne voient pas davantage le paysage : ils scrutent la peur. Je m'évanouis, je disparais, je cesse d'exister. Je m'éprouve soudain comme une gêne. J'ai le tort d'être là, de remplir une place, de réclamer des soins. Je l'encombre d'une présence trop lourde. Mais je ne penserai pas à ce que je pressens, à ce qui m'opprime. Je tends l'oreille pour écouter le martèlement des roues sur les rails, toujours ce rythme ternaire, obsédant comme le roulement d'un tambour.

« Que vais-je bien pouvoir lui dire, Sandro ? »

Cette question et d'autres similaires — « que puis-je faire ? comment vais-je les faire patienter ? quelle excuse leur donner, Sandro ? » —, Dina n'arrête pas de les poser depuis notre retour à Marseille, il y a peut-être un mois.

L'expression d'étonnement et de révolte que j'avais lue sur son visage le jour où, lisant le journal, elle avait vu toutes ses illusions s'évanouir d'un coup, cette moue de dureté et de farouche hébétude qui, comme une ombre répandue autour de la bouche, m'avait si fortement frappé alors que je la contemplais dans le compartiment, assise en face de moi — ce mélange d'incrédulité et de détermination constituait désormais le nouveau masque de Dina, une femme à la fois différente et inchangée. J'observais cette métamorphose avec une appréhension mêlée de crainte. Avec émotion également, car cette nouvelle Dina, plus vulnérable, mal assurée, jetant parfois autour d'elle un regard traqué, me paraissait aussi plus accessible, d'une humanité plus familière. Descendue des hauteurs où sa beauté la maintenait jusqu'alors, elle n'était plus à mes yeux désenchantés qu'une femme, sinon semblable à toutes les autres, à tout le moins comparable à quelques-unes. Des défauts que je n'aurais pas osé ni, probablement, pu remarquer auparavant m'apparaissaient dans cette beauté mythique. Parce qu'elle avait, préservée par sa fortune et par son élégance, vécu à l'écart de la banale réalité, son regard n'avait longtemps contemplé que sa propre image, comme magnifiée. Si même ses yeux vous fixaient, ils semblaient s'admirer dans le miroir des vôtres, comme la belle et cruelle reine de *Blanche-Neige* qui ne savait poser qu'une question : « Suis-je toujours la plus belle ? » Cette confiance inébranlable en elle-même, cette tranquille certitude de partout et toujours susciter l'admiration établissaient sur tous ceux qui l'approchaient une domination impérieuse, qu'adoucissait la simplicité des manières et du ton.

Ce qui faisait soudain défaut à Dina, la laissant désorientée, c'était justement son assurance. Elle plaisait jusqu'alors sans même l'intention de plaire, parce qu'elle se plaisait infiniment à elle-même et que cette certitude se communiquait aux autres. Elle cherchait maintenant à plaire, quêtant l'approbation, et cet effort pour séduire se lisait dans son regard, non plus tourné vers elle mais, avec une imperceptible inquiétude, vers son interlocuteur, lequel, flairant cette hésitation, se sentait devenu son égal. C'est que, jusqu'à cette époque, Dina n'avait demandé aux hommes que l'hommage de leur admiration. Elle recevait leur amour comme un tribut. Or, les circonstances la mettaient dans cette situation, tout à fait nouvelle pour elle, d'avoir à leur demander autre chose que la reconnaissance de sa supériorité ; elle sollicitait leur aide et leur protection, ce qui leur conférait une supériorité dont ils prenaient aussitôt conscience. Les règles du jeu changeaient avec le montant de la mise et Dina, dans cette partie plus cruelle et plus décisive, se révélait une pietre joueuse, toujours tentée d'augmenter sa mise dans l'espoir de se refaire. Comme une actrice condamnée, pour des raisons financières, à jouer dans une mauvaise pièce et qui, sentant la froideur de l'accueil, tente d'amadouer le public en caricaturant son jeu, Dina, désarçonnée devant les sournoises et, pour elle, incompréhensibles résistances des hommes, forçait le trait, élargissant son sourire, embrumant son regard, adoucissant sa voix.

Ce vacillement de toute sa personne, je l'avais clairement ressenti peu de jours après notre retour à Marseille.

Nous avions, à l'*Hôtel de Noailles,* retrouvé la même chambre, décorée d'une monumentale gerbe de fleurs offerte, en guise de bienvenue, par la direction ; les mêmes mains avides s'étaient

178

tendues vers Dina, escamotant les mirifiques pourboires qu'elle
y mettait. Nous avions repris notre existence des premiers mois,
courant d'un restaurant à un autre, d'un théâtre à l'opéra, nous
enfouissant, la nuit, sous les draps pour évoquer un monde
évanoui. Car Dina, obstinément, continuait de refuser une
réalité insupportable, tournant ses regards vers l'Angleterre,
Londres, dont elle me parlait dans les mêmes termes ou presque
qu'elle employait, à Palerme, pour me dépeindre la France et
Paris. Nous habitions déjà le *Savoy*, nous nous promenions dans
Regent's Park, nous assistions, au Covent Garden, à des
représentations d'*Aïda* et de *la Traviata,* nous contemplions
Trafalgar Square depuis l'impériale d'un autobus rouge, nous
courions les routes du Devonshire et du Sussex, nous arrêtant
dans des auberges ceintes de jardins gorgés d'humidité et
débordant de fleurs. Je visitais Oxford et Cambridge, cependant
que Dina, assise dans un fauteuil de cuir patiné, au coin d'une
cheminée monumentale, buvait le thé en compagnie d'anciens
amis retrouvés dont elle me citait les noms, voulant peut-être se
persuader de leur existence. Pour mieux magnifier cette nouvelle
Mecque vers laquelle, chaque soir, nous nous tournions, Dina
s'employait à abaisser la France, « ce pays de nabots peuplé de
petits-bourgeois moustachus ». Elle en arrivait même à détester
Paris, « cette ville sale et superficielle », lui opposant la munificence baroque de Londres, ses quartiers secrets, ses brumes
équivoques, son insolente élégance et sa crasse dédaigneuse.
Elle exaltait le tranquille courage des Britanniques auquel elle
opposait « la veulerie des Français, qui ont détalé comme des
lapins ». Ayant fait, le jour même de notre arrivée, l'acquisition
d'un poste TSF, une boîte cintrée d'un bois clair avec, en son
centre, un œil large et glauque, Dina, chaque nuit, tournait le
bouton pour capter la BBC, frémissant d'une joie impatiente dès
qu'elle avait réussi, par-delà le brouillage, à isoler la voix du
speaker.

« Tu entends, Sandro ! N'est-ce pas magnifique ! Et quelle
langue superbe ! Tu dois absolument apprendre l'anglais. Dès
demain, j'achète une grammaire et nous nous mettons au travail.
Sais-tu que je parle fort bien l'anglais avec, même, un accent
tout à fait correct ? Je l'ai appris avec un ami qui habitait une

179

villa voisine de la mienne, à Cannes. Un homme charmant. D'ailleurs, tous les Anglais sont charmants, tu verras. Ils tiendront, eux, ils ne se rendront pas. J'adore les Anglais, Sandro ! Pourquoi suis-je venue dans ce pays de malheur ? Nous aurions dû nous réfugier à Londres. »

Elle tentait ainsi, chaque nuit, d'échapper à l'atmosphère de Marseille, de jour en jour plus oppressante.

Avec la signature de l'Armistice, l'instauration de la ligne de démarcation, avec la politique de « redressement national » du gouvernement présidé par le maréchal Pétain, Marseille s'emplissait en effet d'une foule de réfugiés, accourus de tous les coins de la France occupée, de Paris notamment. Juifs de toutes nationalités et de toutes les classes sociales, émigrés politiques, militants antifascistes, ils espéraient tous échapper au piège en s'embarquant pour le Portugal, l'Amérique, l'Afrique du Nord, le Brésil ou le Mexique, prenant d'assaut les consulats, patientant des heures, des jours, en d'interminables queues où l'on voyait se côtoyer des Espagnols misérables, vêtus de loques, et des femmes du monde, en des tenues élégantes. Riches ou pauvres, jeunes ou vieux, tous avaient cependant le même regard de peur et de ruse, de défiance et d'espoir. Le réceptionniste de l'hôtel, débordé, ne cessait de répéter : « Je suis désolé, il n'y a plus un lit disponible. Avec la meilleure volonté... » ; des billets de banque circulaient, passant d'une main à l'autre.

On voyait des groupes discuter à voix basse, échangeant des adresses, se passant des informations le plus souvent fausses. Des femmes entourées d'enfants, des vieillards dignes dormaient, affalés, dans les fauteuils de cuir rouge. La chaleur, qui stagnait sur la ville, l'écrasant, l'étouffant, défaisait les visages, accusant les traits, mouillant d'une sueur poisseuse les joues bleuies de barbe. Une obscure et folle panique se peignait dans ces figures hagardes. Partir — n'importe où, par n'importe quel moyen, à n'importe quel prix : cette obsession agrandissait les yeux qui furetaient dans les coins, derrière les colonnes, cherchant un éventuel complice.

Avec ce gibier traqué, tournant autour de lui, le guettant, d'inquiétantes silhouettes glissaient entre les groupes. Masques aux moustaches ambiguës, corps sinueux prolongés par des mains rusées, bouches fendues en d'équivoques sourires. Voix surtout de confidence et de secret, chuchotantes. Chacun de ces charognards jaugeait avec une précision implacable la plus ou moins grande résistance de ces bêtes blessées, harassées, approchant les plus vulnérables avec des regards carnassiers, leur offrant leur aide et leur protection, les attirant dans un coin. Voulait-on se procurer de l'argent liquide ou, mieux, de l'or, en vendant des bijoux ? Ils possédaient l'adresse de l'acheteur le plus sûr et le plus honnête, lui-même juif d'ailleurs. Avait-on besoin de faux papiers, d'un passeport en règle, d'un visa pour le Mexique ? Cela pouvait s'arranger, si l'on acceptait d'y mettre le prix. En tout cependant, il convenait d'abord de leur faire confiance, car ces hommes d'honneur ne pouvaient agir que dans un climat de parfaite et totale confiance.

Je les voyais, avec une frayeur mêlée de dégoût, rôder autour de Dina, courbés par des sourires obséquieux, l'œil mouillé d'une obscène complicité, la voix toute de caresse et de confidence. Elle les rencontrait dans les arrière-salles de certains cafés, autour de la gare Saint-Charles ou de l'Opéra, où elle les attendait, le regard luisant de fièvre, les mains nerveusement accrochées au sac contenant les bijoux.

« C'est un homme merveilleux, Sandro. Son beau-frère travaille à la préfecture et il a accepté de me procurer une fausse carte d'identité, sans doute aussi un passeport. Surtout, sois gentil avec lui, mon amour. Fais-lui un sourire, réponds-lui, s'il t'interroge. Attention, le voilà. »

Et la bouche de Dina s'ouvrait sur un sourire qu'elle voulait de séduction et qui n'était que pitoyable, servile, presque implorant.

L'homme, il se tient devant moi malgré les années écoulées. Personnage générique, en tous points identique à ses semblables, rencontrés dans d'autres cafés, dans des restaurants du Panier, dans des hôtels louches. Chacun avec la même silhouette effacée, la même moustache, la même peau huileuse, les mêmes yeux surtout : vifs, fureteurs, prêts à la fuite. J'entends encore son discours qu'enveloppent des sourires avantageux : voilà, il faut lui faire confiance, n'est-ce pas ; les risques sont trop grands pour que l'acheteur accepte de se montrer ; aussi Dina doit-elle lui remettre les bijoux à lui, qui se chargera de la transaction. Quant aux papiers, l'affaire est dans le sac, pour ainsi parler : son beau-frère les lui remettra dans huit jours. Il ne reste, comme convenu, qu'à régler la moitié de la somme.

La main de Dina fouillant dans son sac à main, se glissant dans celle de l'homme, ronde et moite. L'humble sourire de Dina, sa voix éperdue de gratitude.

« Vous nous sauvez la vie, Pierre. Jamais je n'oublierai ce que vous avez fait pour moi. »

Déjà l'homme s'est levé, s'esquive.

« Allons, ce n'est rien, ma petite dame. En des circonstances pareilles, il faut bien s'entraider, n'est-ce pas ? Alors ici même la semaine prochaine. Surtout soyez exacte. S'il arrivait quelque chose, n'oubliez pas : même lieu, même heure, la semaine suivante. Mais n'ayez pas peur : tout ira comme sur des roulettes. Adieu, fiston. »

Elle sera ponctuelle au rendez-vous, bien entendu, elle y retournera encore la semaine d'après, la suivante. Elle s'effondrera enfin en pleurs sur le lit, marmonnant des insultes en italien, jurant qu'on ne l'y reprendra plus. Je la consolerai, caressant machinalement sa nuque frémissante, lui murmurant de ne pas trop s'en faire. Elle tombera alors dans mes bras, m'étreignant avec une frénésie désespérée, une passion sauvage.

« Quel salaud, Sandro ! Quelle ordure ! Et moi qui lui ai fait confiance, qui ai accepté de... Oh, mon chéri, pourquoi ne t'ai-je pas écouté ? Tu as le flair, toi ; tu t'es tout de suite méfié. Que vais-je devenir ? Je n'ai presque plus d'argent, je n'ai pas réglé la note d'hôtel... C'est trop bête à la fin ! Si je continue de pleurer ainsi, j'aurai les yeux rouges et gonflés, je paraîtrai dix ans de plus que mon âge. Tiens ! sais-tu ce que nous allons faire ? Nous allons nous bichonner, nous habiller, nous irons souper dans un bon restaurant. Qu'en dis-tu, mon Sandro adoré ?

— Puisque tu dis que tu n'as pas d'argent...

— Tu as raison. Tu as toujours raison. Dorénavant je t'obéirai en tout, je suivrai scrupuleusement tes instructions. Et puis, flûte !, Sandro : nous ne deviendrons pas plus riches en restant enfermés dans cette chambre, à nous lamenter. Quand les choses tournent mal, le mieux est encore de se secouer. Viens

vite ! Nous allons nous offrir une petite fête ! Fais couler le bain,
veux-tu ?... Je commence à en avoir par-dessus la tête de cet
hôtel, pas toi ?

— Si.

— C'est sinistre, cette tenture bleue. D'ailleurs, le bleu me
fiche le cafard. Dès que j'aurai payé la note, nous changerons
d'hôtel, nous choisirons une chambre face à la mer. Tu
m'écoutes ?

— Oui, bien sûr. »

Elle arrive dans la salle de bains, elle se regarde un moment
dans la glace, au-dessus du lavabo.

« J'ai l'air d'avoir cent ans, Sandro. Regarde cette ride, là, tu
ne la vois pas ?

— Quelle ride ? Tu es toujours aussi jeune, tu restes la plus
jeune.

— Tu le penses vraiment ? Mon chéri, comme je t'aime,
comme je t'aime ! Tchin-tchin ?

— Tchin-tchin. Tu n'as pas fini de me raconter *Turandot*,
l'autre soir.

— Tu me frottes le dos ?

— J'arrive.

— Doucement, Sandro ! Tu inondes toute la salle de bains...
Tu te rends compte si quelqu'un nous voyait, tous les deux dans
la baignoire ? On penserait que nous sommes fous, on nous
mettrait peut-être en prison. Que c'est bon, Sandro ! Lentement,
s'il te plaît, là... Pourquoi arrêtes-tu ?

— J'attends la suite de *Turandot*.

— Mais c'est du chantage ! Tu es ignoble, Sandro. Frotte...

— Tu en étais restée à la deuxième énigme...

— Eh bien, voilà : la princesse Turandot, toujours debout
devant son trône, ses longs bras croisés sur la poitrine, comme
ceci... »

Nous dînerions ensuite dans le meilleur restaurant de la ville
où, comme par défi, Dina commanderait les mets et les vins les
plus chers, glisserait un pourboire fantastique au sommelier, un
deuxième au maître d'hôtel, un troisième au portier ; nous irions
au cinéma ou au théâtre « pour chasser toute cette mélancolie » ; nous regagnerions à pied l'hôtel, plaisantant et riant.

Et Dina, soudain revenue à elle-même, à cette situation qu'elle refuse de regarder en face, s'arrêtera à quelques mètres de la porte de l'hôtel, considérant le portier, la marquise, le tambour violemment éclairé avec une expression d'enfantine frayeur, de désespoir presque.

« Je n'ose pas y aller, Sandro. Il va encore me demander quand je pense lui régler " ma petite note ". Tu te rends compte, mon chéri ? Il dit : votre petite note, alors qu'il s'agit d'une fortune ou presque. Je suis sûre qu'ils me volent. Dans ce pays maudit, ils volent tous d'ailleurs. Quand tu penses qu'ils ont le culot de prétendre que les Italiens sont des voleurs ! On aura tout vu, tout entendu. Tu crois qu'il est là, Sandro ?

— Sûrement. Il reste dans son bureau, il surveille l'entrée.

— Tu as raison : il a une tête à ne jamais dormir. Je parierais qu'il n'est même pas marié. A mon avis, il est pédéraste. La preuve, c'est qu'il ne m'a jamais fait la cour alors que toi, il te dévore des yeux. Sandro, mon amour, tu ne veux pas être gentil... ?

— Dina ! C'est toujours moi qui dois y aller.

— Mais à toi, il n'ose rien demander.

— Tu parles ! " Monsieur Alexandre, auriez-vous la bonté de rappeler à Madame votre mère de bien vouloir passer nous régler la petite note ? "

— Comme tu l'imites bien ! C'est tout à fait ça. Plus tard, tu deviendras un grand acteur, j'en mets ma main au feu. Tu joueras *le Roi Lear,* tu gagneras des milliards, toutes les femmes se traîneront à tes pieds. Nous voyagerons partout, nous irons à New York. Je serai vieille et ridée, tu me présenteras à tes admiratrices : " Voici ma mère. "

— Pour commencer, tu ne seras jamais vieille ; ensuite, je n'aurai pas d'autre femme que toi.

— Tu es sérieux ? Nous serons follement heureux... Sandro, tu ne veux vraiment pas y aller ? Tu prends juste la clé, tu marches jusqu'à l'ascenseur, tu tiens la porte ouverte : je me glisse vite vite. *Ti prego, amore.* »

Je ferai ce qu'elle me demande, bien sûr. Je m'avancerai, raide et impassible, jusqu'au comptoir, me détestant de rougir quand le réceptionniste me demandera d'une voix forte, faite pour être entendue de tous les clients dont je sentirai les regards fixés soudain sur moi :

« Avez-vous pensé, monsieur Alexandre, à rappeler à Madame votre mère de régler la petite note dont je vous ai parlé il y a huit jours ?

— Certainement. Elle m'a dit qu'elle passerait vous payer un de ces jours.

— Dites-lui bien que je regrette vivement d'avoir à insister : les services de la comptabilité s'impatientent, n'est-ce pas ? Je vous souhaite une très bonne nuit. Faut-il vous réveiller demain ?

— Non, merci. Bonne nuit. »

La honte me tord l'estomac cependant que je vais, le plus lentement possible, évitant de regarder à droite ou à gauche, jusqu'à l'ascenseur. Des bourdonnements d'oreilles m'assourdissent, je suis également devenu aveugle, tâtonnant pour trouver le bouton d'étage. Je voudrais hurler, trépigner, insulter ces gens qui me dévisagent, j'en suis persuadé, avec un dédain apitoyé. Je ne veux pas de leur pitié, je refuse leurs sourires doucereux. Je souhaiterais les balayer tous de la surface de la terre. De quel droit jugent-ils Dina ? que savent-ils d'elle ? qu'est-ce qui les autorise à la toiser avec cet air supérieur, lui reprochant, par leurs mines austères, d'être une mauvaise mère, de dépenser son argent en parfums et en toilettes ? et s'il plaît à Dina de préférer s'acheter des chapeaux plutôt que de payer sa note d'hôtel ? Elle a le droit de se préférer à tout, de se préférer à moi. Je l'aime telle qu'elle est : extravagante, prodigue, insouciante, candide aussi. Je suis heureux avec elle, le plus heureux, d'un bonheur insensé. Que m'importe de n'avoir qu'un seul costume élimé, que je porte depuis des mois, des chemises dont le col s'effiloche, des souliers qui boivent l'eau ? Je n'en ai pas honte, je n'ai honte de rien.

« Maman ! Le garçon m'a tiré la langue.

— C'est vrai ? Vous avez fait ça ?

— Moi ? Pas du tout, Madame. J'avais quelque chose au bout de la langue : je vous fais mes excuses.

— Je me disais bien : un si charmant garçon ! Comment t'appelles-tu ?

185

— Alessandro, pour vous servir.

— Italien ? Quel merveilleux pays, l'Italie. J'y suis allée avec mon mari avant... cette guerre : Florence, Rome, Naples.

— Moi, je suis de Palerme.

— La Sicile ! J'en conserve des souvenirs inoubliables. De Taormina surtout. Tu connais Taormina ?

— J'y ai séjourné avec ma mère.

— N'est-ce pas cette si belle femme qui habite notre étage, toujours dans des toilettes exquises ?

— C'est Dina, oui.

— Tu en as de la chance d'avoir une maman aussi jolie, Alessandro ! Au fait, tu devrais lui dire de t'acheter un costume neuf. Tu ne m'en veux pas de te parler aussi franchement, n'est-ce pas ? Je suis une vieille dame. Allons, bonne nuit, mon bel enfant. Sabine ! viens donc... »

Qu'elle crève, qu'elle aille en enfer, elle et son horrible Sabine, avec son sourire de niaiserie, ses robes empesées. Je n'ai pas besoin d'un costume neuf. D'ailleurs, même si Dina me proposait d'en acheter un, je refuserais. Je me sens bien dans celui que je porte. Assou ne disait-elle pas que seuls les nouveaux riches portent des vêtements neufs ? Je ne suis pas un nouveau riche, moi ! Mais pourquoi Dina tarde-t-elle tant ? Elle guette sans doute l'instant favorable pour se glisser dans le hall, dissimulée dans un groupe. Elle doit être sur le trottoir d'en face, m'observant.

« Vite, Sandro, vite. »

Nous voici dans l'ascenseur qui, dans un soupir poussif, s'élève lentement. Dina me serre dans ses bras, baise mes paupières.

« Sandro... Sandro... Je n'en peux plus de cette vie. Je suis si malheureuse. L'argent, vois-tu, c'est répugnant. Je n'aurais jamais imaginé... »

Dina disait vrai : elle n'avait jamais imaginé. Elle n'imaginait toujours pas. L'argent restait pour elle ces papiers graisseux qu'on dépense à pleines mains quand on en a, qu'on enrage de ne plus posséder, qu'on tente de se procurer par tous les moyens, et d'abord par le rêve.

La première des secousses qui ont ébranlé son innocente assurance, je l'ai justement ressentie dans cette agence bancaire, près de la Bourse, où je l'avais accompagnée au lendemain de notre retour à Marseille. Les employés, derrière le comptoir, l'avaient d'abord accueillie par des sourires, exprimant leur joie de la savoir de retour, lui demandant des nouvelles de son séjour à Paris, m'adressant des compliments. L'un d'entre eux avait pris le chèque que Dina lui tendait avant de disparaître derrière une porte vitrée. L'attente alors avait commencé, une attente dont je ne me serais aucunement inquiété si je n'avais senti, au bout de mes nerfs, l'inquiétude, l'irritation de Dina. Peut-être pour se donner une contenance, elle avait sorti son poudrier et, se mirant dans la glace, retouchait son maquillage avec des gestes trop lents, trop appliqués, cependant qu'elle posait sur ses traits une expression de feinte indifférence.

« Madame Lavanti ? Je souhaiterais vous entretenir une petite minute, s'il vous plaît. Par ici. »

Le directeur de l'agence se calait dans son fauteuil, derrière le bureau, faisant mine de compulser le dossier posé devant lui.

« Vous me voyez bien ennuyé, madame Lavanti. Vous souhaitez toucher ce chèque, et il se trouve que votre compte accuse un découvert... important, trop important même.

— Un découvert, comment cela ?

— Je connais parfaitement votre situation, je vous rassure. En d'autres circonstances, il va de soi que j'aurais accepté sans faire la moindre difficulté, de vous avancer cette somme. Malheureusement...

— Je ne comprends pas, monsieur...

— Raguet, Marcel Raguet, sous-directeur en titre.

— Ma banque de Palerme a régulièrement alimenté mon compte, n'est-ce pas ? Il s'agit sans doute d'un simple retard, dû aux circonstances ?

— Certes, certes. C'est bien ce que nous avons pensé et c'est pourquoi nous avons accepté d'honorer les chèques que vous avez émis à Paris. Seulement...

— Mais que se passe-t-il à la fin ? On dirait que je suis ruinée, à vous entendre.

— Qu'à Dieu ne plaise, madame Lavanti ! Cependant, le fait est que votre compte à Palerme a été bloqué par ordre du gouvernement. Nous nous trouvons donc, en attendant que la situation s'éclaircisse, ce qui, j'en suis sûr, ne saurait tarder, nous nous trouvons dans l'obligation de vous retirer votre chéquier et d'arrêter votre compte.

— Arrêter mon compte ? Je ne saisis pas bien. Comment vivrai-je ? »

Je surpris alors le regard de ce M. Raguet : rien qu'une lueur fugitive, mais impitoyable.

« Hélas, madame, vous me voyez désolé : tout cela nous dépasse.

— Mais enfin, le compte de Palerme est au nom de ma mère, c'est elle qui a signé l'ordre de virement mensuel.

— Je sais, madame, je sais. J'ai cet ordre sous les yeux. Mais le gouvernement de Rome a interdit à la banque de poursuivre les versements.

— Rome ? Ma mère ne se mêle pas de politique, d'ailleurs elle est favorable au gouvernement en place. C'est une plaisanterie ou quoi ?

— Je le souhaiterais, madame. Ce n'est, hélas, pas le cas. Voici la notification que nous adresse notre siège central... »

Dina prenait le document, le parcourait, le reposait sur le bureau.

« Que dois-je faire ?

— Je vous conseillerais d'écrire à Madame votre mère afin qu'elle fasse lever l'interdiction bancaire.

— Mais en attendant, monsieur Raguet ? Je n'ai pas un franc, je dois payer l'hôtel, je... »

Il se levait, rempli d'une cauteleuse bienveillance, marchant vers la porte comme s'il avait voulu prendre la fuite.

« Je suis persuadé que tout s'arrangera très vite.

— Mais enfin, monsieur Raguet, cela peut durer un mois, deux mois. Que ferai-je d'ici là ?

— Peut-être pourriez-vous demander au directeur de l'hôtel de vous consentir un crédit de quelques mois. Je le connais personnellement, c'est un homme très compréhensif. Je suis certain que vous arriverez aisément à un arrangement. Il ne s'agit que d'un mauvais moment à passer. Si vous saviez le nombre de nos clients qui, depuis quelque temps, rencontrent des difficultés, parfois pires que les vôtres ! Mes hommages, madame, et mes très vifs regrets. »

Tout en parlant, il nous a précédés jusqu'à la sortie, empêchant Dina de protester, ni même de tout à fait assimiler le sens de ses propos contournés. Il a maintenant refermé la porte, nous laissant sur le trottoir où Dina demeure figée, une expression d'incrédulité dans son regard. Nerveusement, elle fouille dans son sac.

« Qu'est-ce que ça veut dire, Sandro ? »

Si je laisse la question sans réponse, c'est que je n'ai rien compris ou presque aux explications de M. Raguet, n'en retenant que l'essentiel : nous sommes sans argent et privés de l'aide d'Assou, et c'est justement ce point que Dina refuse d'entendre, se persuadant déjà qu'il s'agit d'un malentendu, courant à la poste pour expédier un télégramme à Assou, se rassurant aussitôt.

« Ne t'en fais pas, mon Sandro : Assou va nous tirer de là. Je la connais, elle n'est pas femme à demeurer inactive. Peut-être même a-t-elle déjà réussi à tout arranger. Mais ce... Ragout, je le retiens. Je change de banque, et plus vite que ça encore. Non mais, tu as vu sa tête ? Viens, nous allons faire un bon repas pour nous changer les idées : je sens qu'un verre de champagne me remontera le moral. Rien ne résiste au champagne. »

Cependant qu'elle boit, fermant à demi les yeux, une lumière de béate satisfaction sur tout son visage, son verre de Dom Perignon, qu'avec un geste las elle allume sa cigarette, aspire une bouffée en rejetant la tête, je considère, aux coins des yeux, ces ridules que je voudrais embrasser. De se retrouver dans un décor familier, de sentir autour d'elle la présence d'une théorie de serveurs empressés, de reconnaître, sur son palais, le goût du champagne et le parfum de la cigarette, de contempler le Vieux-Port, tout hérissé de mâts : Dina replonge aussitôt dans l'illusion d'un temps inchangé. Elle en oublie la guerre, l'Occupation, la présence toute proche des fascistes italiens, qui ont réussi à s'emparer de Nice, elle en oublie M. Raguet, ses ennuis d'argent, attentive seulement à la douceur de l'instant. Elle m'évoque soudain Fortunata et sa façon de savourer une glace, dans un recueillement religieux. Chacune à une extrémité de l'échelle sociale, elles se rejoignent dans une même fervente et presque forcenée volupté de vivre. Elles boivent la minute qui passe avec une identique avidité, comme si rien n'importait davantage que de cueillir chaque goutte de cette manne miraculeuse.

Les étapes d'une chute ne peuvent être décrites, Antoine, sauf à arrêter artificiellement le mouvement, ce qui a aussitôt pour effet de figer et de rendre grotesque chaque culbute. Si la cause initiale se laisse deviner, si les effets sont mesurables, la vertigineuse accélération échappe, elle, au regard. Du reste le mot même de chute suggère une vitesse acquise et croissante qui rend mal compte de la réalité de notre situation. Enlisement conviendrait mieux pour dépeindre cette suite de vexations et d'humiliations, de hontes médiocres et de calculs minables, de ruses et de dissimulations.

Le ton dédaigneux des femmes de chambre pour s'adresser à Dina, leur refus d'emporter son linge sale, leurs aigres remarques sur son désordre, le pain rassis servi avec le café du matin, leur surdité quand nous les appelions en appuyant sur la sonnette, le lit qu'on retrouve défait en rentrant le soir, le salut désinvolte du portier chaque fois que nous passions devant lui, les cris des créanciers qui attendaient, tapis dans un porche, notre apparition pour, dès qu'ils nous apercevaient, bondir avec des airs menaçants et ameuter la foule des passants : cent détails vexatoires jalonnent la journée, créant une atmosphère de suspicion et de fuite. M'étonnait surtout l'acharnement jubilatoire et féroce que d'aucuns mettaient à harceler Dina. Je pressentais qu'ils assouvissaient une rancœur longtemps dissimulée. Ils lui faisaient, avec une étroitesse hargneuse, payer sa supériorité, son élégance et sa beauté, la persécutant, la poursuivant avec une envieuse obstination, savourant son humiliation, se délectant des pauvres sourires qu'elle devait leur prodiguer, des fables qu'elle leur contait dans l'espoir de les amadouer. Comme une meute qui a flairé l'odeur du sang, ils ne la lâchaient pas, plantant leurs crocs dans cette chair vulnérable. L'injustice de la fortune et celle, non moins révoltante, de la séduction, ils pouvaient enfin en tirer une vengeance délectable. Ils ne résistaient pas au plaisir mesquin de lui en remontrer, de lui adresser des leçons de morale, lui reprochant ses extravagances, ses folles dépenses, l'excentricité de ses toilettes. Se fût-elle montrée humble, grise, effacée, peut-être se seraient-ils sentis émus, à tout le moins apitoyés. Mais elle s'obstinait, dans l'adversité, à garder grand air, avec ses chapeaux à voilette, ses capelines, ses fourrures et ses tailleurs ; elle conservait ses réflexes de femme habituée au luxe ; elle paraissait mépriser sa condition d'humiliée. Tous voulaient voir dans cette attitude un défi, une provocation, sans imaginer que Dina n'aurait pu être différente de celle qu'elle avait toujours été et qu'elle demeurait au fond d'elle-même. C'est bien d'ailleurs ce qu'ils détestaient en elle : qu'elle refusât de s'avouer vaincue, qu'elle n'admît pas sa déchéance. Ce qu'ils ne voyaient pas cependant, c'est que Dina était déjà rendue. Ses belles toilettes, qui faisaient encore illusion, portaient des taches suspectes dès qu'on les observait de près ; les fleurs de ses chapeaux se couvraient d'une poussière grisâtre ; ses souliers étaient usés, éculés. Consciente de cette insidieuse usure, Dina trouvait des gestes pudiques pour la dissimuler aux regards, ramenant les pans de ses vestes de fourrure devant ses blouses froissées et jaunies, relevant le col de son manteau, évitant, si elle était assise, de montrer ses chaussures. La honte doucement la pénétrait, un sentiment de gêne qui éteignait son regard, approfondissait son sourire.

Davantage encore que de ces humiliations, Dina souffrait peut-être d'une promiscuité qu'elle éprouvait comme une dégradation. Toutes les années qu'elle avait, dans sa jeunesse, passées en France, elle avait joui d'une immunité que sa fortune et sa position sociale lui assuraient sans que, même, elle songeât à s'en étonner. Les administrations, la police : elle n'y avait vu, si elle y avait jamais arrêté sa pensée, que des institutions nécessaires dont elle ignorait et les rouages et le fonctionnement. Son passeport italien, sa carte de résidente privilégiée la tenaient à l'abri de toute investigation vexatoire. Privée soudain de ces garanties qu'elle avait toujours tenues pour naturelles et, pour ainsi dire, inhérentes à la dignité de la personne, elle se découvrait brusquement désarmée, livrée à l'aléatoire. Avec une horreur craintive, elle faisait connaissance avec les salles d'attente bondées de femmes et d'hommes à l'aspect misérable. Elle apprenait la patience, la résignation ; elle devait se familiariser avec des fonctionnaires imbus de leur pouvoir. Elle se faisait humble, suppliante, rusée pour tenter de déceler lequel de ces inspecteurs pleins de morgue pourrait, peut-être sensible à son charme, accepter de l'aider. Côtoyant, dans des couloirs sordides, dans la fumée des cigarettes et dans l'odeur aigre de la sueur, des gens qu'elle n'avait fait qu'entrevoir jusqu'alors, comme dissimulés à ses yeux derrière un rideau de brouillard, elle se sentait rabaissée à leur condition de troupeau résigné. Elle les interrogeait fébrilement, cherchant à percer les arcanes de ces bureaux dont ils donnaient, en habitués, l'impression de connaître tous les secrets. Egarée dans ce labyrinthe, affolée à l'idée de s'y perdre tout à fait, Dina s'accrochait au premier venu, avec le candide espoir d'un secours miraculeux. Avec inquiétude et dégoût, je la voyais s'abaisser devant des personnages aussi falots que suspects. Toujours prête à prendre ses désirs pour la réalité, elle leur prêtait de hautes influences, des amitiés puissantes, des protections décisives. Elle ne doutait ni de leur intégrité ni de leur sincérité, s'imaginant sauvée par eux de cette course harassante où son courage, jour après jour, s'épuisait. Quand elle s'apercevait qu'ils l'avaient, une fois de plus, dupée, elle ne savait que s'effondrer en larmes sur son lit, jurant, pour la énième fois, qu'on ne l'y reprendrait plus. Elle gardait le lit plusieurs jours, abattue, apathique, avant de se découvrir un nouvel ami, « tout à fait sérieux, cette fois, un homme très bien » qui lui redonnait, pour un temps, la force de vivre et d'espérer.

La peur, une peur animale, instinctive et comme égarée, la gagnait petit à petit. Des rumeurs insaisissables achevaient de la paniquer, durcissant son regard, serrant ses lèvres. Dans le hall de l'hôtel, dans les cafés, dans les couloirs de la préfecture où elle passait des heures à attendre, fumant cigarette sur cigarette, retouchant son maquillage, essayant ses sourires sur quiconque

193

lui paraissait détenir une parcelle de ce pouvoir ubuesque, Dina prêtait l'oreille aux récits les plus fantastiques. La nuit, sous les draps, elle ne me contait plus les aventures de Sinbad, les amours de Marguerite Gauthier ou les infortunes d'Aïda ; elle évoquait, dans une agitation hallucinée, les camps où le gouvernement de Vichy internait les étrangers en attendant de les livrer aux Allemands, lesquels les massacraient ; elle tremblait en me parlant des rafles que la police effectuait dans Marseille, arrêtant à l'improviste tous les clients d'un café ou les spectateurs d'un cinéma ; elle m'accablait de recommandations et de conseils de prudence, me faisant promettre de toujours m'asseoir près de la sortie de secours, de m'éclipser à la moindre alerte, de vérifier que je n'étais pas suivi. S'imaginant déjà que je pourrais être pris, conduit à la préfecture ou dans quelque endroit secret, séparé d'elle à tout jamais, elle me mouillait de larmes, m'étouffait sous ses caresses désespérées, me jurait qu'elle ne survivrait pas à un tel malheur. L'écoutant, je me sentais saisi d'une sorte d'épouvante, ne pouvant pas même imaginer comment je pourrais vivre sans Dina. Sa terreur s'insinuait en moi, gelait mes os, tétanisait mes muscles. J'ignorais alors le sens caché de ces psychodrames, ni que Dina se préparait à son insu à un dénouement qu'elle sentait imminent et inexorable. Je ne voyais que sa douleur et son angoisse. Je ne devinais pas qu'une nouvelle Dina apparaissait derrière cette femme adorée qui, dans le secret de son cœur, répétait le rôle qu'elle jouerait bientôt, celui de « la mère éplorée, séparée de son fils bien-aimé ». Je ne m'étonnais pas de ne jamais l'entendre prononcer le nom de Massimo et j'ignorais que deux autres fils attendaient, depuis des années, le retour de leur mère, surveillant avec un désespoir muet la grille du jardin. Je m'imaginais vivre un drame unique, je ne pouvais pas savoir que tout ce que je vivais avait déjà eu lieu, dans un autre décor, en des circonstances différentes mais, probablement, dans la même éloquence pathétique.

J'avais toujours vécu dans l'attente, sous le piano du salon de Palerme, dans la cuisine auprès de Fortunata, devant la fenêtre d'une chambre d'hôtel. Je continuais d'attendre mais dans l'ombre, caché le plus souvent dans une salle de cinéma où Dina, qui aurait à courir d'un consulat à un commissariat, d'un bureau à un autre, me déposait immédiatement après le déjeuner, me confiant à la garde de l'ouvreuse, m'accompagnant jusqu'au fauteuil où je devrais rester sans bouger en attendant qu'elle vînt me rechercher. Elle choisissait des cinémas permanents où je pourrais rester, si besoin, plusieurs séances de suite, revoyant les mêmes actualités, les mêmes poussives attractions, les mêmes films que je finissais par connaître par cœur, sans du reste m'en lasser, tant me fascinaient ces images qui me transportaient dans un autre univers. Chaque fois qu'un frôlement, un glissement de pas résonnaient dans la salle obscurcie, je me retournais, le cœur battant la chamade, espérant apercevoir la silhouette de Dina descendant la rampe, entre les rangées des fauteuils. Déçu, je m'enfonçais dans mon siège, replongeais dans l'hypnotique illusion de ces histoires tout ensemble vraies et irréelles. Un jour, je dus ainsi contempler quatre fois de suite le même spectacle, n'osant pas bouger ni à peine remuer, des crampes de faim tordant mes viscères. L'ouvreuse, une femme d'environ la quarantaine, blonde, effacée, un air de douceur et de résignation sur son visage usé, avait fini par venir me chercher, me conduisant dans un cagibi exigu, derrière la caisse, où elle m'avait fait asseoir sur une chaise avant de m'offrir un sandwich et un jus de fruits que je refusai, prétextant que je n'avais ni faim ni soif. Je me raidissais, sur la défensive, prêt à mordre si elle s'était avisée de me plaindre. Mais elle avait eu un geste de fatigue pour s'asseoir auprès de moi, elle avait mordu dans son sandwich avec un air d'accablement, elle m'avait adressé un sourire fané en me disant :

« Elle ne tardera pas à venir, va. Elle aura été retenue. J'avais pensé que tu aurais peut-être faim. Moi, j'ai toujours faim à cette heure-ci. »

Fut-ce le son las de sa voix ? ce regard de mélancolie qu'elle posait sur moi, comme si elle avait su ce que j'éprouvais ? son sourire de connivence et d'acceptation ? — je m'effondrai soudain dans ses bras, hoquetant, suffoquant. Un instant surprise et comme décontenancée, elle m'avait caressé avec une affection machinale et comme distraite.

« Pleure, mon bonhomme, pleure. Ça fait du bien. Mais ne t'inquiète pas, surtout : elle sera bientôt de retour. Ce n'est pas de sa faute, vois-tu. C'est cette guerre, tout ce qui se passe autour de nous. »

A ce moment, j'aperçus, derrière l'écran de mes larmes, dont j'eus aussitôt honte, la silhouette de Dina dans sa veste de renard argenté. Bondissant, je courus vers elle, me pressant contre son ventre.

« Sandro, mon chéri, qu'y a-t-il ? Mais que se passe-t-il ? Tu as eu peur que je ne vienne pas, c'est bien ça ? Dina reviendra toujours, mon petit amour. »

Elle remerciait l'ouvreuse, insistait pour lui faire accepter un billet, lui expliquait qu'elle avait été retenue au consulat du Mexique. J'écoutais, extasié, la musique de cette voix, je refermais mes bras avec violence autour de la taille, si mince, de Dina, je respirais son parfum.

Nous marchions enlacés sur la Canebière, silencieux et comme défaits. Un crachin de gel mouillait d'une rosée huileuse la chaussée où les lumières se reflétaient, vacillantes. Dina écartait le pan de sa fourrure, me pressait contre son corps. Elle se taisait, effrayée par la violence de mon désespoir. Je la devinais hésitante, lestée d'un poids qui ralentissait son allure. Quelque chose dans ma réaction la désarmait, la faisait chanceler. Nous entrâmes dans une brasserie pour souper. Les grandes glaces, au-dessus des banquettes, me renvoyaient son image que je m'étonnais de découvrir pâle et amaigrie. Je ne regardais guère Dina, la voyant dans mon songe d'amour. Je prenais soudain conscience du changement qui s'était opéré en elle. Les démarches incessantes, les attentes, les vexations, le sentiment de l'humiliation, cette défaite qui froissait et jaunissait ses toilettes, la fatigue des courses, les alternances d'espoir insensé et de désespoir frénétique, les privations aussi — ce lent glissement dans la médiocrité avait altéré ses traits, les figeant, les creusant. Pour économiser l'argent, nous ne déjeunions pas, avalant un sandwich dans la chambre où, sans même nous avertir, la direction de l'hôtel nous avait relégués, au dernier étage, sous les combles. Exiguë, tendue d'un papier qui s'arrachait par endroits, découvrant un enduit verdâtre, presque entièrement remplie par un grand lit de cuivre, en son centre, elle ouvrait, cette pièce sordide, sur une courette étroite et profonde comme un puits, remplie de relents de cuisine et où résonnaient des bruits de vaisselle. Point de baignoire dans le cabinet de toilette aux faïences blanches ébréchées, mais une douche dont le bac se vidait mal, se remplissant d'une eau croupissante et moussue.

Ce que je discernais pourtant à cette minute dans le visage creusé de Dina, c'était autre chose que la tristesse de cette défaite. J'y lisais une sorte d'hébétude causée par la révélation de mon adoration et de ma dépendance. Non, certes, qu'elle découvrît mes sentiments ; mais elle n'en avait peut-être soupçonné ni l'intensité ni la violence. Elle, pour qui tout sentiment tendait à se confondre avec les mots pour l'exprimer, n'avait sans doute pas imaginé que l'amour pût être cette oblation silencieuse, cette déperdition de soi-même, et elle semblait reculer devant la manifestation d'une dépendance si essentielle, qui la rendait responsable de mon sort, remettait ma vie entre ses mains. Comme ces personnes qui achètent un chiot pour distraire et amuser les enfants, qui s'aperçoivent qu'ils ne supportent pas les contraintes imposées par la possession d'un animal, qui envisagent de s'en séparer et découvrent, dans le regard de la bête, l'imploration muette, l'humble prière de l'instinct, Dina prenait peur devant l'obstination sauvage de mon attachement. Elle essayait de me sourire et ne réussissait qu'une misérable grimace ; elle me parlait et sa voix rendait un son étouffé, comme accablé.

Si elle me déposait dans des salles de cinéma où elle me faisait attendre des heures, n'était-ce pas pour, petit à petit, me reléguer dans la pénombre de l'oubli ? N'était-ce pas pour, insensiblement, s'habituer à mon évanouissement ? Non qu'elle voulût se séparer de moi, ni, comme ces maîtres qui abandonnent leur chien dans les bois, prenant honteusement la fuite, m'oublier en un endroit écarté. Simplement, elle ne se sentait plus la force de me porter. J'avais beau me faire le plus invisible possible, me fondre dans l'ombre, m'enfoncer dans le silence de mes rêves : j'étais toujours là, entravant ses mouvements, retardant sa course, empêchant sa fuite. Elle eût voulu, je le

197

sentais, chacun de mes nerfs l'éprouvait, trouver motif à me haïr pour se sentir délivrée de cet amour qui la ligotait. Des gestes d'impatience, des paroles d'agacement lui échappaient. Il n'était pas bon, m'assurait-elle, que je mène cette existence oisive, de chambre d'hôtel en cinéma ; je devrais fréquenter l'école, me mêler à d'autres enfants de mon âge. Je risquais en outre de précipiter sa perte, une femme avec un enfant ne pouvant espérer passer inaperçue ; je serais sans doute mieux et plus heureux auprès d'Assou et de Fortunata, à Palerme, où elle viendrait nous rejoindre dès que la guerre s'achèverait. Elle me raisonnait, tâchant de me persuader de consentir à ma mort ; elle suppliait et se lamentait, m'exposant tous les arguments qui plaidaient en faveur d'une séparation momentanée et, sans nul doute, de courte durée. Devant mon regard, elle reculait, pleurant, me serrant convulsivement dans ses bras, me jurant qu'elle mourrait plutôt que de se résoudre à vivre séparée de moi. Mais ce projet obscur et honteux n'en poursuivait pas moins son chemin au-dedans d'elle-même et, si elle n'osait ni se l'avouer clairement ni le regarder en face, il n'en jetait pas moins sur ses yeux, autour des lèvres, cette ombre froide que je discernais avec un sentiment d'horreur.

Dans le domaine de la raison, Dina n'avait certes pas tort, et elle pouvait aisément se persuader qu'elle agissait ainsi pour mon bien. Ne valait-il pas mieux en effet me renvoyer à Palerme en attendant que la tourmente s'apaise ? n'était-il pas absurde et, même, cruel de m'exposer à tous les dangers d'une guerre qui s'annonçait plus longue et plus terrible que Dina ni Assou ne l'avaient d'abord imaginé ? le juste souci de mon avenir ne lui dictait-il pas de m'assurer, au lieu de l'existence errante et menacée que nous menions, une vie paisible dans une maison robuste ? Mais parce que notre histoire, depuis le commencement, depuis bien avant même, n'obéissait en rien aux déductions d'une sage raison, Dina n'en éprouvait pas moins la fallacité des arguments qu'elle me servait d'ailleurs sans conviction profonde, plus pour se rassurer que pour entraîner mon adhésion. Elle savait trop bien, Antoine, qu'elle obéissait, dans toute sa conduite, à une pulsion plus primitive, dont elle avait honte et qu'elle tentait de travestir en altruisme. D'où ce regard de terreur et de détestation que je voyais dans la glace et où se lisait son impuissance à m'arracher le consentement qui, seul, l'eût préservée de sa gêne. Si elle avait pu exprimer ce qu'elle ressentait, elle m'eût demandé de lui accorder mon admiration pour l'acte héroïque auquel elle allait devoir se résoudre. Mais, parce que je refusais de l'absoudre, m'accrochant à ses basques avec toute l'énergie de mon désespoir, je la forçais à se découvrir. La pensée d'apparaître indigne à ses propres yeux, cette seule pensée l'enrageait. Elle vivait, depuis l'enfance, juchée sur un autel, en prières devant son image ; elle s'aimait et s'admirait avec une candeur touchante ; elle ne pouvait se résigner à déchoir.

Le plus étrange ne me paraît pas tant qu'elle sût ce qui, dans les profondeurs de son caractère, se préparait ; le plus étrange, Antoine, est que *moi* je l'aic su, avec toute la force épouvantée de l'évidence.

L'un des films que je vis à cette époque, plusieurs fois probablement, ne me causa un choc si violent que parce qu'il montrait la terreur dont j'étais hanté. L'histoire, peut-être larmoyante, de ces deux orphelins dont l'un, enlevé par des gitans, revient, des années plus tard, dans la maison où il est né et où sa mère, crois-je me rappeler, le reconnaît à je ne saurais plus dire quel signe, cette histoire faite pour mouiller les mouchoirs et broyer les cœurs sensibles me marqua, moi, au fer rouge, hantant mes nuits, peuplant mes rêves de cauchemars hallucinés. Comme si, dans cette salle obscure, tout au bout de la Canebière, à deux pas de l'église des Réformés, j'avais assisté à la représentation de mon proche avenir, vivant d'avance, tassé dans mon fauteuil, toutes les terreurs de mon agonie. Or, l'image qui me poursuivait, m'ôtant le sommeil, n'était point celle d'*un* enfant arraché à ses parents mais celle, combien plus énigmatique, de deux frères jouant ensemble dans un vaste salon, ignorant tout des liens qui les unissent, comme si, tout au fond de moi, à une époque où je croyais ignorer jusqu'à son existence, le spectre d'Aldo avait hanté ma mémoire enténébrée. Je me pose la question, Antoine : n'aurais-je point, à Palerme, surpris une allusion à ces deux enfants ? assis sous le piano et feignant d'être absorbé dans mes livres ou mes jeux,

199

n'aurais-je point entendu le nom d'Aldo, murmuré peut-être par Assou ? à moins que Fortunata ne l'eût un jour mentionné devant moi ? Une chose est sûre : mon propre abandon s'associait dans mon esprit à un autre abandon ; ma peur, cette terreur viscérale qui, depuis notre départ de Palerme, n'avait cessé de grossir, obscurcissant l'horizon — cette panique se reconnaissait dans un autre visage d'enfant, différent de moi et cependant identique.

Vous connaissez sans doute Madrid, Antoine, et vous n'aurez pas manqué de visiter le Prado où, dans une salle ni trop grande ni trop petite, éclairée par deux fenêtres, se trouve exposé, seul, le tableau de Velasquez qu'on appelle *les Ménines,* à cause, vous n'en ignorez rien, de ce nom d'origine portugaise, *menino,* qu'on donnait, à la Cour d'Espagne, aux jeunes pages des deux sexes attachés aux personnes des princes et des princesses.

Si j'ai passé tant d'heures devant cette peinture, rusant pour pouvoir me trouver seul devant elle, chaque fois plongé dans un silence recueilli où l'admiration se teintait d'une crainte révérencieuse, comme si j'avais prié devant une icône miraculeuse — ce n'est certes pas par une inexplicable fascination pour le sujet traité, ni même par l'éblouissement que me causait le raffinement extrême de la facture — ces teintes sourdes, comme estompées, qu'une arabesque de touches rouges rehausse ; pas même à cause du sentiment d'étrangeté où me jetait l'atmosphère onirique, comme féerique, de la scène représentée. Scène du reste fort banale, familiale presque : l'artiste lui-même, debout derrière la grande toile à laquelle il travaille et dont on voit le châssis, qui remplit presque tout le coin droit de la composition, Velasquez donc, sa palette dans une main, son pinceau dans l'autre, interrompu dans son travail et regardant, avec ce sérieux honnête et triste qui le caractérise, ses modèles, le roi et la reine d'Espagne ; l'infante Margarita, au centre, avec ses cheveux pâles, sa figure enfantine, ses yeux ronds et mélancoliques, magnifiée par sa robe à paniers d'un gris ivoirin, entourée de ses deux ménines dont l'une, à genoux, lui présente une cruche d'eau cependant que l'autre achève une révérence protocolaire ; à l'autre angle, l'une des naines de la Cour, au mufle rébarbatif, et un jeune garçon, Nicolasito, qui, peut-être pour se donner de l'exercice, peut-être pour secouer son ennui, assène un coup de pied au gros chien couché au premier plan, le museau tout renfrogné de sommeil ; légèrement en arrière, une duègne cause avec un fonctionnaire de la Cour, tandis que, tout au fond, derrière une porte ouverte, l'*aposentador*, un pied sur la première marche d'un escalier, un autre sur la troisième, écarte un rideau, faisant couler dans cette pièce vaste et haute de plafond, aux murs couverts de tableaux, une lumière éblouissante. Dans un miroir placé au milieu du mur du fond enfin, deux visages se reflètent, ceux du roi et de la reine, les parents, les modèles de l'artiste. Vers eux convergent les regards de quatre au moins des personnages, notamment celui du peintre et de l'infante.

Ce n'est, Antoine, ni ce thème — un peintre surpris et arrêté dans son travail — ni cette atmosphère entre rêve et réalité où paraît baigner le tableau qui m'ont, si souvent, conduit dans cette salle, mais, plutôt, le pressentiment d'un mystère, celui de l'espace et du temps où nos vies se révèlent. Car cette peinture singulière où l'émotion s'allie à la réflexion creuse une double profondeur : celle d'abord de la toile, jusqu'à cette porte ouverte, dans le fond, cet escalier où se tient l'*aposentador*, ce rideau écarté qui suggère, par l'écoulement d'une lumière dure et violente, l'existence d'un univers situé au-delà du tableau ; celle ensuite, combien plus troublante, de l'avant, indiquée par les deux figures reflétées dans le miroir. Velasquez n'a certes pas été le premier à interroger ce mystère de l'illusion qui, à partir d'une surface plate, donne à voir et à sentir, à palper presque, la vertigineuse profondeur où les sens du spectateur s'enfoncent, fascinés et vaguement apeurés. Sans doute a-t-il creusé jusqu'à l'hallucination cet espace imaginaire, faisant sentir et respirer l'atmosphère crépusculaire de cette salle et, même, de ce palais endeuillé, retranché du monde ; il a, par la palpitation de la lumière, le mouvement des ombres, achevé cette exploration entreprise par les Italiens de la Renaissance, enrichissant l'idée de la perspective du sentiment qui accompagne cette fuite du regard vers le lointain, en une quête illusoire. Mais il aura en revanche été le premier, le seul peut-être, à vouloir capter, sur la plate surface de la toile, tout l'espace situé devant elle, ajoutant au vertige de la fuite en avant l'hallucination d'un recul, ce qu'il a réussi par le truchement de ce miroir, de ces deux figures, comme deux spectres, reflétées dans le fond du tableau.

Mais comme l'espace ne peut se séparer du temps, qui constitue sa respiration, Velasquez, en capturant l'avant de la toile, prenait également possession du futur, abolissant la durée, la figeant comme il a arrêté ses personnages, et d'abord lui-même, tous tournés vers l'intrus, vers le spectateur à venir, qui se sent insidieusement envahi d'un indéfinissable malaise devant ces gens qui le fixent d'un regard interrogateur, comme s'ils attendaient qu'il explique la raison de son intrusion inopinée. Il perçoit, en une sorte d'hallucination, le silence que son apparition a suscité et où s'entend le frémissement de l'air ; il constate, avec une stupeur incrédule, que tous les mouvements sont arrêtés et tous les yeux tournés vers lui, en une attente sévère et presque réprobatrice ; et que ces gens qu'il a le sentiment d'avoir dérangés dans leur intimité soient tous morts, disparus depuis plusieurs siècles, ajoute à sa confusion une inexprimable terreur, une haute mélancolie. Ce monde où il a pénétré sans y être invité, que sa présence perturbe, ce monde d'un tableau en train de se faire est, dans la réalité, un monde fantomatique, peuplé d'ombres. Le spectateur se trouve de la sorte, à cause d'un miroir qui le force à se retourner pour vérifier que les deux personnages s'y réfléchissant (qui constituent le sujet de cette peinture-piège) ne se tiennent pas derrière lui, ce spectateur se trouve pris dans la magie de la peinture, acteur du regard qu'elle pose sur elle-même. Arraché à la durée, il se voit précipité dans le temps de l'art où passé et futur se confondent, où la vie et la mort se rejoignent et s'étreignent, où l'illusion devient le réel et la réalité illusoire.

Le roman d'Aldo, que je ne lirais que trente ans plus tard, m'avait, comme la peinture de Velasquez, pris au piège du miroir. L'abandon par Dina de ces deux enfants avait ravivé la mémoire de mon propre abandon, me contraignant à m'enfoncer dans le passé, jusqu'à cette porte ouverte, cette lumière aveuglante ; mais, prenant alors conscience que tout était déjà accompli, enseveli dans le passé, je me retournais, saisi de vertige, pour découvrir l'ombre d'un enfant, qui m'avait précédé dans cette chute et qui, maintenant, se tenait dans mon dos, un masque d'adulte posé sur ses traits. Pour ajouter à cette impression d'hallucination, il se tenait courbé au-dessus d'un cahier d'écolier dont il remplissait les pages de son écriture serrée, dans la position exacte où je suis en cet instant, où j'ai été durant des semaines, des années, scrutant le mystère des phrases, interrogeant leur musique. Avec huit ou neuf ans d'avance, Aldo avait vécu mes terreurs, il me suivait maintenant, collé à mes pas, mimant mes gestes, parlant par ma bouche. Je le retrouve enfoncé dans le cœur du récit que j'ai entrepris de vous faire, Antoine, incrustré dans ma mémoire.

Cette peur viscérale qui ne cessait de grossir en moi, Aldo l'aura sans doute ressentie chaque fois que Dina, après un séjour à Anglet, se préparait à repartir. Il aura éprouvé ces spasmes dans l'abdomen, cette difficulté à respirer et à déglutir, ces bourdonnements d'oreilles. Il aura, de pièce en pièce, suivi Dina, s'efforçant de comprendre ses propos, s'accrochant à sa jupe, la buvant d'un regard incrédule. Il se sera sans doute effondré dans les bras de l'une de ses mères adoptives, hoquetant, suffoquant, comme je me suis effondré dans les bras d'une ouvreuse de cinéma. Contre l'évidence, il aura espéré, surveillant les bagages au-dessus de l'armoire. Il se sera maintes fois réveillé en sueur, hurlant : « Maman, Maman ! » pour ne se rendormir que quand Dina, accourue, l'aurait pris dans ses bras, le berçant et le couvrant de baisers. Il se sera probablement raidi comme je me raidissais moi-même, dissimulant sa débâcle et sa haine derrière un masque d'impassibilité. Il aura, traversant le miroir, marché jusqu'à la porte ouverte, cherchant la lumière d'un monde inconnu. Pour échapper à son angoisse, il aura, dans les livres, dans la musique, retrouvé un univers harmonieux où Dina lui serait à jamais rendue.

Il faut croire, Antoine, qu'un enfant est chose bien encombrante, qu'il soit si difficile de s'en défaire.

Acculée, harcelée, Dina me confia d'abord à une communauté de quakers qui, dans un centre situé dans la périphérie de Marseille, recueillait des orphelins ou des enfants séparés de leurs familles, juifs pour la plupart. Méfiante, Dina m'avait longtemps à l'avance préparé à cette séparation qui serait, m'avait-elle assuré, de courte durée.

La nuit, dans le grand lit de cuivre, Dina, me tenant serré contre elle, m'avait expliqué qu'elle avait perdu tout espoir de pouvoir partir pour l'Angleterre, qu'elle commençait à désespérer également de réussir à obtenir un visa pour l'Amérique, du Nord comme du Sud, qu'elle se trouvait à bout de ressources, menacée à chaque instant d'être arrêtée dans une rafle et livrée aux fascistes, qui la fusilleraient. Elle me suppliait en pleurant de l'entendre et de me montrer raisonnable, si je ne voulais pas causer son malheur. La direction de l'hôtel venait de lui demander de libérer la chambre, il lui fallait trouver un nouveau logement. Elle ne possédait plus d'argent du tout et ne savait pas comment elle réussirait à me nourrir. Je maigrissais à vue d'œil, je tremblais de froid dans mon unique costume, usé jusqu'à la corde, sans même un manteau pour me protéger du vent et de la pluie. Les personnes à qui elle se proposait de me confier me nourriraient, m'habilleraient en attendant qu'elle puisse me reprendre, ce qu'elle ferait le plus vite possible, dans un mois, deux tout au plus.

« Sandro ! Est-ce que tu m'écoutes ? Réponds-moi, mon chéri. Aide-moi, je t'en supplie. Tu n'es plus un enfant, tu peux comprendre la situation où je me trouve. Dis quelque chose à la fin !

— Je ne veux pas.

— Sandro, mon amour, ne sois pas égoïste, pense à Dina, je t'en prie. Voudrais-tu donc que je sois prise par la police et remise aux fascistes, qui me jetteraient dans une prison ou me tueraient. Est-ce cela que tu veux, me perdre pour toujours ?

— Si tu me laisses, je me tue. Je refuserai de manger, je tomberai malade, je m'évaderai.

— Arrête, Sandro ! Nous ne sommes plus à l'opéra. Ne comprends-tu pas dans quelle situation sans issue je me trouve ? Mon petit roi, mon amour, accepte de m'aider. Fais-le pour moi,

Sandro. Jure-moi de te montrer sage, de ne pas me créer d'ennuis. Je reviendrai très vite te chercher et nous ne nous quitterons plus, je t'en donne ma parole. »

L'écoutais-je ? J'entendais certes ses paroles, j'en comprenais le sens, j'admettais même que Dina avait raison dans la plupart des arguments qu'elle plaidait avec une éloquence suspecte. Je ne m'en raidissais pas moins dans un refus obstiné et comme désespéré. Car j'apercevais, derrière les apparences de raison, une réalité terrible contre laquelle je me débattais. Depuis des mois, je voyais approcher cette opacité gelée, qui, déjà, m'enveloppait.

C'est peu dire que j'avais changé, Antoine, depuis ce temps où, assis sous le piano, dans le salon de la maison de Palerme, j'observais Assou et Dina assises face à face dans le bowwindow. L'enfance m'avait abandonné, mes rêves s'étaient durcis, mon regard s'assombrissait et mon sourire se faisait de plus en plus rare, toujours teinté d'une mélancolie résignée. Je pouvais passer des semaines sans desserrer les lèvres, plongé dans je ne saurais vous exprimer quelle vision nocturne, sombre et désespérée. Mon amour même pour Dina se muait en une passion saccageuse, mêlée de haine. Je détestais et suspectais d'ailleurs l'humanité dans son ensemble, comme si elle avait conspiré à ruiner mon bonheur, qui était de vivre auprès de Dina, de toucher sa peau, de respirer son odeur. La politique, la guerre, tous ces désordres et ces tumultes, je n'y voyais qu'un universel complot pour m'enlever à celle que j'aimais. Je ne sentais ni le froid ni la faim, pas même la solitude si, au bout, je devais retrouver Dina. Je recueillais chacun de ses gestes, faisais mon miel de chacune de ses paroles. La pitié qui, depuis que Dina se débattait contre la peur et la pauvreté, se mêlait à mon amour pour elle, cette pitié creusait ma passion en me procurant le sentiment d'une responsabilité nouvelle.

Certains gestes qu'elle avait depuis que, privée de ressources, elle se trouvait hantée par les soucis d'argent, sa façon, par exemple, de vider sur le lit le contenu de son sac, comptant et recomptant son argent, fondant en sanglots quand elle s'apercevait qu'elle avait dépensé davantage qu'elle ne le pensait, le son de sa voix alors pour demander :

« Je n'arrive pas à comprendre où file l'argent. Je fais attention pourtant, Sandro, je te le jure. »

L'étonnement qui se peignait sur son visage mouillé de larmes ; ou encore, talonnée par le soupçon et par la peur d'être volée, sa puérile obsession de trouver une cachette sûre, inviolable, inspectant chaque meuble, chaque lamelle du parquet pour, enfin, glisser la liasse de billets dans une boîte de médicaments, sur sa table de chevet :

« C'est encore l'endroit le plus sûr, tu ne trouves pas, Sandro ? Personne n'aura l'idée d'y regarder. »

Ces gestes si nouveaux où s'annonçait l'apparition d'une nouvelle Dina, dépouillée de ses privilèges, obsédée par l'argent qu'elle n'avait plus, rusant et calculant — ces gestes mettaient dans mon cœur un poids de tendresse apitoyée. Je me contrôlais pour ne pas la prendre dans mes bras, pour ne point laisser échapper le désespoir qui mouillait mes prunelles. Car je savais qu'elle s'efforçait en vain d'apprendre le maniement de l'argent et qu'elle dépenserait en un jour, sur un simple coup de tête, la liasse si savamment cachée ; je savais qu'elle se lamenterait ensuite, incorrigible fillette, pleurant avec une moue d'accablement qui me brûlait la poitrine ; mais je savais aussi qu'elle passerait désormais ses jours à inventer des ruses, à combiner des plans plus absurdes les uns que les autres pour réussir à se procurer ces billets sans lesquels elle se sentait livrée à l'horreur.

Que je n'aie rien vu de ce centre où elle m'avait enfin conduit et dont ma mémoire ne conserve qu'une image floue : celle d'un vaste réfectoire meublé de tables et de bancs, tout plein d'enfants vêtus de blouses bleues — cela ne vous étonnera plus, Antoine. Loin d'elle, en effet, le monde s'abolissait, il se dissipait dans la brume du malheur.

Combien de fois, après chacun des départs de Dina et de Carlino, Aldo aura-t-il connu ce vide, cette stupeur, ce sentiment d'évoluer dans un rêve ? La réalité lui sera alors apparue fallacieuse et mensongère, comme un décor de carton-pâte, et il aura, pour échapper au néant, fui dans le rêve, plus vrai mille fois, puisque le songe lui restituait Dina.

Je me revois marchant sous une pluie glacée, le col de ma veste relevé jusqu'au menton, longeant les rails du tramway dont, tout au long du trajet entre Marseille et ce centre, j'avais, dans le taxi, relevé le parcours, sans que Dina, trop occupée à me consoler et à me persuader de l'attendre sagement, s'en fût aperçue. Cinq, six kilomètres peut-être, que je parcours dans un crépuscule noyé de pluie, me retournant avec méfiance pour m'assurer que je ne suis pas suivi, observant chaque visage, chaque regard. Je me sens, arrivé dans la ville, épuisé, courbaturé, quand le réceptionniste de l'hôtel m'indique d'un ton dédaigneux que Dina habite maintenant un autre hôtel, face à la gare Saint-Charles, où je me rends, toujours à pied, de plus en plus fatigué, luttant pour ravaler mes larmes, frissonnant à cause de la pluie qui semble pénétrer jusqu'à mon squelette. Mais c'est encore une autre adresse, à l'autre bout de la ville, dans le quartier de Castellane, qu'une femme obèse, furieusement peinte, debout derrière le comptoir de ce bouge sordide, m'indique d'un ton ennuyé. J'arriverai, j'irai au bout du monde pour retrouver Dina, je tiendrai coûte que coûte. Je marche dans la nuit, courbé sous la pluie qui me cingle, évitant des silhouettes équivoques qui tournoient autour de moi. Je presse le pas, je m'engouffre dans un vieil immeuble, je grimpe les marches d'un escalier et, après avoir vérifié le nom inscrit sur une plaque de cuivre, j'appuie sur la sonnette, attendant, le cœur battant, la gorge sèche. D'abord désorienté en rencontrant le vide, mon regard distingue, dans la pénombre d'un vestibule, un enfant moins haut que moi, portant sur ses épaules étroites une tête de vieillard dont les yeux, profondément enfoncés sous les lobes saillants d'un front sillonné de rides, m'examinent avec une expression de défiance.

« Qu'est-ce que vous voulez ?

— Je cherche Mme Lavanti, Dina Lavanti.

— Qui êtes-vous ?

— Je suis Alessandro, son fils.

— Dina ! C'est ton fils, Sandro.

— Qui ? »

208

La voici qui approche lentement de la porte d'entrée, vêtue d'une ample robe de chambre rouge décorée de fleurs et de dragons stylisés. Dénoués, ses cheveux retombent sur ses épaules. Dans l'échancrure du kimono, sa poitrine palpite cependant que ses yeux me fixent avec une expression d'incrédulité d'abord, de vague gêne ensuite, de désespoir enfin.

« Sandro ! Sandro ! Dans quel état tu es ! Mais tu as la fièvre ! Tu trembles ! Sandro ! Mon amour ! Qu'as-tu fait ? Qu'as-tu fait, mon chéri ? Viens vite que je te déshabille. Tu vas prendre un bain chaud. Tu es fou, tu es complètement fou, définitivement fou ! »

Je n'ai eu que le temps, traversant le long vestibule en me serrant contre son corps, d'apercevoir, suspendus au plafond, des saucissons, des jambons, stalactites ubuesques qui faisaient de cet appartement tout en couloirs et en portes la plus fantastique des grottes, un Lascaux pour gnomes affamés.

Cependant qu'elle me frictionne, s'arrêtant un instant pour baiser ma peau, je ne quitte pas Dina des yeux.

« Tu aurais pu avoir un accident, la police aurait pu t'arrêter sans que j'en sache rien. Te rends-tu compte, Sandro ?

— Pourquoi est-il plus petit que moi ?

— Oh, Camille ? C'est un nain. Il est adorable. Très, très gentil. Tu as vu tous ces saucissons, ces jambons ? La guerre peut durer dix ans, il ne risque pas de mourir de faim. Tu ne trouves pas ça drôle ? Mon Dieu, tu es tout brûlant. Camille, Camille ! Sandro est malade, très malade ! Viens vite m'aider à le coucher. Mon amour, tu vas vite guérir. Jamais plus nous ne nous séparerons. »

Je me cache tout au fond de ma maladie, je m'évade loin de la réalité, je repose dans un univers de silence et de torpeur où même la voix de Dina m'arrive de très loin, comme un écho assourdi. Contre ma peau brûlante, je sens pourtant la sienne qui se presse.

« Il faut transpirer beaucoup, Sandro. Je t'aiderai, je resterai contre toi, ensevelie sous les couvertures. Il faut que tu guérisses, mon amour. M'entends-tu, Sandro ? Veux-tu que je te raconte une histoire, la plus longue des histoires, une histoire sans fin ?... »

209

Oui, Dina, raconte-moi une histoire sans fin, une histoire qui puisse faire reculer la mort. Je ne veux rien d'autre que ce relâchement pâmé entre tes bras. Je voudrais demeurer ainsi toujours. Ne me lâche plus, ma Dina. Vois ce qui m'arrive dès que tu t'éloignes de moi. Tu sais bien, ma Dina, que je n'y survivrai pas. Peut-être garderai-je l'apparence d'un vivant, peut-être arriverai-je à parler, à sourire, à faire *comme si* — mais la vraie vie m'aura quitté, cette vie que je ne possède que par toi. Si seulement tu pouvais lire au-dedans de moi, Dina, si seulement tu éprouvais ce que j'ai enduré tout ce temps sans toi, là-bas. Peut-être est-ce cela mourir ? Ne plus sentir, ne plus désirer ni vouloir. Un vide si total, si absolu, Dina !

Un vide si froid ! Aime-moi assez pour me maintenir en vie, Dina.

« C'est une pneumonie.

— Mais il va s'en sortir, n'est-ce pas ? Docteur, il guérira, n'est-ce pas ?

— Calmez-vous, madame, je vous en prie. Il a beaucoup de chances de s'en sortir, oui. Nous serons fixés dans trois jours. »

Venant du vestibule, j'entends ses pleurs, ses reniflements. Ses pas s'approchent maintenant du lit. Ses mains glissent derrière ma nuque, la soulèvent, et mon regard, brouillé par la fièvre, rencontre le sien, voilé de larmes. Comme elle a l'air las, épuisé !

« Sandro ! Ecoute-moi, Sandro : tu ne peux pas mourir. Tu dois vivre, m'entends-tu ? Regarde-moi, mon amour, fais-moi un sourire. »

Nous repartons pour cette longue croisière du bonheur, collés l'un à l'autre, mêlant nos sueurs. Il n'y a plus de jour, il n'y a plus de nuit. Une éternité pâmée. Cette chair contre la mienne, cette main sur mon front, cette voix dans le creux de mon oreille, cette bouche sur mon cou : je guérirai, Dina, je revivrai pour toi. Il n'y a plus de guerre, plus de police : nous revenons à Palerme, dans ce lit que je réchauffais pour toi cependant que tu riais dans la salle de bains en me contant tes succès. Comme tu étais jeune alors, ma Dina ! Si jeune et si gaie ! Je te revois devant la glace de l'armoire, dans ta robe du soir noire. Pourquoi sommes-nous partis, Dina ? pourquoi sommes-nous venus dans ce pays que je n'aime pas ? Je puis enfin te l'avouer : j'ai peur de la pluie. Je ne voudrais pas mourir sous la pluie. Fortunata me disait toujours que les morts, dans leurs caveaux, tremblent de froid. La pluie, c'est plus froid que le gel.

Deux ou trois mois plus tard, Dina me laissait une seconde fois pourtant, chez des paysans exploitant une ferme dans l'Allier, près de Chatel-Montagne. L'endroit se trouvait assez isolé pour qu'il me fût impossible de m'en évader pour la rejoindre à Vichy, où elle demeura quelque temps. Et pas davantage que du centre des quakers, je ne conserve de ces lieux des souvenirs clairs, sauf quelques images aussi nettes qu'isolées, sans lien aucun entre elles : un bassin boueux où pataugent des canards, un jars qui me poursuit en sifflant chaque fois que je m'aventure dans la cour, un grenier où, dans des lits de fer alignés d'un côté et de l'autre d'un couloir central, nous sommes une dizaine d'enfants, des réfugiés probablement, à coucher. Il me semble également retrouver, au fond de ma mémoire, le visage dur et cupide d'une femme qui fixe sur moi un regard moqueur et méprisant. Car, s'il m'est impossible d'exprimer mon refus de vivre séparé de Dina en m'échappant, mon corps l'exprime en se couvrant, depuis la tête jusqu'aux pieds, d'un eczéma purulent qui me constitue en une violente protestation. Cette plaie repoussante que je suis devenu, elle montre la plaie qui suinte au-dedans de moi. Elle oblige Dina à venir me reprendre, appelée sans doute par les fermiers, peu désireux de garder un enfant dont l'aspect répugnant pourrait nuire à leur réputation.

Voici une Citroën qui apparaît au bout de l'allée plantée d'ormes, qui tourne autour de la mare aux canards, s'immobilise devant la ferme ; voici Dina, dans sa cape de renard, un large chapeau sur la tête. Un ami l'accompagne, Alfred, nanti d'une moustache à la Charlot, un béret béarnais sur le crâne. Il habite chez sa mère, qui voudra m'enseigner le catéchisme, un apparte-

213

ment sombre, rempli de meubles contorsionnés. Il affectionne la tranquillité, la pêche à la ligne, et il nous conduira, dans la lumière de l'aube, dans des auberges sises au bord d'une rivière ou d'un torrent. Cependant qu'il taquine la truite, je resterai, auprès de Dina, assis devant une cheminée où brûle un feu de bois, un chaton de quelques mois lové sur mes genoux. Je caresserai sa fourrure avec une volupté tremblante, éprouvant, au bout de mes doigts, la prodigieuse douceur de la confiance et de l'abandon. Je caresserai mon enfance évanouie, ma solitude à venir, ma défiance et ma peur. Je lierai avec les chats le pacte des mémoires blessées.

Voici Dina plantée devant moi, me contemplant avec une désolation découragée. Des larmes mouillent ses yeux, elle secoue la tête, elle ose à peine me toucher. Je la sens abattue, lasse. Je ne souffle mot, je ne bouge pas : je me contente de me tenir devant elle, petit Job couvert de pustules et de boutons.

Dans la voiture, Dina n'arrête pas de pleurer. Chaque fois que ses yeux humides se posent sur moi, elle balance sa tête d'un air d'incrédule impuissance. Elle passera des semaines à me soigner, à m'enduire de pommades, à frictionner mes cheveux d'un liquide malodorant. Du reste, elle ne cessera plus de me soigner, car j'ai renoncé à exprimer ce qui m'étouffe, basculant dans la misère du corps. J'irai d'éruption cutanée en grippe, de bronchite en crise de foie, plusieurs fois au bord de la mort, en une agonie aussi pathétique qu'éloquente. Avec toute l'énergie dont elle dispose, Dina se battra. Elle posera des cataplasmes brûlants sur ma poitrine. Avec une pointe de sadisme, elle s'assoira un jour sur moi pour m'empêcher de me débattre et de me défaire du sinapisme. On entendra mes hurlements depuis la rue, un policier montera : Dina s'apercevra alors, non sans confusion, que ma peau est sérieusement brûlée. C'est qu'elle me déteste autant qu'elle m'aime. Elle pressent que je lui fais une guerre sournoise où elle ne peut qu'être vaincue. Comment en effet se battre contre plus faible ? Je n'oppose d'autre résistance que l'insidieuse menace de mon agonie. Je remets ma vie entre ses mains, et Dina serait parfois tentée de l'étouffer, puis, reprise par le remords et la pitié, se couche auprès de moi, colle mon corps contre le sien.

214

Nous sommes alors engagés dans une course frénétique, d'une ville à une autre, d'un hôtel borgne à une pension minable, toujours fuyant, toujours rusant pour survivre. Toute la France du Sud est d'ailleurs remplie de femmes, d'hommes, d'enfants traqués qui courent d'un lieu à un autre, affolés, désemparés. Des trains bondés filent dans les campagnes emportant un gibier qui emploie toutes les ruses pour échapper aux tueurs embusqués ; dans les gares, les contrôles provoquent de soudaines paniques ; dans les wagons surpeuplés, des policiers surgissent brusquement pour vérifier les papiers. A bout de nerfs, certains voyageurs se jettent en pleine course sur le ballast, sans plus craindre de se tuer. Dans tous les regards, on lit la méfiance, le soupçon, la dissimulation. C'est un sauve-qui-peut général.

Dina, qui a réussi à se procurer de faux papiers, ne s'en tient pas moins sur ses gardes, imaginant partout des indicateurs et des mouchards. J'ai dû apprendre par cœur son identité d'emprunt, nom, prénom, date de naissance, profession, qu'elle me fait réciter chaque soir et chaque matin, comme elle me force à répéter mon rôle au cas où des policiers m'interrogeraient. Elle s'appelle Lucienne, elle est née à Nice, mon père a été tué sur le Front en juin 1940. Aux contrôles et aux barrages, nous nous séparons, moi devant, elle derrière, m'observant et s'assurant que je les franchis sans incident. Je suis devenu expert dans l'art de repérer les familles nombreuses, les plus françaises d'aspect, auxquelles je me mêle, prenant langue avec un enfant de mon âge, une fillette de préférence. Si elle se montre loquace, je lui saisis la main, je passe l'obstacle avec elle, sans arrêter de bavarder, l'air le plus dégagé. Parfois des incidents manquent de se produire, si un voyageur, dans le train, me considère avec une expression de défiance.

« Tu es français, toi ?

— Oui, monsieur.

— Tu n'en as pas l'air.

— Je suis de Nice.

— Je vois, oui. Tu es né dans une synagogue sans doute ? Avec ces cheveux, ces yeux. Où donc se trouvent tes parents ?

— Ma mère est dans le wagon suivant.

— Vraiment ? Et pourquoi n'est-elle pas avec toi ? Viens avec moi, tu me la montreras. »

Sa grosse main m'a saisi le poignet, qu'elle broie presque. Il tente de m'entraîner dans le couloir. Soudain, je jette un hurlement strident :

« Maman, Maman ! »

Intrigués, des voyageurs m'interrogent.

« Qu'y a-t-il ? Qu'est-ce qui t'arrive ?

— Le monsieur, il veut m'enlever. Il m'a fait toucher son sexe.

— Salaud ! Vous n'avez pas honte !

— Espèce de dégueulasse !

— Mais il ment ! Vous ne voyez pas que c'est un youpin. »

Je pleure avec une conviction attendrissante ; on m'entoure, on me cajole, on me console, cependant que le patriote, cerné par une foule en colère, bat piteusement en retraite.

Où nous fuyons de la sorte, je l'ignore, et Dina ne le sait probablement pas davantage, qui rêve d'un coin tranquille où nous pourrions nous reposer. Elle s'est accrochée à Alfred, feignant d'adorer la nature et la pêche à la ligne, écoutant sagement les pieux radotages de sa mère, m'accablant de mille recommandations à devoir me montrer poli, parfaitement éduqué. Je suis devenu une image pieuse et je dis « merci » et « s'il vous plaît » cent fois dans la minute. Elle a beau cependant, Dina, se faire une âme de ménagère bucolique, sa forte personnalité la trahit toujours ; elle ne peut se défaire de ses anciennes habitudes de luxe et de gaspillage, qui commencent par inquiéter le prudent Alfred. Un matin, parce que le ciel est au beau fixe, l'air léger ou le soleil tiède, parce qu'elle oublie pour quelques heures sa situation de femme traquée et privée de ressources, Dina dépensera tout son argent en fards ou en parfums, à moins qu'elle ne s'achète une nouvelle robe ou qu'elle ne décide de s'offrir ce qu'elle appelle « une petite fête », c'est-à-dire un repas fin arrosé au champagne, dans le meilleur restaurant de la ville. Dégrisée, revenue à la réalité, elle n'osera pas, le soir, avouer la vérité à Alfred ; elle inventera un conte que même un enfant de six ans ne croirait pas, mentant avec un aplomb d'autant plus acharné qu'elle sentira qu'Alfred n'ajoute pas foi à sa fable rocambolesque. Ne supportant pas d'être découverte, mise à nu, elle le haïra et leurs disputes deviendront de plus en plus fréquentes, de plus en plus violentes. Elle lui reprochera, comme elle le faisait à Julien, d'être un petit-bourgeois pingre et avaricieux, un esprit aussi étroit que borné. Il l'accusera d'être une folle, une fabulatrice.

De cette toile de médiocrité et d'errance, je détacherai cependant, Antoine, quelques images de lumière dorée où la Dina d'avant me sera, en des minutes sereines et comme arrachées au temps, rendue :

C'est à Vichy, le soir, devant le perron du Casino illuminé ; mêlé à une petite foule rassemblée, je contemple Dina, gravissant les marches dans une robe du soir de mousseline blanche, une étole de fourrure sur ses épaules nues. Distinctement, je perçois l'apnée d'admiration, suivie d'un murmure de saisissement, une profonde expiration enfin, comme un soupir de regret devant cette apparition éblouissante. J'emporterai avec moi cet hommage involontaire, je rentrerai à pied à l'hôtel minable où nous logeons, je resterai assis devant la fenêtre, scrutant la nuit, car le propriétaire m'interdit d'allumer l'électricité, prétextant que j'en dépense trop. J'attendrai, comme je l'attends depuis que je respire, le retour de Dina. Blotti dans ses bras, recroquevillé, j'écouterai ses confidences, je lui demanderai de me peindre ce monde de lumières et de lustres, je voudrai savoir combien d'hommes l'ont admirée, courtisée. Suis-je conscient que le son de sa voix ne possède plus la légèreté ni la gaieté d'antan ? qu'il frémit à présent d'une fièvre inquiète et comme hallucinée ? Dina ne cherche plus, dans ses récits, à me distraire ou à m'amuser, mais à dissimuler la réalité derrière l'écran des phrases. Elle tente de se persuader que rien n'a changé, que la longue et joyeuse fête de sa jeunesse se poursuit, qu'elle est désirée et aimée autant qu'elle l'était à Palerme, à Paris. Mais ce n'est point la vérité que je lui demande : je ne désire qu'entendre cette musique si douce, si légère, où je m'abîme. Je lui demande d'être, dans le recueillement de cette chambre froide et misérable, au fond de ce lit brûlant où nous naviguons ensemble depuis si longtemps, la Schéhérazade dont les périodes sinueuses écartent l'ombre de la mort.

Des années plus tard, quand j'apprendrai que ces entrées féeriques dans le Casino éclaboussé de lumières cachaient une réalité aussi médiocre qu'émouvante — un emploi, pour survivre, d'entraîneuse —, loin d'en ressentir une déception, je me sentirai envahi d'un sentiment de tendresse apitoyée.

Une seconde image, tout aussi irréelle : dans l'immense et lugubre palace d'une station thermale où je m'éveille soudain au milieu de la nuit, seul dans une chambre trop vaste, trop haute de plafond. Comme je l'ai si souvent fait à Marseille, à Paris, partout où nous sommes passés, je m'aventure, après m'être habillé, dans les couloirs, examinant les baguettes de cuivre qui maintiennent les tapis rouges, les moulures et les stucs, les plantes vertes, sur chaque palier, dans de larges pots de céramique bleue, les portes des chambres, apercevant ici une cliente tenant un pékinois serré contre son opulente poitrine, ailleurs une femme de chambre qui somnole, effondrée sur une chaise. J'atteins le hall, désert à cette heure, contemplant le comptoir vide, les casiers des clés, la grille de l'ascenseur. Je poursuis vers le bar, tout au fond d'un salon démesuré, rongé d'ombres, où de hautes colonnes se dressent, fantastiques dans ce crépuscule déliquescent. Guidé par le son du piano, je marche jusqu'à la porte du bar, entrouverte, et je contemple Dina, assise devant l'instrument comme je l'ai si souvent vue à Palerme, la tête légèrement courbée, les paupières abaissées, une ombre de sourire autour de ses lèvres, entourée d'un groupe d'hommes qui l'écoutent jouer en la buvant des yeux. Les arpèges de *Grenade* d'Albeniz s'égrènent dans ma mémoire au moment même où j'écris cette phrase, ravivant l'émotion, l'adoration muette, la religieuse adoration. Comment aurais-je soupçonné qu'un autre, dans un décor semblable, se tiendrait pareillement courbé au-dessus de l'instrument, subjuguant un auditoire bouleversé ? comment aurais-je pu pressentir que ma mémoire devrait un jour confondre ces deux images dans une même pitié ?

Pas davantage aurais-je pu deviner qu'il s'agissait, là encore, d'une illusion et que Dina, contre le gîte et le couvert, devait rester plusieurs heures devant cet instrument, distrayant des curistes ennuyés et vieillissants. Mais cette vérité pitoyable, pas plus que la précédente, ne dissipe l'illusion, l'alourdissant seulement d'une douce et ironique compassion. Comme je plains, aujourd'hui que je possède le secret du souvenir, cette femme réduite à défendre sa peau avec les seules armes dont elle disposait ! combien j'admire son acharnement, son furieux entêtement à vivre ! Elle avait tout perdu : la fortune et le prestige, la jeunesse même, et, avec ce qui lui restait — quelques robes, deux ou trois fourrures, une beauté encore imposante bien que menacée, ses talents de pianiste —, elle faisait front, gagnant un jour sur le jour suivant, une semaine sur le futur hypothéqué. Oserais-je, Antoine, lui reprocher de tourner le dos à une réalité dont la médiocrité l'eût, si elle l'avait acceptée, mise à genoux ? Elle voulait s'imaginer que, dans ce palace pour rhumatisants, elle se mettait au piano comme elle s'y asseyait à Bagheria ; que les hommes, serrés autour d'elle, l'admiraient comme ils l'avaient admirée à Cannes ou à Paris.

Ces images d'une gloire fallacieuse, je les conserverais pieusement dans ma mémoire, les embellissant, les ornant, comme les cantatrices, sur la scène de l'opéra de Palerme, tressaient des guirlandes et des volutes sonores autour du thème mélodique, en des variations aussi subtiles qu'innombrables, graduant savamment les passages, accumulant les difficultés, jouant avec leur souffle.

Elles sont, ces images baroques, comme les lambeaux d'un rêve fou qui, vous l'avez deviné, touchait à sa fin. Elles m'aideraient cependant à survivre à l'absence, elles me donneraient la force d'espérer, elles me sauveraient de l'anéantissement.

« Dina, pourquoi ne consentez-vous pas à nous confier Sandro jusqu'à la fin de la guerre ? Nous veillerons sur lui, nous l'aimerons comme s'il était notre fils ?

— Mais, Patricia, je ne saurais vivre sans lui. Il est, pour moi, davantage qu'un fils.

— Est-ce prudent pourtant de le traîner ainsi de ville en ville ? S'il vous arrivait quelque chose ? Si vous étiez prise ?

— Vous avez raison, mille fois, Robert. Mais je ne peux pas

m'en séparer, comprenez-vous ? Nous ne nous sommes jamais quittés un seul instant, depuis qu'il est né. Je vous remercie de tout cœur. C'est impossible. Du reste, il ne le supporterait pas, il s'évaderait, il tomberait malade, il commettrait n'importe quelle folie. A le voir ainsi, vous le croyez sage, réfléchi. Il est néanmoins capable des pires extravagances. Si vous saviez tout ce qu'il m'a fait ! D'ailleurs, posez-lui la question : Sandro, voudrais-tu vivre avec tante Patricia et oncle Robert ?

— Je veux rester avec toi.

— Vous le voyez bien ! Il n'y a rien à faire. Même moi, il refuserait de m'entendre. »

Si grands, d'une parfaite élégance, ils sont arrivés le matin, lui, Robert Delfot, l'aîné de Julien, châtain de cheveux, mat de peau, avec un bon regard de chien de chasse ; elle, Patricia, d'une blondeur évanescente, un nez court et arrondi du bout au milieu d'un visage tendre et paisible où les yeux, d'un bleu de gentiane, se détachent, me fixant avec une expression d'affectueuse tendresse, teintée de mélancolie. Ils m'ont acheté un costume neuf avec des pantalons longs, comme j'en rêvais, des souliers solides, des chemises, un épais manteau, des gants même. Ils nous ont invités dans le meilleur restaurant de la ville où je garde un mutisme boudeur, refusant chaque plat, observant avec défiance ce couple sans enfant qui prétend m'enlever à Dina. Ils repartiront le soir même dans leur belle auto.

Pourquoi Dina, que ma présence encombrait et gênait, a-t-elle refusé cette chance ? Je m'interroge encore, Antoine, sans trouver la réponse. Je vous l'ai dit : elle ne voulait pas se séparer de moi. La proposition de Patricia la mettait probablement dans une position d'aveu qu'elle était incapable de supporter. L'accepter, c'était reconnaître que son salut lui importait davantage que son attachement pour moi ; c'était renoncer à ce rôle de mère exemplaire, dévouée jusqu'à la mort à son fils, où elle se complaisait ; c'était s'incliner devant la réalité. Or elle tenait trop à ses songes où, menacée de perdre la vie, elle se sacrifierait encore pour son enfant « unique ». Elle vivait, depuis peut-être toujours, dans un univers imaginaire auquel elle adhérait pleinement, éprouvant les sentiments les plus nobles et les plus extrêmes. Elle était devenue à ses propres yeux une héroïne sublime et n'eût pu concevoir de descendre sur terre, déposant la couronne qu'elle avait elle-même posée sur sa tête, comme Napoléon à Notre-Dame. Elle ne mentait certes pas : elle désirait sincèrement mon bonheur, si même son désir manquait de consistance. Mais quand, dans sa vie, aurait-elle pu se familiariser avec la solidité des choses ? Elle vivait, depuis sa jeunesse, dans l'illusion, juchée sur une scène de théâtre, costumée en impératrice, évoluant avec grâce devant un décor en carton-pâte, récitant des tirades écrites par d'autres. Quand la réalité l'avait brutalement empoignée, jetée à terre, il était déjà trop tard pour qu'elle pût poser sur sa vie un regard désenchanté. Elle préféra poursuivre son rêve, rusant avec elle-même, s'aveuglant, se persuadant que le monde, et non pas elle, mentait, ensorcelé sans doute par un mauvais génie. Que ces illusionnistes disparussent, ce pitre de Mussolini avec ses harangues à la romaine, ce fou de Hitler, avec ses obsessions de pureté raciale, et la fête aussitôt reprendrait, les violons rejoueraient les tangos qu'elle dansait à Paris, en 1929-1930, l'amour renaîtrait, le cauchemar s'évanouirait comme il était venu, dans l'explosion joyeuse des bouteilles de champagne qu'on débouche, dans les rires et dans les nuits blanches.

Le coup décisif, Dina le reçut peu de temps après la visite de Robert et de Patricia. Arrêtée dans l'hôtel où nous habitions, elle fut, avec moi, internée dans un de ces camps où l'on reléguait alors les apatrides, les étrangers, toutes les espèces de ce gibier traqué, pourchassé : les métèques.

Je ne vous dirai que peu de choses, Antoine, de cette période. Vous connaissez tout ce qu'un honnête homme peut savoir de cette invention de notre siècle : un terrain vague dans une région de préférence isolée et peu accessible, du fil de fer barbelé autour, des baraquements de bois, une armée de gardiens, et le tour est joué. Le voudrais-je que je ne pourrais rien vous apprendre : ma mémoire a égaré ces souvenirs, le corps oubliant plus vite et mieux que l'esprit. La faim ni le froid, la peur ni l'ennui ne laissent des traces durables chez un enfant. Tout juste conserve-t-il des attitudes : une inguérissable inquiétude, la vague angoisse de manquer, une crainte obscure de la neige, cette complice de l'exil. Rien, en somme, qui vaille d'être relevé. D'autant moins que ces camps, pour cruels qu'ils fussent, n'étaient point dédiés à la mort mais à l'oubli.

Pour Dina cependant, j'imagine ce que dut être cette chute dans la nuit. Je puis sans peine me figurer son horreur, son dégoût de se retrouver condamnée à une promiscuité odieuse et triviale. Pensez donc, Antoine ! une femme du monde, dans ses atours de haute couture, ses fourrures et ses chapeaux, précipitée brusquement au milieu d'un misérable troupeau de femmes blessées par la pauvreté. Quelle aubaine pour elles ! quelle occasion inespérée d'assouvir des rancunes longuement ressassées ! Ces femmes auront servi des bourgeoises acariâtres et cupides, lavé et raccommdé leur linge, brossé leurs cheveux. Elles trouvent devant elles une de ces créatures abhorrées, tout inondée encore de parfum, ses mains trop blanches enfouies dans un manchon de vison : elles ne l'auront pas ratée.

Je possède de Dina une photo prise à cette époque. Elle se tient debout, à l'arrière d'un groupe de viragos dont une arbore crânement un chapeau d'homme, posé de côté sur ses cheveux ; toutes se tiennent enlacées, qui par la taille, qui par les épaules. On dirait une bande de troufions éméchés et l'on croirait entendre leurs plaisanteries lourdes, saluées de salves de rires gras. D'une maigreur inquiétante, les joues creuses, les narines pincées, Dina se tient frileusement recroquevillée dans sa cape de renard argenté, comme isolée du groupe. Ses yeux agrandis par la faim fixent l'objectif avec une expression de défi, comme si elle refusait d'avouer sa défaite. Agenouillé au premier plan, entouré de femmes dont l'une tient sa main posée sur mon épaule, je me reconnais, les cheveux très noirs et ondulés, un sourire — oui ! — un large sourire à la bouche. Peut-être étais-je content ce jour-là de poser ? Peut-être étais-je heureux d'être choyé, dorloté par des centaines de femmes ? Sur ce cliché, nous sommes déjà, Dina et moi, séparés par toute l'épaisseur d'une guerre : elle, tout à fait résolue, maintenant, à sauver sa peau ; moi, à cheval entre l'enfance et l'adolescence, souriant de posséder une Dina qui ne pouvait plus, devais-je croire, m'échapper.

La nuit, couché auprès d'elle sur le bat-flanc, enseveli sous la couverture brune de l'administration pénitentiaire, ma main sur son ventre, j'entends, dans mon sommeil, le grincement fiévreux de la plume courant sur le papier, les quintes de toux sèche quand elle se relit, le battement des mains pour éloigner la fumée des cigarettes qu'elle allume l'une à l'autre, nerveusement. J'entends, plus éloigné, par-delà les murmures, les toux, les jurons, le glissement de la neige sur les forêts de mélèzes. Rien n'a changé pour moi, puisque je possède Dina et que sa musique familière berce mon sommeil. Le camp prolonge le même rêve extasié, celui que je fais depuis Palerme : un doux rêve de possession et d'étreinte.

Non que j'ignore que Dina se débat, écrivant d'interminables lettres aux uns et aux autres, à Assou, à Julien, à Robert, à Alfred. Je ne songe plus à m'inquiéter cependant : cela fait trop longtemps qu'elle s'agite ainsi. Je cacherai demain ses lettres contre ma peau quand je sortirai du camp pour me rendre à l'école communale, je les glisserai dans la boîte, je reviendrai heureux au camp, traversant les bois, écoutant le crissement de la neige sous mes pas. Dina m'attend, je le sais. Je bénirais presque ces enceintes de barbelés qui la maintiennent prisonnière de mon amour.

Elle parviendra à s'évader, jouant d'une maladie à la fois vraie et imaginaire. Elle restera deux ou trois mois dans un hôpital où, chaque nuit, m'évadant du collège où je suis pensionnaire, je la rejoindrai, caché sous le lit de la chambre qu'elle occupe seule, me glissant enfin dans les draps, dès que nous n'aurons plus à craindre aucune visite importune. Je m'enfouirai dans sa poitrine pour écouter la radio dont la lumière glauque éclaire seule la pièce, d'une blancheur hostile. Nous naviguerons encore un temps, couchés dans la barque du songe, bercés par le duo final d'Aïda et de Radamès, expirant ensemble en une suprême extase d'horreur et de volupté.

Elle se cachera encore quelque temps dans une banlieue

223

éloignée de Montpellier où elle verra d'autres Italiens que ceux qu'elle rencontrait à Paris et à Marseille, mieux habillés, plus sûrs d'eux, avec qui elle aura d'interminables conciliabules. Tout sera alors joué. Je m'éveillerai brutalement d'un long, d'un merveilleux rêve.

Il aura, le petit Aldo, vécu cette heure de stupeur. Tout se sera sans doute déroulé dans un autre décor, plus intime, moins impersonnel que celui de cette chambre d'hôtel où je regardais Dina entasser ses affaires dans les valises béantes, posées sur le lit de fer. Il l'aura sans doute suivie comme je l'ai suivie, observant chaque geste. Il aura écouté ses explications embarrassées. Peut-être aura-t-il, comme moi, gardé le silence, incapable de prononcer une parole ni de proférer un son, se contentant de regarder Dina comme je l'ai regardée ce jour-là.

« Sandro, mon amour, cesse de me fixer ainsi, je t'en prie ! Dis quelque chose ! Je t'ai expliqué, n'est-ce pas, que je ne pouvais pas faire autrement et que nous nous retrouverons bientôt, dès que la guerre sera finie. M'entends-tu, Sandro ? Je te le demande : ne rends pas les choses plus difficiles encore. Crois-tu que je ne souffre pas de devoir te laisser ainsi ? Tu seras entre de bonnes mains, on prendra soin de toi. Sandro ! Qu'as-tu donc ? Tu as l'air d'un fou. »

Il aura remarqué la hâte suspecte, cette impatience fébrile pour se dégager d'un regard qui la brûlait. Il aura entendu le bruit des valises qui se referment. Il se sera laissé embrasser sans réagir, comme tétanisé. Il aura regardé la porte, ce dos courbé, comme honteux. Et il aura soudain mesuré le silence, vertigineux.

Tout au fond du passé, Aldo, devant la porte ouverte sur l'escalier, je t'ai rejoint. Je sais ce que tu as éprouvé, si même tu n'as pas tout de suite compris ce qui t'arrivait. Par-delà les années, je prends ta main. Nous voici seuls désormais, lâchés dans l'obscurité. Pour tromper la peur, nous devrons nous inventer des fables, nous fabriquer, avec des mots, une réalité chatoyante, irisée de couleurs éclatantes. L'absence, Aldo, qu'en savent donc tant de ceux qui en parlent ? L'absence, c'est ce froid, cette pluie incessante, et le front brûlant contre la vitre, pour contempler une rue vide...

IV

Il n'y a pas de commencement.

Debout sur le pont avant du bateau, je regardais, dans la lumière nacrée de l'aube, approcher les côtes de la Sicile, qui prenaient l'aspect imposant de la falaise rocheuse du mont Pellegrino, se jetant à pic dans une mer immobile et pesante. Avec une distraite mélancolie, je considérais cette masse grise nichée au fond de l'anse, Palerme, que j'avais vue s'éloigner avec angoisse huit ans auparavant.

La guerre avait passé comme un mauvais rêve. Je l'avais subie sans la comprendre, absent à moi-même, enfoncé dans mes songes. Non pas, Antoine, que je n'eusse point ressenti les malheurs collectifs de ces temps de démence. Ballotté d'un endroit à un autre, d'un pays à un autre, souffrant de la faim, du froid surtout, terrorisé par les bombardements, j'avais été emporté dans le courant de ce fleuve aux bras multiples qui avait saccagé l'Europe, mêlant les populations, les brassant, les rejetant sur des rives désolées. Ces personnes qu'on disait pudiquement « déplacées », j'avais partagé leur sort, m'abandonnant à la violence irrésistible des éléments déchaînés. Mon esprit cependant n'avait pris qu'une part réduite à ce cataclysme, figé qu'il était dans cette chambre d'hôtel où Dina m'avait quitté précipitamment, honteusement presque. C'est peu dire que je ne comprenais pas : je demeurais comme hébété, revivant chacune de ces minutes à la fois si courtes et interminables, puisqu'elles n'arrêtaient pas de s'écouler dans ma mémoire. Il m'arrive même de me dire, sans intention d'ironie, que si j'avais réussi à traverser sain et sauf les épreuves de la guerre, c'est que j'étais déjà mort, couché dans une tombe glacée, suintante d'humidité.

Au fond de ce caveau, comme les momies enfouies dans la crypte des capucins, à Palerme, j'attendais la Résurrection, c'est-à-dire le retour de Dina. Car je ne doutais pas qu'elle me reviendrait un jour, quand la guerre serait enfin achevée. Je me répétais dix fois par jour chacune des paroles qu'elle avait prononcées lors de notre séparation, je pesais et repesais les explications qu'elle m'avait fournies dans un déluge de mots. Cette question qu'elle n'avait, ce jour-là, cessé de me poser : « Comprends-tu, Sandro ? », elle exprimait moins en effet un doute que le malaise où la jetait mon mutisme. Car j'avais bien sûr compris ; en un sens, j'avais même accepté.

J'avais compris que Dina n'en pouvait plus de trembler, que sa passion forcenée de vivre la poussait à la fuite, que, pour sauver sa peau, elle s'était résignée au pire. Je ne lui reprochais rien. Peut-on reprocher à quiconque de n'être pas héroïque ? Dina aurait pu, certes, choisir de risquer la mort auprès de moi plutôt que de la sauver en m'abandonnant. La question se posait-elle en ces termes cependant ? Dina n'avait pas choisi de me laisser, elle s'était seulement persuadée qu'elle agissait aussi pour mon bien. Elle possédait cette faculté de toujours se convaincre que cc qui l'arrangeait ou qui coïncidait avec ses désirs était également bon et, même, juste. Dire qu'elle n'avait pas conscience de ses actes, c'est encore peu dire : toute sa conscience se confondait avec ses désirs. Ses larmes, au moment de boucler ses bagages, d'enfiler son manteau, de saisir son sac et ses gants, n'étaient que trop sincères. Elle était partie « déchirée », cachée derrière le personnage d'une mère à qui l'on vient d'arracher son fils « adoré ». Je l'imaginais dans la voiture qui l'emportait, secouée de sanglots, défaite. Elle déversait probablement sur elle-même une pitié attendrie, se considérant comme la victime de la fatalité.

Comme ces acteurs que des producteurs et des metteurs en scène sans imagination finissent par enfermer dans un rôle unique, toujours le même, et qui, dans leur vie, continuent de le jouer jusqu'à en mourir parfois, Dina jouait Dina : une femme en tous points et en chacune de ses conduites admirable, dépourvue de défauts, sublime de dévouement et de générosité. Cette vie mise au superlatif absolu : quelle faille secrète tentaitelle de cacher ? Quelle blessure intime cherchait-elle à dissimuler ?

Je me rappelais le salon de Palerme, les violentes disputes avec Assou, les allusions à cette « honte » qui faisait de nous des êtres marqués d'un signe maudit. Je me demandais si cette tare mystérieuse ne renfermerait pas le secret de Dina, si elle ne contiendrait pas ce vertige des grandeurs qui la rendait incapable, sauf peut-être à s'effondrer, de faire un retour sur elle-même et de contempler son image, débarbouillée de tous les fards qui la masquaient. Car je l'avais maintes fois constaté, ce n'est pas son visage que Dina admirait dans les miroirs, mais le reflet de sa gloire rêvée.

Dans cette gloire hallucinée, je m'étais abîmé pour échapper à l'anéantissement ; j'avais renoncé à vivre ma vie pour me fondre dans la sienne, pensant ses pensées, éprouvant ses sentiments, rêvant de ses songes. Le jour où je m'étais retrouvé seul, j'avais, avec terreur, aperçu mon propre vide. Je n'étais rien que le reflet pâli d'un songe évanoui, la trace effacée du souvenir d'une autre, une mémoire amputée d'elle-même. Je devinais que, si je voulais échapper à la folie dont je me sentais menacé, je devrais, lentement et patiemment, rassembler les morceaux épars de ma mémoire ; je devrais faire quelque chose avec ce rien que j'étais ; je devrais rassembler mes traits, éclatés dans le miroir maléfique.

Je puis, à cette heure où je regarde courir vers moi la côte de la Sicile, chaque crevasse, chaque faille de la montagne devenant, dans une splendeur verte et rose, de plus en plus distincte, les barques de pêche retournant vers le port dans un hoquètement de leurs moteurs poussifs, des reflets perlés courant sur la surface de la mer, comme irisée, je puis à cette heure de sérénité déchirante comprendre ce qu'a été la vie d'Aldo, entre six et vingt ans.

Combien de fois, revenant de l'école vers la villa des demoiselles Jeantet, ou, plus tard, dans le train, de Bordeaux à Bayonne, le front contre la vitre, combien de fois aura-t-il éprouvé cette sensation de vertige, cette impression d'apesanteur étrange, ce sentiment d'indifférence résignée ? Il aura eu, comme je l'avais en approchant de Palerme et d'Assou, la gorge sèche, la poitrine comme écrasée sous un poids trop lourd, l'œil sec et mélancolique. Il se sera senti plus inutile encore, plus incertain de lui-même que je ne l'étais. Car sur Aldo, je possédais, moi, une supériorité fantastique, qui peut-être suffit à expliquer la différence de nos destins : je portais en moi les souvenirs d'une passion glorieuse ; toute ma chair était comme imprégnée du parfum d'une passion partagée ; j'avais en moi la certitude d'un passé dont nul, pas même Dina, n'aurait pu me dépouiller. J'étais comme gorgé d'amour, rempli de caresses et de baisers.

Mon vide provenait d'une chute, quand celui d'Aldo était un désert, tapissé seulement de quelques maigres touffes d'herbes : ces rares moments où, entre deux départs, Dina s'était penchée sur lui. Pour résister au vertige, je pouvais, moi, rêver de ma vie ; Aldo, lui, n'aura pu que rêver la sienne, c'est-à-dire se l'inventer. Il était acculé à ce que vous appelez, Antoine, le mensonge, c'est-à-dire l'affabulation. Mais ces fables même, il devait, faute de matériaux, les bâtir avec la poussière du vent. Ce halètement où sa prose, plus tard, s'épuisera, il traduira l'effort pour édifier avec du sable seul, sans chaux ni mortier. Les mots lui résisteront, lui fileront entre les doigts, parce qu'ils manqueront toujours pour lui de consistance, simples bulles emportées par les courants d'air. En vain tentera-t-il, en les multipliant, en les gonflant, de leur conférer l'apparence du réel : surgis d'un désert, ils retourneront se perdre dans les dunes. Le talent, ici, n'y fait rien, car il s'agit d'une béance plus essentielle. J'aurais, moi, à reconstituer mon image morcelée ; cette image avait cependant reçu assez d'amour pour acquérir une consistance, même illusoire. Aldo, si même il l'avait voulu, n'aurait rien pu reconstituer puisque, creusant le sol, ses doigts n'eussent touché que le sable d'une mer depuis des millénaires asséchée. Dans ma mémoire, je rencontrais un Eden de félicité parfaite, dont je pouvais rêver, empruntant ses allées, m'allongeant sous la frondaison des arbres tutélaires. Si j'avais vécu les terreurs d'un déluge, j'avais réussi, à l'abri dans l'arche, couché auprès de Dina, à survivre. Aldo, lui, ne possédait nul paradis où se reposer, nulle arche où se réfugier. Il était condamné à marcher nu sous la pluie, frissonnant, hagard, brûlé de fièvre et ressassant, dans son délire, sa genèse incertaine.

Regardez-moi à cette heure d'aube où je rentre, épuisé, halluciné, en Sicile. Je suis un rescapé du déluge, Antoine, mais qui sait où il s'en retourne, quels visages il va revoir, si même l'unique visage qui lui importe a disparu de sa vie. Aldo ne sera rentré que dans une demeure vide, une salle d'attente confortable. Tâchez d'imaginer ce que cela signifie, Antoine : n'avoir jamais eu un lieu où retourner, un lieu à soi ?

J'espérais retrouver, sur le quai, Fortunata, ce fut un homme court et trapu, une fière moustache sous son nez épaté, qui vint vers moi, prenant ma valise d'une main et me tendant l'autre.

« Vous ne me reconnaissez pas, *signorino* ? Je suis Sisto, le mari de Margutta. »

En un instant, je revis le jardin plongé dans l'obscurité, les caves, les cours secrètes.

« Pardonne-moi, Sisto. Tu as beaucoup changé. Ainsi tu es marié avec Margutta ?

— Depuis six ans, oui. Nous avons même trois enfants, tous des fils, Dieu soit loué. Vous aussi vous avez changé : vous voilà devenu presque un homme. Bien maigre, certes, l'air pas très vaillant, mais vous vous retaperez vite, vous verrez. Ici, les choses ont également bien changé, vous ne tarderez pas à vous en apercevoir. Cette guerre a tout chamboulé. On ne reconnaît seulement plus le bon Dieu de ses saints, tout est sens dessus dessous. Installez-vous, la Rolls ne démarre plus, j'ai loué un taxi.

— Comment se porte Assou ?

— Eh ! Comment voulez-vous qu'elle aille, *signorino* ? Comme une vieille femme qu'elle est. Clouée au lit, toujours malade. Exigeante, remarquez. Elle n'arrête pas de sonner pour un oui ou pour un non. Elle ne veut pas admettre que la situation a changé, elle se croit encore dans l'ancien temps, elle se plaint de ceci, de cela. La vieillesse, quoi ! Margutta fait bien ce qu'elle peut, mais on ne trouve pour ainsi dire rien à manger.

— Et Fortunata ?

— La *signora* l'a renvoyée, vous ne saviez pas ? Elle se sont

233

disputées je ne sais plus à quel propos. " Si c'est comme ça, je m'en vais ", qu'elle lui a lancé, Fortunata. Et elle est partie. Elle est retournée dans son village, je crois. Vous regardez les ruines ?... »

Je les regardais, en effet, avec ahurissement. Je m'étais persuadé que Palerme aurait échappé aux ravages de la guerre, m'imaginant, tout le long du voyage, cette ville telle que je l'avais connue dans mon enfance. Avec stupeur, j'apercevais partout des façades écroulées, des pans de murs noircis et lézardés, des fenêtres béant sur le vide, des entassements de pierres, des palissades et des échafaudages soutenant les antiques palais. Pourquoi ce spectacle de désolation auquel j'étais pourtant habitué me serrait-il le cœur ? était-ce qu'il s'agissait de ma ville ? que ces plaies partout béantes déchiraient ma mémoire qui n'arrivait plus à reconnaître les lieux ? que ces ruines désolées prenaient, sous ce ciel, dans cette lumière éblouissante, un aspect plus tragique encore, comme une dérision grotesque ? Je leur trouvais un air plus effrayant, plus définitif. On sentait, les voyant comme délaissées, qu'elles dureraient toujours ou, à tout le moins, un si long temps qu'on finirait par ne plus les remarquer. Elles exprimaient une sorte de fatalité accablée, à l'image de cette île oubliée. Personne, devinait-on en les contemplant, ne se préoccuperait de rebâtir. Tout resterait en l'état, c'est-à-dire branlant, menaçant d'une ruine définitive, achevant de pourrir sous ce soleil implacable qui me forçait à cligner des yeux.

Cet abandon, cette apathie, je les lisais également dans les regards de la foule, morne, misérable, abattue, différente elle aussi de celle que je côtoyais dans mon enfance. Je ne tarderais pas à comprendre que la Palerme que j'avais quittée huit ans auparavant avait disparu, engloutie dans la guerre. Les antiques familles aristocratiques, l'ancienne bourgeoisie avaient fait place à une nouvelle classe, impitoyable et cupide. Mais le « changement » dont Sisto m'avait parlé sur le quai de la gare maritime se devinait surtout dans la démarche et dans l'allure des plus déshérités. Comme si l'ouragan qui avait dévasté la ville avait vidé les caves de toute une population de rats, je les voyais, ces gosses efflanqués au regard fureteur, ces femmes équivoques et furtives, ces hommes en haillons qui semblaient rechercher la pénombre. L'ordre que Fortunata vénérait, qui maintenait chacun dans son rôle, faisant de Palerme un théâtre provincial où évoluaient des personnages d'un autre siècle, cet ordre avait volé en éclats en même temps que les bombes éventraient les palais, bouleversaient les quartiers.

Le débarquement des Alliés, l'arrivée des Américains, en instituant le marché noir, les trafics louches, les conspirations et les complots, avaient achevé de déchirer le tissu social. Drogue, prostitution, affairisme sans scrupules se mêlaient à la politique et se drapaient dans une rhétorique d'une cynique démagogie. Tous les repères avaient disparu et la foule donnait l'impression de courir et de s'agiter sans but. Tout, depuis les façades délabrées jusqu'aux ordures s'amoncelant sur la chaussée, depuis les regards insolents et désespérés des fillettes jusqu'aux gestes sournois des enfants, tout suggérait une déliquescence générale, un effritement des esprits, une moisissure des cœurs.

Je retrouvais les Atlantes barbus portant sur leurs épaules le balcon au triple renflement, le porche, le jardin, plus délaissé encore qu'il n'était dans mon souvenir, je retrouvais l'escalier monumental dont je gravissais lentement les marches, la porte à double battant, le vestibule avec sa console et sa glace dans laquelle Dina se contemplait. Je pénétrais enfin dans la chambre d'Assou, découvrant, au fond du lit à colonnes torsadées, une petite vieille aux cheveux rares et blanchis, de fines lunettes sur son nez, qui tendait vers moi deux bras décharnés, agités de tremblements.

« Sandro ! Sandro ! »

Mes lèvres touchaient une peau graisseuse, creusée de rides ; une bouche mouillée de larmes courait sur mes joues. Je me raidissais pour résister au vertige, je m'efforçais de sourire, je remuais en vain mes lèvres, sans réussir à proférer un seul mot.

« Sandro ! »

Les mains d'Assou me palpaient avidement, comme pour s'assurer de ma réalité ; sa bouche ne savait, en une plainte accablée, que répéter mon nom, et, dans ce cri, je croyais percevoir l'impossibilité d'exprimer son désespoir, cette hébétude hallucinée où elle était plongée. Je m'assis sur le lit, pris sa main entre les miennes, contemplant sa peau fripée, piquée de tavelures.

« Tu es vivant, Sandro. »

Ces mots, Assou les avait murmurés du ton dont elle aurait dit : « Tout n'est pas perdu. » Je tournai mon visage vers elle, grimaçai un sourire.

« Toi aussi, tu vis, Assou.

— Non, Sandro, non. J'ai tenu à cause de toi, je voulais te revoir. Maintenant, je peux partir. »

Elle s'exprimait sans grandiloquence aucune, de la façon la plus simple et la plus évidente. Elle avait retiré ses lunettes, ses yeux, voilés par la cataracte, se fixaient sur moi, clignant comme ceux d'un hibou. Des médicaments s'entassaient sur la table de chevet, un pékinois dormait au pied du lit, lové. Je posai ma main sur sa fourrure et il leva son museau renfrogné, montrant ses dents.

« C'est Kiki ?

— Non, Kiki est mort. De vieillesse ou de faim, je ne sais trop, les deux probablement. Je n'aurais pas dû en prendre un autre, je sais. Je me sentais trop seule. Tu ne devineras jamais, Sandro, ce que ç'a été...

— Si, Assou. C'était encore pire, là-bas.

— Tu as raison, Sandro. Nous avons tous fait le même cauchemar. Pourquoi m'étais-je imaginé que nous serions épargnés ? Je voyais notre pays comme le bout du monde, je pensais bêtement que la guerre l'oublierait. Quand ils sont venus, j'ai encore voulu croire que c'était une erreur... Comme tu es grand, Sandro ! Ainsi, elle t'a laissé, toi aussi ? »

Cette dernière question, Assou l'avait posée à voix basse, à peine audible, comme si elle se parlait à elle-même.

« Pourquoi dis-tu " aussi " ?

— Pour rien. Je pensais à moi. »

J'éprouvai la certitude qu'elle me mentait. Mais je sus avec la même évidence qu'elle ne me dirait rien de plus.

« Elle ne t'a pas écrit ?

— Pas depuis quatre ans, non. La dernière lettre date de l'hôpital, après qu'elle eut réussi à sortir de ce camp. J'ai tout fait, Sandro : je suis allée à la préfecture, j'ai écrit à Rome. J'espérais du moins qu'elle te renverrait auprès de moi.

— Elle vit, Assou, je le sens. Elle reviendra.

— Elle vit peut-être, oui. Elle est faite pour survivre à tout. »

Je considérai Assou avec une curiosité mêlée d'étonnement. Dans sa voix, je venais de percevoir une intonation de haine, non pas cette haine brutale et aveugle qui, dans le bow-window, la dressait soudain contre Dina, mais une haine paisible, détachée presque. On eût dit qu'elle parlait d'une morte ; on eût pu croire, l'écoutant, qu'il s'agissait, non de sa fille, mais d'une étrangère, disparue depuis des années.

« Elle t'aimait, Assou. Elle me parlait souvent de toi. »

Un étrange rictus déforma sa bouche, elle rit d'un rire rauque et saccadé, s'étouffa, toussa.

« Elle a aimé beaucoup de monde.

— Tu lui en veux, Assou ?

— Lui en vouloir ? Et de quoi donc ? Tu ne peux pas comprendre, Sandro. Tu finiras peut-être par découvrir la vérité par toi-même, et ça vaudra mieux. Il s'agit de ta mère.

— Tu refuses de me parler ?

— Je suis vieille et malade, j'attends de mourir. Je t'ai toujours aimé, Sandro, toi ainsi que Massimo. J'aurais voulu pouvoir vous aider. Maintenant, il est trop tard pour tout.

— Moi aussi, Assou, je t'ai toujours aimée, même quand tu me traitais de " moricaud ". J'aurais peut-être souhaité que tu me protèges.

— Tais-toi, mon grand, tais-toi ! Tu ne sais pas, tu ne sais rien. Tu as vécu dans un rêve. Nous avons tous fait un mauvais rêve. Laisse-moi me reposer à présent. Je me sens épuisée. »

Je baisai son front, me levai.

« Sandro ! »

Je me retournai devant la porte de la chambre.

« Je suis si heureuse que tu sois revenu vivant. Va maintenant, va, sale moricaud ! »

Je me glissai peu à peu dans ma nouvelle vie, une vie aride et vide depuis que Dina ne se trouvait plus là pour l'éclairer. Je marchais, je parlais — peu —, je mangeais, je dormais, j'étudiais, mais je n'étais vraiment présent dans aucune de mes actions ni de mes paroles, comme si un autre, un double inconnu de moi, avait agi à ma place. Je n'étais pas même triste, si la tristesse implique un état de l'esprit ou un mouvement du cœur. Je n'étais qu'absent, comme je l'étais quand, assis sous le piano, j'attendais le retour de Dina, plus absent que je ne l'étais dans ces chambres d'hôtel où, assis dans l'obscurité, je scrutais la rue vide et mouillée de pluie. Alors, il y avait l'espoir que ce crépuscule s'achèverait, que Dina surgirait, écartant les ombres. Je survivais maintenant sans espoir d'aucune sorte, indifférent à moi-même, sans plus la force ni le désir de m'évader dans le rêve pour tromper l'attente. Quelle attente aurais-je pu vouloir abréger, quand je savais qu'il n'y aurait, au bout, que le même vide et le même silence ?

Je prenais mes repas auprès de Margutta et de Sisto, dans la cuisine, me hâtant de manger comme on se débarrasse d'une corvée, ne disant que les mots indispensables, si distrait souvent que Margutta devait répéter ses questions et que je la regardais d'un air égaré, sans tout à fait comprendre. Je doutais même que cette petite femme replète, avec un soupçon de moustache au-dessus de la lèvre supérieure, fût la jeune femme langoureuse que Fortunata taquinait. Sale, négligée, elle ne paraissait préoccupée que d'ingurgiter d'énormes assiettées d'une pâte qu'elle roulait elle-même en exhalant de profonds soupirs. En mangeant, elle faisait avec sa bouche un curieux bruit de succion, tout en jetant autour d'elle des regards méfiants, comme ces chiens affamés qui surveillent qu'aucun congénère n'approche de leur écuelle.

Aux appels d'Assou, elle faisait longtemps la sourde oreille avant de crier d'une voix plus dédaigneuse et plus dolente encore que celle de Fortunata : « J'arrive, j'arrive », en traînant le *i*. D'un ton de hargne, elle murmurait en se levant : « Pour ce qu'elle nous paie ! », et elle me décochait au passage un regard de ruse et de suspicion dont le sens m'échappait. Elle avait paru rassurée en s'apercevant que je ne m'intéresserais pas aux comptes de la maison, ni ne m'aviserais de vérifier le contenu des étagères et des armoires. Je n'avais d'ailleurs pas tardé à découvrir qu'Assou la redoutait, adoptant, pour lui parler, une voix douce, presque suppliante, Margutta lui répondant d'un ton rogue. Je devinais que j'aurais dû intervenir et faire montre d'autorité, je savais comment il eût convenu d'agir, mais une sorte de paralysie de la volonté me retenait de rien tenter, me gardant enfermé dans un mutisme découragé. Chaque jour, je pouvais constater la disparition d'un bibelot, d'une lampe, d'un vase : j'ouvrais la bouche pour faire une remarque et je la refermais sans avoir parlé, épuisé par cet effort. Que m'importait du reste cette pitoyable spoliation qui, petit à petit, vidait la maison ? Je vivais ailleurs, auprès de Dina, à l'ombre de son souvenir.

Je m'étais installé dans sa chambre, j'avais disposé sur les commodes et la table de chevet une dizaine de portraits d'elle que, couché dans son lit, je contemplais avant de m'endormir. Dans mes rêves, je continuais de lui parler et de l'appeler. En m'éveillant, c'est son visage que je découvrais, de profil ici, de trois quarts ailleurs, de face près de l'oreiller.

Au collège, je me montrais un élève appliqué, offert en modèle à mes condisciples. Je n'avais pourtant pas grand mérite à rafler les prix d'excellence : j'apprenais sans effort et comme en me jouant. Si je paraissais si sage, c'était pareillement par distraction : derrière mon visage d'adolescent studieux, mon esprit chevauchait les nuages, courant après l'ombre de Dina.

En rentrant au *palazzo,* je me glissais dans le salon dont personne ne songeait plus ni à ouvrir les volets, ni à écarter les lourds rideaux de velours damassé. Des housses recouvraient les sièges, les tapis, roulés, avaient été poussés contre les murs, le Steinway demeurait fermé. J'allais m'asseoir dans le bow-window, choisissant le fauteuil de Dina, et je contemplais ce décor abandonné, noyé dans la pénombre. Comme ces actrices vieillies qui aiment à retourner dans les théâtres où elles ont joué, qui circulent lentement entre les rangées des fauteuils vides, regardent le rideau rouge cachant la scène, je flânais dans mes souvenirs évanouis.

A cet endroit encore, je peux, Antoine, me glisser dans la peau d'Aldo. Si je ne me précipitais pas en effet vers le piano, c'est que je possédais trop de souvenirs où me reposer. Me parlant, je refaisais le récit de mon passé, l'embellissant, l'ornant de mille détails nouveaux. Les mots m'aidaient à combler l'absence, à remplir le vide. Quelqu'un existait au fond de ces contes, quelqu'un que j'avais été, qui vivait en moi. Que ce personnage eût traversé le passé en somnambule, marchant, les yeux bandés, sur un fil suspendu au-dessus du vide, cela ne le rendait pas irréel pour autant. Je choisissais les mots parce que eux seuls pouvaient me rendre l'illusion du bonheur. Ils ressuscitaient la musique des nuits magiques où la voix tant aimée me berçait, déroulant devant mes regards vacillants les spirales et les volutes des phrases.

Que pouvaient-ils dire, ces mots, à qui, comme Aldo, ne trouvait nulle réalité, fût-elle rêvée, à laquelle les accrocher ? J'espérais, moi, par leur magie, redonner vie au prince que j'avais été. Aldo, au contraire, espérait que les phrases, comme la lampe d'Aladin, feraient surgir devant lui une réalité qu'il n'avait pas même entrevue. Dans les livres, courbé sur ces feuilles de papier que je commençais à remplir de signes, je ne cherchais pas Dina mais, détaché d'elle à jamais, égaré de solitude, à nier son absence. Quelle Dina Aldo aurait-il pu regretter, quand elle n'avait été pour lui qu'un fantôme, une évanescente apparition ? Il ne lui était même pas accordé de s'inventer une mère, puisque la sienne, qu'il n'avait point connue, possédait cependant assez de consistance pour hanter sa mémoire d'interrogations blessées. Si son roman, que je lirais vingt ans plus tard, se présentait comme une enquête, une quête en et au-dedans de soi, c'est qu'Aldo était condamné à tenter de déchiffrer l'énigme, amputé de lui-même. Si j'ignorais, comme chacun, qui j'étais, du moins connaissais-je celui que j'avais été. Aussi loin qu'Aldo remontât dans son passé, il ne rencontrerait, lui, qu'un néant coupé d'illuminations incompréhensibles. Tous les regrets lui étaient interdits, sauf celui d'être né.

La haine de soi le ronge, qui lui fera obscurément désirer sa perte. Il affabule par nécessité et parce que aucun homme ne saurait se résigner à n'être rien. Il sera donc physicien génial, virtuose sans rival, riche à millions, séducteur irrésistible, romancier immense et prolifique. Ne pouvant accepter d'être rien, il sera tout. Il trompera, il grugera, il volera par désespoir, pour se punir d'être né, pour se confirmer dans l'absence d'amour, saisi d'un vertige suicidaire. Il sentira, certes, le mépris qu'il inspire, il en souffrira ; mais chaque goutte de ce poison le confirmera dans le dédain qu'il éprouve pour lui-même. Il en remettrait dans l'abaissement, s'arrangeant presque pour être pris à chacune de ses combines minables. Le sort ne cessera de le tromper comme l'ont trompé ses parents et contre ce destin, aussi injuste qu'inexorable, il ne cessera de protester, clamant son innocence. Or, innocent, il l'est, tout comme il est coupable d'usurper une place indue. Il se sent tout ensemble agneau sacrificiel et bâtard maudit, marqué du signe de Caïn.

A ce point, parvenu jusqu'au fond du tableau, devant l'escalier menant à la lumière, puis, revenu sur mes pas et retournant ma tête pour scruter le futur accompli, je vois Aldo se faire et se défaire. La demeure somptueuse qu'il se bâtit avec le sable du rivage, je la vois emportée par la marée. Je puis embrasser cette vie d'illusion, faite de chimères et de songes creux.

Je saisis également le mouvement qui le jette, adolescent, vers le piano auquel, moi, je ne toucherai pas. Il y cherche Dina, telle qu'il croit l'avoir entrevue, courbée au-dessus de l'instrument, telle aussi que les demoiselles Jeantet là lui ont si souvent peinte. Il aspire désespérément à la rejoindre, à se fondre en elle, à se confondre avec son ombre. Quand je tente, moi, de me reprendre avec les mots, il essaie, lui, de s'évanouir dans la musique. Il n'est rien ? Il ignore d'où il sort et pourquoi il se trouve là ? Il sera Dina, telle qu'il la rêve, maléfique et glorieuse. Il s'enfonce dans le piano, il le possède, il lui arrache des plaintes pâmées. Mais, s'éveillant de son songe, il s'aperçoit qu'il n'est que lui — une ombre. Le découragement l'abat : il ne deviendra pas davantage un virtuose du clavier qu'un romancier accompli. Son destin est d'être inachevé, rongé du dedans par le néant.

Dans cette absence dont je prends, assis dans le bow-window, la mesure, dans cette absence que je trompe avec les mots de l'amour évanoui, je rencontre l'absence d'Aldo. Absence sans recours. J'éprouve son vertige, sa nausée, ses crampes. Je ressens ce besoin de parler et de parler encore, de dévider des mots pour ne point chuter dans le néant. Je me retrouve ensuite, tout comme lui, la tête vide, la gorge sèche, l'estomac au bord des lèvres. Je le vois dans son passé, alors que je n'étais pas encore né, assis dans le jardin de la villa, racontant à Brunetto quel génie il est, comment il deviendra riche, célèbre, et je le vois à l'heure de la mort, décomposé, disloqué, vaincu définitivement. Entre ces deux heures, il y aura eu... rien : des chimères, des fuites, des poursuites d'ombres.

Nous ne saurions être davantage frères que nous ne le sommes, si même nous avions grandi ensemble. Je le comprends : je prends tout de lui en moi, jusqu'à son échec ultime. Je le lis mieux sans doute qu'il ne s'est lu, car j'ai été lui tout en demeurant moi. Je veille au pied de son berceau et au pied de sa tombe. Je suis la mémoire qu'il n'a pas eue. Je garde les souvenirs qu'il recherchait. J'ai passé et repassé la frontière de la folie et de la raison, de la vie et de la mort, et je connais chaque étape de son parcours effréné. Si je n'ai pu le sauver, Antoine, je tente de le sauver aujourd'hui avec mes faibles moyens, lui restituant ce qu'il appelait dans ses rêves.

Chaque soir, après le dîner, je rejoignais Assou que je trouvais assise dans son lit, poudrée, peignée, une touche de carmin sur ses joues, du rouge sur ses lèvres. Dès qu'elle m'apercevait, elle s'empressait de retirer ses lunettes qu'elle glissait sous le drap.

La lampe de chevet diffusait une lumière parcimonieuse, qui refoulait les ombres, les comprimant dans les coins de la chambre. L'odeur des médicaments se mêlait au parfum de l'essence de rose et à celui de l'encens qu'Assou faisait brûler à longueur de jour sur la commode.

Comme elle le faisait dans mon enfance, Assou passait sa main, maintenant réduite et asséchée, toujours remplie de bagues, dans mes cheveux.

« Tu as vraiment des cheveux impossibles, mon garçon.

— Ils tiendront plus longtemps.

— Si ça peut te consoler ! Quand j'étais jeune, j'avais des cheveux longs, longs, couleur de blés mûrs. On ne le croirait pas à me voir presque chauve, n'est-ce pas ?

— J'ai vu des photos de toi, à vingt ans. Tu étais superbe.

— Oui, j'ai été belle. Quelle affreuse chose que la vieillesse, Sandro ! Il y a, dans le fait de vieillir, quelque chose d'indécent presque. Je n'ose plus me regarder dans un miroir. Comme je t'envie d'être jeune !

— Je voudrais avoir dix ans de plus.

— Tais-toi donc ! Tu ne sais pas ce que tu dis. Qu'aurais-tu donc de plus ?

— J'aurais retrouvé Dina.

— Es-tu à ce point sûr qu'elle soit en vie ? Elle a peut-être été tuée.

— Je le sentirais, Assou.

— Tu es fou, Sandro. Tu dois oublier. Tu devrais t'intéresser aux filles de ton âge. N'y en a-t-il aucune qui te plaise ?

— Je ne les vois pas.

— C'est une honte. Serais-tu... ? Es-tu normal, Sandro ?

— Je ne sais pas ce que tu veux dire.

— Mais alors, c'est encore pire ! Je préférerais que... Ne comprends-tu pas que tu ne retrouveras jamais la Dina dont tu rêves ? Elle aura vieilli, enlaidi.

— Ça m'est égal.

— Mais c'est une maladie, Sandro. »

Une maladie, oui. J'étais malade depuis ma petite enfance, depuis avant peut-être. Je ne pouvais admettre que, si elle vivait, Dina ne m'eût pas recherché. La conclusion s'imposait : elle était probablement morte, comme Assou le pensait. N'était-ce pas du reste ce que je répondais aux camarades de collège qui m'interrogeaient, changeant, avec chaque version, les circonstances de ce malheur, un jour écrasée sous les bombes, un autre fusillée par les fascistes, quand elle n'avait pas succombé à la pleurésie consécutive à son internement ? J'inventais ces dénouements tragiques pour dissiper l'incertitude et pour me libérer de l'emprise de son souvenir, qui m'étouffait.

J'aurais d'ailleurs beau tenter de rappeler celui que j'étais alors : enfin rendu à moi-même, éveillé de ce songe morbide où je demeurais englué, l'adolescent mélancolique et muet dont j'interroge avec perplexité les photos — toujours le même visage sans sourire, les même yeux vides — m'est davantage étranger qu'un étranger.

Mes souvenirs mêmes, Antoine, ressemblent aux images d'un rêve, incohérentes et floues. Je sais que Margutta me reprochait souvent mon mutisme et mon apathie, qu'elle s'indignait que je passe mes jours de congé couché sur le lit, à dévorer des romans, sans prendre l'air ni rencontrer aucun ami — en avais-je seulement un ? Je sais qu'Assou s'inquiétait de ce qu'elle appelait mes « rêveries », m'exhortant à secouer cette torpeur où je m'enlisais ; je sais encore que mes condisciples, au collège des jésuites, me considéraient avec une méfiante aversion, me jugeant d'un caractère ombrageux et farouche. Si vous en déduisiez que j'étais un adolescent malheureux, je crois pourtant que vous vous tromperiez, Antoine, car le sentiment que je retrouve, si je me reporte à ces années palermitaines, est celui d'une douce et paisible détente, un état entre veille et sommeil, où des lambeaux de rêve achèvent de traverser la conscience engourdie. Si, d'un mot, je prétendais caractériser cet état, c'est *convalescence* que je choisirais.

Lentement, je guérissais d'une passion aussi tumultueuse que folle, dans laquelle j'avais épuisé mes forces. La routine des habitudes et des horaires, entre le collège et le *palazzo*, le silence et la pénombre de cette maison étrange qui achevait, morceau par morceau, un meuble après un bibelot, de se défaire, les rêveries, c'est-à-dire les souvenirs pris et repris, les lectures et l'écriture : dans ce recueillement intime, je reconstituais mes cellules, je renouvelais mon sang. Je donnais l'impression d'oublier de vivre, inquiétant Assou par cette léthargie apparente, quand je n'étais occupé que de réintégrer, à mon insu même, mon corps longtemps oublié. Je pouvais me tromper moi-même, me persuadant que je n'existais que dans le souvenir de Dina : dans la réalité, je ne faisais que m'en détacher en me dotant d'une mémoire illusoire où le mythe, heure par heure et un mois après l'autre, enrichi, écartait le passé, le tenait à distance.

Un observateur attentif n'eût pas manqué du reste de relever des signes d'une transformation insensible, à commencer par l'écriture. Ces mots où je tentais, maladroitement sans doute, de réduire le passé, ils aspiraient le sentiment qui m'aurait vidé. Ils devenaient les signes d'un malheur qu'ils éloignaient et transcendaient. J'écrivais avec rage, avec fureur, avec désespoir, et j'étais du coup plus libre de vivre. Je commençais également à regarder le monde qui m'entourait, marchant des heures dans Palerme, explorant ses quartiers, observant ses foules.

A la déliquescence accablée que j'avais trouvée à mon retour de France succédait une animation aussi intense que suspecte. Derrière une rhétorique emphatique où le mot démocratie retentissait comme un appel de clairon, des silhouettes ambiguës se glissaient. Je les considérais avec un intérêt détaché, y reconnaissant une nouvelle espèce d'hommes, ou, pour être exact, une mutation inédite de la plus immémoriale espèce. Ils portaient des costumes impeccables, des chemises de soie, des chaussures du cuir le plus fin ; les doigts de leurs mains s'ornaient de bijoux d'or. On les voyait à la sortie de la grand-messe, à la cathédrale, ponctuels à exhiber leur zèle pieux, aux terrasses des cafés où ils s'attablaient avec solennité, répondant, avec un judicieux discernement, aux saluts des uns et des autres, tenant des conférences, donnant des consultations ; ils mangeaient dans les restaurants les plus élégants, entourés d'escouades de serveurs admiratifs et empressés. Dans les nouveaux quartiers résidentiels, ils faisaient bâtir des villas opulentes et baroques où s'exprimait une mégalomanie candide, maisons entre palais de la Renaissance et château féodal, ornées de tours et d'échauguettes, décorées de faïences jaunes et rouges, flanquées de péristyles à colonnes, coiffées de tuiles vernissées, comme les palais de la Cité interdite de Pékin. Ne me demandez pas, surtout, ce qu'ils faisaient : des choses aussi vagues qu'immenses : de la politique, de l'immobilier, mille trafics grandioses. En grande pompe, ils inauguraient des routes qui, deux ans après, retournaient à la poussière ; ils posaient la première pierre de chantiers gigantesques qui faisaient surgir du sol des immeubles qu'on voyait, cinq ans plus tard, toujours inachevés, béants, comme un symbole de cette Sicile où les volontés les plus fermes, les projets les plus arrêtés s'enlisaient mystérieusement.

La ville même restait mutilée, semée de ruines qui lui faisaient un visage marqué par la variole. Chacun semblait définitivement résigné à ce que ces plaies demeurassent sans soins, comme j'étais moi-même résigné à laisser Margutta et Sisto voler impunément Assou. De l'atmosphère étouffante et poisseuse, un sentiment d'indifférence et de lassitude semblait se dégager, qui contaminait les esprits les plus verticaux. Rien ne paraissait pouvoir résister à cette insidieuse torpeur. La guerre n'était plus qu'un souvenir, les Américains étaient repartis, la Sicile se repliait sur elle-même, lovée sur ses blessures. Les bruits du continent arrivaient amortis, comme étouffés par la distance séculaire : rien ne troublait ce silence des millénaires.

La douceur de certaines heures, l'aube ou le crépuscule, je ne puis cependant les évoquer sans un déchirement. Le prodige de ces minutes comme détachées de la durée, figées dans un spasme de silence où chaque bruit, chaque cri résonnait longtemps, où même la mer donnait l'impression de retenir son souffle, où l'air, allégé, semblait aspirer la ville, l'île entière, en une glorieuse assomption — ce prodige suffisait pourtant à justifier l'attachement fanatique que les hommes vouaient à cette terre.

Chaque été, je revoyais Massimo qui, à Padoue, poursuivait des études de droit international. Plus impeccable et plus strict encore qu'il ne l'était dans l'enfance, il surveillait sa carrière avec le même soin que ses pantalons de flanelle blanche, ses blazers croisés, ses chemises de soie brodées à ses initiales. Il savait dans combien d'années il serait attaché d'ambassade, quelles personnes influentes l'aideraient dans son avancement. Il s'exprimait en un italien gourmet, truffé d'anglicismes, il « fréquentait » une jeune fille de Milan, Lucia, dont le père, gros industriel, possédait une fortune imposante. Il comptait l'épouser dans un an, dès qu'il aurait décroché son diplôme, et il me montrait les plans de la villa qu'ils envisageaient de construire dans les environs de Bagheria, m'indiquant avec satisfaction l'emplacement de la piscine.

De Dina, nous ne parlions guère, et j'aurais pu penser que Massimo l'avait oubliée ou, à tout le moins, s'était définitivement résigné à sa disparition si, un jour que nous mangions à une terrasse, au bord de la mer, il ne s'était récrié, alors que je tentais de lui exprimer ce que j'avais ressenti après son abandon :

« Mais de quoi te plains-tu à la fin ? Tu l'as eue pour toi seul durant des années quand je devais, moi, me contenter de lui rendre visite une fois la semaine, les jeudis !

— Ton père n'avait pas voulu qu'elle te garde...

— C'est ce qu'elle disait ! En réalité, elle nous a plaqués pour s'enfuir avec son Carlino, ensuite avec ton père. Elle est restée des années sans revenir à Palerme, si bien qu'à son retour mon père a en effet refusé qu'elle me reprenne. Il a bien fait d'ailleurs. Si j'avais vécu avec Dina, je n'aurais pas pu étudier, tout mon avenir aurait été compromis.

— Attends, Massimo. Qui est ce Carlino dont tu parles ?

— Oh, un de ses innombrables amis, Carlino Casseto.

— Elle a vécu avec lui ?

— Quatre ou cinq ans, oui.

— Mais elle était mariée avec ton père, non ?

— Et alors ? Tu crois que ça l'aurait empêchée d'agir à sa guise ? Elle a plaqué mon père pour suivre ce Casseto dont elle était folle ; ils ont vécu quatre ou cinq ans ensemble, jusqu'au scandale...

— Quel scandale ? Je m'y perds, Massimo.

— Pourquoi poses-tu toutes ces questions ? Il ne sert à rien de remuer le passé. Moi, je refuse de trop penser à Dina. Tu devrais faire comme moi. »

En entendant Massimo prononcer ce nom, Carlino Casseto, une image avait aussitôt surgi dans ma mémoire : celle des deux cousines, courbées au-dessus de la table à thé, leurs figures cireuses frôlant presque le visage d'Assou. Je revoyais leurs mines effarouchées quand elles chuchotaient ce prénom qui se trouvait, je le devinais, à l'origine de la « honte ». Par l'imagination, j'essayais de remonter le temps, jusqu'à cette époque antérieure à ma naissance, vers 1926-1927 ; Dina, qui devait compter dix-huit ans au plus, s'éprenait avec cette fougue que je lui connaissais de Carlino Casseto, plantant là son mari et son fils d'environ deux ans pour suivre son amant. Je me représentais, dans une Sicile encore féodale, corsetée par la religion et par le culte de l' « honneur », le retentissement de ce scandale, d'autant plus inouï que l'adultère constituait alors un délit pénal, passible de prison.

« Ton père n'a pas essayé de la retenir ?

— J'imagine que oui. Mais que pouvait-il faire, sauf la ramener de force ? Dina n'est pas quelqu'un qu'on puisse contraindre ni, même, raisonner. Aussi mon père a-t-il préféré partir pour le Mexique où il a vécu huit ans et où, après avoir divorcé civilement d'avec Dina, il a épousé Angela, son actuelle femme depuis près de trente ans... Enfin, pas vraiment sa femme, puisque ce divorce n'a aucune valeur chez nous, ce qui fait qu'Angela n'est légalement que sa concubine, tout comme leur fils, Tardeo, mon demi-frère, est un enfant naturel. Le plus drôle, c'est que, d'un point de vue légal, Dina reste la femme légitime de mon père.

— Mais toi, Massimo, où as-tu passé toutes ces années que ton père a vécues au Mexique ?

— Chez Assou. Tu ne le savais pas ? C'est elle qui m'a élevé jusqu'à l'âge de onze ou douze ans, fort bien d'ailleurs, car c'est une maîtresse-femme. »

Détournant mon regard, je contemplais la mer, sans une ride, couleur d'acier, aveuglante sous un soleil que cachaient des nuages bas et compacts, immobiles eux aussi.

Je revoyais Massimo à seize ou dix-sept ans, à la veille de notre départ pour la France, quand il venait nous visiter dans son bel uniforme de lycéen. Je comprenais les raisons de cette complicité affectueuse qui le liait à Assou, tout comme je devinais les motifs de cette gêne que Dina ressentait devant ses airs trop sages. Pour Massimo aussi, elle n'avait été qu'une mère rêvée, aperçue entre deux voyages. Je me rappelais ce jour où, sur le point de quitter le salon, il s'était brusquement jeté dans ses bras en criant : « Maman, je t'aime ! Je t'aime, ma petite Maman ! » Bien des détails qui m'avaient, dans mon enfance, paru incompréhensibles, énigmatiques même, je les déchiffrais maintenant, sans cesser d'écouter les explications juridiques que Massimo, de toute évidence heureux d'étaler ses connaissances en droit, croyait devoir m'assener. Que Dina et Paolo Valponte eussent dépensé des fortunes pour tenter de faire annuler leur union par le tribunal de La Rota, à Rome, cela m'intéressait médiocrement, quand même je feignais de suivre les raisonnements de Massimo. En réalité, ma pensée était tout emplie du souvenir de Fortunata dont l'étrange compréhension qu'elle témoignait pour Dina, malgré cette « honte » qu'elle avait jetée sur nous, m'avait longtemps intriguée.

« En Italie, concluait Massimo avec une candide satisfaction, je suis le seul fils légitime de Dina, si toi, tu l'es en France. »

Je me retins de sourire, continuant de fixer la mer, d'une immobilité angoissante, sillonnée de barques dont les moteurs hoquetaient, déchirant ce silence d'attente exaspérée.

J'éprouvais, devant mes réactions, le même étonnement que m'inspirait le comportement de Fortunata. La conduite de Dina envers Paolo Valponte, qui aurait dû m'indigner, m'inspirait au contraire une joie trouble et ravageuse. Je ne pouvais m'empêcher d'éprouver une admiration jubilatoire pour cette jeune femme véhémente et passionnée, capable d'oser, à une époque où les tabous religieux comprimaient tous les élans, défier l'opinion, sans reculer devant le scandale. Comme je reconnaissais là ma Dina !

Je n'étais pas assez naïf pourtant pour ne pas discerner mes propres contradictions, qui m'abîmaient dans ce trouble où, enfant, me plongeaient les réactions de Fortunata devant le récit d'un crime atroce mais accompli dans les règles, ce qui suffisait à l'arracher à l'horreur pour l'installer dans la beauté de la tragédie. Tout comme Fortunata pardonnait aux bandits mais

250

condamnait les infirmes et les estropiés, guidée dans ses jugements par un code aussi strict que subtil, de même j'accordais à
la femme ce que je refusais à la mère, admirant Dina d'avoir osé,
au nom de sa liberté, bafouer la morale, la condamnant d'avoir
délaissé ses fils. Dans cette contradiction qui sourdait de mon
instinct en irritant ma raison, je croyais toucher du doigt le lien
qui m'attachait à cette mer lourde et accablée, à ce ciel pesant, à
cette ville que je sentais haleter, dans mon dos, ramassée sous la
chaleur orageuse, mystérieusement silencieuse.

« Tout cela me paraît fou !

— Tu peux le dire ! Et tu ne sais qu'une partie !

— Quand j'y pense, Massimo : qui Dina n'a-t-elle pas quitté ?

— Toi. Je peux bien te l'avouer à présent : quand j'avais
douze ou treize ans, je t'ai détesté. Tu m'avais pris ma mère.

— Elle a tout de même fini par m'abandonner.

— Dans ton cas, elle avait des excuses : la guerre, la peur.
Pour les autres...

— Quels autres ? Nous sommes deux.

— Je parlais en général. Je trouve curieux que tu te lamentes.
Tu as été le seul qu'elle ait peut-être aimé vraiment : elle te
choyait, elle te dorlotait.

— Justement, Massimo : est-ce que tu peux imaginer le vide,
après un pareil bonheur ?

— Le vide ! Tu as des souvenirs, toi ! Moi, je n'ai rien. Jusqu'à
l'âge de neuf ans, je ne l'ai pour ainsi dire pas vue, sauf entre
deux voyages. Plus tard, quand j'allais vous rendre visite, je
devais, en sortant, me cacher sur le palier pour sangloter. Tu
parles de vide, tu ne sais pas ce que c'est. La vérité, c'est que tu
as été un enfant gâté. Tu ne te consoles pas d'avoir perdu ton
amour. Mais ceux qui ne l'ont jamais connu, l'amour ? »

Le regard dont Assou le suivait, alors qu'il marchait vers la
porte, recoiffant sa belle casquette, ce regard d'inquiétude et de
désolation, je le revoyais soudain, Antoine. Parce qu'elle l'avait
élevé, parce qu'elle avait dû probablement répondre à ses
questions sur sa mère, elle lisait dans son cœur, sans s'arrêter à
sa façade de correction guindée. Peut-être devinait-elle qu'il
courait se cacher sur le palier pour renifler et se moucher, avant
de descendre dignement les marches. Je le revoyais accroupi

auprès de moi, sous le piano, feignant de s'intéresser à mes jeux, s'efforçant de se mettre à mon niveau. Comment aurais-je pu deviner alors qu'il m'enviait de vivre auprès de Dina, qu'il me haïssait d'occuper toute la place, le reléguant au rôle d'un simple visiteur ?

A son abandon aussi je réfléchissais sans quitter la mer des yeux. Si je pouvais comprendre que son premier mariage eût été un échec, que penser de sa séparation d'avec ce Carlino pour qui Dina avait défié l'opinion, allant jusqu'à risquer la prison ? Ce vertige où je ne cessais, depuis l'enfance, de tomber, chaque fois que je pensais à Dina, je l'éprouvais à nouveau, aggravé par cette moiteur d'orage qui appuyait furieusement sur la mer et sur la ville, effaçant le mont Pellegrino qu'on ne distinguait guère dans la brume. Que signifiait cette frénésie qui jetait Dina d'un homme à un autre, en une quête aussi forcenée que pathétique ?

A mes questions, Massimo faisait des réponses évasives, manifestement gêné par mon insistance à vouloir percer ce mystère qu'il réduisait, lui, à la maladie, comme si, de reléguer Dina dans la psychopathologie, avait suffi à son repos. Sans doute jugeait-il ma curiosité morbide ou, pis encore, y voyait-il un « manque de tact ». Tout juste consentait-il à me confier, du bout des lèvres, avec une moue de recul, qu'Assou, révoltée par la conduite de sa fille, l'avait fait rechercher par les carabiniers dans la propriété de Carlino Casseto, « la Dinatella », où elle se cachait avec son amant. Déchue de tous ses droits, mise sous tutelle, sa fortune — qui était considérable — passant sous l'administration d'Assou et de son second mari, l'avocat Cossimo Noto, Dina avait été ramenée à Palerme.

Cette scène, Antoine, je croyais y assister. Je voyais la voiture des carabiniers prendre l'allée de la propriété, bordée probablement de champs plantés d'orangers. Je croyais voir le nuage de poussière que le véhicule laissait derrière lui, cette poussière grisâtre qui imprègne l'atmosphère de la Sicile. J'imaginais l'air gêné, presque coupable, de ces trois carabiniers, dans leurs uniformes froissés, auréolés, sous les bras, de sueur. Des hommes simples, à l'esprit borné, issus d'un milieu populaire, sans doute originaires des Pouilles ou de la Calabre, qui devaient se sentir partagés entre l'indignation scandalisée devant l'inconduite de cette jeune femme qu'ils avaient pour mission de ramener, si besoin par la force, dans sa famille, et une culpabilité diffuse à l'idée de devoir s'opposer à l' « amour », ce sentiment grandiose qu'ils entendaient, depuis leur plus tendre enfance, célébrer, chanter avec une ferveur mystique.

Je les voyais dans le vestibule, tournant gauchement leurs casquettes dans leurs mains, s'exprimant avec cette humanité compatissante et roublarde dont font preuve les hommes du Sud dans une situation embarrassante.

« S'il vous plaît, *signora,* suivez-nous sans faire de scandale. Tout finira par s'arranger, vous verrez. Votre mère comprendra, vous retrouverez bientôt... monsieur. »

Quelle avait bien pu être la réaction de Dina ? J'imaginais aisément le trouble, la paralysie presque de ces hommes devant cette jeune femme d'une beauté que la fureur qui incendiait son regard devait rendre plus impressionnante encore. Ils devaient se sentir plus gauches, plus minables encore, marmonnant des excuses vagues. Dina n'avait pas pleuré, j'en aurais mis ma main au feu. La tête fièrement dressée, le menton relevé, elle les avait couverts d'insultes, crachant son mépris, ricanant comme elle ricanait lors de ses disputes avec Assou. Et puis, assise avec eux dans la voiture, avec la fatigue du voyage, l'abattement et la lassitude de cette séparation, l'engourdissement où la chaleur l'avait probablement jetée, Dina avait peut-être fini par plaisanter avec eux, se moquant du rôle stupide qu'on leur faisait jouer. Et eux, trop contents de la voir sourire, avaient abondé dans son sens, riant de ses traits. Oui, Antoine, je croyais assister à ce lamentable voyage, tout en buvant mon café à petites gorgées et tout en écoutant les propos effarouchés de Massimo, qui, visiblement, répugnait à évoquer cette « honte ».

Tout aurait pu se passer ainsi, par une journée probablement torride, sans le moindre souffle d'air, une de ces journées d'hébètement où les chiens même, couchés dans l'ombre, halètent, leurs flancs décharnés remuant à peine. Sur ces routes sinueuses, bordées de lauriers-roses, celles-là mêmes que je parcourrais dix ans plus tard avec Dina, elle devait promener un regard mouillé de douleur et de rage. Combien, ce jour-là, elle avait dû haïr Assou, qui lui infligeait pareille humiliation !

Tout cependant s'est peut-être déroulé autrement, Antoine : dans les sanglots, dans les convulsions, dans une prostration accablée. Car ce que Massimo ne m'avait pas dit, ce que je ne soupçonnais pas ce jour-là, l'écoutant évoquer la « honte », c'est que cette jeune femme que trois carabiniers ramenaient à Palerme, coupable du délit d'adultère, emportait avec elle deux enfants, l'un de deux ans environ, Brunetto, l'autre de quelques mois à peine, Aldo.

Ces « enfants de la honte », de « la folie » — la seconde expliquant la première —, Assou n'aurait de cesse, voulant étouffer le scandale, de les faire disparaître, comme on efface, sur le tableau noir, l'inconvenance calligraphiée par un galopin.

Comme j'exprimais ma révolte devant l'attitude d'Assou, Massimo se récriait que j'étais, décidément, « incroyable ».

« Quoi ! Dina plaquait tout, mari, fils, pour suivre son amant, et tu voudrais qu'Assou ait laissé faire sans réagir ? Tu es aussi fou que Dina, ma parole ! Te rends-tu compte du scandale ? De plus, Assou avait de bonnes raisons d'arracher sa fille des pattes de ce... Tu oublies qu'elle était immensément riche. Ce Carlino, il l'aimait peut-être, mais il ne méprisait pas l'argent, tu peux me croire !

— Mais, Massimo, il s'agissait de sa vie, de sa liberté...

— Des mots ! Dina aussi employait de grands mots dès qu'il s'agissait de justifier ses folies. Liberté ! Et le devoir ? J'existais, non ? Je n'avais pas demandé à naître. Qu'est-ce qu'elle devient dans tout ça, ma liberté à moi ? On voit bien que tu n'es pas tout à fait de chez nous, tu as du sang français, tu ne peux pas comprendre. Moi, je trouve qu'Assou a eu raison d'agir comme elle l'a fait. Si j'avais un reproche à lui adresser, ce serait au contraire de s'être laissé amadouer et circonvenir par Dina, l'autorisant à partir pour la France où elle a, bien entendu, recommencé avec ton Julien... Pardonne-moi : ça m'a échappé. »

Je comprenais son indignation, je ne songeais pas davantage à blâmer Assou, qui avait réagi en Napolitaine, en femme d'une époque pour qui l'idée même de la liberté d'aimer, appliquée à une épouse, à une mère surtout, aurait paru proprement inconcevable. Je n'en pensais pas moins à cette jeune femme de dix-huit ans, ramenée de force par des carabiniers, traitée en démente, mise sous tutelle.

La question que je tournais et retournais ce jour-là, assis face à Massimo, vêtu d'un impeccable costume blanc, d'une chemise de soie bleue, cette question, Antoine, m'obsède encore à l'heure où je vous écris : pourquoi Dina, si résolue, si véhémente, n'a-t-elle pas rejoint, dès que cela lui a été possible, ce Carlino Casseto pour l'amour de qui elle n'avait pas hésité à courir les pires risques ? L'a-t-elle oublié comme elle en a oublié tant d'autres ? Car les faits parlent d'eux-mêmes : trois ans à peine après ces événements tragiques, elle rencontrait mon père à Paris, se lançait dans une nouvelle aventure, tout aussi désordonnée — et non moins brève. Quant aux deux enfants confiés à la garde des demoiselles Jeantet, Dina, qui habitait alors Paris, qui se rendait régulièrement sur la côte basque, ne devait plus les revoir. Devant ce destin énigmatique, je demeurais partagé, admirant malgré moi les efforts de cette jeune femme pour acquérir son autonomie, pour affirmer, face à une société figée, sa liberté, reculant d'effroi devant cette force sauvage qui n'hésitait pas à saccager d'autres vies dans sa course au bonheur.

Si cette conversation me laissa une impression aussi vive que durable, c'est qu'elle m'avait fait entrevoir, derrière l'image lisse et poncée de Massimo, un autre personnage, plus douloureux et plus énigmatique. Traversant à pied la ville assoupie dans la chaleur hébétée de la sieste, je ne pouvais m'empêcher de penser à l'enfant délaissé qu'il avait été, me rappelant avec émotion les visites qu'il nous rendait chaque semaine, ses maladroits efforts pour se mettre à mon niveau, ses airs trop sages, sa réserve, ses soucis d'élégance. J'y discernais à présent une tentative émouvante pour maîtriser et contenir ses émotions, comme s'il avait voulu, en veillant à ne point défaire le pli de son pantalon, en n'égarant point sa belle casquette de lycéen, en prononçant distinctement chaque syllabe, comme s'il avait voulu préserver l'intégrité de son esprit des assauts d'élans dont il redoutait la violence. A l'impétuosité, à la fougue désordonnée d'une Dina qu'il aimait autant qu'il la craignait, qu'il haïssait pour les avoir abandonnés, son père et lui, pour ce Carlino Casseto, il n'avait trouvé à opposer qu'une méticulosité risible, un souci maniaque de l'ordre et de la respectabilité. Il se raidissait, il se haussait du col, il parlait du nez pour mieux contrôler une sensibilité exacerbée. Il ne pouvait, devant Dina, oublier les premières années de son enfance où il n'avait fait que rêver de sa mère, se demandant pourquoi il ne la voyait pas. Cette mémoire endolorie le défendait contre l'attendrissement, au point de le faire paraître gauche et pédant.

Cette préoccupation de sa carrière, de son avenir, ce soin qu'il mettait à tout prévoir et préparer dans les moindres détails, jusqu'à l'emplacement de la piscine, jusqu'au nombre d'enfants qu'il ferait avec Lucia, toute cette sagesse étroite et calculatrice trahissait moins l'arrivisme d'un cynique sans scrupules que le refuge dans une norme, comme si son rêve secret avait été de devenir une pure fonction. N'était-il pas significatif qu'il eût choisi la diplomatie, c'est-à-dire la représentation ?

Dans ses propos, j'avais encore deviné des secrets malpropres qui se rattachaient à cette « honte » dont mon enfance avait été enveloppée et dont Massimo m'avait fait entrevoir la cause. Je découvrais une Dina différente de celle que j'avais aimée, rêvée et admirée. Chaque mot de Massimo semblait chargé d'une détestation dédaigneuse, si même il n'osait pas s'avouer ses sentiments. Des pans d'ombre cernaient la figure de Dina, ombres que Massimo donnait l'impression de ne pas même vouloir scruter.

Ces mêmes ombres me fascinaient ; je pressentais que, si jamais je réussissais à les dissiper, je serais définitivement délivré de Dina. J'avais encore le sentiment que ces ombres s'agitaient en moi et qu'en les écartant, je découvrirais, non certes ma vérité, mais, peut-être, ma réalité.

Cette enquête que, six ou sept ans plus tard, Aldo entreprendrait pour tenter de recouvrer la mémoire, qui le conduirait dans cette ville même où je m'interrogeais, cherchant à résoudre l'énigme, je la commençais donc de mon côté. Une fois de plus, sans le savoir, nos routes se croiseraient, comme elles ne cesseraient plus de le faire jusqu'à la fin. Aldo, qui avait eu ses premiers démêlés avec la justice, s'engageait dans la Légion. De mon côté, je passais mon bac et pensais à partir pour la France où mon instinct me soufflait que se trouvait la clé de ce pitoyable secret.

Avec les années, ma vie en effet me revenait. Et qu'est la vie, à vingt ans, Antoine, sinon l'amour, c'est-à-dire le désir ? Or, j'étais contraint de m'avouer qu'Assou avait percé la vérité : ce n'étaient point les femmes que mes yeux cherchaient dans la rue. Dans ce pays d'impitoyable lucidité, mon secret, je le devinais, n'en resterait pas longtemps un.

La Sicile, mon ami, est une terre de peur. Chacun se cache dans l'ombre gelée des maisons claquemurées, évitant de se montrer, de s'exposer aux morsures vénéneuses des veuves noires — ces vieilles en robes de deuil qui, depuis l'aube jusqu'à la nuit, restent assises sur le seuil des portes, un œil de cyclope dans leurs nuques décharnées. Pays de rêves fous, d'obsessions lugubres, peuplé de nécrophages occupés à dépecer et à déchiqueter les cadavres, les « fautes » des pères retombant sur les fils, les enfants des fils, comme le « déshonneur » des mères sur les arrière-petites-filles des filles, en une chaîne sans fin de haines et de malédictions. Pays rempli de juges qui n'arrêtent pas d'instruire des procès macabres, lesquels engendrent une généalogie foisonnante et délirante où le cousin au dixième degré participe encore à la « honte » de l'ancêtre oublié, où chaque goutte de sang empoisonne des enfants encore à naître. Rien, en Sicile, ne se perd, rien ne s'oublie. La mémoire collective veille sur de fantastiques archives que chacun consulte avec une délectation morose, exhumant la trahison vieille de trois siècles, le parjure du cousin au dixième degré.

J'écrivais avec un acharnement dément, noircissant des centaines de feuilles, et c'est en français que j'écrivais, comme c'est en français que j'avais toujours parlé avec Dina. Puisque je voulais devenir écrivain — et je n'aurais ni su ni pu rien faire d'autre — l'évidence s'imposait à moi : il me fallait abandonner cette île que je me mettais à détester pour regagner la France. Seule Assou me retenait, car je n'aurais pas osé l'abandonner seule dans la grande maison, entre Margutta et Sisto. Or, elle mourut subitement et sans que rien ne l'eût laissé prévoir.

Elle eut, au début de l'hiver, une grippe dont elle se remit ; une pneumonie se déclara huit jours plus tard, foudroyante. Elle râla quatorze heures, la nuque enfoncée dans l'oreiller, les narines pincées, la bouche grande ouverte. Au milieu de la nuit, elle eut un dernier moment de lucidité, essaya de me sourire, voulut parler et ne parvint qu'à murmurer : « ... moricaud ». Avec les premières lueurs de l'aube, elle exhala un profond soupir, se figea. Massimo s'approcha et me fit comprendre que c'était fini.

Lors des funérailles comme pour l'enterrement, je fus surpris de l'affluence. Toutes les familles de la bonne société palermitaine se pressaient dans la cathédrale, puis dans le cimetière. Cet hommage ostentatoire ne manqua pas d'étonner. D'où Assou, qui, depuis peut-être trente ans, vivait recluse dans son appartement, connaissait-elle tous ces gens ?

« Mais c'est tout à fait normal, voyons ! Elle a longtemps été au centre de la vie mondaine, offrant des fêtes fastueuses, recevant avec munificence tout ce qui comptait dans la ville.

— Je l'ignorais.

— Elle passait alors pour la plus belle et la plus élégante femme de Palerme, peut-être même de tout le Sud. Elle menait grand train, entre Cannes, Anglet, Paris. Elle avait sa loge au *Royal,* elle fréquentait l'hippodrome, elle possédait une villa à Bagheria, le domaine " Assuntina ", près de Monreale. »

Nous revenions à pied du cimetière, arpentant les rues de cette ville que, depuis que j'avais décidé de la quitter définitivement, je regardais avec une intensité fiévreuse, comme si j'avais voulu graver dans ma mémoire chaque pierre, chaque façade, emplissant mes yeux de ce gris, non pas nuancé, ocellé, comme l'est le gris de Paris, mais dense et sombre — de lave gelée.

Qui avait été cette Assou dont Massimo me parlait et que j'avais tant de mal à imaginer, l'ayant toujours connue dolente, cachée au fond de son lit à colonnes torsadées ? De cette femme qui m'apparaissait dans mon enfance comme une déesse des enfers, imposante et sévère, vaguement ridicule aussi, je ne savais à peu près rien. Avait-elle aimé ? avait-elle été heureuse ?

Elle s'était, à en croire Massimo, montrée d'une impitoyable dureté envers sa fille, n'hésitant pas à lancer la police à ses trousses, au risque de briser sa vie. Avait-elle agi par sens du devoir ? Ou bien, luttait-elle pour protéger Dina, craignant de la voir devenir la proie d'aigrefins sans scrupules ? Peut-être tous ces éléments se combinaient-ils dans son attitude autoritaire. Toute son intelligence, qui était évidente, n'avait pu la dégager des conventions de son époque.

La guerre que ces deux femmes, également fortes et passionnées, n'avaient cessé de se livrer, elle avait sans doute des causes plus profondes que le heurt de deux tempéraments. Deux mondes s'affrontaient à travers Assou et Dina ; l'un, figé encore dans le passé ; le second, convulsif et tumultueux, n'en finissait pas de naître. Si tout le malheur de Dina avait été de vivre une époque véritablement folle ?

« Que comptes-tu faire, Sandro ?

— J'envisage de repartir en France. J'écris, vois-tu.

— Tu écris ? Mais ce n'est pas un métier convenable, voyons ! Remarque, dans ton cas...

— Tu veux dire que, n'étant pas " légitime ", cela n'a pas la même importance ?

— Tu te trompes. D'ailleurs, en France, tu es tout à fait légitime... Non, je voulais seulement dire que, dans ton cas, ça ne m'étonne pas vraiment. Dina écrivait, elle aussi.

— Comment le sais-tu ?

— J'ai lu certains des articles qu'elle a publiés à Tunis.

— A Tunis ? Elle vit à Tunis ?

— Calme-toi, Sandro. Tu es vraiment un agité. Non, elle n'y vit plus. J'ignore d'ailleurs où elle se trouve, ni même si elle est toujours en vie : je ne te mens pas, je t'en donne ma parole.

— Que faisait-elle à Tunis ? Pourquoi m'as-tu caché que tu savais où elle était ?

— C'est Assou. Elle m'avait fait promettre de ne rien te dire. Elle voulait que tu récupères, que tu finisses tes études. Elle avait raison, je crois. C'était une femme lucide et elle t'aimait beaucoup.

— Moins que toi, Massimo.

259

— Oui, nous ne nous entendions pas trop mal. Elle m'avait élevé.

— Tu ne m'as pas répondu : quand Dina est-elle arrivée à Tunis ?

— Après le débarquement des Alliés et la victoire sur Rommel, en 1943, je crois.

— Qu'y faisait-elle ?

— Elle était journaliste à la radio et dans un quotidien. Je dois encore te faire un aveu, Sandro : elle est passée par Palerme un an tout juste avant ton arrivée. Elle est restée une quinzaine de jours. J'ai plusieurs fois mangé avec elle, je te montrerai une photo.

— Massimo... C'est... Je ne comprends plus. Qu'a-t-elle dit ?

— Elle n'a cessé de me parler de toi, elle pleurait, elle te croyait mort.

— Mort ? Mais enfin, Massimo, c'est fou. Et ni Assou ni toi ne m'avez rien dit ?

— Je le répète : Assou voulait que tu te reposes. Elle trouvait que tu avais eu ton lot de malheurs.

— Mais depuis ce temps, Massimo, depuis près de sept ans, Dina n'a pas cherché à se renseigner sur moi, elle n'a pas donné le moindre signe de vie ?

— Elle est peut-être morte.

— Tu n'en crois pas un mot !

— Je ne crois rien, Sandro. J'évite d'y penser.

— J'ai besoin de savoir, Massimo, si je veux ne pas devenir fou. Je ne supporte plus ce pays.

— Je te comprends. Il vaut peut-être mieux que tu partes en effet. On commence à jaser...

— Déjà ? C'est à mourir de rire.

— Oh, rassure-toi : je suis sûr qu'il s'agit de calomnies.

— Mais non, Massimo, c'est la vérité.

— Tu ne veux pas suggérer que... ?

— Mais si. C'est ce que je suis.

— Tais-toi, Sandro. On pourrait nous entendre. Tu ne sais pas ce que tu dis. Tu te marieras, tu auras des enfants, tu...

— Non, tu sais bien que non. Pourquoi te caches-tu la tête sous l'aile ?

— Tu ne te rends pas compte du scandale. Toute ma carrière...

— C'est aussi pourquoi je pars. Je ne désire pas te nuire.

— Quand veux-tu partir ?

— Dès que je le pourrai.

— Je ferai estimer le prix de la maison et des meubles, je t'avancerai ta part d'héritage, ça te permettra de tenir quelque temps. Il reste peu de chose, tu sais. Dina a dilapidé toute la fortune.

— Il ne lui reste donc rien, si elle est toujours en vie ?

— Plus un sou ! Elle a vendu ses derniers biens lors de son dernier passage dans l'île. Assou a eu de la chance de mourir dans son lit. »

J'avais hâte de me retrouver seul pour réfléchir, je courus m'enfermer dans ma chambre, je m'étendis sur le lit, contemplant les photos de Dina. Ainsi, elle vivait ! Elle était revenue, quelques mois à peine avant mon retour, dans cette maison, couchant dans ce lit où je gisais. Je tombais, je ne cessais de tomber, aspiré par ce vide en moi. Que faisait-elle à Tunis ? quelle existence y menait-elle ? quelles pensées défilaient dans sa tête quand elle se retrouvait seule, le soir, dans sa chambre ? Seule ? Je connaissais assez Dina pour imaginer qu'elle pût vivre seule. Je fermai les yeux, je respirai profondément : quand donc s'arrêterait cette course hallucinée ?

Je songeais à Assou également, avec un mélange de tendresse et d'admiration. Loin de lui en vouloir d'avoir gardé le silence, je lui en étais reconnaissant, comprenant qu'elle avait voulu me sauver de ce cauchemar où je risquais de perdre la raison. J'aurais aimé lui dire tout l'amour qu'elle m'inspirait. Je la revoyais dans son manteau d'astrakan, assise dans la Rolls ce jour où nous étions allés visiter Dina en prison. Peut-être avait-elle, à certaines heures de son existence, détesté sa fille : elle l'avait aimée avec ferveur également, par-delà ses colères et ses fulminations bibliques. La véritable « honte » qui avait retranché Assou du monde des vivants, la maintenant confinée dans sa chambre, entre son pékinois hargneux et ses méchants romans, je la découvrais enfin. Ce n'était pas tant le scandale de la fugue de Dina avec Carlino Casseto, de son adultère affiché avec insolence qui avaient engendré cette honte, que cet autre scandale, combien plus mystérieux : Dina elle-même, cette fille qu'Assou n'avait pu ni comprendre ni accepter, mais qu'elle n'avait pu non plus s'empêcher d'aimer. Tout soudain s'éclairait : leurs incessantes disputes, leurs réconciliations et leurs larmes, l'immense fatigue d'Assou enfin, vaincue par ce tumulte qu'elle avait renoncé à endiguer et à maîtriser. Et l'admiration respectueuse dont Assou avait été entourée le jour où elle avait solennellement traversé la ville pour visiter sa fille détenue, j'en comprenais enfin le sens : « Quoi qu'elle ait pu faire dans sa vie, pour terribles que ses errements puissent paraître, Dina n'en reste pas moins ma fille » — voilà ce qu'elle avait tenu à proclamer à tous les Palermitains, abandonnant sa retraite, s'arrachant aux ombres où elle se terrait, osant se montrer devant tous à visage nu, en un geste de défi. J'entendais sa voix, au retour de cette manifestation : « Dis à Margutta qu'elle peut ouvrir les fenêtres. Maintenant, nous n'avons plus rien à cacher. » Ce langage de fierté, chacun l'avait entendu, tout comme je croyais entendre, couché sur le lit de Dina, sa voix, venue d'au-delà de la mort et de l'absence : « Je ne voulais pas que tu affrontes ton passé dans la faiblesse, Sandro. Je t'ai gardé de la folie. Tu es assez fort maintenant pour te mesurer aux ombres de la mémoire. Je n'ai pas eu à pardonner à Dina, qui était mon sang. Ce que j'ai combattu, c'est ce qui, en elle, nous menaçait tous. Mes forces n'ont cependant pas suffi à maîtriser le chaos. Je dors à présent, enfin apaisée. Va, moricaud, va ! »

Avec son efficacité et sa méticulosité habituelles, Massimo s'était occupé de tout, réussissant même à faire rendre gorge à Margutta et à Sisto qui avaient dû, sous la menace, restituer une partie de leur butin. Je dus consentir à examiner avec lui les comptes, qu'il me détailla avec une satisfaction évidente, heureux de me démontrer ses talents de gestionnaire.

« Je t'accorde la moitié alors que, légalement, tu n'aurais droit qu'à un tiers.

— Dans ce cas, le tiers me suffit, Massimo.

— Pourquoi dis-tu ça ? Tu sais bien que je ne l'accepterais pas.

— Et pourquoi te crois-tu obligé de me faire remarquer que tu me donnes plus que ma part ?

— Tu as raison, Sandro. Je te fais mes excuses. Je te jure que je ne suis pas intéressé.

— Je le sais, Massimo.

— Je voudrais que tu sois heureux.

— Je te le souhaite aussi.

— Oh, moi, ma vie est toute tracée. Avec un peu de chance, je finirai ambassadeur à Bogota. Toi, tu lui ressembles. Je t'aime bien, Sandro. Je serai sur le quai pour te souhaiter un bon voyage. »

Cette dernière nuit dans cette maison pleine encore de tous les souvenirs de mon enfance, je ne pourrais l'évoquer, Antoine, sans un serrement de cœur. J'ai visité chacune des pièces, j'ai arpenté le couloir, je me suis assis dans le bow-window, j'ai touché le Steinway. Avec elle, je laissais, je le sentais, une part de moi. Mais que faisais-je, depuis l'enfance, sinon me défaire avec chaque départ ?

C'est sans tristesse que je regardai s'éloigner la côte. Seule la silhouette de Massimo, debout sur le quai, agitant son mouchoir, me procurait un ironique attendrissement. J'aurais parié qu'il secouait son mouchoir parce que c'était le geste à faire en une telle circonstance. Le mouchoir devait être d'une impeccable propreté, discrètement parfumé à la lavande.

Lorsque l'île disparut dans la brume, je gagnai la cabine, m'étendis sur ma couchette. Le mouvement du navire, un balancement à peine perceptible, me rappela un autre départ. Je revis soudain, debout devant la glace, Dina, dans son fourreau de soie verte. Quelques mesures d'un air insipide résonnèrent dans ma mémoire : « ... *mūnequita linda* », ma petite poupée jolie. Un couple, joue contre joue, dansait seul au milieu de la piste, lui, dans un bel uniforme blanc, elle moulée dans un long fourreau vert...

V

Rien ne commence.

En débarquant sur le quai de la gare de Lyon, la même excitation joyeuse, la même jubilatoire légèreté m'envahirent que ce matin où, le front contre la vitre du compartiment du wagon-lit, je découvrais Paris, quatorze ans plus tôt. Je ne saurais vous dire, Antoine, les causes d'une telle allégresse. Je considérais chaque façade, chaque monument, chaque visage avec une sympathie émue. Si je l'avais osé, j'aurais embrassé le premier passant rencontré. Dans le taxi, je ne cessais de me répéter : « Paris, Paris... » comme si ce mot magique avait renfermé une promesse de bonheur. Je me sentais délivré, une impression d'aérienne liberté m'arrachait à la pesanteur, quelque chose dans l'atmosphère me procurait une sensation de vertige. J'avais à peine déposé mes bagages à l'hôtel que, déjà, je courais, arpentant les rues. Je me retrouvais — cela vous étonnera-t-il ? — avenue Hoche, arrêté devant la devanture du *Nain bleu,* je passais devant le palace où nous avions logé, Dina et moi, je remontais jusqu'à l'Etoile pour contempler la perspective des Champs-Elysées. Je revoyais Dina dans sa robe claire, ce jour où sa vie avait définitivement basculé. J'évoquais chaque souvenir de ce qui avait été l'époque la plus heureuse de mon enfance. Je souriais au rappel de ces jours. Je descendais l'avenue, m'attablais à une terrasse, comme si j'avais voulu, refaisant chaque geste que nous faisions alors, abolir le temps et ressusciter le passé.

Une semaine après mon arrivée, je déjeunais avec Julien à qui j'avais écrit une lettre lui annonçant mon retour en France. L'attendant à la terrasse du *Fouquet's,* je me demandais avec curiosité si je le reconnaîtrais. Je m'étonnais de n'éprouver à son endroit ni affection ni rancune, rien qu'une sympathie bienveillante. Ce mot de père que je me disais, il ne m'évoquait que quelques souvenirs agréables : le bruit, dans la nuit, d'une toux d'homme, une odeur de cuir et de tabac. Je devais m'avouer qu'il ne m'avait guère manqué, s'il m'avait cependant laissé le regret d'une existence paisible et régulière. Je le revoyais dans la chambre de l'*Hôtel de Noailles,* penché vers moi, sa cigarette au coin de la lèvre, puis devant la gare Saint-Charles, pâle et renfermé dans un mutisme hostile.

« T'es déjà là ? J'ai eu du mal à garer ma voiture. »

Il marquait une imperceptible hésitation avant de, maladroitement, m'embrasser sur la joue, il s'asseyait à côté de moi, commandait un cocktail. Je l'observais à la dérobée, surpris de mon émotion. Ses cheveux grisonnaient, se faisaient rares sur le devant, élargissant son front ; deux rides partaient de son nez pour rejoindre la bouche. Il me paraissait à la fois vieilli et inchangé. Je reconnaissais le menton en galoche, les yeux très sombres. Je retrouvais le parfum de lavande et de tabac noir.

« Comme ça, t'as décidé de vivre en France ?

— Assou est morte, je n'avais plus rien à faire en Sicile. Tu m'as reconnu tout de suite ?

— Au premier coup d'œil. Tu me ressembles quand j'avais ton âge. T'as pas grand-chose d'elle, sauf les yeux peut-être. Qu'est-ce qu'elle est devenue ?

— Je n'en sais rien. Elle m'a laissé durant la guerre, je suis ensuite retourné à Palerme. Massimo m'a appris qu'elle avait vécu à Tunis, elle est même passée à Palerme, après le débarquement américain.

— T'as pas eu de chance. Il faut que tu saches... J'ai voulu te prendre avec moi, quand vous êtes arrivés à Marseille. Elle a refusé.

— Je sais. Je ne te reproche rien. Je voulais seulement te voir.

— T'as bien fait. Je suis content de te voir, moi aussi. Qu'est-ce que tu as fait ?

— Le bac, une année de fac. Je vais continuer.

— C'est bien. Tu devrais faire Sciences-Po. J'ai gardé un bon souvenir de la rue Saint-Guillaume.

— Je crois que je m'inscrirai plutôt en lettres classiques. Je suis nul en maths et en économie, le droit m'ennuie.

— Dommage. Si on allait manger un morceau ? Je ne t'ai pas encore dit... je suis remarié.

— C'est bien. Tu as des enfants ?

— Non. Charlotte en a deux, mariés eux aussi. C'est une femme bien. Je lui ai dit que tu étais ici. Elle aimerait bien te connaître, si tu le veux.

— Volontiers.

— T'avoueras qu'on a l'air malin, tous les deux. On sait à peine quoi se dire.

— Nous ne nous connaissons pas.

— C'est vrai. T'as eu une drôle de vie quand même... Tu sais, Dina, je l'ai terriblement aimée. C'était une grande dame.

— Tu n'as jamais eu des nouvelles d'elle depuis... ?

— Elle m'a écrit de ce camp où vous étiez. J'ai fait ce que j'ai pu pour l'en sortir. Sans succès. C'était une époque folle. Moi-même, j'ai dû quitter Paris pour échapper au STO. Je me suis caché à Pau, où j'ai rencontré Charlotte. Mais récemment... J' sais pas si je fais bien de te le dire, remarque. Enfin... En passant en voiture place de l'Hôtel-de-Ville, j'ai cru la reconnaître.

— Dina ?

— Dina, oui. Très changée.

— Tu es sûr ?

— Tu sais, mon gars, quand on a aimé une femme comme j'ai aimé celle-là, quand on a passé six ans auprès d'elle, eh bien, on ne risque pas de se tromper.

— C'est fou, c'est incompréhensible.

— Tu vois, j'aurais mieux fait de me taire.

— Au contraire. D'ailleurs, je savais qu'elle était en vie, quelque chose me disait qu'elle se trouvait à Paris. C'est aussi pourquoi je suis venu.

— T'as vingt-deux ans, tu devrais surtout songer à faire ta vie. Ça sert à rien de remuer le passé.

— Assou et Massimo me disaient la même chose. Vous avez raison, bien sûr. Mais j'ai besoin de comprendre.

269

— Il n'y a peut-être rien à comprendre, mon gars. Moi aussi, j'ai cherché à comprendre, puis j'ai oublié, je me suis remarié.

— Tu l'as connue où ?

— Ici, à Paris. Elle habitait Auteuil où elle possédait un hôtel particulier. C'était en 1930, à une soirée chez des amis. Je peux même te dire la date, le 22 décembre : c'est le jour de son anniversaire. Quand elle est entrée dans le salon, j'ai jamais vu une femme plus belle, plus élégante. Et cette façon qu'elle avait de rire ! Tu sais, elle retroussait sa lèvre pour bien montrer ses dents. Gaie, pleine de vie. Ç'a été le coup de foudre, comme on dit.

— Vous avez vécu longtemps ensemble ?

— Un peu plus de six ans. Le bonheur, mon gars. Ça ne se raconte pas, vois-tu. Et puis, nous avons perdu la petite...

— Quelle petite ?

— Nous avons eu trois enfants, tu ne le savais pas ? Un garçon mort-né, Alexandre, une fille, Eugénie, qui est morte à trois ans, d'une pneumonie. Cette gamine, je l'adorais. Elle est morte à Gstaad, dans un hôtel. Je crois bien que j'ai été injuste avec ta mère, je l'ai presque accusée d'être responsable de sa mort. J'étais comme fou. Je pensais que si nous avions vécu normalement, dans une maison, la petite serait restée en vie. C'est idiot, remarque. Elle serait probablement morte de la même maladie, ou d'une autre. Après, ça n'a jamais plus été pareil, entre Dina et moi. Quand tu es né, j'ai cru que ça s'arrangerait. Ce qu'on a pu t'aimer, Sandro ! C'est moi qui t'ai, le premier, pris dans mes mains, après ta naissance. L'accouchement avait été difficile, Dina souffrait beaucoup, j'étais à son chevet. On espérait que ce serait une fille, mais on a été fous de bonheur quand même. Tu avais le cordon ombilical autour du cou, tu étais bleu, à demi asphyxié, j'ai cru que tu ne survivrais pas. Quand tu as finalement hurlé, Dina et moi avons pleuré de joie. Pendant un an ou deux, ç'a été comme avant, mieux même, puis tout a recommencé. Il faut te dire : nous avions des ennuis d'argent, Dina ne savait pas compter, elle dépensait à pleines mains, elle passait ses nuits devant les tables de chemin de fer. Du bar, je l'observais : plus elle perdait et plus elle souriait. Elle a hypothéqué, puis vendu l'hôtel d'Auteuil, une villa au Cannet.

Quand elle quittait la table de jeu, elle retirait ses boucles d'oreilles, ses bracelets, elle les jetait sur le tapis vert : « Pour le personnel ! » Moi, cette vie-là me tuait, j'arrivais pas à suivre le train. J'aime la vie calme, vois-tu : la campagne, le golf, les chevaux. La tranquillité, Dina ne la supportait pas. Elle avait besoin de s'agiter, de courir. Un jour à Cannes, le lendemain à Deauville, Paris, Londres, Palerme. Tu veux que je te dise, Sandro ? Elle n'a jamais été heureuse. Elle espérait toujours je ne sais quoi. La nuit, elle ne pouvait pas dormir, tantôt chez des amis, tantôt dans les boîtes. Le lendemain, elle restait au lit jusqu'à midi cependant que j'allais faire du cheval ou du tennis. Ce n'était plus tenable : on n'arrêtait pas de se disputer et c'est, je crois, ce qu'elle recherchait. Elle ne se sentait à l'aise que dans le drame, dans les cris, après quoi elle se faisait toute douce. Après chaque crise, on s'aimait avec fureur. Ensuite, tout recommençait : le jeu, les pertes, les pleurs, les cris... C'est drôle, je n'ai jamais raconté à personne ce que je te raconte, pas même à Charlotte qui, d'ailleurs, ne comprendrait pas. Toi seul peux comprendre. Aussi... je ne voudrais pas que tu aies une trop mauvaise opinion de moi. Ça m'a coûté, crois-le, de me séparer de Dina. Durant des années, il suffisait d'une silhouette qui, vaguement, lui ressemblait et mon cœur aussitôt cognait dans ma poitrine. J'ai mis longtemps à m'en remettre. Remarque, je ne la condamne pas. Tout ça venait de son enfance, d'Assou...

— Assou ? Mais elle adorait Dina !

— Ou-ais. J' voudrais pas te dire du mal d'elle. Elle l'a d'ailleurs payé assez cher. Mais elle a brisé sa fille, elle a failli la ruiner, elle l'a longtemps haïe.

— Je l'ai toujours connue cloîtrée dans sa chambre, malade.

— Elle n'a pas toujours été malade, tu peux me croire. Du reste, j'aime mieux ne pas remuer tout ça. Assou a été en partie responsable du malheur de Dina.

— Je comprends leurs disputes, chaque matin, leur haine.

— Elles se sont toujours disputées, puis elles se réconciliaient, elles se cajolaient et s'embrassaient. Au fond, elles se ressemblaient. »

Nous déjeunions au sous-sol du *Colisée*, à une table isolée, et

271

un orchestre jouait un air alors à la mode, *les Feuilles mortes,* dont j'écoutais distraitement la mélodie mélancolique.

S'exprimant d'une voix grave et sourde dont le débit tantôt s'accélérait, escamotant des syllabes, tantôt se ralentissait, Julien paraissait détendu, heureux presque de pouvoir évoquer le passé.

« Tu vois, Sandro, Dina et moi, nous avons été victimes de notre époque. Nous étions intoxiqués de mauvaise littérature. Dina rêvait d'amours fatales, d'hommes qui devaient nécessairement causer sa ruine et son malheur. Moi, j'inondais mes cheveux de gomina, je les plaquais avec un filet que je gardais toute la nuit. Nous dansions le tango en nous renversant, nous brûlions la vie comme si nous avions eu le pressentiment que notre monde allait couler. Nous étions pressés, terriblement pressés.

— Qui donc était Carlino ? »

Ma question l'avait surpris. Il s'était arrêté de manger pour me regarder, l'air gêné. Baissant la tête, il bougonna :

« Carlino Casseto ? C'est Assou qui t'en a parlé ?

— Massimo.

— Je ne sais pas ce qu'il a pu t'en dire. C'était un ami de Dina, un ami d'enfance. Ils étaient même fiancés, j' crois bien. Un type plus fou qu'elle. Quand j'ai rencontré Dina, tout était fini entre eux.

— Elle l'a aimé, non ?

— Peut-être... Quoi qu'on ait pu te dire de ta mère, Sandro, quand même tu aurais de bonnes raisons de la détester, n'oublie pas ceci : c'était une grande bonne femme qui a eu le malheur de naître à une époque détestable. Au fond, nous étions des mômes, de pauvres mômes perdus. Nous jouions les enfants terribles et nous avions surtout peur. Nous fuyions une menace que nous n'arrivions même pas à discerner clairement, comme un nuage qui obscurcissait l'horizon. Moi, tu vois, j'avais été élevé à la dure, dans des pensionnats religieux où l'on nous inculquait une morale d'un autre temps. Ton grand-père ne vivait que pour ses affaires, je ne le voyais qu'aux vacances et je ne me souviens pas d'avoir jamais parlé avec lui comme nous le faisons tous les deux. Quant à ma mère, c'était certainement une très brave femme, fort pieuse, qui s'entourait de confesseurs et de directeurs de conscience. La religion, la patrie, la famille. Je la vouvoyais aussi et je lui baisais respectueusement la main. Toutes ces femmes avaient été élevées dans le culte de la mort, elles n'arrêtaient pas de célébrer la liturgie de Verdun. Je t' dis pas ça pour m'excuser, Sandro, mais pour t'aider à comprendre. Nous refusions, nous, les enfants, de leur abandonner not' peau. Le nazisme, le fascisme, ça ne nous disait rien. C'est la paix que nous voulions, à n'importe quel prix. Le réveil a été pénible. Vois-tu, Sandro, chaque génération fait ce qu'elle peut, avec ce qu'elle trouve. Elle tâche de se bricoler un bonheur à ses mesures. Le nôtre, c'était de danser le charleston et le tango, de courir les routes sur nos autos rutilantes, de nous aimer très vite et très mal. Quand je te regarde, je ne me sens pas très fier. Mais tu aurais tort de penser que nous avons agi par égoïsme. Nous croyions que notre premier devoir était de vivre.

— Je ne te reproche rien. Je crois que je te comprends.

— Tu te rappelles ce matin, à Marseille, quand je t'ai réveillé ? J'aurais voulu te prendre dans mes bras, t'embrasser. Tu m'impressionnais, tu me faisais peur presque, tu me regardais, te demandant qui j'étais.

— Je ne te connaissais pas.

— C'est bien ça, la stupidité de la vie, Sandro. On n'a seulement pas le temps de se connaître. On se découvre vieillissant avant d'avoir eu le temps de comprendre. J'ai l'impression que ma rencontre avec Dina, c'était hier. Je me souviens du chapeau qu'elle portait, une cloche posée sur ses cheveux coupés court, elle était habillée d'une robe mauve à bretelles, un sautoir de perles se balançait sur sa poitrine. C'était hier, et c'était il y a un siècle. Je travaille dans un bureau, je conduis une traction avant, une femme de ménage vient trois fois par semaine nettoyer l'appartement. Je ne suis ni riche ni pauvre. Je possède quelques meubles, qui sont tout ce qui me reste de mon enfance. Quelques souvenirs également. Une vie, c'est peut-être ça : une mémoire incertaine et des regrets flous. Je te parle de tout en vrac, comme pour rattraper le temps perdu ; j'essaie, en une heure, de te dire ce que je t'aurais dit durant des années, si tu avais grandi à mes côtés. Je n'ai acquis aucune expérience, je ne possède aucune sagesse, sauf, peut-être, une certaine indulgence. Je sais que tu feras ta vie comme j'ai fait la mienne, en évitant, je l'espère, certaines erreurs, en en faisant d'autres. »

Nous avions quitté le restaurant, nous avions remonté à pied les Champs-Elysées ; nous roulions maintenant dans la 15 Citroën en direction de l'avenue de Friedland où se trouvait mon hôtel. Je respirais un parfum que je reconnaissais, qui me ramenait quinze ans en arrière.

« Voilà, mon gars. Il n'y a aucune chance que nous devenions jamais un père et un fils. On ne rattrape pas le temps perdu. Peut-être pourrions-nous devenir des amis ? Ce ne serait déjà pas si mal. Mon frère voudrait te voir. Tu sais, Robert. Tu pourrais loger chez lui, ce serait moins triste que l'hôtel. Chez moi, ce serait difficile, à cause des enfants de Charlotte. Et puis, elle n'aime pas trop évoquer ma vie avec Dina.

— Je peux comprendre ça.

— T'es un bon gars. T'as vraiment pas eu de chance. J'espère que ta vie s'arrangera. Tu vas opter pour la nationalité française, je suppose ?

— Je crois, oui.

— C'est pas un mauvais pays, la France. Je l'aime bien, si même je râle, comme tout le monde. Allez, fiston, je te rappelle. »

Je m'étais penché pour l'embrasser et, d'un mouvement brusque, il m'avait plaqué contre sa poitrine.

« Quelle idiotie, la vie, quelle connerie, mon gars ! Avoue que tu as été déçu en me retrouvant ? Je n'ai pas rajeuni. Si jamais tu la retrouvais, elle, ce serait peut-être pire. Il vaut parfois mieux rester sur ses souvenirs.

— Je sais, Pa...

— Ça passe pas, hein ? Appelle-moi Julien, c'est aussi bien.

— Je sais, Julien. Je voudrais seulement comprendre comment elle a pu...

— Comment peut-on tant de choses, Sandro ? A la guerre, j'ai vu les gars les plus doux, les plus pacifiques s'amuser à faire des cartons sur des sentinelles, pour rien, comme ça.

— Je croyais qu'elle m'aimait.

274

— Mais elle t'aimait sûrement.

— Comment peut-elle vivre... ?

— Tu es jeune, Sandro. Tu comprendras avec l'âge. On s'arrange pour survivre à tout. On oublie, enfin on fait semblant d'oublier. A la fin, on vit par routine, par entraînement. Allez, file vite. Amuse-toi bien. Tu as besoin d'argent?

— J'en ai. J'ai touché ma part d'héritage d'Assou.

— Il ne devait pas en rester bien lourd. Au revoir, Sandro. »

Debout sur le trottoir, devant la porte de l'hôtel, j'avais regardé la voiture s'éloigner. J'étais monté dans ma chambre et, couché sur mon lit, j'avais repassé dans ma mémoire tous les propos de Julien. Je ne trouvais rien à lui reprocher, je ressentais à son endroit une complicité mélancolique, j'éprouvais le lancinant regret d'une vie autre. Surtout, j'étais obsédé par la pensée que, quelque part dans cette ville immense, à dix minutes peut-être de cette chambre, Dina vivait. Avec une tristesse apitoyée, je m'interrogeais : se souvenait-elle de moi, pensait-elle à nos années passées ensemble ? éprouvait-elle du remords de m'avoir ainsi laissé, sans plus même, depuis bientôt quinze ans, avoir cherché à me retrouver ? Je comprenais ce que m'avait dit Julien, j'admettais qu'il était vain de ressasser le passé, j'entendais, au fond de moi, l'appel obscur de cette ville frénétique et libre dans laquelle j'aspirais à me fondre. Mais une part de moi, la plus intime, la plus intérieure, demeurait toujours dans cette chambre d'hôtel, devant ces valises ouvertes posées sur le lit. Je ne voulais, mais avec une violence forcenée, que comprendre ce qui s'était passé ce jour-là, ce qui se poursuivait depuis dans un cœur énigmatique. Je faisais défiler dans ma tête le film de Dina, depuis la jeune femme radieuse et rieuse, coiffée d'un chapeau cloche, un sautoir de perles sur sa poitrine, jusqu'à cette femme courbée au-dessus d'un piano, dans ce bar d'un palace aussi vaste que lugubre, jusqu'à cette femme maigre et farouche couchée sur une paillasse, dans une baraque cernée par la neige, jusqu'à cette étrangère enfin qui prenait piteusement la fuite, m'abandonnant à mon sort. Ces images se succédaient sans lien, comme un film muet dans lequel une censure tatillonne aurait effectué des coupures imbéciles : les séquences s'enchaînaient sans que je pusse apercevoir la trame du récit. Comment avait-elle pu, deux ans à peine après son mariage avec Paolo Valponte, abandonner son mari et son fils ? Qui était exactement ce Carlino Casseto dont Julien semblait répugner à parler ? Quel rôle Assou avait-elle joué dans toute cette histoire ? Toutes les pièces du puzzle se trouvaient devant moi, mais il m'en manquait sans doute une qui, mise au bon endroit, eût permis de reconstituer le dessin. Comment me serais-je douté qu'au même instant peut-être, un légionnaire, aux confins du Sahara, s'acharnait sur le même modèle, brassant les mêmes pièces, se posant les questions qui me hantaient ? Nous marchions de concert sans le savoir, tâtonnant dans la même pénombre. Nous tournions dans le même labyrinthe, cherchant l'issue de nos mémoires blessées.

La vie cependant l'emporta. La vie, c'est-à-dire l'instinct, et, d'abord, le plus animal. J'avais revu Patricia et Robert qui m'avaient accueilli chez eux, rue Decamps, à deux cents mètres du Trocadéro, m'offrant le foyer que je n'avais jamais eu. J'y disposais d'une chambre confortable, ouverte, par une large fenêtre, sur une petite cour silencieuse, plantée de trois marronniers. Une chambre meublée avec goût, tendue d'un tissu chaud, tapissée de livres. J'y menais la vie la plus indépendante et la plus libre, entre mes cours à la Sorbonne, mes sorties à l'Opéra ou au cinéma, mes errances nocturnes. Je m'étais fait de nombreux amis qui aimaient à me retrouver chez moi pour écouter de la musique ou discuter des nuits entières, rassurés et comme encouragés par l'accueil amical de ma tante et de mon oncle, contents de sentir autour d'eux le mouvement de la jeunesse, heureux s'ils me savaient heureux. Ils n'avaient pas tardé à découvrir mes penchants et ils m'en avaient parlé ouvertement et simplement, m'évitant les ruses et les silences d'une dissimulation qui, du reste, répugnait à mon caractère. Me sentant ainsi, grâce à leur compréhension et à leur bienveillance, délivré de toute honte et de toute culpabilité, j'étais libre de vivre à ma guise, recevant qui je voulais, comme et quand je l'entendais, sans autre obligation que de ne pas négliger mes études. Si j'avais aimé, je recevais pour la première fois un amour simple et désintéressé, dégagé de tout pathos. Un amour qui ne me demandait que d'être là, de vivre complètement, apportant par ma seule présence l'unique récompense qu'on attendît de moi.

Le bonheur ne se raconte pas, Antoine. Il me suffira de vous dire que ce fut la plus lumineuse époque de mon existence. Je marchais dans Paris, ivre de ma liberté toute neuve, chantant parfois à tue-tête. J'achetais tout ce qui s'offrait : livres, disques, vêtements. Je courais d'un théâtre à un cinéma, d'un café à une bibliothèque, pris soudain d'une fringale de jouissance. Tout m'était nouveau, tout m'éblouissait et m'émerveillait. Je jouais avec les idées comme je jouais avec mon corps. Je l'étais, heureux, par tous les temps et à toutes les saisons. Heureux s'il pleuvait, heureux s'il neigeait, heureux l'été, quand nous partions pour la Côte où mon oncle louait, au Cannet, une vaste maison sise au milieu d'un parc, où j'accueillais mes amis. Heureux de simplement respirer. Heureux encore de mon image, telle que, le matin, je la découvrais dans la glace de la salle de bains. Comme si l'affection sûre et paisible dont je me sentais entouré imprégnait ma peau, qui reflétait cette confiance insolente.

Que cette joie d'exister eût des côtés puérils et, même, ridicules, je ne le sais que trop. Il me suffirait, pour m'en convaincre, de regarder les quelques photos de moi qui remontent à cette époque. Dans une veste d'intérieur aux larges revers de satin noir, je gratte une guitare, assis devant une bibliothèque remplie de livres. En smoking, devant la fenêtre ouverte de ma chambre, je m'apprête sans doute à partir pour une générale ou une de ces surprises-parties auxquelles des copains m'invitaient. En blazer bleu orné de l'écusson du Yachting Club de Cannes, pantalon de flanelle blanche, un foulard de soie autour du cou, je suis assis à la terrasse du *Carlton* de Cannes, à l'heure de l'apéritif, fumant une pipe. Toutes ces images, dont je souris, me montrent un jeune bourgeois satisfait de son sort, un Massimo moins guindé, plus passionné parce que plus avide de vivre.

Ne considéreriez-vous que ce modèle générique, vous vous tromperiez, Antoine, sur celui que j'étais dans la réalité. Car cette façade conformiste et quelque peu niaise dissimulait un écorché vif, malade de sa mémoire. Ma joie n'était si forcenée que parce qu'elle se détachait sur un fond de solitude et de mélancolie que je tentais d'oublier. L'ombre de Dina courait encore dans mon esprit, comme un nuage d'orage dans un ciel serein. Je comprends mieux, maintenant que les années ont passé, que le temps a érodé les reliefs, la rage de vivre qui longtemps emporta Dina en une course haletante. Rien n'émousse le bonheur comme l'habitude du bonheur, rien ne l'exaspère comme le souvenir caché du malheur. Je fuyais, moi aussi, le passé, courant d'un plaisir à un autre, d'une aventure à l'autre. Je me hâtais d'épuiser chaque joie, de ne point perdre une goutte de cette rosée où je collais mes lèvres avides. Brusquement, alors que, pâmé, je m'abandonnais à la volupté, le souvenir de Dina venait me hanter. Je restais comme hébété, chancelant sous ce coup imprévu. J'évitais tous les endroits où j'avais été avec elle, j'évitais jusqu'à la vue d'un piano, mais je ne pouvais faire qu'un détail ne vînt, de façon sournoise, réveiller le passé, débridant la plaie.

Souhaitais-je la retrouver ? Je vous répondrai, si je veux être sincère : oui et non. Je le voulais pour enfin me sentir délivré, je le redoutais de crainte de ce choc dont je prévoyais qu'il menacerait mon bonheur tout neuf.

Avec Julien, que je revoyais une ou deux fois par mois, chez qui je déjeunais ou dînais, nous évitions de mentionner son nom. Faisant ensuite un bout de chemin à pied en ma compagnie, il ne pouvait cependant s'empêcher de faire allusion au passé, évoquant le temps qu'ils avaient vécu en Sicile, après la naissance d'Eugénie. Il prenait plaisir à parler avec moi en italien, langue qu'il dominait mal, retrouvant telle expression sicilienne, tel mot de l'argot palermitain. Je devinais alors, au son assourdi de sa voix, qu'une part de lui demeurait dans cette île tout ensemble cruelle et magique. Je revoyais certains paysages, certaines lumières d'aube ou de crépuscule, et je devais baisser la tête pour dissimuler mes larmes, dont j'avais honte, les trouvant ridicules. M'étonnait surtout la persistance du souvenir chez cet homme par ailleurs rangé, apparemment ennemi de la passion.

« C'est drôle, Julien. On dirait que tous ceux qui ont approché

Dina, le père de Massimo, ce Carlino dont j'ignore tout, toi, moi-même, on dirait que tous restent, malgré le temps passé, sous le charme. Qu'avait-elle donc de si extraordinaire ?

— C'est aussi la question que je me suis posée des centaines, des milliers de fois. Ce qu'elle était, ça s'explique pas, Sandro. La vie, tu comprends, la vie. L'as-tu vue alors qu'elle jouait du piano ? J' sais pas si elle en jouait très bien, je veux dire techniquement, j' crois bien que non. Mais c'était... ensorcelant, passe-moi le cliché. On était, quand elle retirait ses mains du clavier, au fond d'un rêve. Elle jouait comme elle vivait, avec ses nerfs, avec ses tripes, avec sa tête, avec ses mains et ses pieds. Rien ne lui résistait. Ce qu'elle voulait, elle l'obtenait toujours. Elle aurait tué pour l'avoir, si tu vois ce que je veux dire. J'ai pu la détester, la mépriser : je ne me suis jamais ennuyé avec elle, pas une minute. Il y a peut-être des femmes plus belles, plus intelligentes ; plus vivantes, je ne crois pas qu'il en existe. Bien sûr, elle était terrible : rusée, menteuse, compliquant à plaisir les choses les plus simples, égoïste, folle d'elle-même, de son corps, de son visage, mais elle *était*, Sandro, elle *était*... C'est une femme que tu tenais dans tes bras, comprends-tu ? Une énigme dangereuse, une grotte apaisante et maléfique. »

Nous nous trouvions place Péreire, quartier où Julien habitait. Une bruine mouillait l'atmosphère, faisait luire la chaussée où se reflétait l'enseigne de la brasserie, à l'angle de l'avenue. J'observais Julien à la dérobée. Courbé, comme tassé, les épaules rentrées dans son manteau anthracite, il ressemblait au vieillard qu'il serait dans quelques années. La cigarette restait collée à ses lèvres, et il promenait autour de lui des regards égarés.

« Charlotte, Julien...

— Oh ! ça, c'est le genre de femmes qu'on épouse, à qui l'on fait des enfants. Des femmes admirables, parfaites sous tous les rapports. T'as vu comment elle tient la maison ? Tout est à sa place, toujours. C'est rassurant, ça aide à vivre, ça doit sûrement aider à mourir. Dina, elle aurait déjà tout chamboulé, elle aurait mis partout des objets impossibles, elle aurait fait des dettes chez tous les commerçants du quartier, elle se serait fâchée avec tous les voisins, seulement, vois-tu, elle... Une autre vie, quoi.

— Tu l'as donc à ce point aimée, toi aussi ?

— Aimer, aimer... Je l'ai haïe comme je n'ai jamais haï personne également. L'amour, la haine... Ce que j' sais, c'est que je ne l'ai pas oubliée. Comme la Sicile que j'ai pareillement détestée et dont il m'arrive encore de rêver... »

Après que nous nous fûmes séparés, je m'étais retourné : il restait debout devant la brasserie, voûté, perdu dans ses souvenirs. Le crachin l'enveloppait, noyant sa silhouette courbée, l'estompant, comme s'il avait été déjà mort, spectre abandonné sur les rives du Styx, attendant le retour du vieillard qui, sur sa barque funèbre, lui ferait traverser le noir courant.

Pour mes retrouvailles avec Dina, j'aurais sans doute imaginé des circonstances, sinon exceptionnelles, à tout le moins insolites. J'aurais rêvé que le hasard nous mît, dans un décor, ou étrange ou exceptionnel, face à face. Nous nous serions aussitôt reconnus, nous aurions couru l'un vers l'autre, nous étreignant, saisis d'un vertige d'amour. Combien de fois ai-je dû, en ces trois années, imaginer cette minute, m'attardant à détacher chaque détail, à répéter chacune des paroles que nous dirions ? Ce n'était pas un souhait, pas même un désir, mais la répétition d'un prodige que je sentais inéluctable. Depuis mon arrivée à Paris, depuis que Julien m'avait, à la terrasse du *Fouquet's,* appris qu'il avait aperçu Dina, je me préparais à cette rencontre qu'une part de moi redoutait, quand une autre l'appelait et l'espérait. Avec le temps, j'avais certes fini par éloigner ce fantôme. Dans la course au bonheur, j'oubliais Dina. L'ancienne douleur, avec un changement de lumière, avec un incident apparemment banal, se réveillait pourtant, comme se réveillent, avec la pluie, les douleurs des rhumatisants. Je me reprenais alors à espérer, trouvant au silence de Dina des excuses plus invraisemblables les unes que les autres. Car ce n'était pas tant cette heure de mon enfance, devant les valises ouvertes sur le lit d'une chambre d'hôtel, qui obsédait ma pensée que le mystère de ces quinze années de silence et d'absence.

Aux confins du Sahara, dans une Algérie ravagée par la guerre, un légionnaire se sera, dans la promiscuité des chambrées, posé les mêmes questions, heurtant son front au même mur de granit. Il n'aura cessé, entre deux crapahutages et deux accrochages, dans la déchirure des crépuscules africains, aussi soudains que brefs, il n'aura cessé de se répéter, au bord de l'hébétude : « Comment est-ce possible ? »

A cette période de sa vie, je ne puis m'empêcher de me demander : son destin était-il scellé ? Certes, il avait eu, avant son engagement, des démêlés avec la justice ; il s'enfermait déjà dans un univers de chimères où le vrai et le faux se mêlaient ; une sourde et lancinante culpabilité le rongeait, le poussant à exposer publiquement son indignité en recherchant le châtiment. Tout cependant était-il inéluctable dans cette vie encore incertaine ? Que se serait-il passé si le hasard ou le destin me l'avaient fait rencontrer alors ? Si j'avais pu lui montrer Dina et, par elle, le faire accéder aux arcanes de sa mémoire égarée ? Questions vaines, je le sais, Antoine. Comment pourtant éviterais-je de me les poser ?

Bientôt Aldo, libéré, viendra à Paris pour s'asseoir à une table et, de son écriture étroite, remplir des cahiers qui deviendront ses deux premiers romans. Nous nous trouverons ainsi à quelques kilomètres l'un de l'autre, arpentant les mêmes rues, tournant et retournant les mêmes questions hallucinées, figés, des heures durant, dans la même attitude. Nous nous étions rejoints dans un choc identique, deux enfants contemplant, hébétés, des bagages posés sur un lit, écoutant, figés, tétanisés, le bruit d'un moteur de voiture qui s'éloigne. Nous avions traversé de concert des années de vide et de vertige. Nous nous rejoindrons bientôt dans la même ville, jetés dans la même quête, courbés au-dessus du papier, luttant avec les mots. Dans le miroir magique, nos ombres se confondront. Qui, d'Aldo ou de Sandro, écrit dans le silence de la nuit, gratte une allumette, aspire une bouffée, relit la page, biffe une phrase, change un mot pour un autre ? Nous ne formons qu'un corps immatériel, dédoublé, comme nos esprits se fondent dans la même hantise et dans la même douleur. Mes mots répondent aux siens, mes phrases s'enroulent autour des siennes comme, ce jour, ce livre, par-delà la mort, fait écho au sien. J'ai, dans l'enfance, marché à reculons pour le rejoindre dans l'abandon, je n'ai cessé ensuite d'avancer vers son futur ; bientôt nos temps coïncideront, avant de se séparer à nouveau.

Cette procession de deux ombres passant et repassant les

temps éclatés, elle me procure une sensation d'hallucination. Un sentiment d'injustice et de révolte également. L'amour qui lui a été refusé, j'en ai été repu ; le père qu'il ne verra pas, je l'ai retrouvé ; la mère qu'il se cherche, écrit-il, « dans les étoiles », je sais déjà qu'elle vit à quelques stations de métro de mon domicile. Tout ce qu'Aldo entreprend semble, comme dans ces contes de fées où l'aîné glorieux se voit supplanter par le benjamin chétif, mystérieusement voué à l'enlisement et à l'inachèvement, quand tous mes gestes, sans que je le veuille, s'inscrivent dans la réalité.

N'est-il pas symbolique que ses interrogations pathétiques aient le Sahara pour cadre ? Alors que, fixé dans un cadre stable et bourgeois, entre des parents qui m'aiment et que j'aime, entre mes études consciencieusement conduites et mes voraces amours, alors que je me prépare, solidement armé, à affronter le passé, Aldo, lui, dans des chambrées malodorantes et bruyantes, devant le vide du ciel aspiré par la lumière et le vide du paysage recouvert par le sable, Aldo s'égare dans des rêves informes, ses mains refermées sur la poussière. Il n'y a, aux origines, ni le verbe ni l'action : il y a le sentiment. Sans lui, tout élan retombe, toute volonté se défait. C'est ce souffle originel qui manque à mon double, qui le fait s'écrouler après chaque velléité de relèvement.

Comme pour mieux faire ressortir la dérision de ma rencontre avec Dina, les circonstances qui l'entourèrent furent à la fois pitoyables et triviales. Une nuit, place de l'Etoile — et je revois, Antoine, le crachin qui noyait l'atmosphère, faisant vaciller les lueurs des réverbères —, je rentre à pied à mon domicile. Je me prépare à m'engager dans l'avenue Victor-Hugo quand une silhouette arrête mon regard, dissimulée dans la pénombre. Approches, salutations, et, de ma part, lâche mouvement de recul qui me fait, à toute vitesse, chercher l'excuse susceptible de ménager l'amour-propre de l'inconnu. Quelle excuse plus banale que le retard ? Je griffonne à la hâte mon nom, mon téléphone, avec l'espoir assez minable qu'il voudra bien ne s'en pas souvenir.

« Lavanti ? C'est drôle. Vous êtes italien ?

— Sicilien.

— J'ai connu une journaliste qui portait ce nom. Elle est venue m'interviewer alors que nous préparions un spectacle. Je dois vous dire que je suis danseur. Elle était de Palerme, elle aussi. Une femme belle, imposante, qui avait perdu un fils durant la guerre. »

Qu'ai-je éprouvé à cet instant ? Je me revois figé, cherchant à dissimuler mon trouble.

« C'est une coïncidence curieuse, en effet. Vous vous rappelez son prénom ?

— Dina, ça ne s'oublie pas. »

Je regagne à la hâte ma chambre, je me laisse tomber sur mon lit, je reste comme assommé. Je respire mal, je transpire, j'entends les battements de mon cœur, frappant à mes tempes. Je ne trouve à me répéter que : « C'est trop bête ! » et je pense sans doute aux circonstances pitoyables de cette rencontre. Ce n'est certes pas ainsi que j'avais imaginé cet instant. L'ironie de la situation me ferait sourire presque, si je trouvais la force de sourire. Mais je n'ai la force de rien, pas même de pleurer. Vide, anéanti.

Il ne nous a pas été difficile, à ma tante Patricia et à moi, de découvrir l'adresse et le téléphone, dans le quartier du Marais, à deux pas du faubourg Saint-Antoine. Deux jours plus tard, je composais le numéro et m'entendais répondre que Mme Pontat se trouvait à son travail, que je veuille bien rappeler entre dix-neuf heures et dix-neuf heures trente, car elle ne possédait pas le téléphone, le numéro étant celui d'un café voisin de son domicile, où elle recevait ses appels.

Ce que j'ai fait en attendant cette heure, vous le devinez : je suis passé et repassé devant le domicile : un vieil immeuble à quatre étages, au fond d'une impasse misérable. J'ai franchi le seuil de la porte, j'ai marché dans un couloir étroit et sordide d'où s'arrachait un escalier branlant, flanqué d'une rampe de fer, j'ai inspecté les boîtes aux lettres en laiton, cinq ou six : Mme Pontat-Lavanti, entresol gauche. Ce décor sinistre, j'essayais en vain de le rattacher au passé de Dina. Je me demandais comment elle avait pu échouer au fond de cette impasse, je tâchais d'imaginer cette vie inconnue. J'étais brûlant de fièvre, avec toujours cette sensation de froid.

« Allô ? Madame Pontat-Lavanti ?

— Une minute, je vous la passe.

— Allô ?

— Dina ?

— Ou-ui. Qui est à l'appareil ?

— C'est Sandro. »

Je voudrais, Antoine, vous faire sentir le silence. Une soudaine et brutale apnée qui retient quinze ans d'oubli, peut-être de remords. Une avalanche de souvenirs refoulés, d'images effacées par le temps, de sentiments obscurs repoussés dans les recoins de la mémoire. Ce vertige, brutalement, devant le retour inopiné du passé.

« Mon chéri, où es-tu ?

— A Paris.

— Quelle adresse ?

— 27, rue Decamps.

— Ne bouge pas, mon amour. Je saute dans un taxi, j'arrive. Attends-moi devant la porte de l'immeuble. »

Une voix ferme, énergique. J'ai raccroché et je continue de l'entendre, cette voix décidée dont l'accent m'étonne. L'avait-elle, cette trace d'accent italien, cette façon de chantonner les phrases, l'avait-elle déjà dans mon enfance ? Il faut croire que oui, si même je ne m'en apercevais pas. J'ai toujours, dans mon esprit, associé Dina au français, qui était notre langue, celle de nos longues nuits de confidences et de tendres chuchotements, de nos dérives oniriques et de nos illusions. Je répugne à admettre que Dina soit une étrangère, parlant, certes, parfaitement le français, mais le parlant avec un accent qui trahit ses origines. Mais que sais-je au juste de Dina ? Cette femme si passionnément aimée, elle demeure pour moi une énigme. Je n'ai cessé de la rêver, de la magnifier, je l'ai embellie dans mon souvenir, je l'ai peinte des couleurs les plus glorieuses. Que vais-je, dans quelques minutes, retrouver de cet interminable rêve ?

Je voudrais, Antoine, que vous m'imaginiez debout sur le

trottoir, guettant, dans une impatience où l'appréhension se mêle à l'espoir, le taxi qui ramène les songes de mon enfance. J'aurais souhaité crier, sangloter : je n'étais que silence stupéfait. Depuis trois jours, ma tante et mon oncle n'avaient pas ménagé leur peine pour me préparer à ce coup, m'avertissant que je pourrais bien être déçu, que je ne retrouverais peut-être pas la Dina de mes souvenirs. Derrière leurs propos circonspects, je percevais l'écho de la voix de Julien qui, au téléphone, les avait sans doute instruits de la réalité. Je n'attendais certes pas une vision de gloire, j'étais résigné à découvrir les ravages du temps. Arraché à la durée, précipité dans mon passé, j'étais un gosse tremblant d'angoisse et d'espoir, dissimulant son excitation derrière une impassibilité d'adulte. Si l'on pouvait, comme on le croit trop souvent, comme le font souvent les chats saisis d'une peur subite et implosive, si l'on pouvait mourir d'émotion, j'aurais dû mourir ce soir-là — une soirée tiède et parfumée, lascive et abandonnée. Mais on ne meurt pas d'émotion : on se gèle, on se condense, on se fossilise. Je devenais un bloc de pierre, je me changeais en une statue de sel.

Le G7 qui arrive au bout de la rue, ralentit, s'immobilise ; la portière qui s'ouvre. Une seconde d'affolement : je n'aperçois pas Dina. J'ai cru distinguer une fourrure, un visage estompé. Et je m'aperçois soudain que mes yeux d'enfant cherchent vers le haut ce qui se trouve en dessous : Dina c'est ce corps blotti dans mes bras, cette chevelure que touche mon menton. C'est cette petite femme aux formes rebondies, vêtue, sous sa fourrure synthétique, d'une robe de satin noir, juchée sur de hauts talons.

« Laisse-moi te regarder, mon chéri. Comme tu es beau ! Tu devrais faire du cinéma. »

Sous le coup, je vacille. Quinze ans de solitude et de vide, quinze ans à ressasser les mêmes obsédantes questions, quinze ans d'attente et d'espoir, de désespoir et de rage, pour s'entendre dire : « Tu devrais faire du cinéma. » J'en pleurerais, si je pouvais. Je hurlerais d'impuissance et de découragement, si ma gorge n'était pas sèche et nouée, ni ma poitrine écrasée sous ce poids trop lourd pour moi, trop lourd peut-être pour n'importe qui.

L'ascenseur, comme dans un rêve, le vestibule, les salutations à ma tante et à mon oncle, médusés, eux aussi, par cette apparition et qui tentent, derrière une politesse de façade, de cacher leur ahurissement. Le silence de ma chambre enfin, le fauteuil près de la cheminée, et Dina enfin présente, pleinement. Je reconnais, péniblement, les traits du visage, qui conserve l'altière fierté d'une beauté rongée par le temps ; je retrouve le sourire dont me parlait Julien, cette palpitation entre les narines et la lèvre supérieure, cet éclat des dents, je contemple les mains, minuscules, frémissantes comme des oisillons. Un geste soudain me surprend, m'atteint en pleine poitrine : cette façon de relever le menton en exhalant la fumée, ce mouvement nerveux de la main droite pour dissiper le voile de fumée, ce tic de la gauche pour toucher le médaillon sur sa poitrine, pendu au bout d'une fine chaîne. Ce sont comme des repères dans un paysage ravagé. Non que Dina m'apparaisse enlaidie, défigurée, vieillie : ses traits accusent certes un âge qu'elle ne peut plus cacher — cinquante-quatre, cinquante-cinq ans ? —, son corps s'est, certes, alourdi. Mais l'apparence trahit moins les changements que j'observe qu'une invisible aura d'effacement, de timidité, d'impalpable médiocrité. J'ai perdu une femme altière, encore assurée de son charme, faisant front avec panache à l'adversité : je retrouve une Sicilienne petite et boulotte au regard marron rempli de douceur. N'étaient ces gestes impérieux, ces sourires supérieurs, je m'imaginerais contempler une quelconque épouse d'un notaire de Syracuse ou de Messine, trop portée sur les sucreries. Sa robe, ses souliers sont d'une qualité douteuse. Le vernis à ongles s'écaille par plaques et l'abondante chevelure tissée de fils d'argent, relevée en chignon au sommet du crâne, n'a pas, depuis un temps plus long, reçu des soins experts.

Chacun de mes brefs regards, incisifs et blessés, Dina les remarque, tirant sur sa jupe pour cacher ses bas filés, dissimulant ses pieds sous le fauteuil. Comme ces réflexes de coquetterie me touchaient, Antoine ! Ils dénotaient d'abord la femme trop longtemps habituée à séduire pour ne relever point la significa- tion des regards qu'on pose sur elle, la gêne ensuite de paraître inférieure à son image idéale, une vague honte, dans ce décor qui la renvoyait à sa jeunesse, d'être soudain comme déplacée.

« Tu t'étonnes de me voir ainsi, Sandro. Je ne suis plus la Dina que tu as connue dans ton enfance. Je travaille pour gagner ma croûte. Levée, depuis des années, avec le jour, tôt couchée parce que rompue de fatigue après huit heures de bureau. J'ai vu que tu remarquais mes ongles : c'est la machine à écrire. »

La voix rendait un son de défi, comme si elle avait voulu me dire : « Je n'ai pas honte de ce que je suis devenue. Je me sens fière, au contraire, d'avoir su gagner ma vie. » Ce langage de fierté me bouleversait. Etait-il possible que Dina fût devenue une femme parmi les femmes ? Aurais-je la chance de retrouver, au bout de cette longue route, une mère, enfin ? Je l'aurais, si j'avais osé, embrassée, serrée dans mes bras. Mais quinze ans d'absence nous séparaient, creusant, entre nous, un abîme de silence.

« Alors, Sandro chéri, tu vas venir avec moi, n'est-ce pas ?
— Où ça ?
— Chez moi, chez nous. Nous nous sommes enfin retrouvés, mon amour. »

Je chancelais à nouveau, comme à l'instant où elle s'était écriée, devant la porte de l'immeuble : « Tu devrais faire du cinéma ! » Se rendait-elle compte de ce qu'elle disait ? Sa voix ne trahissait pas la plus petite hésitation, effaçant d'un revers de la main ces quinze années d'absence. Dina eût trouvé naturel, mieux, juste, que je fisse aussitôt mes bagages, sans plus attendre ni réfléchir. Je lui appartenais, j'étais « son » enfant, sa chose. Que je pusse, sur sa conduite, me poser la moindre question, cela n'effleurait pas son esprit. Elle m'avait laissé à neuf ans, elle avait gardé le silence durant quinze ans ? Il s'agissait d'un détail, d'une péripétie. Qu'elle s'empressait du reste de m'expliquer en quelques phrases aussi confuses que contradictoires : elle avait eu peur de se manifester, la faute en incombait à Assou qui ne l'avait pas informée de mon retour à Palerme, elle me croyait mort. Arguments qu'elle ne cherchait même pas, par un effort d'imagination, à rendre convaincants, comme s'ils n'étaient destinés qu'à dissiper un « malentendu » sans importance. D'ailleurs, elle ne vivait pour ainsi dire plus depuis notre séparation, s'enfonçant, pour oublier, dans son travail, s' « abrutissant », pour reprendre ses propres termes.

288

Je restais ahuri, muet de stupeur. Se rendait-elle compte... ? Je n'oserais vous dire que non, Antoine, car, derrière ses déclarations fumeuses, je discernais une gêne. Dina écartait le passé, qui la dérangeait, comme elle avait toujours écarté les obstacles. Cette réalité désagréable, un geste de sa main menue suffisait, croyait-elle, à la balayer. Elle ne comprenait pas mon insistance à l'interroger, s'irritant de ce qu'elle devait tenir pour un entêtement incompréhensible.

« Tu as beaucoup souffert, mon chéri, je sais. Ma vie a peut-être été plus difficile et plus dure encore que la tienne. Il a fallu que j'apprenne un métier, que je me résigne à gagner mon pain, et je n'avais même pas mon Sandro auprès de moi.

— Mais, Dina, à Tunis, à Paris ensuite, il t'était facile de me rechercher.

— Bien sûr, bien sûr. C'est facile à dire. D'abord, j'étais persuadée que tu étais mort, tué dans un bombardement. Ensuite, qu'aurais-je fait de toi alors que je n'arrêtais pas d'aller d'un endroit à un autre ? Je comprends, certes, que tu me reproches de t'avoir laissé. J'avais peur, Sandro, une peur panique, véritablement folle. Toi, un enfant, je savais que tu ne risquais rien.

— Si tu pensais que je ne courais aucun risque, pourquoi étais-tu persuadée que j'étais mort ?

— Evidemment, comme ça, la chose paraît incohérente. J'ai cru, au moment où je te laissais, que tu ne risquais rien ; je me suis, Dieu seul sait pourquoi, persuadée ensuite que tu étais mort. En fait, je ne savais pas ce que je faisais. J'ai été lâche, je l'admets. Mais je t'aimais, Sandro, je t'aimais à la folie.

— Dina, ce que tu dis, je peux à la rigueur l'admettre pour la période de la guerre, quand tu avais le couteau sous la gorge. Mais depuis, Dina, cela fait quatorze ans que tu vis à Paris, quatorze ans que la guerre est finie. Il t'aurait suffi d'écrire à Assou, d'avertir l'ambassade.

— Bien entendu, la logique est de ton côté. Je m'étais faite à ma solitude, je m'étais habituée au malheur. Peut-être avais-je peur de te retrouver, de devoir te regarder en face ? Mais tout est fini à présent, Sandro. Nous sommes à nouveau réunis, rien ne nous séparera plus.

— Dina, j'ai ma propre vie. Cette maison est désormais mon foyer. Nous ne pouvons pas faire que ce qui a été ne l'ait pas été.

— Tu me hais donc à ce point ?

— Qui parle de haine, Dina ? T'aurais-je téléphoné, si je te détestais ? Accepterais-je de te rencontrer et de te parler ?

— Evidemment, ça se défend. Remarque, tu as peut-être raison. Pour commencer, Patricia et Robert sont très gentils, je me suis toujours bien entendue avec eux. Ensuite, cela nous donnera le temps de dénicher un appartement plus grand, car j'habite un studio d'une seule pièce. Au fait, t'ai-je dit que j'étais remariée ?

— Non.

— Il s'appelle Félix. C'est un très brave homme, qui se ferait couper en morceaux pour moi. Il est contremaître dans une usine. Tu l'aimeras beaucoup, j'en suis sûre. »

Malgré un perceptible effort pour se maîtriser, sa voix trahissait une irritation agacée, qui me laissait, et mélancolique, et abasourdi. Tous mes arguments semblaient se heurter à une volonté sombre et passionnée, comme si Dina n'avait pas conçu le plus léger doute qu'il lui suffirait de paraître, de me demander de la suivre pour qu'à l'instant même, abandonnant tout, j'allasse avec elle. Mon insistance à vouloir percer les causes de son abandon, puis de ce silence de quinze ans, elle n'était pas loin d'y voir l'expression d'une hargneuse et, pour elle, choquante rancune. Ce que son départ avait pu être pour moi, ce qu'avaient été ces quinze années de vide où, lentement, péniblement, j'avais dû m'habituer et me résigner à ma solitude, remodelant ma vie, me refaisant un caractère, c'est peu dire qu'elle ne l'imaginait pas : elle le tenait pour une péripétie mineure, comparé à son « malheur » à elle. Sentant ma résistance instinctive, ma défiance aiguisée par ses explications hasardeuses, elle cherchait à mon recul les plus humiliants motifs.

Je la voyais regarder le décor de ma chambre avec un air de suspicion. Les livres garnissant les rayons de la bibliothèque, le bureau où j'écrivais : elle croyait y déceler la raison de ce qu'elle prenait pour un rejet.

« Quelles études fais-tu ?

— Lettres classiques. J'écris également.

— Vraiment ? C'est merveilleux, Sandro ! Sais-tu que j'ai beaucoup écrit, moi aussi ? Des articles, bien sûr, mais également des poèmes, un essai sur le fascisme italien, des pièces de théâtre. Sans me vanter, j'aurais pu devenir un excellent écrivain, si j'avais eu les facilités dont tu disposes. Je devais écrire, moi, dans les chambres d'hôtel, dans les cafés, et toujours pressée par les délais. Tu me montreras ce que tu fais ? Je pourrais, je pense, t'être d'un excellent conseil. De plus, telle que tu me vois, je n'en ai pas moins gardé de nombreux amis dans les milieux de la presse et de l'édition. C'est que ta Dina adorée a tout de même été un personnage, durant la guerre ! J'ai du talent, j'aurais pu faire une belle carrière. Il ne m'a manqué que ce que tu possèdes ici, grâce à Patricia et à Robert : un bureau confortable et tranquille, des livres, une existence rangée. J'étais pauvre, il me fallait lutter pour survivre. »

« Facilités », ce mot qu'elle avait jeté comme en passant me plongeait dans l'ahurissement. Je croyais rêver, je me demandais si Dina n'avait pas plaisanté : était-elle consciente de ce qu'elle disait ? Il me fallait me rendre à l'évidence : elle parlait sérieusement, elle croyait peut-être ce qu'elle disait. Elle paraissait déjà persuadée que la chance m'avait souri, que j'avais mené l'existence la plus libre et la plus heureuse cependant qu'elle se débattait dans les pires difficultés. Un peu plus, elle m'aurait accusé de l'avoir abandonnée, elle, pauvre femme sans ressources et sans appuis. Sous mon regard étonné, elle se coulait insensiblement dans ce personnage de femme meurtrie par la vie, harassée par les difficultés, résignée à l'ingratitude d'un fils égoïste. Tout son air reflétait cet accablement las, cette douce acceptation de son sort. Elle se plaignait avec tristesse, elle s'admirait avec éloquence, elle se contemplait avec satisfaction dans le miroir magique.

Vous dire, Antoine, l'ébranlement que me causa, après tant d'années, cette rencontre, je ne le puis, quand même le voudrais-je. Tout le passé s'éclairait soudain d'un jour nouveau. Je devais reconsidérer tous mes souvenirs ; je me demandais si je n'avais pas rêvé. Avait-elle existé, cette Dina glorieuse dont l'image avait si longtemps hanté mon esprit ? Ne serait-elle pas qu'une chimère, un produit de mon imagination ? Qui était, dans la réalité, la véritable Dina ? Etait-ce cette petite femme au regard doux et aux formes alourdies, ou cette déesse gravissant, dans un murmure d'admiration, les marches du perron d'un casino ? J'entrevoyais la possibilité qu'elle fût l'une et l'autre, que chacune de ces Dina, avec toutes celles que je n'avais pas connues, constituât une part de sa vérité, cimentées toutes par cela seul qui semblait avoir résisté au temps : une naïve admiration de soi, une impossibilité à seulement envisager qu'il y eût en elle la moindre imperfection.

En découvrant cette femme inconnue, couverte d'une poussière de médiocrité, candidement persuadée de sa supériorité, levant vers son image idéale et magnifiée un regard extatique, inaccessible au moindre remords, je m'apercevais du même coup du lent travail de mûrissement qui avait, de l'enfant pâmé, fait un jeune homme blessé et comme détaché de lui-même. Toutes les années que j'avais passées à Palerme, renfermé sur moi-même, muré dans un mutisme énigmatique, ne cessant de ressasser mes souvenirs, acharné à comprendre ce qui m'était arrivé, cognant sans cesse mon front contre cette heure où ma vie avait basculé, toutes ces années de torpeur où j'avais eu l'impression de ne point vivre, je m'apercevais soudain qu'elles m'avaient permis de me dégager de l'enchantement léthargique où j'étais plongé depuis l'enfance.

Si j'avais cru que je retrouverais la paix en revoyant Dina, je me trompais, Antoine, car cette rencontre me posait plus de questions qu'elle ne m'avait fourni de réponses. Je n'avais jamais connu Dina, ou, pour mieux dire, j'avais connu une Dina qui n'existait plus, victime des circonstances ou d'elle-même. J'avais affaire non plus à une créature céleste, mais à une femme, non pas banale certes, une femme ordinaire dont le masque même, barbouillé des restes d'une beauté pathétique, n'évoquait que de loin, et de façon fugitive, l'irrésistible domination dont Julien m'avait parlé place Péreire. La regardant ce soir-là, la buvant littéralement des yeux, comme pour assimiler son image, je ne pouvais m'empêcher de me demander : comment est-ce possible que tant d'hommes aient pu abdiquer toute raison pour cette bonne petite matrone sicilienne ? Où donc résidait sa puissance de séduction ? Les phrases même qu'elle prononçait anéantissaient mes illusions.

Dina avait-elle toujours fait montre de cette vanité puérile, de cette naïve et pitoyable assurance ? avait-elle toujours manqué de cette intuition qui, seule, permet de deviner les mouvements d'autrui ? J'observais ses tentatives de séduction, plus maladroites les unes que les autres. Alors qu'un geste, une parole eussent suffi à me réduire, à me jeter dans ses bras — « J'ai honte, Sandro, j'ai mal agi envers toi » —, elle faisait et disait ce qui ne pouvait que m'éloigner et me repousser, au point que j'en éprouvais une vague gêne, de la honte presque, comme devant un mauvais comédien qui achève, par ses outrances, de conduire jusqu'à la débâcle ce qui n'eût été qu'un four. Là où l'expression sincère, à tout le moins convaincante, d'un remords ou d'un regret eût suffi à écarter le passé, Dina, en voulant justifier l'injustifiable, s'y embourbait, se discréditant à mes yeux. Sentant son insuccès, elle en rajoutait, accumulant les explications oiseuses et les arguments spécieux. Elle se coulait en tentant de se sauver, comme on se noie, quand on ne sait pas nager, en s'épuisant par des gestes désordonnés. Elle était pardonnée et elle ne le savait pas. Mais en plaidant maladroitement l'innocence, elle ravivait la blessure.

Si elle avait été stupide, j'aurais mieux compris son attitude. Mais je sentais sa ruse, l'agilité de son esprit tout en tours et détours et je m'apercevais que sa maladresse, qui m'eût touché si elle avait été involontaire et spontanée, provenait d'une autre source, plus trouble. Les paroles qui l'eussent sauvée à mes propres yeux, elle ne pouvait tout simplement pas les prononcer, faute de les concevoir, se sentant justifiée une fois pour toutes. Que je pusse me demander comment une mère, après avoir laissé son fils seul en pleine guerre, a pu rester quinze ans sans s'inquiéter de son sort, sans rien tenter pour le retrouver, sans entreprendre la moindre démarche, que je pusse me poser une pareille question, Dina n'était pas loin d'y voir un attentat blasphématoire, un signe de perversion. Non qu'elle fût le moins du monde assurée : toute son attitude me prouvait, au contraire, qu'elle était, et gênée, et embarrassée. Pas davantage ne minimisait-elle la gravité du choc qu'avait dû me causer son abandon. Ce qui la scandalisait presque, c'est que j'eusse l'air de douter de sa vertu exemplaire, de son dévouement maternel. Comment ne voyais-je pas qu'elle était la véritable victime, la seule digne de pitié ? Et, derrière cet étonnement scandalisé, je sentais poindre, Antoine, un sentiment tout gonflé de fiel, gorgé de venin, obscurci de haine. Sans le savoir et en ne faisant rien que poser cette question, « pourquoi ? », je devenais un adversaire. N'aurais-je pas dû, plutôt que de l'interroger, admirer son courage, m'incliner devant sa force de volonté, la remercier des combats qu'elle avait livrés à l'adversité ?

Aujourd'hui que tous les temps sont abolis, que j'écris d'au-delà le souvenir, je discerne mieux l'absurdité de cette situation, son caractère véritablement hallucinatoire. Car les questions que je formulais, ce pourquoi sur lequel, avec une obsédante insistance, je revenais, un autre les posait par ma bouche, et un autre encore par la bouche d'Aldo. Mais si je ne pouvais me résigner à comprendre ces quinze ans de silence, combien moins ces deux-là auraient-ils pu comprendre un silence qui avait duré plus du double ! Après les avoir laissés à la garde des demoiselles Jeantet, Dina avait en effet vécu au moins cinq ans en France, auprès de Julien, elle était revenue en France avec moi, peu avant la guerre, elle y vivait enfin depuis quinze ans, à quelques heures de train de ces deux gosses qui avaient vécu tous leurs sens tendus vers le portail de la villa et l'allée du jardin, guettant chaque silhouette, tressaillant à chaque pas sur le gravier, ravalant leurs larmes.

Dans ma voix assourdie par la tristesse, dans mon regard incrédule, dans ce pourquoi que je martelais, frappant avec insistance contre la porte de son cœur, Dina ne pouvait pas ne pas entendre les autres voix, apercevoir les autres regards, écouter leurs questions hébétées. Trois fils se dressaient, en moi, devant elle, lui réclamant non pas des comptes, mais des raisons de ne pas désespérer.

Les mots ne peuvent pas traduire l'extrême de l'horreur,

Antoine. Ils ne réussissent qu'à le suggérer et à le rendre, par leur mesure, supportable, l'arrachant aux ténèbres de la folie. Si l'abandon ne tue pas, ce dont je peux témoigner, il assassine la confiance. Celui que sa mère a trahi dans son amour et dans sa confiance, il gardera toute sa vie la certitude de la trahison. Comment dès lors vous étonner que la délinquance d'Aldo ait été une délinquance d'abus de confiance et de trahison à la parole donnée ? Le piano, l'écriture, l'exaltation mythique de soi, l'illusion, l'abus de confiance et la trahison : qui, de Dina ou d'Aldo, se cache derrière cette image complexe ? En vérité, elles n'en font qu'une : Aldo est devenu Dina, il s'est fondu en elle. Si bien que, parlant en son nom à Dina, je parlais également à mon frère, répétant : pourquoi ? Dans ce miroir magique qu'est le tableau de Velasquez, le spectateur devient acteur en devenant le contemporain du peintre, qui l'interroge : pourquoi me déranges-tu ? Croyant m'adresser à Dina, je m'adressais à des ombres, parmi lesquelles je figure, fantôme de mon propre malheur.

La période qui suivit mes retrouvailles avec Dina m'apparaît, avec le recul, la plus incohérente et la plus folle de ma vie, un mauvais rêve que j'ai traversé les yeux grands ouverts, sans rien distinguer que des ombres furtives.

Deux, trois fois par semaine, j'allais dîner chez Dina, qui dirigeait alors je ne sais plus quel service dans une entreprise dont les locaux se trouvaient dans la banlieue nord.

Je m'engageais dans l'impasse qu'éclairait un unique réverbère, je pénétrais dans le corridor, je gravissais trois marches, j'étais accueilli par Dina, qui m'étreignait et me baisait, éprouvant, à chaque fois que sa bouche touchait ma joue, un instinctif mouvement de recul, car je n'arrivais pas tout à fait à croire que cette petite femme boulotte et fatiguée fût la vraie Dina, comme si j'avais espéré que l'enchantement se dissiperait brusquement et que, dépouillant cette apparence mensongère, la Dina de mes rêves réapparaîtrait soudain.

Dès l'entrée, minuscule, encombrée de rouleaux de câbles électriques, de baguettes de bois, de caisses remplies d'outils, séparée de la grande pièce par un rideau crasseux, l'âcre odeur de la pisse de chat me prenait à la gorge. Je pénétrais dans la pièce de séjour, surchauffée par un poêle poussé au rouge, meublée d'une table couverte d'une toile cirée et de quelques chaises branlantes disposées autour, toutes occupées par des chats, efflanqués et scrofuleux les uns, eczémateux ou borgnes les autres, tous atteints de la gale, disposés en grappes serrées sur le lit défait, au fond de l'alcôve, sur l'étagère de la bibliothèque, sur le manteau de la cheminée, plongés, leurs paupières refermées, en une paisible et énigmatique rêverie.

Dans cet émouvant élan pour les bêtes abandonnées, comment n'aurais-je pas discerné, Antoine, l'obscur désir de consoler et de choyer d'autres délaissés, des humains ceux-là ? Le remords de Dina, pour vague et flou qu'il fût, n'en engendrait pas moins cette ardente pitié pour les animaux maltraités auxquels elle offrait l'asile de son gîte tropical.

Deux marches descendaient vers une cuisine dont l'évier servait aussi de salle de bains et d'où s'échappaient des vapeurs accablantes. J'étais dans une case africaine, au bord d'un marais fumant, en un invraisemblable désordre de verres mal lavés et plus mal essuyés, d'assiettes contenant les reliefs abandonnés aux chats, de bibelots d'un mauvais goût touchant, de poupées et de livres. Je me sentais petit à petit glisser dans une torpeur déliquescente que les longues phrases de Dina, tout en sinuosités, en parenthèses et en incidentes, scandaient jusqu'à l'hypnose. Je voguais sur un de ces fleuves de l'Afrique noire, aussi larges qu'une mer, immobiles et denses ; couché au fond de la pirogue, les yeux clos pour n'être point aveuglé par la réverbération d'une lumière impitoyable, sentant la sueur couler sous mes aisselles, je rêvais, livré aux éléments originels. L'unique fenêtre, donnant sur une courette sans lumière, dissimulée par des rideaux rouges à fleurs, n'avait pas été ouverte depuis sans doute des mois, et toutes les odeurs stagnaient dans cette étuve, alourdissant l'atmosphère.

Je ne parlais guère, me contentant d'écouter ; je mangeais moins encore ; je répugnais même à boire, malgré ma soif. Je m'abandonnais à cette dérive, me laissant porter par l'invisible courant, apercevant, entre mes paupières closes, un paysage brumeux. Je sentais que cet abandon léthargique constituait l'unique défense que je pusse opposer à mes vertiges, que seul le mutisme pouvait me défendre contre Dina, dont le regard ne me quittait pas, épiant chacune de mes réactions, palpant mon armure, pour y découvrir le défaut.

Cette eau en apparence dormante et glauque sur laquelle je glissais, je devinais qu'elle grouillait de sauriens prêts à me déchiqueter, si, perdant l'équilibre, je faisais chavirer ma barque. J'évitais par conséquent tout mouvement brusque, je me faisais comme eux, filant, déguisés en troncs d'arbres, avec le courant, fossile et minéral. Un combat aussi sournois qu'impitoyable m'opposait à d'obscures puissances, guerre primitive dont je renonçais à percer, et l'enjeu et les causes. Des haines ancestrales m'enveloppaient, me paralysaient ; des serpents me frôlaient, glissant sur ma peau et je me retenais de respirer pour éviter leurs morsures. Et toujours, dans ma somnolence hébétée, résonnait la mélopée des phrases interminables où la principale s'évanouissait dans une végétation étouffante, comme se perdent, dans la forêt primitive, les sentiers, mangés par les fougères arborescentes.

Félix rentrait de son travail, l'air renfrogné, me fixant de son œil unique où je lisais un soupçon haineux. Cet homme simple, au cœur droit, à l'esprit confus, vénérait, idolâtrait Dina en qui il voyait une impératrice injustement chassée de son trône par des sujets rebelles. Il l'avait épousée alors qu'elle était une femme seule, désarmée devant la vie. Il avait d'abord découvert l'existence de Massimo et de Paolo Valponte, la mienne et celle de Julien Delfot ensuite, tous coupables, il n'en doutait pas, du malheur de sa souveraine, ruinée par des hommes sans scrupules, meurtrie par eux. Dans mon silence, il flairait une résistance sournoise, me détestant de ne pas partager sa foi et de ne point sacrifier à son culte. Il m'eût volontiers mis sur le bûcher comme hérétique et s'il ne le faisait pas, c'est que sa divinité l'en empêchait. Au milieu du repas, il se laissait brusquement tomber à genoux devant Dina, me prenant à témoin de son adoration.

« Ta mère, Sandro, c'est une sainte. Tiens, je lui baise les pieds, moi ! Je me couperais le bras si elle me le demandait. Celui qui oserait toucher à un seul de ses cheveux, je l'étripe, je le saigne. Je suis indigne de vivre avec pareille femme. Je veux qu'elle ne manque jamais de rien. Je me tuerai, s'il le faut, au travail pour qu'elle puisse boire le champagne qu'elle aime, fumer les cigarettes de son choix, s'acheter les parfums les plus chers. Tout ce qu'elle voudra, tu m'entends ? Je ne suis qu'un homme simple, un ouvrier, mais personne ne l'aimera comme je l'aime. C'est un génie, Dina ! Je ne suis pas un maquereau comme ton père, moi, ni un voyou comme celui de Massimo, qui ne l'a épousée que pour son fric. Elle ne possédait rien, quand je l'ai connue ; elle était abandonnée de tous. Tu la regardes de haut, toi, petit freluquet merdeux, parce que tu fais des études à la Sorbonne, mais tu ne lui arrives pas à la cheville. Qu'est-ce que tu es, toi, comparé à elle, hein ? Monsieur se prend pour un savant ! Il méprise sa mère ! Tu devrais...

— Félix ! Arrête, je t'en prie ! Tu dis n'importe quoi. Sandro ne méprise personne et surtout pas sa mère. Tais-toi donc, tu me donnes mal à la tête, avec tes cris...

— C'est bon, je ne dirai plus rien. Mais je n'en pense pas moins. Qu'il ne s'avise pas de te faire le moindre mal, surtout, ou je l'écrase.

— Mais oui, mais oui... Mange donc, je t'en prie. Tu fais peur aux chats... (Et, très vite, en italien :) Il est fou, ne l'écoute pas. Il ne sait pas ce qu'il dit. »

J'entendais ainsi, sans remuer un muscle, sans prononcer un mot, les deux voix de Dina, par la bouche de Félix d'abord, par la sienne ensuite. Je me demandais ce qui pouvait bien provoquer sa haine, dont l'intensité m'effrayait et me fascinait. De quel crime m'étais-je rendu coupable pour encourir une si furieuse détestation ? Si les raisons de cette sauvage rancune m'échappaient alors, je les discerne aujourd'hui, Antoine, et elles étaient inscrites dans un décor que je ne savais pas interroger.

Pour des raisons à la fois évidentes et mystérieuses, Dina s'était enfouie dans la médiocrité, comme elle se dérobait aux regards en s'enveloppant de graisse, défigurant son image. Or, je venais malencontreusement ressusciter un passé abhorré parce que redouté ; je portais sur ma peau, dans mes vêtements, dans mon attitude et mes propos, le reflet de l'ancienne gloire. Il est vrai que Dina se levait avant le jour, traversait la ville endormie, s'enfermait tout le jour dans un bureau regardant des usines et des dépôts, rentrait avec la nuit, fourbue. Cette existence obscure, elle la menait depuis sept ou huit ans, non certes par nécessité, comme elle voulait parfois s'en persuader, mais par un choix énigmatique. Il y avait comme une volonté suicidaire dans cette mortification de la banalité et de la routine. Chaque matin, elle reniait son ancienne vie, elle la niait chaque soir en s'écroulant sur son lit, vidée ; elle l'effaçait en faisant de la jeune et si mince Dina, pleine de vie, cette matrone sans formes.

N'était-ce pas sa façon de conjurer les ombres du passé ? de refouler ses souvenirs ?

N'étant plus Dina, elle pouvait s'absoudre, elle se découvrait innocente des folies commises par une étrangère qu'elle ne reconnaissait seulement plus. Par moments, cependant, la Dina d'avant réapparaissait devant moi, à sa façon de boire un verre de champagne, d'exhaler lentement la fumée de sa cigarette, à un sourire furtif comme un éclair, qui lui ôtait les ans accumulés, révélant, en une fulgurance aveuglante, la jeunesse évanouie. Ou encore, quand elle s'asseyait au piano pour étudier une partita de Bach dont, d'instinct, elle découvrait l'exacte mesure, d'une grandeur austère et nue. Mais ces instants disparaissaient, noyés dans la grisaille des heures et des jours.

En surgissant devant elle alors qu'elle m'avait, avec tout le reste — maris, amants, enfants, parents et amis —, relégué dans cet oubli crépusculaire, j'avais rappelé l'antique gloire, et je l'avais, dans le même mouvement, rejetée par mon refus de renouer avec les ombres du passé, ce qui ne pouvait que rendre plus pénible son exil intérieur. Etrangère à elle-même, elle se sentait étrangère à moi. Elle me haïssait d'accomplir ce qu'elle avait sans doute longtemps rêvé d'accomplir, comme si j'avais indûment et injustement usurpé sa place.

Mes succès même ne pouvaient que lui rendre plus sensible son abaissement. Je vivais au milieu d'un décor qui avait toujours été le sien, je fréquentais des gens qui avaient composé son monde, je voyageais chaque été, passant mes vacances en des lieux où elle avait abandonné ses souvenirs — Cannes, la Côte basque. Elle se sentait soudain rejetée, doublement exclue. Et ne croyez pas, Antoine, que je divague en lui trouvant des excuses : ces raisons, elle les a souvent couchées dans les lettres qu'elle m'écrirait des années plus tard, tentant de se justifier. Sans doute n'étais-je pour rien dans sa défaite, sans doute aurait-elle dû rougir de s'en prendre à un fils qu'elle avait livré à la pire des solitudes. Il n'en reste pas moins que, sans intention, je l'enfonçais davantage encore dans sa médiocrité, ce qui suscitait sa haine, d'autant plus furieuse, plus démente qu'elle la savait, et injuste, et, dans une certaine mesure, indigne.

Pour moi, si je m'obstinais à la revoir, malgré la tristesse et, même, la répulsion que je ressentais à assister à ce naufrage, c'est que je tentais de comprendre, comme si j'avais deviné que tout repos me serait à jamais interdit tant que je n'aurais pas traversé cette nuit remplie de menaces et de dangers. Aimais-je Dina ? Je l'aimais sans doute, au-delà de tout amour, tout comme je la plaignais depuis un au-delà de la pitié, en ces régions de l'art où ni l'horreur ni le crime n'importent, roulés dans une même harmonie.

Du fond de ma nuit, je la considérais avec une pieuse miséricorde, me demandant jusqu'où sa haine la mènerait et comment elle pourrait s'évader de ce piège qu'elle avait elle-même dressé. Je n'aurais pas pu cependant lui tendre la main, certain d'être mordu à mort par deux crocs remplis de venin. Non qu'elle voulût ma mort, pas plus qu'elle n'avait voulu mon abandon : elle m'eût mordu par un réflexe de peur, sans plus songer aux conséquences de ses actes.

Deux ou trois heures après le repas, Félix, qui avait d'abord somnolé sur sa chaise, allait se glisser dans son lit, tirant les rideaux de l'alcôve. Baissant alors la voix et usant de l'italien, qui devenait notre jargon de comploteurs, Dina consentait enfin à répondre à mes questions, soulevant un coin du voile qui la cachait à mes yeux. J'essayais ainsi de m'aventurer dans son passé, espérant trouver la clé de l'énigme. Je m'apercevais cependant que, d'un jour à l'autre, parfois d'une heure à la suivante, ses versions variaient. Vous l'avez rencontrée, Antoine, avec Aldo, bien des années plus tard, et j'entends encore le ton de sécheresse que vous aviez pour me déclarer : « Ils mentaient autant l'un que l'autre », propos que je comprends, tout comme j'entends votre impatience. Ce mot, mensonge, s'applique-t-il à l'élaboration mythique à laquelle Dina procédait, remodelant le passé jusqu'à ce qu'il coïncidât avec son rêve ? Elle entendait moins tromper autrui que se tromper elle-même, s'inventant des excuses irréfutables, accumulant les preuves de son innocence, rejetant la faute sur les autres, tous les autres.

A l'écouter, son histoire pouvait ainsi se résumer : une enfance certes dorée, choyée, mais écartelée entre des parents qui se haïssaient et tentaient chacun de capter son amour, la dressant contre l'autre ; un malheur brutal, la frappant comme la foudre : c'était l'attaque cérébrale dont son père, qu'elle ado-rait, avait été victime et qui l'avait laissé paralysé de longues années, à la merci de la détestation d'Assou, qui avait alors pu se venger sur cet infirme des humiliations subies et qui s'était unie, pour déshériter sa fille, âgée à l'époque de douze ou treize ans, à un avocat escroc, un filou rompu à toutes les finesses du Code. Avec son aide, Assou aurait fabriqué un testament apocryphe qu'elle aurait fait signer à l'infirme, guidant sa main — testament qui dépouillait Dina, remettant l'immense fortune d'Arnoldo Lavanti entre ses mains et celles de son amant, qu'elle aurait épousé plus tard. Spoliation scandaleuse qui aurait donné lieu à un procès aussi retentissant que confus, intenté par les sœurs de son père au nom de Dina et qu'après une interminable procé-dure les dames Lavanti auraient gagné, le tribunal ordonnant la constitution d'un conseil de tutelle chargé d'administrer les biens de la mineure. Ce verdict, qui les déshonorait et, surtout, leur ôtait la fortune détournée, ni Assou ni Cossimo, son mari, ne pouvaient l'accepter, ce qui les conduisit à user d'un stratagème aussi monstrueux qu'ingénieux. Puisque aussi bien le conseil de tutelle perdrait ses prérogatives à la majorité de Dina, il ne restait, pour émanciper celle-ci, qu'à la marier de gré ou de force, ce qui fut fait. Cossimo dénicha en effet un vague neveu, fort démuni, jeune médecin frais sorti de la faculté qui, contre la promesse d'une somme rondelette pour l'achat d'une clinique chirurgicale, consentit à engrosser la fillette, tout juste âgée de quinze ans et quelques mois. (Et, à cet endroit, Dina ne manquait pas, d'un ton pathétique, d'évoquer le viol dont elle aurait été la victime, relevant chaque circonstance de l'attentat.) C'est ainsi que Massimo aurait été conçu, contre la volonté de Dina qui, revenue à elle — si elle avait été droguée ou enivrée, elle semblait hésiter sur la bonne version —, se serait séparée de Paolo Valponte, intentant un second et, cette fois, scandaleux procès à son beau-père et à sa mère. Mais le plus horrible était qu'à l'heure où on la vendait — quel autre mot employer ? — à Paolo, Dina était fiancée depuis plus de deux ans à celui qu'elle aimait depuis l'enfance, Carlino Casseto. Désespérée, Dina s'enfuyait en France où elle rencontrait Julien, qu'elle épousait après avoir réussi à divorcer au Mexique, d'un mari qui n'en avait jamais été un. (Dina évoquait avec un tremblement de la voix une scène où, dans un bureau situé au sommet d'une tour — elle ne précisait pas, malgré mes questions, laquelle, ce que je regrettais, puisque je ne connaissais à Palerme l'existence d'aucune tour —, dans ce bureau donc où elle discutait avec Paolo de leur divorce, celui-ci, saisi d'un vertige d'amour, se serait approché d'elle. Alors Dina, ouvrant la fenêtre et regardant le vide, se serait écriée : « Si tu me touches, je saute. » Scène que je trouvais en tous points digne de celle entre Tosca et Scarpia, sauf que Tosca préférait poignarder son cynique suborneur.)

Trop d'invraisemblances m'apparaissaient dans ce livret pour que je pusse y adhérer. Et une, surtout, décisive : je connaissais assez Dina pour ne pas accepter l'idée que, même à seize ans, il fût possible de la violer. Mais je flairais également, dans la trivialité même de ce roman bourgeois qui sentait son début du siècle, un parfum de vérité : l'odeur nauséabonde de l'argent. De plus, ce conte jetait sur la « honte » d'Assou, sur sa longue claustration, une lumière juste, tout comme il expliquait les réserves de Fortunata ainsi que les relations si étranges, mélange inextricable d'amour et de haine, entre Assou et Dina.

Un procès éclatant avait donc probablement eu lieu dont la fortune d'Arnoldo Lavanti était l'enjeu et qui, opposant la mère à la fille, n'avait pas manqué de susciter la réprobation scandalisée de la bonne société palermitaine. Un autre détail que Dina n'aurait pu inventer, c'était Cossimo, l'avocat véreux, expert en expédients louches.

Ce personnage que vous seriez, vous, tenté de juger invraisemblable rendait, à mes oreilles siciliennes, un son de réalité. Il s'agit en effet d'un produit local. L'avocat sicilien est à l'avocat de votre type ce que la faiseuse d'ange est au pédiatre. Pour commencer, il ne possède ni cabinet ni bureau d'aucune sorte, exerçant sa profession à la table d'un café où on le voit du matin au soir, assis à la terrasse, vêtu de blanc ou, plus souvent encore, de noir, le cheveu plaqué et huileux, la moustache équivoque, l'œil lourd et circonspect, la bouche dédaigneuse, d'une élégance aussi remarquable que suspecte. Ce qu'il fait là, depuis le matin jusqu'à la nuit ? Il écoute, il recueille les confidences, il confesse, distribuant, en guise d'absolution, des conseils contournés. Il ne plaide pas, remarquez, tout son art, qui est souvent délicat, consistant à rendre tout procès impossible, à dénicher dans un Code dont il connaît chaque nuance les vices de procédure et de forme, les causes d'annulation ou de suspension, en un mot tous les subterfuges permettant d'arrêter la machine judiciaire, ses honoraires, qu'il touche avec une discrétion de maquignon, augmentant avec les délais obtenus. Il compte non point, comme des hommes de votre espèce sont tentés de le faire, sur les dossiers, les pièces, mais sur ce compromis définitif qu'est la durée. Il sait, en parfait Sicilien, que rien, pas même le zèle intempestif d'un juge honnête, ne résiste à l'usure du temps, et c'est du temps qu'il vend à ses clients, ce temps qui fait et défait la Sicile.

Qu'un de ces distributeurs de délais ait réussi à s'insinuer dans les bonnes grâces d'une femme délaissée, belle et riche de surcroît, la conseillant habilement sur la plus subtile façon d'opposer un testament à un autre, qu'il ait ensuite épousé la veuve reconnaissante : je voyais là, Antoine, une de ces belles *combinazzione* que la Sicile affectionne et dans lesquelles le sexe et l'argent, la famille et l'honneur se trouvent intimement et indissociablement mêlés.

Je déduisais donc que les faits principaux étaient véridiques, si même Dina les interprétait à son avantage. Il y avait eu, entre Assou et Arnoldo, désunion, haine ; une captation d'héritage avait d'abord réussi, entraînant un procès interminable dont la bonne société de Palerme avait sans doute fait ses beaux jours. Pour le mariage de Dina avec Paolo Valponte, les choses me paraissaient déjà plus obscures. Un viol, tel surtout que Dina le décrivait, me semblait invraisemblable. Du reste, je me rappelais les propos de Massimo au sujet du mariage de ses parents : rien n'y laissait deviner que cette union eût été consacrée sous la contrainte. N'était-il pas plus simple, davantage en accord avec la personnalité de Dina, d'imaginer qu'elle s'était mariée de son plein gré pour s'émanciper et échapper ainsi à la tutelle d'Assou et de son beau-père, qu'elle détestait sans doute, ne pardonnant pas à sa mère d'avoir trahi la mémoire de son père ? Plus j'y réfléchissais et plus je me persuadais que c'était bien ainsi que les choses s'étaient passées, le plus simplement du monde — non sans ruse cependant, cette ruse dont je savais Dina largement dotée.

Quoi qu'il en fût, il restait cette histoire sordide qui m'aidait à comprendre certains comportements de Dina : son attitude extravagante et presque folle envers l'argent, ce mélange de prodigalité et de cupidité ; ses relations avec Assou, pareillement, qui oscillaient sans cesse entre l'amour et la détestation (et certains des propos que les deux femmes échangeaient devant moi, assises dans le bow-window, me revenaient à la mémoire, notamment les accusations de Dina, reprochant à sa mère d'avoir, devant son père, couché avec un « maffioso ») ; ses rapports avec les hommes également qui, si elle n'avait pas été violée à quinze ans, s'expliquaient cependant par un mariage douteux, contracté sans amour. Je me souvenais des confidences de Julien, conscient, avec le recul, d'avoir été amené à interpréter un rôle pour lequel il n'était point fait, Dina se rêvant la victime consentante d'hommes cyniques et dénués de scrupules, qui l'humiliaient, la dépouillaient, la volaient. Je revoyais certains des « amis » de Dina que j'avais connus dans mon enfance, je me remémorais la façon dont elle m'en parlait, courbée au-dessus du piano, ses yeux mouillés de larmes. N'aurait-elle fait, toute sa vie, que répéter indéfiniment le personnage de la femme humiliée, cédée pour de l'argent ?

Que Dina, victime de son passé, eût vécu enfermée et comme prisonnière de son rêve, je pouvais le comprendre. Mais que tant d'hommes, différents les uns des autres, certains aussi raisonnables que Julien, se fussent, avec bonheur, précipités dans ce délire, ne cessant plus de regretter ces orages saccageurs, cela me stupéfiait. Je contemplais Dina avec des yeux désenchantés : je devais certes convenir qu'elle avait été belle, ce qui se lisait encore dans chacun de ses traits, elle était également intelligente ; combien de femmes cependant possèdent l'intelligence et la beauté qui ne suscitent pas cet élan suicidaire ? J'écoutais ses propos, la musique orientale de ses phrases sinueuses, m'étonnant d'avoir pu vivre subjugué par cette voix. Je m'apercevais que son secret était l'intensité de son rêve. Comme la foi, comme la science, comme l'idéologie, l'amour n'agit que sur ceux qui consentent à aimer, fermant les yeux, s'abandonnant à leur rêve. Dina n'était, comme chacun de nous, qu'une illusion esthétique appuyée sur un style. Elle n'était ni ses gestes, ni ses paroles, ni les somptueuses toilettes qu'elle portait, ni les folies qu'elle faisait, elle était le rêve de ces paroles et de ces gestes, c'est-à-dire le style d'une illusion.

Dans cet appartement d'une sordide médiocrité, parmi l'armée des chats estropiés, dans la chaleur étouffante et poisseuse, dans les remugles de la pisse des chats et des vapeurs de cuisine, voguant sur le fleuve alourdi de mystères, regardant Dina boire son champagne en fumant ses cigarettes dont elle tenait le paquet dans sa main gauche, le tournant et le retournant, en contemplant son profil qu'elle faisait exprès d'exhiber, en me laissant bercer par la mélopée incantatoire de ses phrases sans fin, surchargées d'ornements — je touchais, comme dans cette salle du Prado, devant la peinture de Velasquez, notre ultime et décisive réalité, qui est le rêve. Nous nous imaginons être, quand nous ne sommes que ce que nous imaginons.

Je quittais l'appartement, je respirais avidement, désespérément, l'air de la nuit. Je regagnais à pied mon domicile, traversant, par la rue de Rivoli, la Concorde, le Cours-la-Reine, la place d'Iéna, une partie de la ville endormie. Je marchais à grands pas, la tête lourde, la gorge sèche, la nausée au bord des lèvres. Je me sentais osciller entre la folie et la raison, entre ma vie diurne, rangée, ordonnée, studieuse et appliquée, et mes délires nocturnes, qui me transportaient dans des régions ténébreuses, pleines de sortilèges. Epuisé, vidé, je m'effondrais sur mon lit, tournant et retournant les mêmes questions. Je perdais pied, m'enlisant dans ces marécages instables, grouillants de reptiles. Toute la force d'inertie que j'opposais à Dina ne réussissait plus à me protéger des flots déchaînés de ses chimères, qui menaçaient de m'emporter. C'est alors que, tout comme je l'appelais dans mon enfance, quand Dina oubliait de me prendre dans son lit, je me tournai vers Fortunata. D'elle seule, je le pressentais, de son regard cynique et moqueur, de ses aboiements de rire, je pouvais espérer faire jaillir une lueur qui dissiperait cette nuit où je m'égarais. J'entrepris des démarches pour retrouver son adresse, je lui écrivis une lettre pour l'inviter à séjourner un temps à Paris, je reçus enfin sa réponse, qui me rendit l'espoir.

VI

Il n'y a pas de commencement.

J'aurais pu commencer ce récit, Antoine, à l'instant où, sur l'un des quais de la gare de Lyon, je guettais l'apparition de Fortunata, me demandant si je la reconnaîtrais dans cette foule d'hommes vêtus des mêmes hardes usées et froissées, portant les mêmes valises entourées de grosses ficelles, l'œil sombre pareillement éteint de sommeil et de misère, une identique peau bistrée, long fleuve de l'exil qui entraîne une même eau, toujours renouvelée et toujours identique. Je vous aurais fait sentir cette lumière glauque où ces figures épuisées se diluaient, je vous ferais entendre la rumeur de ces pas épuisés de courir nulle part, fuyant la faim, de ces voix chantantes mêlant l'espagnol au portugais, l'arabe au berbère, en une polyphonie de chœurs à bouches closes. Vous m'imagineriez, le regard brûlé d'impatience, scrutant cette masse, guettant les yeux charbonneux qui semblaient se rire de tout, de la gloire comme du crime. Derrière moi, toujours dans mon dos, vous apercevriez l'ombre d'Aldo, tout juste libéré de la Légion, venu, lui aussi à Paris, engagé dans la même quête du passé. Mais, maintenant, le passé court devant le futur, le benjamin précède l'aîné. Je tiens les deux bouts de la chaîne, il ne me reste qu'une ou deux pièces à glisser au bon endroit pour que le dessin du puzzle révèle son sujet.

Lui, au contraire, rentre d'Algérie, hanté sans doute par ce qu'il y a vu et, qui sait, par ce qu'il y a fait. Il aspire d'abord à se ressaisir, à respirer un peu. Il a probablement rendu visite aux demoiselles Jeantet, retrouvant le décor de son enfance, examinant ce portail qu'il a, des années durant, fixé, foulant le gravier

311

de l'allée par où Dina s'est à jamais éloignée. Est-ce là, dans cette maison banale et vide, entre deux femmes adorantes et vaguement méprisées, qu'il a commencé d'écrire son premier roman, qui a la Légion pour cadre ? (J'achève, dans le même temps, mon second manuscrit.) Il reviendra se fixer à Paris, dans un palace de la rive gauche où la direction acceptera de l'engager comme pianiste de bar, si bien que, chaque soir, il rejoint Dina, courbé comme elle au-dessus de l'instrument, abaissant, comme elle, ses paupières pour suivre le dessin de la phrase. Il semblerait que sa vie ait connu à ce moment un bref répit, comme une hésitation du destin. Il se tient à carreau. A-t-il pris la résolution de ne plus récidiver ? L'expérience de la Légion l'a-t-elle assagi ? Il écrit le jour, il joue du piano le soir, il entreprend ses premières démarches auprès des éditeurs. Il se rêve sans doute célèbre, adulé, reconnu enfin. Devançant les événements, il s'habille sans doute déjà de gloire, il plastronne au bar des cafés et des boîtes de nuit, élégant, disert.

S'il boit un peu plus que de raison, peu de gens le remarquent. Il a besoin de cette euphorie pour échapper au vide qui le ronge. L'alcool le rend plus léger, l'enlève à sa pesanteur. Beau, séduisant, s'exprimant avec aisance, comblé de dons, il sait susciter les sympathies. Il pourrait faire un beau mariage, bien des femmes se montrant sensibles à son charme. Il n'aime d'ailleurs rien tant que de s'amuser au jeu de la séduction, quitte à s'esquiver à la dernière minute. Car la nuit le voit hanter d'autres lieux, se mêlant à d'autres silhouettes. (Nous aurions pu, comble de l'ironie, nous rencontrer ainsi. Nous nous sommes peut-être croisés, nous aurons échangé un sourire...) Cette fiche d'Interpol, qui figure dans le dossier que vous m'avez montré, le désigne en effet, malgré toutes ses belles protestations, comme homosexuel notoire, ce qui suffirait à prouver qu'il était connu dans les milieux homosexuels de France comme d'Autriche.

Certes, Aldo connaît probablement des chutes vertigineuses, des heures d'abattement où les hallucinations de l'enfance et de l'adolescence le jettent sur son lit. Des lames d'angoisse le submergent parfois, qu'il tente d'endiguer en prenant quelques verres de whisky. Il se sent alors l'envie de tout chambouler, de tout saccager. Il rêve de trahisons sournoises, de parjures délicats, de vols méticuleux, de mystifications grandioses. Il méprise l'humanité entière, se sentant supérieur à tous et se sachant inférieur à chacun. Il désire obscurément des humiliations dédaigneuses, des échecs définitifs, parce que tout, à ces heures de déréliction, lui paraît préférable au néant où il s'enlise. Se reprenant, il rêve, fortune faite, couvert de gloire, de retrouver ses parents, de se présenter devant eux pour leur demander : qu'avez-vous fait de moi ? Le projet s'insinue dans son esprit de partir pour la Sicile afin d'y enquêter sur son père. Il vit de la sorte, entre délire et chimère, suspendu au-dessus du vide.

Ce sont mes bras cependant, non les siens, qui se referment sur le corps minuscule, comme asséché, de Fortunata. Je ne l'ai pas vue au milieu de la foule. C'est elle qui, m'ayant reconnu, s'est jetée dans mes bras. Je puis à peine parler. Je retrouve le haut front orné de deux énormes bosses, le regard enfoncé au fond des orbites, la large bouche fendue en un rire jubilatoire, le goître saillant à l'endroit de la pomme d'Adam. Je respire le parfum de l'huile d'olive répandue sur une abondante chevelure chenue.

« Tu es grand, tu es fort, tu as l'air bien portant. Je suis contente de te revoir. »

Je ne dis rien, la serrant plus fort contre moi. Je m'accroche à cette peau comme à une bouée. Je pleurerais presque de bonheur.

Dans la voiture, elle promène sur la rue le même regard de justice dont elle considérait la foule à Palerme. Nullement impressionnée apparemment, ni par le trafic ni par les monuments. Contente, certes, savourant à l'avance le surcroît de prestige dont ce séjour à Paris l'entourera quand elle sera de retour dans son village. Heureuse de me revoir en bonne santé, riche sans aucun doute — qui ne l'est pas en ce pays de cocagne ? Etonnée, non. A Paris, à Rome, à Palerme, les mêmes hommes s'agitent, en proie aux mêmes idées folles. Il y en a davantage à Paris ? A la bonne heure ! Ça ne fait jamais qu'un plus grand nombre de fous.

La trouvais-je vieillie ? Oui et non. Des rides, certes, des

313

cheveux blanchis, mais le même regard hardi, le même rire rauque et sauvage, comme des spasmes.

« J'ai retrouvé Dina, Fortunata. Elle vivait à Paris. Elle est remariée.

— Encore ! C'est une maladie, ma parole ! Elle devrait être fatiguée du mariage pourtant... Je savais qu'elle était à Paris.

— Comment ça ?

— Je l'ai vue quand elle est venue à Palerme, en 44. Elle m'a dit qu'elle voulait s'installer à Paris. C'était ce qu'elle avait de mieux à faire, remarque. On ne la connaissait que trop, désormais.

— Tu l'as rencontrée à Palerme ? Elle t'a parlé de moi ?

— Pardi ! Elle n'arrêtait pas de pleurer, mon Sandro par-ci mon Sandro par-là. Elle te croyait mort dans un bombardement. Enfin, c'est ce qu'elle disait. Ça devait l'arranger probablement.

— Tu sais qu'elle m'avait abandonné ?

— Tiens ! J'aurais pu le parier le jour où elle t'a embarqué avec elle. On s'est même disputées avec Assou, à ce sujet. Je ne voulais pas qu'elle te laisse partir.

— Pourquoi pensais-tu que Dina me laisserait ?

— Comme elle a laissé les autres, tiens ! C'est pas qu'elle soit mauvaise, non ; elle t'adorait même, tu te souviens ? Seulement, elle ne supporte pas la moindre gêne.

— Une seconde, Fortunata. De quels autres parles-tu ?

— Mais des fils qu'elle a eus de Carlino ! Tu n'en as pas entendu parler ?

— Des fils ?

— Deux, oui. Aldo et Brunetto.

— Je... je ne comprends pas, Fortunata. Que sont-ils devenus ?

— J'aurais mieux fait de me taire, tiens ! Te voilà tout retourné, un homme grand et solide comme toi ! Assou l'avait obligée à les laisser en garde à Anglet, où elle avait sa villa d'été. Pour éviter le scandale, tu comprends ?

— Mais pourquoi Assou ne les a-t-elle pas pris avec elle ?

— Assou ! Mais elle ne voulait pas en entendre parler. C'étaient les enfants de la " honte ", tu comprends ? C'est leur père qui l'avait déshonorée.

— Déshonorée comment ?

— Et comment retire-t-on l'honneur à une femme ? Tu vis dans les nuages ou quoi ? Dina était mariée, elle avait eu Massimo, et elle les plaque pour s'envoler avec ce Carlino. Tu aurais voulu qu'Assou se charge de ces deux bâtards ? Et son honneur, alors ? »

Je gisais sur le lit, assommé, abasourdi. La veilleuse, à mon chevet, diffusait une lumière vacillante sur les murs, les moulures du plafond, faisant reluire les dos des livres rangés sur les étagères. La honte, cette honte dont je me sentais, depuis l'enfance, enveloppé, qui marquait mon front, je la sentais suinter au-dedans de moi, goutte à goutte. Non pas celle dont Fortunata, couchée dans la chambre voisine, s'indignait avec un cynisme qui me rendait muet de stupeur, mais la honte de Dina et d'Assou, de ces deux enfants rejetés et oubliés. Je ne dormais pas, j'étouffais malgré la fenêtre grande ouverte, j'entendais les battements de mon cœur dans ma poitrine. Je titubais, saisi de nausée. Quand, mais quand donc finirait ce voyage aux enfers ? La paix. Aurais-je jamais un peu de paix ? comment Dina avait-elle pu... ? mais comment l'avait-elle pu pour moi ? pensait-elle encore à ces deux innocents ? comment, dans son for le plus intérieur, se justifiait-elle ? Aldo et Brunetto, qu'étaient-ils devenus ? vivaient-ils encore, et où ?...

Les deux mois que Fortunata passa auprès de nous, rue Decamps, je ne la lâchai pas. Jouant le guide, du Sacré-Cœur à la tour Eiffel, de Notre-Dame à la croisière sur la Seine, je l'aidais à faire provision de souvenirs et, surtout, de photos évidentes, qu'elle brandirait, je le savais, comme autant de preuves de sa vaste expérience du monde, fondement de sa sagesse. Ma tante et mon oncle la choyaient, la promenaient dans leur voiture, l'invitaient au Casino de Paris où elle ne manqua pas d'acheter une poupée qui exhibait à chaque contorsion ses charmes intimes, poupée qui remporterait, parmi les paysans de son village, le plus éclatant succès, constituant la preuve définitive que Fortunata avait bien été à Paris, ville où

315

toutes les femmes sortent nues dans la rue, levant leurs jambes en cadence.

C'est pourtant le soir que j'attendais, vous l'aurez deviné. Cette heure où, le dîner une fois achevé, je la faisais asseoir dans le fauteuil, près de la cheminée, une cafetière remplie devant elle, pour l'écouter enfin me raconter le roman familial. J'évitais de l'interroger directement, procédant par allusions, me gardant d'interrompre ses digressions, non point, comme celles de Dina, sinueuses et oniriques, mais alourdies, au contraire, d'un réalisme baroque où chaque détail était longuement travaillé, tourné, peint. La suivant en silence, réprimant mon impatience, je remontais aux sources du fleuve, découvrant non pas la vérité — qu'est donc la vérité d'une vie, Antoine, sauf les rêves qui la portent ? — mais l'exacte topographie. Exploration minutieuse où je m'engageais avec un tremblement secret, d'où je sortais chaque fois rompu, découragé.

Non pas au commencement, certes, mais posé là comme la première phrase d'un livre, la première image d'un film, il y avait donc Don Arnoldo, magnifique, plus beau qu'un dieu grec, élégant comme Lord Byron, plus riche que Crésus. Alors, le *palazzo* Lavanti s'illuminait chaque soir de torchères tenues par des armées de valets en livrée, s'emplissait d'attelages superbes, résonnait de musiques et de rires ; tous les salons, et Fortunata en dénombrait quinze, en enfilade, restituant chaque pièce de mobilier, chaque glace de Venise, chaque vase de Bohême, tous les salons étaient bondés de la foule la plus élégante qu'on puisse rêver — ce qui fournissait aussitôt à Fortunata le prétexte de me détailler chaque toilette, chaque parure — la plus gaie, la plus légère. On dansait la valse et la polka ; les robes à crinolines tourbillonnaient, les éventails se parlaient. Tout n'était que fêtes, du lundi au dimanche. Et ce beau monde se retrouvait l'été à Cannes, l'automne à Biarritz, l'hiver à Paris ou à Londres pour commander les toilettes à la mode, acheter les chapeaux et les parfums.

Si Don Arnoldo était de la sorte entouré, fêté, choyé même, c'est d'abord qu'il passait pour l'homme le plus riche de la Sicile, l'un des plus riches de tout le pays, riche à ne savoir que faire de son argent : un domaine immense, entre Pachino et Syracuse, une maison à Bagheria, la villa de Cannes, celle d'Anglet, un hôtel à Auteuil, un autre à Londres, une domesticité sur le pied de guerre dans chacune de ces demeures, prête à accueillir le maître ou ses invités à n'importe quel moment ; des cochers, des jardiniers, des valets d'écurie, des cuisiniers, des femmes de chambre, un peuple de serviteurs dont Fortunata elle-même, admise à treize ans dans la lingerie et ne perdant pas une miette du spectacle, aussi heureuse que si elle avait été au théâtre.

Mais il y avait une autre raison à cette bousculade autour de Don Arnoldo : c'était son état de célibataire, lequel faisait de lui le plus magnifique parti de Palerme, le mari rêvé par toutes les duchesses désargentées, qui voyaient déjà leurs filles couvertes de pierreries, roulant dans l'attelage le plus éclatant. Or, Don Arnoldo avait les meilleures raisons de choisir son épouse dans cette société-là et, celle surtout, déterminante, de n'y appartenir point. Certes, il s'enorgueillissait d'un titre pontifical que chacun faisait semblant de prendre au sérieux, quitte à murmurer, dans l'intimité, qu'il aurait bien pu être acheté à coups de millions de lires pour cacher peut-être une origine moins glorieuse. Car que pouvait valoir ce marquisat pour des femmes et des hommes dont les ancêtres remontaient au royaume normand, à plus loin même, et qui en retiraient une fierté d'autant plus pointilleuse qu'ils sentaient leur puissance vaciller, rongée par la finance ?

Aussi l'affaire semblait-elle entendue, puisque c'est de cela, de cette consécration sociale, que Don Arnoldo justement rêvait, la seule chose qui manquât à sa réussite. La question n'était pas : choisira-t-il une femme parmi les nôtres ? mais : laquelle ? D'où, autour de sa personne, ce bourdonnement d'abeilles attirées par le parfum de l'argent. D'où également des aigreurs qui s'exprimaient chaque fois qu'on croyait son choix arrêté. D'antiques rumeurs remontaient alors à la surface, que d'aucuns s'empressaient de rapporter à l'intéressé avec une feinte indignation. Il serait d'origine juive, d'une famille de marchands de Gênes, comme le prouvait du reste son républicanisme. Ne le disait-on pas également franc-maçon ? Quant à sa fortune, elle avait des sources aussi douteuses que ses origines. L'industrie, la banque, des affaires dans toute l'Europe, bref : du louche. Et vous ne connaissez pas assez la Sicile, Antoine, pour imaginer la puissance du soupçon, ni la sournoise violence du mépris. A Palerme surtout, ville hautaine, refermée sur ses songes de grandeur. Ainsi faisait-on sentir à ce parvenu qu'il avait quelque chose à se faire pardonner, quelque chose qui ne s'oublierait que s'il consentait à y mettre le prix, lequel était de choisir parmi le troupeau d'oies blanches qu'on exhibait devant lui. Marché dont il avait parfaitement saisi les termes et les conditions et qu'il paraissait prêt à conclure.

Aussi la nouvelle explosa-t-elle comme une bombe dans les salons : au cours d'un voyage sur le continent, Don Arnoldo avait épousé une femme de rien, une coiffeuse ou une manucure, originaire de Naples de surcroît, une souillon, belle, certes, mais d'une vulgarité provocante. Chaque famille se sentit bafouée, humiliée par ce choix qui du reste témoignait du fond suspect de Don Arnoldo. Aussi tous les salons se fermèrent-ils devant lui quand il regagna Palerme au bras d'Assunta Bersoglia, qui n'avait jamais été, à en croire Fortunata, ni coiffeuse ni manucure, mais bien la fille d'un avocat de Naples. Mais qui se souciait de connaître la vérité ? Chacun ne voulait considérer que l'affront qu'il aurait subi de la part de ce parvenu, de ce Juif honteux, descendant, on le savait de source sûre, de Christophe Colomb, lequel, n'est-ce pas ?... La guerre alors commença, impitoyable et feutrée, guerre d'épigrammes et de sourires, de dédains et de coups d'épingle.

Peut-être serez-vous tenté de sourire, Antoine : vous auriez tort. On tue à cette guerre comme dans toutes les autres, sans bruit, sans clameur, en silence, lentement, délicatement. Que de meurtres exquis Palerme a commis, sous les lambris de ses *palazzi,* à la lumière des lustres de cristal ! Mortifié, furieux, Don Arnoldo réagit, rendant coup pour coup, ruinant plusieurs familles aristocratiques, rachetant leurs palais et leurs meubles, leurs domaines et jusqu'aux portraits de leurs ancêtres, qu'il exposait cyniquement chez lui. La peur accrut la fureur de la meute : qui, sinon un Juif, agirait de la sorte ? Le temps, ce temps qui est l'arme de tout Sicilien, finirait par user Don Arnoldo qui était alors, malgré sa colère et son dépit, tout rempli de son bonheur. Car il aimait Assou avec passion, la comblant de cadeaux, la couvrant de bijoux, l'exhibant partout avec fierté.

Qu'importaient, auprès de l'éclat de cette beauté, les épigrammes et les rebuffades, les sourires de fiel et les regards supérieurs ? Il ne savait que trop que, lorsque Assou paraissait dans sa loge de l'opéra royal, chaque regard ne pouvait s'empêcher de l'observer à la dérobée, admirant son maintien, son port de tête, ses toilettes, ses parures ; qu'au champ de courses, ses robes et ses chapeaux étaient examinés, évalués.

Du reste, le couple ne cessait de voyager dans toute l'Europe, recevant partout un accueil empressé. Rien ne pouvait menacer ce bonheur que la naissance d'un enfant, Dina, exaspéra. Jamais Assou ne fut plus imposante, plus gâtée que dans les années qui suivirent son accouchement. Elle n'avait qu'à formuler un souhait pour que son mari se hatât de le combler. Quant à l'amour que Don Arnoldo portait à Dina, il confinait à la folie. Pour elle, il eût sans doute renoncé à sa fortune. Dina était choyée comme aucun autre enfant ne l'avait peut-être été avant elle. Des nurses, des gouvernantes, des bonnes l'entouraient, la lavaient, la peignaient, la parfumaient. Des malles remplies de robes arrivaient de Paris, des poupées lui venaient de Nüremberg et de Londres ; des peintres la portraituraient, des photographes fixaient chacune de ses mimiques.

Est-ce Assou qui, la première, flancha ? Son mari ? Fortunata hésitait. Le fait est que Don Arnoldo, qui rêvait, pour Dina, du plus haut, du plus prestigieux destin, conçut petit à petit de l'animosité, puis de la haine pour Assou, qu'il considérait soudain comme l'obstacle principal, l'unique même, à l'élévation de leur fille. Ce qu'il n'avait pas fait pour lui ni pour Assou, il consentit à le faire pour Dina, s'humiliant devant ces familles qui l'avaient rejeté et insulté, s'abaissant devant elles, sollicitant une paix qui ne pouvait être, dans ces conditions, qu'une capitulation.

De se sentir ainsi bafouée, reniée, Assou se prit pour son mari d'une détestation meurtrière. Avec l'énergie de la haine, elle se jeta sur Dina, la dressant contre son père, tentant par tous les moyens de capter son affection. Enjeu autant que victime de cette guerre qu'elle ne comprenait pas, Dina se sentait écartelée entre ses parents. Elle avait été trop choyée, elle était habituée depuis sa naissance à voir chacun de ses caprices aussitôt satisfait ; ses pires défauts s'exaspéraient : elle devenait impérieuse, hautaine, fantasque. Le moindre refus la jetait dans des rages convulsives. Elle atteignait neuf, dix ans, elle était entourée d'une armée de serviteurs et de professeurs, elle fréquentait le meilleur collège de la ville, elle montait à cheval, elle apprenait le piano, elle ne doutait pas d'être un jour à tout le moins reine ou impératrice. Jouant tantôt d'Assou contre son père, tantôt de lui contre sa mère, elle manœuvrait avec l'inconsciente ruse des enfants. Souffrait-elle de la division de ses parents ? Fortunata ne se prononçait pas sur ce point, si elle s'attardait en revanche à dépeindre l'atmosphère irrespirable du *palazzo* Lavanti. Don Arnoldo s'était aménagé un appartement au premier, sur le jardin, et il ne voyait sa femme qu'aux heures des repas, évitant, s'ils se trouvaient seuls, de seulement lui adresser la parole, lui parlant, s'il y avait des invités, avec une politesse affectée, plus blessante que des injures. Le soir, il la conduisait à l'opéra, l'introduisait dans la loge, lui baisait cérémonieusement la main, puis s'éclipsait jusqu'à la fin de la représentation. Ils ne vivaient pas en étrangers mais comme un homme et une femme qui, après s'être passionnément aimés, se détestent avec la même fureur, cherchant la moindre occasion de se blesser, faisant de chaque heure un enfer de silence et de dédain.

Assou, qui, si elle n'était pas cette coiffeuse ni cette manucure qu'on la soupçonnait d'avoir été, n'en était pas moins napolitaine, se rappela, dans cette situation, le riche vocabulaire des rues de sa ville natale. Peut-être pour rompre ce silence où elle étouffait, peut-être par défi, elle changea de rôle, se muant en une mégère déchaînée dont les cris s'entendaient dans toute la rue. Et quels cris ! Fortunata en riait encore. « Vous m'accusez d'être une fille de rien, je veux vous montrer, moi, comment l'on sait être vulgaire dans mon pays » — semblait-elle dire par toute son attitude, choisissant les mots les plus crus, les expressions les plus ordurières.

Les scènes qu'elle faisait révulsaient Don Arnoldo, qui était un délicat. Pâle, les lèvres serrées, le regard éteint, il les subissait sans proférer un mot. Bientôt, il prit l'habitude de fuir son domicile, évitant de se trouver en présence d'Assou, qui le poursuivait jusque dans ses appartements. Un jour, il ne rentra plus. Il devait désormais demeurer en ville, dans un logement qu'il avait meublé et décoré avec goût et où il recevait des femmes, des actrices et des chanteuses de préférence. Quant à Dina, elle fut envoyée en qualité d'interne dans un collège des environs, tenu par des religieuses. Par cette séparation s'achevait ce qui avait été une grande et violente passion.

Vous imaginez sans mal, Antoine, ce que devint la vie d'Assou, seule désormais dans cette vaste maison remplie de silence. Une femme, mariée de surcroît, ne pouvait, à cette époque, sortir seule en ville, ni se montrer sans compagnie dans un endroit public, sauf à être définitivement déshonorée, bannie de toute société. Or, pour courageuse et altière qu'elle fût, Assou n'eût pas osé défier l'opinion. Elle prit donc l'habitude de vivre cloîtrée, ne faisant plus que de rares apparitions en ville, toujours accompagnée d'une parente ou d'une amie. Elle passait ses journées au lit, se fardant ou dévorant des romans, sans autre confidente que Fortunata, devenue sa femme de chambre et de confiance. Elle subissait tous les inconvénients du veuvage sans aucun de ses avantages. Elle était pour ainsi dire morte à elle-même. Elle devait avoir trente ans, elle était belle, sa vie de femme était achevée.

Qui avait introduit l'avocat Cossimo auprès d'Assou, Fortunata ne se le rappelait pas. Elle me le décrivait longuement : court de taille, svelte, toujours tiré à quatre épingles, le regard insinuant et le sourire cajoleur, s'exprimant d'une voix caressante et d'un ton de respect. Assou, probablement conseillée par une cousine ou une amie, avait dû caresser le projet d'intenter un procès à son mari pour obtenir, le divorce n'existant pas, la séparation de corps et de biens, qui l'eût rendue plus libre. Surtout, elle voulait se venger.

Dans cet imbroglio très sicilien où l'amour déçu, la haine, la vengeance et la cupidité se trouvaient étroitement liés, Cossimo ne pouvait qu'être à son affaire. Il prit l'habitude de venir chaque jour ou presque au *palazzo,* passant de longues heures en tête à tête avec sa cliente, en d'exquis conciliabules où les finesses du Code civil, le maquis de la procédure et de la jurisprudence fournissaient matière à des argumentations byzantines, bien propres à séduire une femme rongée par l'ennui. Comment Assou n'eût-elle pas admiré la subtilité des raisonnements de Cossimo, jamais à court d'objections, de réfutations ? Car il avait enfin découvert, ce théologien du droit, la cause dont rêve secrètement tout avocat sicilien, celle qui pourrait durer des siècles, d'appel en rejet, de vice de forme en cassation, une cause cosmique. Que sa cliente fût, en outre, une femme aussi belle que riche, animée par la haine la plus furieuse, décidée à réparer l'affront qui la déshonorait publiquement, cela ajoutait du piquant à cette sauce juridique que notre homme ne cessait de tourner et retourner. Ce qui devait arriver arriva, bien entendu. Assou commença par s'habituer à Cossimo, attendant avec impatience ses visites, dont elle ne put bientôt plus se passer. Du droit, on en vint à des épanchements et à des confidences plus intimes et, de là, insensiblement, à l'amour. Devint-elle sa maîtresse ? Fortunata ne se prononçait pas, inclinant cependant pour l'affirmative, car elle aimait les romans d'amour.

Pour Dina, cette période de sa vie semble avoir été la plus heureuse, la plus éclatante. Elle approchait de l'adolescence dans un pays où l'enfance des filles s'achève à douze ans, elle étudiait dans le collège le plus huppé de Palerme, retrouvant, aux vacances, son père qui, plus fou d'elle que jamais, la comblait, l'emmenait à Paris, à Londres, à Berlin où elle était accueillie comme une souveraine, entourée, fêtée, adulée. La fortune ajoutait à sa beauté une aura qui la rendait irrésistible. Qu'elle fût en outre intelligente, d'une vivacité pleine de cette vie ardente, de cette faim de jouir de tout avec un enthousiasme aussi naïf que communicatif — cela achevait de lui attirer toutes les sympathies, à commencer, bien sûr, par celle de Don Arnoldo, qui ne savait résister à aucune de ses fantaisies. Parce qu'elle avait aimé Paris à la folie, il lui avait acheté aussitôt un petit hôtel flanqué d'un vaste jardin, sis dans un quartier encore champêtre et plein d'un charme bucolique, Auteuil ; il lui offrait, quelques mois après, une villa accolée à celle qu'il possédait à Anglet, sur la Côte basque ; il lui eût offert la lune, si elle la lui avait demandé.

A Palerme, Dina était la coqueluche de tous les salons ; les plus grandes familles se disputaient l'honneur de l'avoir à

chacune des fêtes somptueuses qu'elles offraient. Avec gourmandise, Fortunata me détaillait ici les magnifiques toilettes que
la jeune Dina, âgée d'à peine quatorze ans, arborait pour ces
bals de l'aristocratie, dont elle était la souveraine incontestée.
Chaque mois, des malles arrivaient de Paris, remplies de linge,
de robes, de chapeaux que toutes les femmes de la haute société
copieraient. Quant aux bijoux, Dina n'eût su où les mettre, Don
Arnoldo ne cessant de lui offrir des bagues, des colliers, des
boucles d'oreilles et des diadèmes, les émeraudes — qui, disait-
il, s'accordaient au teint mat de sa fille — les plus claires, les plus
transparentes, ainsi que les diamants qui, toujours selon Don
Arnoldo, faisaient ressortir la noirceur bleutée de sa chevelure,
ces pierres étant devenues en quelque sorte les fétiches de Dina,
parée comme une Madone, scintillante comme une idole.

Trop heureux d'avoir pu signer la paix avec un homme assez
puissant pour achever de les ruiner, les salons palermitains ne se
souvenaient seulement plus du dédain qu'ils avaient témoigné
envers Don Arnoldo Lavanti, bruissant au contraire d'une
rumeur apitoyée. Don Arnoldo était un homme bien seul, bien
malheureux, malgré ses millions. Il payait cher la folie qu'il avait
commise en épousant cette « créature », laquelle du reste le
trompait effrontément avec un obscur avocaillon, certainement
affilié à la Mafia. Elle n'avait pas tardé, cette femme de rien, à
dévoiler sa vraie nature, se montrant, dès qu'elle avait réussi à
mettre le grappin sur la fortune des Lavanti, d'une cupidité
sordide, d'une vulgarité à frémir. Pensez, ma chère, qu'on
l'entendait de la rue hurler comme une poissarde ! Elle avait,
cette harangère, contraint son mari à abandonner sa maison
pour s'installer seul en ville, où il traînait une existence solitaire
et mélancolique. D'ailleurs, on avait été trop injuste envers Don
Arnoldo, qui n'était pas juif du tout, mais issu d'une très
honorable famille de Gênes, on le tenait d'un parent, fixé dans
ce port, connaissant parfaitement les Lavanti. Son marquisat, il
ne l'avait nullement acheté, le titre remontant même au
XVIIIe siècle. Bien entendu, ce n'était pas un *vrai* titre, n'est-ce
pas ? mais enfin, c'en était tout de même un, malgré sa fraîcheur
qui sentait un peu trop la bourgeoisie enrichie. Et puis, Don
Arnoldo était un *gentleman,* on ne saurait le nier. Il savait

recevoir, il se montrait généreux avec discrétion, il était homme de goût. Savez-vous, chère amie, que son tailleur de Londres lui taille cinquante costumes par an ? Quant à Dina, c'était une perle, un trésor ! D'une beauté à faire damner l'archange Gabriel lui-même. Et si élégante ! Musicienne accomplie — l'avez-vous entendue jouer du Chopin ? —, d'une parfaite éducation. Saviez-vous que son père lui a offert un hôtel particulier à Paris ? Dans un quartier quelque peu excentrique, certes, non pas Neuilly, non, Auteuil, je crois, la campagne, quoi : que voulez-vous ? il leur manquera toujours quelques siècles... Il lui a encore acheté une villa à Anglet, près de Biarritz. Il est fou de cette enfant, littéralement fou. On le comprend, remarquez. Il paraît, venez plus près, ma chère, il paraît qu'il a rédigé un testament l'instituant légataire universel, je le tiens de mon banquier. S'il venait à mourir avant la majorité de Dina, ses sœurs, deux célibataires aussi riches que lui et demeurant à Gênes, devraient administrer ses biens. Le plus beau parti de toute la Sicile, peut-être même d'Italie, oui. On dit, mais ceci entre nous, n'est-ce pas ? que le vieux duc Strozza, lequel n'a plus un sou vaillant, pousse son fils, Giacomo, qui ne quitte plus l'héritière...

Tout se serait peut-être passé comme la bonne société palermitaine le supposait, et le destin de Dina aurait été celui que Don Arnoldo rêvait pour elle, si le sort n'en avait décidé autrement. Car il était vrai, Fortunata me le confirmait, que Don Arnoldo, en homme avisé et prudent, avait rédigé un testament en faveur de sa fille, déshéritant Assou, qui ne recevrait que des miettes.

Il convient en effet de ne pas oublier cette femme orgueilleuse, vindicative, qui, cependant que sa fille et son mari volaient de fête en fête, parcourant l'Europe, se morfondait dans ses appartements, complotant avec Cossimo Noto et se consolant peut-être dans ses bras de la solitude où elle était réduite. C'est peu dire qu'elle ne voyait guère Dina : sa fille lui avait échappé, prenant résolument et définitivement le parti de son père contre elle. Faisait-elle une apparition au *palazzo* Lavanti que les deux femmes s'affrontaient aussitôt. De cette époque datait en effet, Fortunata en était persuadée, leur animosité, leur haine même. Que la mère, délaissée, humiliée, publiquement ridiculisée en voulût à sa fille de nullement se soucier d'elle, qui ne le comprendrait ? Quant à Dina, elle reprochait à Assou sa liaison avec Cossimo, qu'elle méprisait et détestait, achevant par là de dresser sa mère contre elle.

Interrompant son récit, Fortunata me faisait entendre les éclats et les vociférations de ces deux furies déchaînées et, l'écoutant, je percevais l'écho, dans ma mémoire, des disputes dans le bow-window, durant les interminables séances de maquillage. Déjà elles s'enfermaient dans les rôles qui deviendraient les leurs, Assou en remettant dans la vulgarité, dans la crudité, dans la criaillerie hystérique, quand la petite Dina, s'identifiant à son père, usait de l'allusion perfide, de l'ironie dédaigneuse. Deux langages et deux attitudes pour deux situations : Assou avait choisi la trivialité par réaction contre son mari, qui l'insultait et la bafouait, Dina choisissait, elle, la hauteur et le mépris par solidarité avec les rêves de Don Arnoldo. Chacune reproduisait ainsi un langage social, reflet d'un conflit autant social que sentimental. Et je m'étonnais surtout de la lucidité impitoyable de Fortunata, qui n'était aucunement dupe des prétextes de ces batailles, consciente, ô combien, des enjeux véritables. C'est peu dire qu'elle ne tenait pas Assou pour plus ni moins vulgaire que Dina, considérant chacune comme des masques derrière lesquels parlaient des forces sociales : un peuple imaginaire par la bouche d'une Assou rejetée par le grand monde, une aristocratie mythique par celle de Dina, victime des songes de son père adoré.

Les feux de la rampe une fois éteints, après l'ultime accord en majeur, quelle était non pas la réalité — car, vous l'aurez compris, Antoine, il n'y a pas de réalité —, mais la vérité intime de chacune ? Fortunata me peignait Assou, rendue à sa solitude, assise dans le bow-window, se fardant ou se peignant, s'arrêtant pour soulever un coin de rideau et regarder la rue. Ou bien chuchotant avec Cossimo, penché vers elle, empressé, obséquieux. Assou l'aimait-elle, cet avocat tortueux et insinuant ? Fortunata ne se prononçait pas, se contentant de rire en haussant les épaules. Il était là, jetait-elle, entendant par là que, sauf à moisir dans sa solitude, Assou ne trouvait que lui à qui se

325

raccrocher. Et j'entendais, Antoine, ce langage strict, dénué de tout romantisme.

Dans cette Palerme des années 1920, provinciale, retranchée du monde, refermée sur ses préjugés et ses conformismes étroits, qu'eût pu faire Assou ? Elle sortait certes, toujours flanquée de l'une des deux cousines que je voyais dans mon enfance, car Assou tenait à sauver les apparences. Elle se promenait dans un attelage somptueux, exhibant des toilettes magnifiques, tenant son ombrelle au-dessus de sa tête coiffée de chapeaux imposants. Elle répondait aux salutations, feignait de n'apercevoir point les sourires ironiques ni les regards de mépris. Elle paraissait dans sa loge de l'opéra royal, majestueuse, d'une beauté sculpturale, scintillante de pierreries. Elle rentrait ensuite dans la maison où elle retrouvait Cossimo, qui l'accueillait avec déférence. S'il était son amant, elle le traitait à peine mieux qu'un domestique. J'imaginais sans peine ces jours, ces nuits, ces mois et ces années d'une solitude portée avec orgueil où Assou, seule dans sa chambre, couchée dans son vaste lit à colonnades, pensait avec rancœur, avec hargne à cette fille, à ce mari qui la délaissaient, sans plus se soucier d'elle. C'est dans ce décor qui m'avait longtemps effrayé, cette chambre trop vaste, remplie de tableaux aux cadres austères, de meubles solennels, de la lourde odeur de l'essence de rose et de l'encens, c'est dans ce décor crépusculaire que les vies d'Assou et de Dina s'étaient jouées, et qu'elles avaient été perdues.

Le malheur en effet, comme dans les tragédies antiques, avait frappé brutalement.

Fortunata se rappelait les plaintes et les lamentations dans l'escalier, l'affolement des domestiques voyant apparaître un groupe d'hommes portant Don Arnoldo, la bouche tordue, bavant, râlant. Dans sa calèche, sortant de son bureau, il venait d'être foudroyé par une congestion cérébrale. Elle me décrivait la douleur d'Assou, ses pleurs et ses gémissements, et la terrible fixité du regard de l'infirme, désormais livré tout entier à une femme qu'il avait longtemps bafouée. Elle me faisait, Fortunata, entendre le silence qui s'était brusquement abattu sur la maison où l'infirme, assis dans son fauteuil roulant, ne quittait pas Assou de ses yeux remplis d'une éloquence inhumaine, qui semblaient interroger : « Que vas-tu faire de moi ? Achève-moi, je t'en prie. » J'écoutais Fortunata, je revoyais le décor, je m'imaginais Don Arnoldo seul, dans sa chambre qui regardait le jardin, l'une de celles où, enfant, je me cachais pour rêver. Peut-être contemplait-il le jardin où s'activait alors une armée de jardiniers, ou bien fixait-il le ciel, ce ciel de Palerme, violacé, aveuglant. Il devait guetter, dans le couloir où je marchais, enfant, observant, sur les tentures, les taches de lumière qui dessinaient des continents, il devait guetter le bruit des pas d'Assou.

Quelles étaient ses pensées, s'il en avait ? Redoutait-il la vengeance de sa femme ? Cossimo venait chaque jour lui rendre visite, lui parlant d'un ton plein de respect, baisant sa main inerte avant de le quitter.

Quant à Dina, qu'avait-elle ressenti en voyant son père réduit à l'impuissance, condamné à mener une existence de mort-vivant ? Elle n'était qu'une enfant, sous ses apparences de femme ; elle le sentait livré sans défense aux intrigues de ce Cossimo, qu'elle haïssait furieusement. Elle restait, me confiait Fortunata, des heures assise à son piano, étudiant ses partitions. Installé dans le bow-window dont on tirait les rideaux, Don Arnoldo la contemplait avec une étrange expression d'admiration et de désespoir. On aurait cru, affirmait Fortunata, qu'il voulait lui crier quelque chose, qu'il luttait désespérément pour s'arracher un mot. Dina courait vers lui, s'asseyait à ses genoux, lui prenait la main, qu'elle baisait, posait sa joue sur ses genoux, demeurait ainsi longtemps, silencieuse. Un jour, Fortunata avait vu deux larmes rouler sur les joues de l'infirme.

Cette fillette qui avait été la passion de sa vie, son plus fol amour, l'objet de son adoration, il la sentait menacée, il ne pouvait plus la défendre. Il ne pouvait que la regarder, lui parlant avec les yeux. Comprenait-elle ce qu'il tentait de lui dire ? Entendait-elle ses appels ? Elle semblait rompue, hagarde, et Fortunata se déclarait convaincue que la maladie de son père l'avait changée, détraquant ses nerfs, dérangeant son esprit. Elle ne supportait pas d'entendre crier, quand on sortait son père : « Place à l'infirme ! » Elle exigeait qu'on l'habillât avec soin et qu'on le conduisît dans sa loge, au Royal, où son buste dépassait la rampe, aussi élégant que par le passé. En fait, Dina niait le malheur. Car une chose paraissait sûre à Fortunata : Dina idolâtrait son père et ne se consolait pas de le voir cloué dans un fauteuil, plus mort que s'il avait été réellement mort. Souvent, Fortunata l'avait entendue sangloter, son visage enfoui dans la couverture enveloppant les jambes de Don Arnoldo. Autre chose encore semblait évident à Fortunata : jamais Dina n'avait pardonné à Assou de tromper son père avec ce Cossimo qu'elle détestait et méprisait, l'insultant, refusant de lui adresser la parole. Attitude que Fortunata, toujours impartiale, blâmait, car elle trouvait Assou excusable. Pouvait-on condamner Assou de s'être, dans sa solitude, jetée dans les bras d'un homme qui avait su se montrer compatissant et compréhensif ?

Pour Assou, avait-elle vraiment voulu spolier sa fille pour se venger de son mari et, surtout, des sœurs Lavanti, qui, depuis la maladie de leur frère, ne cessaient de s'agiter, ameutant les avocats avec le testament de l'infirme ? Fortunata ne se prononçait pas. Elle croyait que sa maîtresse avait été profondément affectée par la maladie de son mari qu'elle avait du reste entouré de soins, faisant appel aux plus célèbres médecins d'Italie et d'Allemagne, plaçant des infirmières jour et nuit à son chevet. Sans doute se défiait-elle de Dina, de sa folle prodigalité qui l'exposait aux calculs d'aigrefins sans scrupules. Ce serait pour la protéger d'elle-même qu'elle aurait entendu les conseils de Cossimo Noto lequel, connaissant l'existence du testament instituant Dina légataire universel, la persuadait d'en établir un autre à son profit. On guiderait, au besoin, la main de l'infirme. Quant aux témoins légaux, il se faisait, lui, fort de les dénicher. Ainsi fut fait. Non sans hésitations ni scrupules de la part d'Assou car, se rappelait Fortunata, elle ne cessait alors de pleurer et de se lamenter. Mais elle devait se dire qu'elle en agissait ainsi pour le bien de sa fille qui risquait, si on n'y veillait, de dilapider toute la fortune.

La suite, vous la connaissez, Antoine : la mort de Don Arnoldo — et Fortunata m'assurait que Dina avait bien failli perdre ce jour-là la raison —, la décision prise par les sœurs Lavanti d'attaquer le testament apocryphe, le scandale prodigieux que suscita le procès, la haute société palermitaine prenant

le parti de Dina, la bourgeoisie appuyant la veuve, les rebondis-
sements de la procédure, Cossimo usant de tous les expédients
pour gagner du temps, le verdict enfin, rendu en appel, qui
authentifiait le premier testament et nommait les sœurs Lavanti
tutrices de la mineure, avec mandat d'administrer sa fortune
jusqu'à sa majorité, ces deux vieilles filles, aussi riches que le
défunt, paraissant sans doute au tribunal au-dessus de tout
soupçon.

Une nouvelle fois, Assou se retrouvait seule, rejetée, publiquement condamnée. Est-ce par dépit qu'elle épousait Cossimo
Noto, ou bien l'aimait-elle ? Fortunata aboyait son rire rauque :
et que pouvait-elle faire d'autre, si elle ne voulait pas moisir
seule ? L'amour, toujours : Assou était habituée à lui. Et puis, il
existait un lien plus fort que l'amour entre eux, plus fort même
que l'habitude : cette complicité sordide dans la fabrication d'un
faux. En somme, ils ne pouvaient plus se séparer. D'une certaine
manière, Cossimo avait gagné. Certes, le gros de la fortune de
Don Arnoldo lui avait échappé, mais la part de la veuve, pour
cet obscur avocat, n'en constituait pas moins un pactole. La
tragédie tournait à la farce, comme c'est si souvent le cas en
Sicile.

Ce psychodrame social qui occupait le devant de la scène
occultait pourtant un drame plus sombre, qui se déroulait dans
les coulisses. J'essayais, écoutant Fortunata, de sentir l'atmosphère de la maison, entre ce couple uni par sa complicité
honteuse et cette fillette, une adolescente maintenant, figée dans
sa rancœur. La haine que ces deux femmes se vouaient ne peut,
Antoine, se décrire. Haine toute sicilienne, qui faisait de leur vie
un incessant combat. Haine ambiguë cependant, car la mère et la
fille se ressemblaient plus qu'elles ne voulaient bien l'admettre.

A ce point d'ignominie et de médiocrité, Paolo Valponte
apparaît, jeune médecin sans le sou, ambitieux, travailleur. Qui,
le premier, eut l'idée de ce stratagème légal, marier Dina qui
deviendrait par là même majeure et récupérerait sa part
d'héritage ? Si Fortunata ne le disait pas, il ressortait de ses
propos qu'une telle idée, toute sicilienne, n'avait pu germer que
dans le cerveau subtil de Cossimo Noto, l'avocat rompu à toutes
les finesses du Code. Assou était-elle complice, une fois encore ?

329

On peut l'imaginer. Elle détestait trop les Lavanti pour ne point souhaiter s'en venger. Mais il fallait, pour que le stratagème n'échouât point, un jeune homme de confiance, offrant toutes les garanties. Paolo Valponte, apparenté à la famille d'Assou, était justement l'homme de la situation. Besogneux, honnête, sérieux, comment résisterait-il au charme de Dina ? Il suffirait de les mettre en présence, de créer autour d'eux cette atmosphère d'intimité et de romantisme pour que les événements prissent la tournure souhaitée.

Un viol ? Fortunata se tordait dans son fauteuil. Il suffisait de connaître Dina pour deviner la réponse. Paolo était beau gosse, bien fait de sa personne. Surtout, les calculs de Cossimo faisaient aussi le jeu de Dina, qui n'avait qu'une idée en tête : s'émanciper, acquérir sa liberté pour enfin vivre à sa guise, loin de ce beau-père détesté, loin de sa mère, loin de Palerme peut-être. Or, quel autre moyen que le mariage qui, seul, pouvait l'émanciper ? Mon instinct me soufflait que Fortunata voyait juste. Je connaissais assez Dina pour imaginer qu'on l'eût mariée de force. Elle était trop intelligente pour ne pas avoir deviné les manigances de son beau-père. Mais elle accepta de s'y prêter, y voyant son salut. Comédie de dupes où chacun est trompé quand il croit tromper, manège très sicilien de calculs et de rusés, de mensonges aux apparences de vérité.

Un seul personnage, dans cette farce cruelle, gardait son secret : Paolo, le « promis ». Devina-t-il quel rôle on lui faisait jouer ? En repassant sa vie dans mon esprit, une existence toute droite, consacrée seulement au travail, hantée par la réussite, je trouve la réponse. Je l'imagine à vingt-quatre ans, ébloui par Dina, subjugué, enlevé à lui-même, comme aspiré. Aurait-il jamais rêvé, lui, le médecin besogneux, de cette jeune beauté, riche de surcroît, d'une élégance parfaite ? Le mariage fut célébré en grande pompe dans la cathédrale d'Agrigente : Dina Lavanti devenait la *signora* Valponte, épouse d'un chirurgien. Six mois plus tard, elle accouchait d'un fils, Massimo. Paolo pouvait se considérer l'homme le plus heureux, le plus comblé. Il se demandait peut-être comment pareil bonheur avait bien pu lui échoir. Il croyait sans doute marcher dans un songe. Il n'avait pas tort de se le demander, il ne tarderait pas à le découvrir.

Le couple n'arrêtait pas de voyager. Dina, maintenant riche à ne savoir que faire de son argent, dépensait sans compter, libre enfin. Elle oubliait seulement que cette liberté dont elle jouissait lui venait de son mari, le Code n'en reconnaissant aucune à la femme, éternelle mineure, passant de la tutelle du père à celle de l'époux. Cette ignorance des lois, ce mépris même lui coûteraient cher.

Dina appartenait déjà à la modernité, elle s'imaginait vivre dans des temps encore à venir. L'adoration de son père l'avait persuadée qu'elle pouvait agir à sa guise, sans rendre de comptes à personne. Elle dédaignait les lois, les préjugés, n'obéissant qu'à son instinct, mue par un formidable appétit de vivre. Ce décalage allait en partie causer son malheur. En rencontrant Carlino Casseto à Positano, en cet été 1923, en s'éprenant de lui avec cette fureur qui la caractérise, elle n'hésita pas une seconde à planter là son mari et son fils pour s'enfuir avec lui.

D'imaginer l'ébahissement, l'incrédule étonnement de Paolo Valponte secouait Fortunata de ce rire vengeur et saccageur qui l'agitait dans mon enfance. Il n'avait certainement pas compris ce qui lui arrivait, pour ça non. Je la regardais s'agiter dans son fauteuil, son maigre visage creusé de rides ; je me demandais d'où lui venaient cet amoralisme placide, cette souveraine impassibilité avec laquelle elle considérait toutes choses. Elle se réjouissait de la déconvenue du jeune mari comme si elle avait été au théâtre, assistant à une de ces comédies où le vieux barbon est cocufié par la jeune épouse. Pour un peu, elle aurait applaudi. Méprisait-elle Paolo Valponte ? Non point. Elle me vantait, tout au contraire, ses qualités. Elle trouvait seulement que c'était bien joué.

Que le mari trompé eût d'abord résisté, qu'il eût tenté de ramener Dina à la raison, on pouvait le déduire de cette scène pathétique que m'avait contée Dina, avec, pour décor, le sommet d'une tour probablement rêvée, celle du château Saint-Ange de *Tosca* sans doute. Si on la ramenait de l'opéra à la réalité, elle signifiait ceci, prononcé dans un décor moins grandiose et moins vertigineux : « Je ne t'aime pas, je ne t'ai jamais aimé. Je me suis mariée avec toi pour échapper à la tutelle d'un escroc que je hais. Quittons-nous donc bons amis.

Et, puisque le divorce n'existe pas en Italie, divorçons là où le divorce existe. Pourquoi pas au Mexique où tu as de la famille ? Pour te remercier de ta compréhension, je suis prête à te dédommager. — Mais tu es folle, Dina. Pourquoi demanderais-je le divorce ? Je t'aime, je suis prêt à oublier un moment d'égarement. — Choisis, Paolo : ou tu consens au divorce et nous demeurons bons amis, ou tu refuses et nous nous faisons la guerre. Je suis fermement décidée à ne plus passer une seule minute auprès de toi. » Voilà, traduit dans la prose cynique et gouailleuse de Fortunata, à quoi se réduisait le récit mélodramatique du viol, si même on pouvait imaginer que Paolo Valponte, bouleversé, eût tenté un geste de tendresse, écarté avec hauteur par une Dina déchaînée.

Pour cet homme bafoué, traité en objet, je ressentais une tristesse apitoyée. Je me rappelais une confidence de Massimo : jamais son père n'avait pu oublier Dina. Il s'enfermait souvent dans un salon du rez-de-chaussée pour contempler son portrait, posé sur le piano qu'elle avait touché. Quant à sa seconde femme, Angela, épousée six ans plus tard au Mexique, elle aura vécu toute sa vie dans le sentiment de la honte, traitée avec un dédain subtil par les femmes de la bourgeoisie d'Agrigente, trop heureuses de lui faire sentir qu'elle n'était qu'une concubine.

Que cet homme eût sincèrement et profondément aimé Dina, je le déduisais aussi de son brusque départ pour le Mexique, comme s'il avait voulu mettre une distance vertigineuse entre lui et cette terre où il avait cru trouver le bonheur, alors qu'il avait été la dupe d'une farce sinistre. Avait-il, comme Dina le prétendait, touché une somme rondelette pour s'installer une clinique ? Fortunata en doutait, le tenant pour un homme honnête et droit, incapable de pareil calcul. S'il avait accepté un prêt, car il ne possédait pas une lire, nul doute qu'il l'avait remboursé dès qu'il l'avait pu. Non, dans toute cette affaire, Paolo Valponte, Fortunata s'en disait certaine, avait été la dupe innocente des calculs de Cossimo Noto et des intrigues de Dina, comme le prouvait son départ pour le Mexique. Se serait-il exilé, s'il n'avait pas rougi du rôle honteux qu'on lui avait fait jouer ?

Pour Carlino Casseto, Fortunata me le peignait avec une imperceptible ironie. Il avait vingt-cinq ans, il était le fils cadet du comte Casseto, une antique famille de Syracuse complètement ruinée. Son père n'avait qu'une passion : la pêche au thon, pratiquée, non pas comme un noble art, mais de la façon la plus artisanale, car ce petit homme râblé, athlétique, n'aimait rien tant que de partager l'existence des pêcheurs, vivant au milieu d'eux comme s'il avait été des leurs, jurant, crachant. Un de ces originaux comme il y en a tant en Sicile. Quant au fils, Carlino, il avait de qui tenir.

Aussi fantasque, aussi capricieux que Dina, imbu de sa supériorité, persuadé d'être, par décret de la Providence, voué aux plus hautes destinées, méprisant l'effort et le travail, ces vertus « bourgeoises », ne concevant l'existence que comme une longue fête, ce fils de famille oisif et dispendieux représentait, lui aussi, un type générique, fort répandu dans toute l'Italie du Sud. Beau gosse, charmeur, insolent et bagarreur : le jeune mâle dans sa gloire innocente, toisant les femmes avec une expression avantageuse, naïvement persuadé de sa supériorité sur elles et ne doutant pas que l'espèce fût créée pour servir et admirer l'homme.

Comment Dina serait-elle restée insensible au charme quelque peu pervers de ce jeune mâle infatué de sa personne ? Plein d'une dédaigneuse arrogance, jouant les cyniques, elle s'était d'emblée reconnue en lui, tout comme Carlino avait dû se contempler dans le miroir de ces yeux fiers, qui le défiaient. Qu'elle fût en outre fabuleusement riche, d'une élégance provocante, qu'elle dépensât son argent à pleines mains, courant d'une fête à une autre, comme emportée par un mouvement désespéré : elle ne pouvait qu'éblouir ce jeune seigneur pour qui l'argent n'était que le moyen de jouir de l'existence. Ces deux-là se ressemblaient trop pour ne pas éprouver l'un pour l'autre l'une de ces passions tapageuses où le jeu exaspère le désir, y mêlant ce piquant que constituent le risque et la folie. Aussi ne manquèrent-ils pas de s'y abîmer, balayant tous les obstacles, écartant tout ce qui aurait pu les arrêter dans cette course éperdue, qui les menait à Monte-Carlo, à Deauville, à Paris, à Biarritz. Ils n'avaient, dans leur folle insouciance, oublié qu'une chose ou, plutôt, qu'une personne : Assou.

Comment cette femme dont toute l'existence avait été sacrifiée aux apparences, qui avait dû plier sa forte personnalité au conformisme de l'opinion, se confinant dans sa maison, ne trouvant un réconfort qu'auprès d'un obscur avocat qu'elle méprisait peut-être secrètement, comment une telle femme, meurtrie, aigrie, eût-elle accepté de voir sa fille mener la vie libre et indépendante dont elle avait probablement rêvé pour elle-même ? Surtout, comment aurait-elle accepté sans réagir que Dina se ruine pour les beaux yeux d'un de ces parasites qu'elle dédaignait, le rejeton gâté de l'une de ces familles qui l'avaient longtemps humiliée ? Elle déposa une plainte, probablement conseillée par son mari. Elle obtint la mise en tutelle de sa fille, déclarée « irresponsable ». Mieux : la justice lui confia, cette fois, l'administration de la fortune de feu Don Arnoldo. Quelle revanche pour Assou ! quel coup pour Dina, brutalement tirée de son rêve !

Pour disposer d'un peu d'argent, elle devrait désormais tendre la main à sa mère.

Le couple regagna la Sicile, laissant des montagnes de dettes derrière lui. Dans ses bras, Dina serrait un enfant, Brunetto, né un an plus tôt. J'arrêtais ma pensée sur cette image, Antoine : ce jeune couple debout sur le pont du bateau, elle serrant son fils contre sa poitrine, lui sa main appuyée sur l'épaule de Dina, tous deux fixant la côte de la Sicile, diluée dans la brume. Les pensées que cette jeune Dina roulait dans sa tête, je les devine, tout comme je ressens les sentiments qui l'agitaient, où la fureur et la révolte le disputaient à l'abattement et à l'humiliation. Elle n'avait certes pas très bien agi envers son mari, elle ne se montrait guère une mère très affectueuse pour Massimo, qui vivait avec sa grand-mère. Si même je n'approuvais pas la ruse dont elle avait usé envers Paolo Valponte, je pouvais cependant comprendre ce désir forcené d'échapper à toute tutelle, de conquérir sa liberté, à n'importe quel prix. Voici que la loi, une fois encore, s'abattait sur elle, lui rappelant qu'elle n'était qu'une femme dans un pays très catholique où le pape, jouant dans le Vatican les prisonniers d'Etat, dominait les mœurs. Comment, oui, comment Dina ne se serait-elle pas révoltée contre cette sujétion qui lui assignait un double rôle, épouse ou mère, hors duquel elle n'était rien — mineure ou « irresponsable ». Elle devait pleurer de rage, sa tête sur l'épaule de Carlino, comme elle pleurait dans mon enfance, quand elle découvrait qu'elle ne possédait plus un franc. Elle n'acceptait, elle n'accepterait jamais l'opacité du monde, sa sourde résistance à la satisfaction de ses désirs. Comme elle devait haïr Assou !

Davantage que de mes réactions à ce récit, j'étais étonné de celles de Fortunata pour qui « Dina n'était pas faite pour la Sicile ». Elle entendait par là quelque chose que j'avais souvent pressenti : Dina appartenait à la modernité de l'Europe. L'ironie avait voulu qu'elle naquît dans le plus féodal des pays d'Italie, dans cette île oubliée de l'Histoire, gelée dans ses traditions. Toute sa rage, toute sa violence provenaient de cette contradiction, inscrite dans sa chair. Elle avait l'instinct et la sensualité siciliens, c'est-à-dire africains, avec la tête française : ce divorce l'écartelait, l'égarait. Oui, Fortunata voyait juste : la Sicile avait usé Dina comme elle avait usé Assou.

Dina ne se soumit pas, allant se terrer avec son amant dans la propriété que ce dernier possédait à trente kilomètres de Syracuse, cette « Dinatella » où Aldo rêverait, quarante ans plus tard, de pénétrer, attendant, dans un hôtel de la ville, la réponse à sa lettre. Et, songeant à ce domaine agricole comme il en existe tant en Sicile, deux ou trois cents hectares plantés de fruitiers, courant le long de la côte, je trouvais aussi la réponse à la question qui m'avait tant obsédé : pourquoi Dina n'avait-elle pas rejoint, plus tard, cet amant pour qui elle avait couru tant de risques ? J'écoutais la voix de Fortunata et je sentais la chaleur poisseuse, suffocante, appuyer sur mon front ; ma bouche mâchait le sable dont l'atmosphère était saturée ; mes yeux se fermaient, aveuglés par cette lumière blanche, tourbillonnante. Je repensais à tous les séjours que j'avais faits sur cette côte. Je retrouvais cette impression d'accablement et de désolation. Je pouvais imaginer, dans cette « Dinatella » romancée par Aldo, la monotonie des jours, l'accablement des heures vides, l'ennui des silences hébétés. Je voyais agoniser sous mes yeux l'amour de Dina et de Carlino, rongé, minute après minute, par cette torpeur africaine où les volontés s'usent, où les rêves se défont. Comment Dina, si vivante, toujours en mouvement, aurait-elle supporté cette léthargie, cette durée sans repères, ce vertige du sirocco poussant un air moite et dense ? Je la devinais, malgré sa rage, malgré sa fureur, soulagée presque le jour où les trois carabiniers étaient venus l'arracher à ce vide. Passe-t-on aisément de l'opéra verdien, dynamique, tonique jusque dans ses désespoirs, à l'atonie d'un drame d'Ibsen, chuchoté entre des murs vides ?

Dina et Carlino s'étaient rencontrés, aimés dans le fracas d'un orchestre tout frémissant de fièvre, haletant. Ils se retrouvaient, après plusieurs actes enlevés avec panache, sans une pause, dans les langueurs et l'ennui de l'Amérique de la *Manon* de Puccini, avec des mélodies émollientes, de longues phrases énervées. Que pouvaient-ils faire, sinon se déchirer et se haïr, ce qui serait certainement arrivé si les carabiniers n'étaient venus arrêter la représentation ?

Fortunata me peignait Dina, gravissant les marches de l'escalier, tenant Brunetto par la main et serrant Aldo contre sa poitrine. Elle n'avait pas dit un mot, allant s'enfermer dans sa chambre sans un regard pour Assou. Plusieurs semaines elle garda le même mutisme, ne répondant à aucune question. Elle ne consentit à parler que le jour où Assou vint lui déclarer qu'il n'était pas question que les deux « bâtards » demeurassent à Palerme et que le scandale avait assez duré. Au lieu de s'emporter, Dina avait regardé sa mère : « Qu'est-ce que tu proposes ? Cossimo pourrait peut-être te trouver un tueur. Ainsi tu en serais définitivement débarrassée. »

De l'exactitude de ces mots, Fortunata était prête à jurer. Tout comme elle se souvenait du malaise et de la mélancolie d'Assou, qui ne pouvait ni se résoudre à éloigner ces deux enfants ni non plus à les garder, de peur du scandale et de la « honte ». Elle pleurait dans son lit, elle sonnait Fortunata en pleine nuit, lui demandant conseil. Elle maigrissait, elle tomba malade. Alors, Dina consentit à lui rendre visite. Plusieurs heures, les deux femmes restèrent enfermées, chuchotant, pleurant, s'embrassant. Elles finirent par convenir de confier les enfants à leurs voisines d'Anglet, les demoiselles Jeantet, où Dina irait bientôt les rejoindre et où ils resteraient en attendant que le scandale fût apaisé.

Assou et Dina étaient-elles réconciliées ? Oui et non. Elles ne cesseraient jamais de se disputer et de se réconcilier, jusqu'à la fin. A ce point de son récit, Fortunata d'ailleurs marquait une hésitation qui trahissait sa perplexité devant les relations par trop complexes d'Assou et de sa fille.

Rien n'était plus étranger au tempérament solaire de Fortunata, jugeant de tout avec une saine impartialité, que ces ambiguïtés crépusculaires où sa maîtresse et Dina se mouvaient, faisant alterner les disputes les plus furieuses et les cajoleries les plus suspectes. Surtout, le revirement brusque de Dina après qu'elle eut été ramenée de force à Palerme, ce passage d'une hostilité éloquente et dédaigneuse à une complicité trouble, la déconcertaient, sans qu'elle pût leur trouver une ·explication satisfaisante. Dina n'avait-elle pas toutes les raisons de détester sa mère ? Assou ne possédait-elle pas mille motifs de blâmer sa fille ? Tout laissait supposer que ces deux femmes pareillement passionnées continueraient de se déchirer. Or, mystérieusement, elles avaient fini par se rapprocher, s'unissant pour chasser Còssimo Noto dont la gestion très sicilienne de la fortune de Don Arnoldo avait fini par inquiéter Assou elle-même, à bon escient d'ailleurs, car cet avocat rompu à toutes les ficelles du Code avait, en quelques années, réussi à escamoter des millions, envolés derrière l'écran brumeux d'une multitude de sociétés fantomatiques, toutes déficitaires. Vous imaginez sans peine la fureur stupéfaite d'Assou, sa vindicte et son acharnement. Des années durant, elle poursuivrait son mari, dont elle sera légalement séparée de corps et de biens, lui intentant un procès après l'autre, achevant de se ruiner en vaines procédures d'où rien, jamais, ne sortirait de clair.

De ce moment, Fortunata datait la solitude d'Assou, son découragement, qui la retiendraient dans sa chambre, entre son chien et ses mauvais romans, ses fards et ses parfums à l'essence de rose. Elle atteignait l'âge, autour de quarante-cinq ans, où les femmes, surtout en Sicile, renoncent à plaire. Elle devait se demander si elle avait vécu ou traversé un mauvais rêve.

Je revoyais des photos d'elle, quand elle avait vingt ans et qu'elle était la femme, adulée autant qu'enviée, du fastueux Don Arnoldo : ces images jaunies montraient, dans des robes longues ornées de dentelles et de guipures, une jeune femme imposante,

337

ses longs cheveux d'un blond cuivré relevés en chignon au-dessus de sa tête, le regard hardi, le sourire altier. Coiffée d'un ample chapeau décoré de plumes, une étole de fourrure sur ses épaules, elle se tenait debout, s'appuyant sur le pommeau délicatement ciselé d'une ombrelle, dans le jardin de la villa d'Anglet. Ou encore : dans une robe du soir de chez Worth, à Paris, ses longs bras cachés jusqu'aux coudes par des gants, en une de ces poses théâtrales que les femmes adoptaient devant l'appareil au début du siècle. Toutes ces images disaient avec emphase l'ambition satisfaite. Je l'imaginais ensuite assise dans le bow-window, brossant ses cheveux, relevant un coin du rideau pour regarder la rue, guettant l'arrivée de l'habile Cossimo en qui elle pensait avoir trouvé un allié, un confident, un ami autant qu'un amant. Je la voyais enfin couchée dans son lit, bavardant et riant avec Fortunata, tout en buvant son chocolat fumant dont j'aspirais, dans mes rêves, le parfum.

Elle n'avait connu que de rares années de bonheur, après son mariage avec Don Arnoldo. Elle n'avait plus ensuite cessé de se débattre contre sa solitude, engluée dans les conventions qui la ligotaient, l'empêchant de devenir celle qu'elle était. Elle s'était étiolée, fanée, asséchée. Elle n'avait jamais pu pardonner à sa fille d'avoir pris le parti de son père contre elle, l'abandonnant à sa solitude. Pas davantage n'avait-elle supporté que Dina prétendît se libérer de cela même qui la tuait.

La « honte » que Fortunata célébrait avec pompe, que je respirais dans la pénombre du salon, assis sous le Steinway, cette « honte » à laquelle j'avais cherché mille motifs, m'enfermant sottement dans une vision réaliste du monde qui m'incitait à découvrir la cause de cette odeur de malheur et de moisissure, je l'entendais enfin dans la musique sèche et syncopée de Fortunata, dans ses rires rauques et saccadés. Non, la « honte » ne provenait ni de la fugue de Dina ni de ses liaisons tumultueuses. La « honte » précédait tous ces événements sordides. Elle sourdait de cette île maudite, elle embuait l'atmosphère poisseuse, elle pesait sur les murs des *palazzi*.

Les yeux clos, me laissant porter par la voix sourde de Fortunata, je l'apercevais enfin, cette Gorgone. Elle engendrait la haute tristesse qui se lisait dans les regards des paysans comme

des bourgeois, elle étouffait les rires, elle éteignait les voix. Tel
le chaos originel dans *la Création* de Haydn, elle planait au-
dessus de l'île, cachée dans les ténèbres des commencements de
l'univers. C'est elle qui avait gelé le cœur d'Assou, contre elle
que Dina s'était dressée, engageant un combat d'avance perdu,
elle encore que Dina avait fui en France, espérant échapper à ses
exhalations méphitiques.

La « honte », l' « honneur », ces vieilles de noir vêtues les
incarnaient, assises de l'aube à minuit sur le pas de leurs portes,
tournant le dos à la rue, observant avec leurs nuques chaque
mouvement, chaque geste, se penchant soudain pour cracher
une giclée de venin. La sagesse de Fortunata, dont les sentences
impitoyables m'étonnaient tant dans mon enfance, m'apparaissait enfin pour ce qu'elle était : une horrible soumission à l'ordre
des mâles, lesquels pouvaient bien tuer les femmes infidèles
pourvu qu'ils respectassent les « règles », lesquels méritaient
l'admiration s'ils prenaient le maquis ou assassinaient des
innocents, drapés dans l'honneur. Mais les femmes, elles ?

Ces femmes monstrueuses de mon enfance, se déchirant entre
elles derrière les volets fermés, dans une pénombre sans espoir,
ou se cajolant et s'embrassant, réduites à mimer une vie d'où
elles étaient exclues. Comme je comprenais Dina qui avait lutté
de toutes ses forces contre cet ordre-là, qui la condamnait à une
mort lente ! Certes, nous étions, nous, ses fils, les victimes de ce
combat. Dans sa volonté forcenée de devenir la femme qu'elle
était, Dina avait oublié d'être mère. Je ne me sentais pourtant
pas le droit de lui adresser aucun reproche. Qui d'ailleurs était
responsable de ce gâchis ? Assou ? Elle avait agi selon un code
auquel elle ne croyait pas, succombant aux conventions qui la
corsetaient, aussi incapable de s'y soumettre tout à fait que de
s'en affranchir, déchirée entre ses élans et son éducation. Dina ?
Mais son père, après lui avoir accordé la jubilatoire liberté des
dieux, l'avait, en mourant, abandonnée à une société muselée
d'interdits, l'acculant à la révolte. La Sicile, alors ? Mais ce pays
saccagé, pillé, cent fois trahi n'était que le miroir reflétant les
rêves impériaux des puissances du jour, sans plus de réalité
qu'une image peinte : un piège où Assou comme Dina s'étaient

engluées et dans lequel Fortunata tournait, inconsciente, prise à des mots gluants : l'honneur, la honte.

Le délire d'Aldo, son hystérique gesticulation, reproduisaient aussi le délire d'un pays dépourvu de la moindre réalité et qui, sur la scène d'un vaste théâtre, récitait les tirades que des auteurs anonymes lui écrivaient. Pas davantage qu'Aldo n'était là où il s'imaginait être, la Sicile ne se trouvait ni à Palerme ni à Syracuse : en Grèce un jour, à Rome un autre, à Carthage pour un temps, en Espagne ou en Afrique, toujours errante, condamnée à un éternel exil.

En quelques phrases, cette dernière nuit de son séjour à Paris, Fortunata achevait son récit. Sa voix caverneuse me faisait voir Assou et Dina s'embarquant, apparemment réconciliées, pour la France, emportant ces deux enfants qu'elles ne reverraient jamais. Je les imaginais gravissant furtivement la passerelle, se cachant dans leurs cabines pour dissimuler la « honte ». Sans doute se persuadaient-elles qu'il ne s'agissait aucunement d'un abandon, mais d'un simple placement, comme tant d'autres femmes de leur milieu, en des circonstances semblables, le faisaient pour sauver les apparences.

Que Dina se fût arrangée pour demeurer en France, persuadant sans doute Assou qu'elle devait veiller sur ses fils, je ne m'en étonnais pas. Elle n'avait probablement qu'un désir : oublier la Sicile, mettre une distance suffisante entre elle et cette mère par trop autoritaire. Elle se fixait à Paris, dans cet hôtel que son père lui avait offert. Un soir, chez des amis, elle rencontrerait un jeune bourgeois, Julien Delfot : un nouveau chapitre de sa vie s'ouvrait, tout aussi mouvementé. Des enfants naîtraient, mourraient : je survivrais seul. Et, durant tout ce temps, deux enfants grandiraient seuls, leurs yeux tournés vers la grille du jardin. Entre deux voyages, ils apercevraient leur mère, vision fugitive et glorieuse qui hanterait leurs rêves. Ils attendraient son retour, ils n'arrêteraient pas de l'attendre.

Dina et Julien, eux, couraient d'une ville à une autre, menant un train très au-dessus de leurs moyens. Car, et de cela Fortunata était sûre, Cossimo avait si bien fait que de détourner les neuf dixièmes de la fortune de Don Arnoldo, en sorte que Dina ne possédait plus que le souvenir et l'illusion de l'argent.

Sans cesse harcelée, pressée, elle accumulait les dettes, donnant d'une main ce qu'Assou mettait, avec une sage parcimonie, dans l'autre. Elle vendait une maison, des bijoux, tentant d'apaiser ses créanciers. Elle revenait enfin à Palerme pour suivre le procès, qui s'éternisait et dont elle espérait le retour d'une fortune que son imagination lui représentait fabuleuse. En attendant, elle hypothéquait ses propriétés, empruntait à droite et à gauche, courant, dès qu'elle avait touché une somme suffisante, rejoindre Julien. Ils séjournaient souvent à Anglet, passant leurs nuits au casino de Biarritz, chevauchant sur la plage de la Chambre d'Amour, recevant des amis, offrant des fêtes fastueuses, s'occupant des enfants. Puis, le cycle recommençait : la gêne, les dettes, le voyage à Palerme et les deux garçons laissés, pour un temps, à la garde des demoiselles Jeantet, jusqu'au retour de Dina.

A Palerme cependant, la situation ne cessait de se dégrader : d'appel en appel, Cossimo usait de tous les artifices de la procédure pour gagner des délais ; les banquiers refusaient de prêter davantage, doutant de l'issue d'un procès qui menaçait de durer cent ans ; les détenteurs d'hypothèques s'impatientaient, réclamaient le remboursement des prêts, harcelaient les deux femmes, qui ne savaient plus comment se défendre contre la meute. Assou, s'apercevant que son second mari l'avait grugée, demeurait recluse dans sa chambre, indifférente à tout. Dina était bannie de la société. Le silence et la poussière remplissaient les appartements. Julien, que ces procédures inquiétaient, décidait de rentrer en France pour se faire une situation en attendant l'arrivée de Dina. Je restais avec elle, dans la grande maison silencieuse, scrutant la pénombre...

Je ne condamnais personne : je pouvais comprendre chacun des personnages de ce tableau nauséabond. L'ensemble exhalait un parfum de décomposition, celui-là même qu'on respire en regardant la peinture de Velasquez : tout se lit dans la figure douce et mélancolique de la petite infante, dans les visages estompés des parents — le poids des défaites, la ruine et le déclin, l'avalanche des morts provoquée par une morbide consanguinité, la fatigue et la désillusion, et l'impassible pitié de l'art, qui fixe la gloire et l'échec avec la même attention paisible.

« Tu écoutes les ragots d'une bonniche, d'une souillon ? J'en ai par-dessus la tête de toutes ces sales histoires, Sandro ! Je ne comprends pas que tu puisses accepter d'entendre de telles calomnies sur ta mère, toi, qui as vécu toute ton enfance serré contre ta Dina, partageant ses pensées et ses angoisses. Je t'ai laissé, c'est vrai, et je l'ai payé assez cher. As-tu réfléchi à ce que j'ai pu ressentir en te voyant paraître devant moi, après tant d'années ? Regarder en face le visage de quelqu'un que nous avons blessé à mort : je ne connais pas de punition plus terrible. Mais comment peux-tu croire que j'aie abandonné deux enfants ? Et je vivrais tranquillement à Paris, depuis des années, sans m'être inquiétée de leur sort ? quelle espèce de femme penses-tu donc que je sois ? Excuse-moi de m'emporter, mon trésor : je suis blessée. Non des calomnies de cette maritorne, mais que tu l'aies fait venir pour fouiller dans ma vie, ce qui est ignoble. Il te suffisait de m'interroger, si tu souhaitais connaître mon passé, qui est un peu le tien, j'en conviens. Douterais-tu de ma parole ? Du reste, je vais tout te raconter dans le détail, une bonne fois pour toutes, malgré la répugnance que j'éprouve à remuer ces souvenirs de boue. Oui, j'ai aimé, j'ai été fiancée à ce Carlino, qui a été mon compagnon d'enfance, mon unique et plus sûr ami. Mais, victime d'une machination ourdie par Assou — que Dieu ait son âme ! — et, surtout, par Cossimo, son amant puis son mari, j'ai été mariée de force à Valponte, dans des conditions que je préfère passer sous silence. Ce fut atroce, Sandro, et je crois bien ne m'être jamais remise de cette horreur. Dès que je l'ai pu, je me suis enfuie, c'est exact, avec Carlino Casseto, qui était un homme d'honneur et de bien. Nous avons vécu en France, heureux, et, je te l'assure, fort paisiblement.

343

Nous attendions l'annulation du mariage pour nous marier. Car elle s'est bien gardée de te dire, cette souillon, que j'ai intenté un procès à Rome pour obtenir l'invalidation de mon mariage avec Valponte, lequel d'ailleurs... Tu m'écoutes, Sandro ?

— Bien sûr, Dina.

— Bon, revenons à nos moutons : lequel n'a pas été un mariage, mais un viol. Seulement le procès, qui, soit dit en passant, m'a coûté des fortunes, traînait, et Carlino, très à cheval sur les principes, s'impatientait. C'est ainsi que nous avons décidé d'un commun accord de nous séparer provisoirement, en attendant l'issue du procès. Carlino est retourné en Sicile, je suis restée en France. Nous n'avons pas eu d'enfant. D'ailleurs, je te pose la question : imagine que je sois ce monstre que tu sembles penser que je suis, Carlino Casseto, après ce que tu sais de lui, aurait-il, *lui*, consenti à se débarrasser de ses fils ? C'est absurde, voyons ! Non, je n'ai eu que deux enfants, Massimo et toi, ce qui est bien suffisant. Me crois-tu, Sandro ?

— Oui, bien sûr. »

Nous déjeunions au restaurant du *Plaza,* avenue Montaigne, où Dina m'avait fixé rendez-vous pour fêter la proche parution de mon premier livre. Je l'avais trouvée, en arrivant, déjà assise à une table, près d'une large fenêtre. Un manteau de fourrure sur ses épaules, le masque peint, les cheveux peignés, elle m'était apparue d'une beauté encore altière, un sourire de défi aux lèvres et une étrange lueur dans ses yeux maquillés. « Tu vois, me disait son regard, je ne suis pas encore finie. » Elle n'avait pas manqué de remarquer mon étonnement et son sourire s'était élargi.

« Bonjour, mon chéri. Tu veux un cocktail au champagne ? J'aime bien cet endroit, j'y ai séjourné quelques mois avec Julien. Tu vois que ta Dina se défend encore. »

J'observais ses gestes pour porter sa cigarette à ses lèvres, pour boire une gorgée de champagne ; je contemplais ses mains qu'elle prenait soin de bouger. Le temps se creusait, s'écartait : je me retrouvais à Marseille, dans ce restaurant regardant le Vieux-Port. Une violente émotion broyait ma poitrine : c'était, certes vieilli, le même masque imposant, le même regard luisant, la même délicatesse des gestes, jusqu'aux intonations de la voix que je retrouvais et qui, dans ma mémoire, produisaient un effet d'écho. J'étais conscient qu'elle avait pris soin d'arriver la première au rendez-vous afin que je la trouve déjà installée, les formes de son corps dissimulées par la nappe. Le manteau mis sur les épaules, elle ne me présentait que son buste et sa tête ; ce souci de son apparence m'émouvait, moi, qui connaissais l'envers du décor — l'appartement sordide, le bureau dans une banlieue perdue. Dina semblait aussi à l'aise dans ce palace que si elle ne l'avait jamais quitté, retrouvant naturellement l'attitude, les gestes, les mots même de la Dina que j'avais connue.

« Tu sais, Sandro, je me demande si je ne vais pas quitter Félix. C'est un excellent homme, certes, et je l'estime beaucoup. Mais j'en ai assez de cette existence médiocre. Vois-tu, je me suis pour ainsi dire suicidée. En te perdant, j'ai perdu jusqu'au goût et au désir de vivre. Je tâchais d'oublier, je m'abrutissais de travail, je m'enfonçais dans le sommeil. Depuis que je t'ai retrouvé, l'absurdité de tout ceci me saute aux yeux. Nous pourrions louer un appartement confortable, dans un quartier agréable. Je me remettrais peut-être à écrire, qui sait. Qu'en dis-tu, Sandro ?

— Félix t'aime. Il y a plus de douze ans que vous êtes mariés.

— Evidemment. Je l'aime beaucoup, moi aussi. C'est un homme dévoué, qui se ferait tuer pour moi. Mais veux-tu que je te fasse une confidence ? Tu me parles souvent des hommes que j'ai aimés. Dans la réalité, je n'ai jamais aimé personne d'autre que toi. Je cherchais désespérément quelque chose que je n'ai pas trouvé, si tu comprends ce que je veux dire.

— Je crois, oui.

— J'ai toujours été la plus forte, je jouais le rôle de l'homme. Toutes ces amours, quand j'y pense aujourd'hui, je n'en retrouve, au fond de moi, que du vide. Mon unique amour a été mon petit Sandro. Tiens, je t'ai fait une surprise, j'ai commandé le menu que tu préférais : quenelles de brochet, rognons de veau et soufflé au Grand Marnier. Tu l'aimes encore ?

— Oui. Merci.

— Sandro, nous pourrions être si heureux tous les deux ! Il me semble que ma vie recommence depuis que je t'ai retrouvé.

— Dans les faits, c'est *moi* qui t'ai retrouvée.

— Evidemment. Tu m'en veux toujours, Sandro ? Tu ne pourras pas oublier ?

— Mais je suis avec toi, j'accepte de te voir, je n'éprouve aucune rancune.

— Bien sûr, bien sûr. Je suis très heureuse chaque fois que nous nous voyons, moi aussi. Mais ce n'est pas de cela que je parle, tu le sais.

— J'ai vingt-quatre ans, Dina. Je dois faire ma propre vie.

— Oh, mais je n'ai pas la moindre intention de m'immiscer dans ta vie. Je serais dans un coin, je veillerais auprès de toi. Tu as du talent, Sandro, tu deviendras célèbre, je le sens. Je mourrais à l'ombre du grand homme.

— Et Félix, tu y penses ? Il mourrait seul ?

— Tu ne comprends pas, mon Sandro adoré. Félix, c'est... du dégoût, du désespoir. Tu es jaloux ?

— Jaloux de quoi ? de qui ? Encore une fois, Dina, je désire vivre ma vie, je souhaite oublier le passé, je suis fatigué, Dina, fatigué.

— Je te comprends, Sandro. Je le suis aussi. Nous avons eu tous deux une vie terrible. Mais nous voici enfin réunis, après ce long cauchemar.

— Dina, je serais très content si nous arrivions à devenir ce que nous sommes : une mère et un fils. Si nous pouvions nous voir de temps à autre, bavarder paisiblement.

— Tu as raison, mon chéri. Du reste tu as toujours raison. Tu dois tenir de Julien ce bon sens. Moi, je suis sicilienne, emportée, excessive. Je m'accommode mal des demi-mesures. C'est certainement un défaut.

— Dina, il faut que je te dise... J'ai revu Fortunata. Elle a passé deux mois à la maison. Elle m'a parlé de Carlino Casseto.

— Ah ! nous y voilà ! C'était donc ça ? Je te trouvais bizarre. Qu'est-ce qu'elle a encore inventé, cette souillon ?

— Dina, les deux fils que tu as eus de Carlino, que sont-ils devenus ? »

Je voudrais, Antoine, vous donner à voir et à sentir son regard : la haine la plus concentrée, la plus implacable. Sa voix avait ce sifflement que j'entendais assis sous le piano, dans mon enfance. J'éprouvais dans mes nerfs son désir de me briser, de m'anéantir. Je devinais qu'elle ne me pardonnerait pas cette offense. Je venais, sans le savoir, de commettre un crime inexpiable.

Ai-je cru ses explications confuses, ses protestations vertueuses ? Je n'ose vous répondre par oui ou par non. Je ne croyais rien de ce qu'elle disait, doutant des détails les plus insignifiants. Si elle m'annonçait qu'elle avait passé la soirée au théâtre, je la soupçonnais d'avoir été au cinéma, de s'être promenée au Luxembourg si elle me disait être allée au bois de Boulogne. Non que je la tinsse pour une menteuse, au sens ordinaire du mot, mais parce que ses moindres propos se diluaient dans un nuage de brume où le rêve et la réalité se mêlaient. Ses protestations pouvaient donc être véridiques et elles rendaient un son de sincérité indéniable. Je n'aurais cependant pas pu en déduire qu'elle m'avouait le vrai. Du reste, je savais Fortunata incapable d'inventer une telle fable. Depuis des semaines, je ne cessais de penser à ces deux enfants, tâchant d'imaginer quelle avait pu être leur vie, me demandant ce qu'ils étaient devenus. Ils apparaissaient dans mes rêves, ils hantaient mes jours. J'éprouvais le lancinant regret de ce frère que je n'avais pas eu, puisque aussi bien Massimo n'avait jamais été qu'un visiteur. Je rêvais de les retrouver. Mais je savais aussi que je n'en ferais rien. J'avais touché le fond, je n'aspirais qu'à respirer un air moins délétère, j'étais pris d'une faim de vivre et de jouir. Aussi ai-je, ce jour-là, accueilli avec un lâche soulagement les dénégations furieuses de Dina. Je me persuadais aussi que, si même ces deux garçons existaient, ils frôlaient maintenant la trentaine, ils étaient sans doute mariés, ils avaient des enfants. Mieux valait les laisser dans leur ignorance. Leur histoire n'était pas de celles qu'on se réjouit d'apprendre. J'avais pris sur moi tout le fardeau, j'assumais toute la honte, je me sentais libre maintenant de m'accorder un peu de bonheur.

Mes deux premiers manuscrits venaient d'être pris par un éditeur important. Je corrigerais bientôt les épreuves de mon livre. L'avenir s'ouvrait devant moi.

Nous nous séparâmes, Dina et moi, sur le trottoir. Quand elle se pencha pour recevoir mon baiser, j'éprouvai une étrange impression de malaise. Quelque chose dans son attitude m'avertissait qu'un danger me menaçait. Je ne pouvais deviner ce qui m'attendait.

Aldo n'avait pu tenir longtemps. Recherché pour plusieurs délits — grivèlerie et abus de confiance —, il s'était enfui en Autriche où il paradait dans un palace de Vienne. Un jeune homme l'accompagnait qu'il faisait passer pour son fils mais qui, selon vous, devait être son petit ami, puisqu'il paraît à peu près établi que l'existence de ce fils, dont il parle cependant dans *Une enquête à Syracuse,* fût aussi irréelle que sa collaboration avec Oppenheimer. Je me pose la question : qu'était-il allé faire à Vienne ? Rien sans doute que ce qu'il faisait partout ailleurs : tenter d'échapper à lui-même, fuir ce vide où il ne cessait de s'abîmer, s'inventer un personnage d'homme d'affaires cosmopolite. Il parlait passablement l'allemand, j'en ai eu confirmation. Où et comment il l'avait appris, je ne saurais vous le dire. Il avait enfin achevé le manuscrit de son premier roman qu'il avait déposé chez plusieurs éditeurs, tout comme je l'avais fait moi-même. Dans trois mois, mon propre éditeur lui ferait signer un contrat. Ainsi, sans le vouloir, Aldo mettait-il ses pas dans les miens. Dans le miroir des temps, le passé devenait futur. Parti le dernier, j'étais arrivé le premier, j'avais achevé mon enquête et je tenais tout notre passé dans mon cœur, le sien comme le mien. Je filais vers mon avenir, m'éloignant de lui. Bien entendu, Aldo se ferait, une fois de plus, arrêter pour escroquerie et il resterait plusieurs mois dans une prison de Vienne. Sans cesse le passé le reprenait, le tirant vers l'arrière. Il s'enlisait dans ce marécage d'où la main robuste de Fortunata venait de me tirer. Si je n'étais pas sauvé, j'étais à tout le moins délivré. Il ne me restait que d'apprendre l'oubli.

Comme dans l'air de la calomnie du *Barbier de Séville,* cela commença, Antoine, *piano piano,* en un murmure indistinct, à peine audible, au point qu'il me fallut un temps assez long pour comprendre ce qui m'arrivait. Des coups de téléphone, des confidences voilées m'avertissaient ; des amis à la mode parisienne me mettaient en garde ; des relations me confiaient qu'elles avaient entendu dire ceci ou cela. Peut-être aurais-je dû me défendre avec plus de vigueur, riposter avec fermeté, mais j'étais exténué, désireux seulement d'oublier et de me reposer. Je vous avouerai en outre que la conduite de Dina me plongeait dans un étonnement hébété. Je ne comprenais ni sa fureur ni les motifs de cette haine démente. Je ne suis pas certain de les comprendre aujourd'hui encore. Sans craindre de se ridiculiser ou de paraître odieuse, elle se répandait partout en calomnies extravagantes, ameutant ses connaissances, frappant à toutes les portes, s'insinuant auprès des éditeurs et des journalistes. A l'en croire, j'étais un imposteur, un ingrat qui l'abandonnait dans la misère, je n'étais pas l'auteur des ouvrages que je signais et qu'elle avait, elle, écrits... J'étais pris d'un vertige de tristesse et de dégoût. Je me demandais, écœuré : comment est-ce possible ? Si certains, plus délicats, refusaient de l'entendre, quelques-uns prêtaient une oreille complaisante à ces ragots. Certains même, comme ce journaliste italien que je n'ai jamais rencontré, étaient probablement de bonne foi. Je viens de relire son article, que j'ai conservé et qu'illustre une photo de Dina. C'est le récit, émouvant autant qu'indigné, d'un fils qui délaisse sa mère parce qu'il a honte et dédain de sa pauvreté, qui vit dans le confort cependant qu'elle trime durement pour gagner son pain, qui se fait un succès des livres qu'elle a écrits. Relisant cette prose, j'entends la voix de Dina, je reconnais ses intonations, j'imagine son regard humide. Ne me demandez pas, Antoine, si elle croyait à ses inventions. Vous commencez à la connaître, vous devinerez qu'il y a des chances qu'elle fût sincère, si la sincérité consiste en l'adhésion aux paroles que l'on prononce. Vous l'avez d'ailleurs vue à cette époque, dans le cabinet de ce maître du barreau dont vous étiez alors le collaborateur. Elle venait se renseigner sur la possibilité de m'intenter un procès. Des années plus tard, quand cette tempête de haine se serait apaisée, Dina se rappellerait à peine ses démarches et ses visites ; elle s'empresserait de changer de sujet ; elle s'excuserait en m'expliquant qu'elle avait en effet divagué, mais que sa conduite découlait du fait qu'elle se sentait effectivement spoliée, puisque j'accomplissais, en écrivant et en publiant, ce qu'elle avait toujours rêvé d'accomplir et qu'elle n'avait pas réussi à faire, empêchée par les circonstances et par ses conditions d'existence. Je l'observerais avec ahurissement : le visage toujours lisse, le menton relevé, le regard plongé dans un rêve. La main surtout, cette main toute menue, ronde et portée par des attaches d'une finesse d'orfèvre, faisait un geste pour balayer les malentendus, le même geste dont elle avait balayé tout ce qui, dans la vie, la gênait. Je resterais confondu devant une inconscience si assurée. Je rappellerais, dans l'espoir d'échapper au vertige, les images d'une petite fille couchée aux pieds de son père impotent.

Devant ce flot de boue qui menaçait de m'emporter, je dus me résigner à me défendre. Il me fallut m'ouvrir à François, membre du comité de lecture de mon éditeur, de tout mon passé, lui montrer tous les documents, toutes les pièces dont je disposais. Ce vieil homme avait, dans les lettres françaises, joué un rôle fort considérable ; conservateur, il était de ceux qui pensaient, à la veille de la guerre, qu'il convenait de se rapprocher de Mussolini pour l'empêcher de s'allier à Hitler, ce qui, avec le recul, ne me paraît ni si condamnable ni totalement absurde. Cette attitude lui fut reprochée à la Libération et il vivait depuis dans l'amertume de cette injuste humiliation, menant, dans son appartement dont les fenêtres regardaient le dôme des Invalides, une existence retirée. Sauvé par André, mon éditeur, de la gêne, il ne sortait que pour assister aux générales en qualité de critique dramatique. Je nous revois assis face à face dans la pénombre, car, devinant ce que ce déballage avait pour moi de pénible et d'humiliant, il retardait l'instant d'allumer la lampe posée sur son bureau. Doucement, le crépuscule glissait sur la ville et le dôme des Invalides se détachait d'un ciel d'opale, presque transparent. Je pouvais à peine parler, j'étais anéanti. Sans un mot, il se pencha vers moi, m'embrassa.

« Il faut oublier tout cela, mon enfant. Tu as reçu un don qui compense toute cette horreur ; tu te dois de l'honorer. Je verrai ta mère, je lui parlerai. N'y pense plus. »

Il tint parole. Avec un frémissement moins de terreur ou de dégoût que de saisissement dans la voix, il devait me raconter cette entrevue. Sur le palier, Dina se retourna une dernière fois, avant de s'engouffrer dans l'ascenseur :

« J'aurai sa peau. Je vous jure que j'aurai sa peau ! »

Cette phrase, François la répétait avec une épouvante sacrée. Pour ce chrétien, cette haine folle d'une mère pour un fils coupable d'avoir été abandonné et de ne pouvoir pas l'oublier, cette détestation meurtrière lui paraissait d'essence démoniaque. Il avait été impressionné cependant par le maintien et par l'intelligence de Dina, rendant hommage à ce qu'il appelait sa « classe ». Elle s'était battue jusqu'au bout, puis, confondue, s'était redressée, gonflée de venin. Je la voyais sans peine telle qu'il me la peignait, altière et décidée, toute à sa rancune, semblable à ces figures féminines de la tragédie antique, aveuglée par sa passion, opaque, remplie d'une lumière noire qui se reflétait dans son regard, telle enfin que je la voyais quand, assise dans le bow-window, elle se redressait pour engager le combat avec Assou. Les décennies avaient passé sans en rien adoucir ses angles. Elle demeurait telle que je l'avais toujours connue : plongée dans son rêve, inaccessible à tout ce qui n'était pas sa chimère. Est-il certain cependant qu'elle fût inchangée ?

Elle livrait là son avant-dernier combat, le moins glorieux assurément, le plus pitoyable. Je ne désirais pas sa défaite, j'aurais souhaité la voir apaisée, réconciliée avec elle-même, mais je ne savais que trop qu'elle ne voulait pas de cette paix-là. Elle recherchait ou mon adoration ou ma ruine. Elle n'avait jamais été une femme comme les autres. Ni épouse ni mère, peut-être même pas une amante : un mythe auquel elle était dévouée corps et âme. Depuis que Fortunata m'avait parlé, depuis que je pouvais considérer l'ensemble de cette vie, de la petite infante choyée, adulée qu'elle avait été jusqu'à cette Médée enragée criant : « J'aurai sa peau ! », je lisais ce destin de gloire et d'illusion, traversé d'une obscure angoisse. Elle ne se consolait pas d'avoir perdu le royaume de son enfance ; elle vivait dans la terreur inavouée des trahisons qui la jetteraient bas de son trône ; elle ne cessait d'interroger le miroir : « Suis-je la plus belle ? » Or, le miroir cruel lui répondait qu'elle n'était plus ni la plus belle ni la plus parfaite, achevant de la désespérer. Avec terreur, elle voyait venir la déchéance qui, définitivement, romprait l'enchantement de l'enfance. Cette fois, elle ne serait livrée ni à un mari ni à un beau-père, mais à une marâtre sans pitié, noire de peau. Sur ma tête, elle déversait, en flots de haine, toutes les déceptions accumulées, tous les échecs, tous les regrets. Que « son » Sandro voulût s'émanciper, sortir du cercle magique, se délivrer du sortilège, elle ne pouvait ni l'accepter ni le pardonner. C'était l'ultime trahison, la plus définitive. Je la laissais à la vieillesse qui arrivait, à la mort dont l'ombre se couchait sur sa vie, à l'obscurité gelée de l'interminable nuit d'hiver. Comme son père, comme Assou, comme tous ceux qui l'avaient aimée, je m'éloignais, emportant avec moi le talisman dont elle avait pu espérer un temps qu'il la sauverait : ces mots qu'elle enroulait autour de moi, qu'elle déployait sous mes regards émerveillés. Que lui resterait-il, maintenant que je lui retirais sa baguette de magicienne ? Oui, Antoine, je comprenais sa fureur, je la plaignais, non, certes, d'une pitié humaine qui absout la faute, mais d'une pitié plus essentielle, qui perçoit la plainte sous l'injure, l'immense peur sous la haine.

Vaincue, elle quitta Paris, la France même. Je respirai, délivré et défait. Je pensais parfois à elle avec un déchirement intime, me demandant ce qu'elle devenait. La calomnie restait attachée à mes vêtements, elle imprégnait ma peau. Je fermais les yeux, je détournais la tête. Ceux qui, croyant m'être agréables, me murmuraient : « J'ai connu votre mère », je les arrêtais d'un sourire blessé. Je ne voulais pas les entendre, redoutant ce qu'ils pouvaient m'apprendre. Je vous ai d'ailleurs estimé d'avoir su garder le silence. Je sais, Antoine, ce que vous pensez. Les mots figeraient votre sentiment en verdict sans appel. On ne juge pas une vie, on ne la comprend même pas : on ne peut, et non sans peine, que la suggérer, en répartissant équitablement ses ombres et ses lumières.

J'avais eu la chance de rencontrer Michel. L'amour me détournait de mon passé. S'il devenait par moments trop lourd, je pouvais le partager avec lui. Nous voyagions, nous séjournions à Capri, à Rome, à Florence, à Grenade ou à Tolède. J'étais heureux de lui faire découvrir cette Europe qui constitue ma patrie, tout comme il me faisait découvrir la douceur de la province française, ses rites paisibles et rassurants, son humanisme secret. Sans Michel, sans ses parents qui, devinant mes blessures, m'offraient l'asile de leur maison, dans la campagne beauceronne, où je savais pouvoir trouver le repos ainsi qu'une affection délicate et pudique, sans ma tante Patricia et mon oncle Robert, sans la poignée d'amis qui m'ont tenu la main, aurais-je, Antoine, eu la force de porter ce fardeau ? Plusieurs étés, nous passâmes nos vacances à Biarritz, nous baignant à la plage de la Chambre d'Amour ; nous marchions devant les deux villas voisines ; j'interrogeais du regard ce portail, ces volets de fer, ces tamaris courbés par les bourrasques d'automne. Je ressentais une honte lancinante, une mélancolie haute et désenchantée. Je devais me maîtriser pour ne pas appuyer sur la sonnette, je me retenais d'interroger ceux qui auraient pu me renseigner, Régis, pour n'en citer qu'un. Je ne voulais pas savoir, je ne voulais rien entendre. J'étais bêtement, splendidement heureux. Je publiais des livres, je réussissais à, difficilement, vivre de ma plume. Le passé, croyais-je, était mort à jamais.

C'est pourtant à cette époque que nos deux ombres, la mienne et celle d'Aldo, se sont trouvées le plus près l'une de l'autre, se frôlant chaque jour, hantant les mêmes lieux, fréquentant les mêmes personnes. Aujourd'hui, cette proximité hallucinatoire me ferait peur presque.

Bien des années plus tard, je découvrirais, en interrogeant Frédéric, mon éditeur et mon ami, qu'Aldo, dont le roman venait de paraître, était régulièrement reçu chez André. Avec une imperceptible ironie, Frédéric, le regard dissimulé derrière les verres fumés de ses lunettes, me peignait cette scène : André, assis dans la bergère, près de la cheminée, écoutant, les paupières closes, Aldo chanter la partition du *Tristan* de Wagner, s'accompagnant au piano. Je revoyais aussitôt le salon blanc et or, la haute silhouette d'André, telle qu'elle m'était souvent apparue dans les derniers mois de sa vie, enfouie dans la bergère, une couverture sur ses genoux ; je croyais contempler les grandes mains translucides ; je considérais sa figure pâle et amaigrie, éclairée par la musique, qui avait été la passion de toute sa vie. J'imaginais comment Aldo avait su tirer parti de cette passion pour s'insinuer dans l'intimité de cet homme retranché dans son élégance comme dans une armure ; j'aurais pu éprouver la déception d'André, sa tristesse devant les ruses d'Aldo. Mais, surtout, je ressentais, rétrospectivement, une sorte de frayeur : combien de fois, Antoine, avons-nous dû nous croiser dans cet escalier, devant la haute glace du vestibule, dans la bibliothèque où je rejoignais parfois André pour un souper en tête à tête ? Nous aurions pu nous rencontrer dans les bureaux du service de presse de la maison d'édition où je n'allais, il est vrai, que rarement. A l'heure même où je me croyais le plus éloigné de mon passé, mon ombre me rejoignait, me touchait, effectuait les mêmes gestes, hantait les mêmes lieux, tenait sans doute des propos similaires aux miens... Non, rien ne commence, Antoine, mais tout sans cesse recommence, en une répétition hallucinatoire.

Les années cependant passaient ; mes plaies cicatrisaient ; je pouvais même me croire définitivement guéri.

Sans discorde, par l'usure de la vie, Michel et moi nous éloignions l'un de l'autre. Cette séparation sans drame, banale et mélancolique réveillait brutalement la blessure, me jetant dans la maladie. En me retrouvant seul, le vertige me saisissait de ce jour où, debout dans une chambre d'hôtel, je contemplais, tétanisé par la douleur, les valises ouvertes sur le lit de cuivre. Je perdais pied, je m'enlisais dans les marécages de l'enfance. D'atroces douleurs me broyaient, me lacéraient, me roulaient en boule sur le plancher ; je suais et gémissais. Je me réveillai enfin sur un lit d'hôpital, à Marseille — et vers quel autre lieu, Antoine, aurais-je pu me tourner pour affronter la mort ? — après une opération qui avait duré sept heures et me laissait délivré de la souffrance, mais vidé de mon sang, épuisé. Nuit et jour, Marc veillait à mon chevet, ne me quittant que le temps de prendre un indispensable repos, s'occupant de tout, changeant lui-même les flacons à perfusion suspendus au-dessus de ma tête, bondissant sur ses pieds dès que je me tournais, tenant ma main entre les siennes, me souriant, me parlant.

Obstinément, je fixais ce mystère : quelques toits aux pentes contrariées, coiffés de tuiles rondes, se détachant sur un ciel haut et limpide, de ce bleu intense que je contemplais dans mon enfance, à Palerme. Tous les temps s'abolissaient et se confondaient. J'étais rejeté vers le plus lointain passé, vers plus loin que ma naissance, alors qu'une fillette de douze ans sanglotait, son visage caché dans les genoux de son père, puis qu'un autre enfant, assis sous un piano, écoutait, son cœur battant la chamade, le bruit léger, comme aérien, des pas de Dina dans le couloir, et, dans le même temps sans durée, j'étais propulsé dans le futur, entendant ce cri de haine : « J'aurai sa peau ! » comme si toutes les sources se rejoignaient dans ce fleuve énigmatique, Marseille, vers lequel, mourant, j'étais revenu, comme se traînent, aux Indes, les agonisants vers les rives du Gange, le fleuve sacré, dont les eaux fangeuses emportent les retours éternels.

Cet appel, Michel l'avait entendu. Je l'avais vu, un matin, se dresser au pied de mon lit, parfaitement élégant, un sourire contraint sur ses lèvres minces et comme effacées. Je n'avais pu dissimuler mon émotion. Tout le jour, en attendant l'heure de me revoir, il avait erré dans la ville, s'embarquant vers l'île d'If, à la poursuite d'un enfant qu'il aimait, qu'il avait aidé à survivre à ses blessures et qu'il sentait soudain près de franchir le sombre fleuve. Le soir, il éternuait, il frissonnait.

« J'ai dû prendre froid », murmurait-il à sa façon sibylline où le moins signifie le plus, où le cri s'étouffe en murmure.

Il ajoutait d'un ton hargneux : « Je n'aime pas Marseille. »

J'entendais son aveu et qu'il détestait mon malheur. Je serrais sa main en silence. Nous avions parcouru une longue route ensemble, nous avions fait le tour de nos faiblesses et de nos forces, nous consentions chacun à nos insuffisances. Au point où nous en étions, les mots n'importaient guère. J'écoutais sa prière comme j'entendais, la nuit, dans l'éclairage bleuté de la chambre, celle de Marc, courbé au-dessus de mon lit. Je comptais donc encore pour quelqu'un ? je ne serais pas, cette fois, abandonné ? on pouvait se séparer sans en mourir ? Je guéris.

Avec la santé, je retrouvai un paysage dont j'avais divorcé et dont je n'imaginais pas qu'il pût, à ce degré, m'être nécessaire. Au pied des Alpilles, je déchiffrais la lumière des origines. Je réapprenais à marcher en foulant un sol dont mon squelette et ma peau étaient pétris. Je lisais mon destin dans chaque brin d'herbe, dans chaque pierre, dans le dessin des villages serrés autour des ruines des châteaux comme dans les visages des paysans que je croisais en me promenant dans la campagne. Je me revoyais parcourant mon île avec Dina, j'entendais sa voix me dire l'exhalation puissante des millénaires, les avatars des déesses, le crépuscule et la renaissance des dieux. Il m'apparaissait, en un éclair, que mon destin ni celui de Dina n'avaient été vains, qu'ils se réconciliaient peut-être dans un ailleurs mystérieux où les crimes et les haines se fondent en une universelle pitié.

Nous demeurions, Marc et moi, dans une maison sans caractère, assise au milieu des champs. Un chat, Zito, nous tenait compagnie. Avec stupeur, je découvrais que, tout le long de ma maladie, une chaîne d'amitiés s'était faite autour de la chambre où je gisais. Je m'étais persuadé que nul ne pouvait m'aimer, je donnais, dans mon for intérieur, raison, toujours, à ceux qui me détestaient : je m'apercevais que j'avais été entouré d'une quantité de dévouements pudiques.

Depuis plus d'un an que je me traînais, j'avais été dans l'incapacité d'écrire. Les mensualités que mon éditeur me versait en acompte sur mon roman avaient été arrêtées, non certes par malignité, mais simple routine, puisqu'il ignorait tout de mon état de santé. J'aurais en effet trouvé humiliant d'avoir l'air de quémander en exhibant mes infirmités. J'étais couvert de dettes et encore épuisé par mon long séjour à l'hôpital. Un ami me vint en aide en me procurant la chronique des livres dans l'émission hebdomadaire qu'il produisait. Une fois par semaine, j'allais avec Marc à Marseille pour enregistrer ma chronique, nous mangions devant le Vieux-Port, regardant les mâts enchevêtrés. Une nuit enfin, ma main se tendit pour saisir un volume posé sur ma table de chevet, je commençai de lire en toute innocence, et tout de nouveau bascula.

VII

Il n'y a pas de commencement.

Assis devant la table déjà dressée, dans le wagon pullman du Mistral, appuyant mon front contre la vitre et souriant à Marc, debout sur le quai : cette image, Antoine, n'aurait-elle pu marquer le début de ce récit qui ne cesse de commencer ? Dans ma valise rangée dans le casier à bagages, en queue du wagon, j'emportais un gros manuscrit que j'avais tout de même réussi à achever et que j'allais remettre à l'éditeur qui venait d'être placé à la tête de la maison publiant mes ouvrages. Ces centaines de feuillets, qui m'avaient coûté tant de peine à achever, toucheraient, agités par les secousses du rapide, l'exemplaire d'*Une enquête à Syracuse,* les mots mêmes qu'Aldo et moi avions, séparément, patiemment, formés, combinés, poursuivant, au fond d'une valise, leur frôlement d'ombres. J'étais assis là comme je l'étais trente ans auparavant, alors que Julien venait de s'éloigner. Sur la table, dans un petit vase en inox, trois œillets ; une lampe à abat-jour éclairait les verres, les nappes empesées. Sans doute mes yeux ne rencontraient-ils pas les boiseries décorées de guirlandes de fleurs, ni les appliques en forme de tulipes stylisées. Mais je pouvais encore, regardant les serveurs s'activer, les voyageurs étaler autour d'eux livres et périodiques, des femmes retirer leurs fourrures, préserver l'illusion. Dina allait bientôt arriver, elle s'assiérait en face de moi, rieuse, le regard luisant d'excitation. Elle porterait son chapeau à voilette, son tailleur bleu à épaulettes, elle se pencherait pour me murmurer à l'oreille : « Sandro, tu as vu ce monsieur, là-bas ? Le chauve, oui. Il me dévore des yeux. Comment le trouves-tu ? » Je sentais sur mon front cette impression de reposante fraîcheur qui avait accompagné toute mon enfance. Il me semblait qu'aussi loin que je remontais dans le passé, je me trouvais le front contre une vitre, contemplant le spectacle d'une vie énigmatique, dont j'étais exclu, prisonnier d'un amour impossible. Dans quelques années, le TGV remplacera le Mistral, des employés moroses disposeront devant moi un plateau à couvercle, renfermant des récipients en plastique remplis d'aliments cuisinés à la chaîne, le train filera si vite que le paysage s'évanouira, je ne retrouverai pas le rythme ternaire dont s'était bercée mon enfance. Je me sentirai alors rejeté à mon tour sur les rives d'un passé coupé de toute mémoire. Mes déplacements deviendront pratiques, je cesserai de rêver. Je comprendrai que le monde dont je suis issu et auquel j'appartiens aura achevé sa métamorphose. D'autres enfants s'imprégneront d'un rythme neuf, forgeant de nouveaux rêves.

Depuis que j'avais lu le roman d'Aldo, la même lancinante question me poursuivait : devais-je lui rendre une Dina informe, défaite par les ans ? Ce quinquagénaire que j'imaginais usé par ses échecs, avais-je le droit de lui ôter ses illusions ? Pour moi, ma décision était prise : je ne rencontrerais pas ce frère ; j'avais épuisé mes réserves de courage ; je n'avais que trop peiné pour porter Dina, la sauvant de ses propres folies, luttant, chaque jour, presque chaque heure, pour préserver le rêve qu'elle s'acharnait à briser. Toute ma compassion, je l'avais déversée sur cette fillette que des adultes cupides avaient écartelée, déchirée. Que pouvais-je pour Aldo, sauf lui rendre son rêve anéanti ? L'ironie de sa situation me poignait : une obscure malédiction s'acharnait sur lui, depuis le premier jour de son existence, entravant sa marche. A chaque étape, il arrivait avec un retard décisif. Il n'apercevrait de cette Dina dont il avait tant rêvé que son ombre, mangée déjà par la mort. Il ne connaîtrait jamais la mère qu'il attendait, le regard tourné vers le portail de la villa des demoiselles Jeantet. Il n'entendrait pas le rire de sa jeunesse, ni cette voix impatiente et nerveuse. Il écouterait une femme vieillissante, récriminant et ressassant des griefs imaginaires. Il ne la verrait pas virevolter devant la glace, dans une robe du soir de mousseline blanche, ni danser dans un fourreau de soie verte. Il ne la verrait pas dévaler la montagne, devant les ruines de Ségeste, se retournant pour crier, haletante : « Alors, tu viens, paresseux ? » Il n'appuierait jamais sa tête sur son ventre alors que, figée, elle murmurerait : « Sandro, y a-t-il quelque chose de plus beau au monde que cet endroit ? N'oublie jamais, Sandro. Jure-moi de ne pas oublier, mon amour. Nous sommes sortis de là, mon trésor, de plus loin encore, de cette mer là-bas. Nous sommes de la race des dieux. Comprends-tu, Sandro ? Nous sommes des dieux. » Il n'entendrait jamais son pas léger, immatériel.

Le train filait dans la nuit, comme il filait trente ans plus tôt : deux coups brefs, un coup long, deux coups brefs... Lentement, paresseusement, les rêves s'effilochaient comme des nuages, se mêlant, se séparant.

Dans le bureau du rez-de-chaussée tout tapissé de boiseries, tournant le dos à la fenêtre donnant sur un jardinet cerné de hauts murs, je n'avais pu que l'apercevoir : corpulent, le nez subtil, un regard tout ensemble espiègle et moqueur, d'une vivacité presque effrayante. Je peinais encore pour achever ma phrase qu'il avait déjà bondi de son fauteuil.

« Pourquoi n'avez-vous pas écrit pour expliquer votre situation ? Un auteur de votre espèce ne peut pas, parce qu'il est malade, surtout s'il l'est, se trouver dans la situation où vous êtes. Ce n'est pas décent... »

Sans écouter — du moins le croyais-je, car je devais m'apercevoir qu'il entendait tout, enregistrait le moindre mot —, il convoquait le directeur financier, faisait établir un chèque à mon nom, m'apprenait que ma situation était loin d'être aussi sombre que je l'imaginais, rétablissait les mensualités, me parlait d'un manuscrit qu'il se préparait à publier, me dépeignait, en quelques mots, la Provence, d'où il était originaire, passait au général de Gaulle sur qui il me contait deux anecdotes, m'invitait à déjeuner dans un proche bistrot, me précédait à grandes enjambées, se retournant pour s'assurer que je le suivais, s'arrêtait pour serrer des mains, se rappelait soudain qu'il avait encore une affaire à régler avec le service de fabrication, me demandait de l'attendre, revenait avant que j'aie eu le temps de me remettre de ce typhon verbal. Il donnait l'impression de vivre plusieurs existences en même temps, sans trouver le temps d'en achever aucune. Il débordait de projets dont je n'arrivais pas à déceler lequel lui tenait véritablement à cœur : il allait tourner deux films à la fois, rédiger un roman, un essai sur le Christ, un autre sur Sade, il voulait créer un journal... J'écoutais, médusé, oubliant de manger. Arrêtant brusquement son monologue frénétique, Pierre-Yves me citait deux vers d'Apollinaire, me parlait de Claudel. Etroits et enfoncés, masqués par une mèche enfantine qu'il rejetait d'un mouvement de la tête, ses yeux se mouillaient pour saluer la musique des vers, riaient aussitôt pour annoncer une histoire drôle, me traversaient soudain, incisifs, pour lire dans mes pensées. Insaisissable, courant plus vite que la lumière et, quand on s'y attendait le moins, d'une implacable lucidité. Prodigue de son temps, de son énergie, de son exubérante vitalité. Se faisant tout à tous sans rien livrer, jamais, d'essentiel sur lui-même. D'une ruse homérique qui jouait de l'épanchement, de la fausse confidence, de l'attendrissement sincère et feint. Dupe de rien ni de personne, comme enlevé à lui-même par une inquiétude adolescente, rêvant de grandes et nobles causes, d'héroïsmes sublimes et de fidélités féodales. Comment n'aurais-je pas, pour un tel caractère, éprouvé une amitié perplexe et fascinée ? Qu'il m'eût d'emblée accordé la sienne, moi, la taupe acharnée à creuser des galeries souterraines, l'explorateur des silences abyssaux, rien n'eût pu m'étonner davantage, tant nous semblions, à première vue, peu faits pour nous entendre. J'ai aujourd'hui la certitude que Pierre-Yves devina, au premier regard, que seule une amitié forte et loyale pouvait me tirer du marasme où je m'enlisais. Peut-être ignorait-il lui-même les motifs de l'élan qui le porta vers moi : ce blessé n'en avait pas moins flairé la blessure, et il m'avait aussitôt tendu sa main fraternelle.

Dans le bureau voisin du sien, j'avais aperçu une jeune femme à la beauté cuivrée, évoquant l'un des portraits du vieux Rembrandt, tout en rêves d'or. Tout ensemble dur et blessé, son visage paraissait rempli d'une vague, indéfinissable attente et ses beaux yeux marron appelaient à l'aide dans le même temps qu'ils vous repoussaient. Je pensai, la découvrant, à l'une de ces fillettes solitaires et farouches qui, dans un recoin de la cour de récréation, font bravement face à la meute déchaînée. Nous avons échangé quelques mots, nous nous sommes serré la main : nous savions, Geneviève et moi, que nous serions désormais alliés. Je la regardais, libellule affolée, se cogner aux vitres, tournoyer dangereusement autour des ampoules éclairées. Elle avait, comme on le dit sans rire, tout pour elle, sauf l'essentiel.

Je restai un mois à Paris, sortant beaucoup avec Geneviève et Pierre-Yves, m'appuyant sur leur amitié. Je renouais par eux avec un mode de vie que j'avais depuis longtemps abandonné et auquel, après ces temps de maladie et de convalescence, je trouvais une douceur nouvelle.

Rentrant tard dans la nuit, je regardais le volume que j'avais posé sur le bureau. Depuis trois ans, Dina était rentrée en France. Elle demeurait à Paris, dans un appartement étroit mais confortable, rempli de meubles neufs et luisants qu'elle baptisait, avec une majestueuse assurance, « anglais », et on devait sans doute en trouver de semblables, par centaines de milliers, dans la banlieue de Leeds. Elle n'avait plus de chats mais un chien, un caniche blanc, qu'elle emmenait avec elle au bureau où elle travaillait, le service des contentieux d'une administration publique.

Quand, à son retour, elle m'avait écrit, j'avais accepté de la revoir. Les reproches que j'aurais été en droit de lui adresser pesaient moins que les souvenirs. Ces griefs, Dina ne les aurait d'ailleurs ni entendus ni compris. Dans son esprit, il s'agissait de « malentendus » provoqués par un accès, de sa part, de mauvaise humeur. Tant de candeur m'attendrissait, me touchait presque. Je l'avais trouvée dans le restaurant où elle m'avait donné rendez-vous, près des Halles, déjà assise, comme lors du dernier repas que nous avions fait ensemble, au *Plaza*. Elle m'était apparue à peine changée depuis ces quinze ans. Peignée avec soin, maquillée, une fourrure sur ses épaules, exhibant ses mains menues chaque fois qu'elle saisissait son verre de champagne pour le porter à ses lèvres. Sa première question, après les embrassades, avait été : « Suis-je encore belle ? » Ce qui m'avait fait sourire intérieurement. Elle devait frôler les soixante-dix ans — elle avait si souvent maquillé sa date de naissance que, même de son âge, à quatre ou cinq ans près, je n'étais pas assuré — elle restait telle qu'elle avait toujours été. Mais, au moment de quitter le restaurant, j'avais découvert que les rondeurs étaient devenues une adiposité pathologique, qui la courbait en avant, l'empêchait presque de marcher, lui faisait un souffle court et précipité. Après quelques pas, elle devait s'arrêter pour respirer, ce qu'elle faisait avec une élégance touchante, feignant d'avoir quelque chose d'important à vous dire. Ce buste encore intact, ce visage lisse et peint posé sur ce corps difforme m'évoquaient ces ravissantes madones siciliennes, aussi minuscules que des poupées, juchées sur des chars d'or. On eût dit, la voyant avancer avec tant de peine, sur des souliers à talons plats, que Dina portait sa tête au-dessus d'elle-même, comme si elle avait voulu la préserver du naufrage.

Je la voyais deux ou trois fois l'an, lors de mes séjours à Paris, retrouvant le papier à grosses fleurs, les meubles « anglais », le caniche tondu à la lion, la nappe aux auréoles suspectes, les verres mal essuyés, l'atmosphère d'étuve où les phrases méandreuses s'éployaient, me jetant dans une hébétude somnolente. Félix, vieilli, usé par le travail, se levait brusquement pour prononcer une harangue confuse dont je n'entendais que des bribes : les Français étaient des imbéciles qui se laissaient coloniser par les Juifs, les Arabes, les Noirs, les Chinois, tous les syndicats se valaient, d'accord entre eux pour tromper les ouvriers. S'emportant, il me prenait à partie : pourquoi ne disais-je rien ? Que cachait mon silence ? Sans doute le méprisais-je ? Il n'était pas un intellectuel, certes, mais il pourrait m'en remontrer sur bien des sujets, à moi comme à Dina. Nous le tenions sans doute pour un con, mais il savait plus de choses que nous ne l'imaginions.

« Mais oui, mais oui, soupirait Dina. Je t'en prie, Félix, tais-toi donc un peu. Je voudrais parler avec Sandro. Je ne le vois déjà que trop rarement.

— D'accord, je vous laisse. Je vais me coucher. »

Lui parti, nous ne nous disions pas grand-chose pourtant. Si

Dina parlait, je l'écoutais sans l'entendre, blotti dans mon rêve. Que signifiait cette fin ? comment rattacher cette Dina à celle que j'avais connue dans mon enfance ? Elle se plaignait de la médiocrité de ses collègues de bureau ; elle avait fait installer dans son auto un système d'antivol avec une sonnerie incorporée, la sirène se déclenchant à la moindre tentative d'effraction ; elle me montrait des photos de sa résidence secondaire, dans les Vosges. Est-ce dire qu'elle fût enfin résignée ? De soudains élans la soulevaient, ressuscitant la Dina d'antan. Elle me téléphonait ou me télégraphiait, me convoquant de toute urgence pour me consulter sur une affaire d'importance. Je la retrouvais, curieux, dans un salon de thé de la rue de Rivoli où elle m'annonçait d'une voix agitée qu'elle avait enfin gagné son procès (?), qu'elle disposerait bientôt d'une somme fort coquette pour l'emploi de laquelle elle voulait absolument connaître mon avis. Elle fouillait nerveusement dans son sac pour me montrer l'avis de la banque, qu'elle ne trouvait pas. Gêné, je détournais la tête, souriais.

Ou encore : elle avait décidé de rédiger son testament et tenait à m'en informer, puisque je devrais hériter de la moitié avec Massimo. De ma voix la plus douce et la plus sourde, je lui répétais que je n'accepterais de rien toucher, ni d'elle ni de personne, étant d'ailleurs hostile aux héritages, réponse qui, je le sentais, la désarçonnait, la faisait un instant vaciller. Elle paraissait soudain désemparée de n'avoir plus aucune prise sur moi. Je pouvais l'entendre se demander quelle erreur elle avait bien pu commettre. Elle décochait un rapide coup d'œil à la glace pour s'assurer qu'elle n'avait rien négligé. Reprenant un ton détaché, elle s'interrogeait si elle ne devrait pas écouter Massimo, qui la priait de s'installer en Sicile pour sa retraite. Peut-être à Taormina qu'elle aimait tant et dont le climat lui convenait ? Je trouvais l'idée excellente, comme du reste toutes celles qu'elle me soumettait. Alors, à bout d'arguments et de ruses, elle allumait une Kent, tirait une lente bouffée, me fixant par-dessus la fumée.

« Tu m'en veux donc toujours, Sandro ?

— Serais-je avec toi, si je t'en voulais ?

— Evidemment... »

Son regard se perdait dans le vague. Elle gardait un long moment le silence avant de m'interroger sur ma vie, sur mon travail. Je lui faisais des réponses aussi évasives que générales. Avec l'âge, sa frénésie d'argent touchait à l'obsession et elle ne cessait de m'accabler de chiffres, calculant de quelle somme elle disposerait pour sa retraite, quel prix elle pourrait tirer de sa maison des Vosges, si elle décidait de la vendre. Je la revoyais alors dans la chambre de l'*Hôtel de Noailles,* au dernier étage, assise sur le lit de fer, vidant le contenu de son sac et comptant et recomptant ses billets avec une expression d'angoisse. Je me rappelais ce que m'avait appris Fortunata : cette riche avait toujours tiré le diable par la queue, vivant d'espérances et d'illusions, ruinée par Cossimo et ne l'admettant pas. Tout son effort avait consisté, depuis qu'elle avait quinze ou seize ans, à nier la réalité. Maintenant elle cherchait désespérément à se raccrocher au passé, niant le temps, refusant la vieillesse. Elle était, après notre dernière entrevue au *Plaza,* retournée en Sicile où elle avait séjourné quelques mois chez Massimo, à Bagheria. Elle avait enfin appelé Félix au téléphone, le priant de venir la rechercher au plus vite, son fils lui refusant l'argent du retour. Elle s'était fâchée avec sa bru qu'elle critiquait avec aigreur. Elle s'attendrissait parfois en parlant de ses petits-enfants, deux filles et un garçon, dont elle gardait les photos dans son sac, probablement pour les montrer à ses collègues de bureau. Elle prenait sans doute plaisir à se persuader qu'elle était une excellente grand-mère, aussi indulgente que douce. Sur sa desserte « anglaise », dont la vitrine renfermait des poupées et des livres reliés, lus et relus, trônait un portrait de Massimo, en uniforme d'ambassadeur, une décoration barrant sa poitrine. S'il n'y avait aucune photo de moi, c'est que j'étais un fils indigne, qui délaissait sa vieille mère. Mais je savais que son sac contenait plusieurs photos de moi qu'elle devait exhiber avec fierté, pour en remontrer à ceux qui douteraient qu'elle n'était pas n'importe qui. Elle se défendait avec acharnement, ayant bec et ongles. Je n'avais pas manqué de remarquer qu'une large médaille d'or massif, portant une Vierge et un Sacré-Cœur, pendait ostensiblement sur sa poitrine. Tout en parlant, elle ne cessait de la palper.

Elle faisait également de fréquentes allusions à sa mort, sur un ton de dégoût et presque de haine. Surtout, il lui arrivait de se plonger dans d'assez longs silences et son regard devenait alors plein d'une fixité terrible.

A elle aussi, à cette vieille femme engagée dans un ultime combat perdu d'avance, je songeais en fixant le roman d'Aldo. Se réjouirait-elle de découvrir ce fils dont elle niait avec rage jusqu'à l'existence ? aurait-elle encore la force d'affronter ce fantôme surgi d'un passé refoulé ? Je finis par décider qu'il ne m'appartenait pas de trancher à sa place.

« Encore ! Cette fois, j'en ai vraiment assez. Je lui intente un procès.

— Il parle de toi avec beaucoup de douceur, Dina.

— C'est fort bon de sa part. Seulement il n'a jamais été mon fils.

— Il aurait retrouvé son père, en Sicile. Carlino. Il l'aurait vu dans son domaine, " la Dinatella ".

— Qu'est-ce que c'est encore que cette histoire ? Je voudrais qu'on me fiche la paix enfin. Veux-tu que je te dise la vérité vraie, Sandro ? Voilà. J'avais, à Palerme, une amie, une chanteuse, tu t'en souviens peut-être, une grande femme blonde que nous croisions parfois sous le porche, elle habitait un pavillon, au fond du jardin. Elle s'appelait Rosa, ça ne te dit rien ?

— Sincèrement, non.

— Peu importe. Elle était pour moi davantage qu'une amie, une sœur. Elle m'avait soutenue et réconfortée dans mon adolescence, lorsque ce salaud de Cossimo... Au fait, t'ai-je dit qu'il était mort, ce sagouin ? J'espère qu'il aura souffert. Une sœur donc. Or, elle a eu deux fils d'un de ses amants et elle m'a demandé d'accoucher dans ma maison d'Anglet. Voilà l'origine de cette calomnie dont Fortunata s'est faite l'écho auprès de toi. Je te le répète, je n'ai jamais eu d'enfants avec Carlino, que j'ai beaucoup aimé, il est vrai ; que j'aurais bien mieux fait d'épouser, au lieu de m'enticher de Julien... »

La croyais-je ? Elle ne me demandait pas de la croire, Antoine, et ne s'était guère donné de mal pour me tromper. Elle m'assenait une version à laquelle j'étais décidé à me tenir, si c'était son désir. Son secret ne m'appartenait pas. Je m'étais contenté de jouer le rôle du messager. Peut-être pensais-je, en la quittant devant le restaurant, qu'elle en resterait là. J'aurais voulu, pour elle, m'accrocher à l'espoir le plus ténu.

Or, quinze jours plus tard, Paule me téléphonait, demandant à me voir d'urgence et me fixant un rendez-vous au bar de l'*Hôtel du Pont-Royal.* Je l'avais connue, vingt ans plus tôt, au service de presse de mon éditeur pour qui elle travaillait alors et je l'avais, depuis, croisée quelques rares fois. C'était une personne ramassée, énergique et décidée.

Je savais, avant qu'elle ne descendît l'escalier, ce qu'elle me dirait. J'avais commandé un whisky, je grignotais des chips en contemplant ce décor fait pour Aldo : cuir et boiseries, silence ouaté, lumière tamisée, silence feutré où résonnaient des chuchotements. Une partie de la vie d'Aldo s'était jouée dans des décors semblables et je pouvais l'imaginer accoudé au bar, en une pose désinvolte, devisant et plaisantant avec le barman. Il aurait la nonchalante élégance de ce client, sans doute anglais, que je considérais avec indifférence. Plus tendu sans doute, comme aux aguets, examinant furtivement chaque visage nouveau.

« Je vous ai fait attendre ?

— Aucune importance. Qu'est-ce que vous buvez ?

— Un double. Aldo Casseto, ça vous dit quelque chose, Sandro ?

— Oui et non. Je ne l'ai jamais vu.

— Il a publié un livre chez nous, il y a quelques mois. Un roman pas mal d'ailleurs, qui aurait dû mieux marcher. Un type très élégant, séduisant. Je l'avais du reste rencontré ici même pour la première fois. Il logeait dans l'hôtel. Très grand seigneur, généreux et tout. Bref, une des filles de chez nous est tombée amoureuse de lui, mais alors folle dingue. Ils devaient se marier bientôt. Je ne sais trop comment il a réussi à lui emprunter une somme assez importante, qu'elle n'avait bien entendu pas, qu'elle a demandée à ses parents, bref, je vous passe les détails. Une affaire sordide. On a fini par découvrir qu'il s'agissait d'un escroc qui avait fait de la taule je ne sais combien de fois et qui était coutumier du fait. Remarquez, nous n'y avons vu que du feu. Moi-même, je le trouvais charmant. Maintenant la fille est déchaînée, ses parents ont déposé une plainte... Mais le bonhomme a rappliqué hier au service de presse, tout excité, criant qu'il venait de revoir sa mère, de la voir plutôt, puisqu'il paraît qu'elle l'aurait abandonné à sa naissance ou presque. Un véritable roman, plus fou que le précédent. Or, cette mère serait aussi la vôtre, vous seriez son frère...

— C'est très probablement vrai, Paule. J'ai lu le roman et j'en ai parlé à ma mère, il y a tout juste quinze jours. Elle a nié, elle a dit qu'elle lui intentait un procès, mais j'étais à peu près sûr qu'elle mentait.

— Ça alors ! C'est une histoire atroce et j'imagine que, pour vous...

— C'est une histoire ancienne. Je me suis habitué. Paule ?

— Oui ?

— Pensez-vous... Je me suis demandé souvent si je devrais le rencontrer ?

— Gardez-vous-en, malheureux ! Il vous plumera, tel que je vous connais. C'est un type dangereux, comprenez-vous ? Pas un gangster, bien sûr. Mais, en un sens, pire : insinuant, baratineur. Il nous a tous eus, je vous dis ! Si vous voyiez dans quel état est cette fille...

— Je pourrais peut-être la rembourser ?

— Elle n'accepterait pas, Sandro. Ce n'est pas l'argent qui l'a mise dans cet état. Elle l'aimait, vous comprenez. Elle l'aimait vraiment... Qu'allez-vous faire ?

— Que puis-je faire ?

— Il se répand partout en criant que vous êtes son frère.

— Mais c'est la vérité, Paule.

— Votre mère l'a déclaré à sa naissance ?

— Je l'ignore.

— Je n'en reviens pas, Sandro. Comment votre mère a-t-elle pu... ?

369

— Je me suis longtemps posé la question, moi aussi.

— Mais vous aussi elle vous a..., n'est-ce pas...?

— Moi également, oui.

— Et il paraîtrait qu'en plus ils étaient deux? Excusez-moi, mais... c'est un monstre!

— Je n'emploierais pas ce mot.

— L'autre, Sandro : qu'est-il devenu?

— Je me le demande chaque jour, chaque nuit. Qu'en dit-il, *lui*?

— Que voulez-vous qu'il dise? Il ment comme il respire. Hier, quand il nous a raconté qu'il avait rencontré sa mère, personne ne l'a cru. C'est un malade. Vous, Sandro... Excusez mon indiscrétion, comment vous en êtes-vous tiré?

— Plutôt mal, je suppose... »

Pourquoi cette révélation qui n'en était pas une me procurait-elle ce sentiment d'accablement? Je crois que j'avais, jusqu'à l'extrême limite, espéré me tromper, Antoine. Après le départ de Paule, je demeurais assis dans le fauteuil de cuir grenat, interrogeant ce décor. Je me souviens m'être posé la question pourquoi j'avais toujours été si indifférent, non certes au luxe, mais à son idée. Etait-ce d'avoir visité les coulisses? d'avoir si longtemps connu la pauvreté? Une part du secret d'Aldo se trouvait, croyais-je, dans cette atmosphère feutrée où des traces de parfums stagnaient. C'est dans des décors semblables à celui-ci qu'il devait traquer l'ombre de Dina, se fiant aux confidences des demoiselles Jeantet. Qu'avait-il ressenti en se trouvant devant Dina? en découvrant Félix, le papier à grosses fleurs, les poupées dans la vitrine? comment Dina avait-elle justifié ou tenté de justifier près d'un demi-siècle d'absence et de silence? Le vertige me reprenait, je me sentais couler. Je n'éprouvais pas vraiment de la tristesse : de la fatigue plutôt. Un souvenir brusquement me revenait : c'était dans ce même hôtel, au restaurant du rez-de-chaussée que, déjeunant avec Frédéric et Dominique, je m'étais laissé aller à leur parler de Dina. Je revoyais le visage à la fois impassible et sensible de Frédéric, tendu par l'attention.

« Quel bouquin, Sandro! Tu dois absolument l'écrire. »

Ne resterait-il donc, de toute vie, que ces traces évanescentes, les mots, les couleurs ou les sons ? nos destins énigmatiques ne trouveraient-ils leur signification que reflétés dans le miroir de l'art, comme n'a survécu la petite infante, dans sa délicate robe rehaussée de rubans incarnats, que par le regard désenchanté d'un peintre ?

Les deux semaines suivantes, je demeurai dans un état de prostration léthargique. J'avais agi comme je pensais devoir le faire, laissant à Dina le choix de sa décision. J'aurais donc dû me sentir dégagé de toute responsabilité comme de toute culpabilité. Je ne pouvais pourtant m'empêcher de tourner, par l'imagination, autour de cette villa d'Anglet que j'avais si souvent interrogée du regard alors que je séjournais sur la Côte basque avec Michel. Que serait-il advenu d'Aldo si j'avais appuyé sur le bouton de la sonnerie, si j'avais parlé aux demoiselles Jeantet ? Son destin eût-il été le même ? J'aurais certes pu me persuader que j'ignorais son existence, Dina ayant avec véhémence nié les affirmations de Fortunata. Mais j'étais contraint de m'avouer que j'avais toujours su, depuis ce temps-là, que deux enfants avaient grandi derrière des volets de fer, à l'ombre de ces tamaris rabougris, parmi ces massifs d'hortensias, luttant chaque jour pour repousser la folie, rêvant chaque nuit que leur cauchemar prenait fin. La fatigue, l'écœurement constituaient-ils une excuse suffisante ? Je n'aurais pas pu, certes, leur rendre leur enfance sacrifiée. Du moins m'eût-il été possible d'écourter leur errance. Or, je ne l'avais pas fait. Je m'en étais remis à Dina de toute la faute, me déchargeant sur elle.

Une question m'obsédait : pourquoi Dina accomplissait-elle aujourd'hui ce qu'elle avait refusé de faire quinze ans plus tôt, après notre déjeuner au *Plaza* ? Ce livre posé sur mon bureau, dans ma chambre de la rue Decamps, renfermait, Antoine, la réponse : ce qui avait décidé Dina, c'était la voix haletante d'Aldo, sa prose pathétique, ses mots exaltés. Elle n'avait pas résisté à son appel fiévreux, ressentant, à la lecture de ce roman, tout ce que j'avais moi-même éprouvé, comme si la réalité, toujours niée, embellie, sans cesse remodelée et réinterprétée, n'arrivait à s'insinuer dans son cœur que traduite en littérature. Je revoyais mon enfance, me rappelant nos nuits blanches, bercées de mots. Je me contemple à cette heure, courbé au-dessus de la feuille, traçant ces signes : un même délire graphique aura défait nos vies, noyant la réalité dans une brume sonore où les mots, de symboles, deviennent les choses, où il n'existe d'autre vérité que celle du rythme et de l'harmonie, où le rêve se confond avec la musique des phrases. Je n'étais alors, je ne suis toujours sûr de rien, hormis de l'expression, de cette suggestion du style qui engendre le sentiment. Je m'imaginais aisément Dina courant, après notre déjeuner, dans une librairie, achetant *Une enquête à Syracuse,* plongeant avec, probablement, l'intention, sinon d'intenter un procès à son auteur — peut-on poursuivre un rêveur en justice ? — à tout le moins de se durcir dans son refus, puis cédant, petit à petit, à la magie des mots, se laissant emporter par eux, revivant non pas le passé tel qu'il fut dans la réalité — y a-t-il seulement une réalité ? — mais tel que l'auteur l'a bâti. Se reconnaissant soudain dans ce songe de détresse et de solitude, se l'incorporant au point d'en faire des souvenirs propres, tout comme je l'avais fait en cette nuit de lecture fiévreuse, proche du délire. C'est ce roman qui avait rendu à Dina un fils qu'elle avait peut-être oublié, auquel, assurément, elle ne songeait plus guère que par intermittence, dont elle avait, qui sait, fini par se persuader qu'il n'avait jamais existé. Pour résister, pour continuer à vivre sans basculer dans le vide, elle se contait un autre roman, également convaincant, où Cossimo et Assou, pour la noircir, l'accusaient d'avoir abandonné ses fils. Mais ce roman n'avait pas résisté à celui d'Aldo, davantage puissant parce que gonflé d'une sève plus active. Je la voyais, bouleversée, pleurant sans doute, remplissant de sa large écriture arrondie plusieurs feuillets, répondant aux mots de son fils par d'autres mots, comme Cervantès opposait son Chevalier à tous les chevaliers qui avaient nourri son imagination. Que Dina fût sincère dans cet élan d'amour et de désespoir, j'en étais persuadé. Aussi sincère que le jour où, au restaurant du *Plaza,* elle s'emportait contre Fortunata, l'accusant de colporter des ragots ; aussi sincère qu'en me contant l'aventure de son amie Rosa, mère véritable de ces deux garçons qu'on lui attribuait à tort.

Je ne doutais pas que, dans peu de jours, elle posséderait une autre version, véridique cette fois, comme les enfants ont des vérités plus ou moins vraies. En quoi, en profondeur, consiste, Antoine, votre profession, sinon à opposer une version à une autre ? Les faits demeurent ? Mais que valent les faits ? Ceux que je vous ai, ici, fournis, que je n'ai cessé de tourner et retourner, paraissent à la fois inexorables et insaisissables. Aldo et Brunetto ont bien été privés de leurs parents, ils ont grandi orphelins. Dina a-t-elle voulu les abandonner ? a-t-elle jamais voulu quelque chose, hormis échapper à la folie de son enfance et de son adolescence ? Sans doute aurait-elle pu les reprendre, à tout le moins les revoir depuis plus de quarante ans qu'elle vivait à quelques heures de train de leur domicile ? Le pouvait-elle ? Elle était devenue une autre, une femme ordinaire qui partait chaque matin à son bureau pour rentrer le soir, vidée, qui peut-être pensait à la Dina que je n'avais fait, dans mon enfance, qu'entrevoir comme à un personnage romanesque, à une personne qu'elle aurait connue il y a longtemps et dont elle ne gardait que des souvenirs confus. Il arrive ainsi, vous n'en ignorez rien, qu'on juge et qu'on condamne un homme pour un crime qu'un autre a commis, qu'il a été et qu'il a cessé d'être. Entre ces deux personnages, une cassure s'est produite où le passé a disparu, englouti. Aussi bien, si le récit que je vous fais ici était un roman, le personnage essentiel serait non pas Aldo, qui n'a cessé de s'inventer des existences, de parler sa vie, ni même Dina, produit de ses rêves autant que des miens, que cet absent pathétique, réduit au silence, condamné à se glisser dans les marges, à courir entre les lignes, privé de réalité parce que privé de parole. Comme l'Histoire ignore les peuples qui la constituent, les romans méconnaissent les personnages vides, les ombres transparentes.

Dans le miroir des temps où j'ai choisi de contempler cette histoire, mon ombre n'a cessé de devancer celle d'Aldo, se nourrissant des souvenirs d'une enfance qu'il n'a pas eue, des caresses d'une Dina qu'il n'a pas touchée, d'une mémoire qu'il n'a pas réussi à retrouver. Je suis, malgré mes blessures, son image achevée. Dans le miroir latéral installé dans la salle où sont exposées *les Ménines,* une autre dimension se reflète, qui n'est ni celle de la toile ni celle de son prolongement, mais de son effet. L'ombre de Brunetto, dc même, ne peut être saisie que par un artifice, puisqu'elle ne se trouve ni dans le roman d'Aldo, ni dans le texte que je vous écris, sauf par réfraction. Avalée, digérée par Aldo, elle se mire dans les blancs, entre les lignes, et c'est pourtant elle qui confère à cette histoire son épaisseur, signant aussi l'échec de l'art. Qu'a-t-il à dire en effet sur qui a oublié d'exister et de se révéler ? combien de centaines de milliers de fillettes avaient la figure mélancolique de la petite infante que nous ne verrons jamais, parce qu'elles ont vécu dans des mondes où l'art ne s'aventurait pas ? C'est pourtant à cet absent que, depuis que Dina s'était manifestée à Aldo, je pensais, avec une lancinante mélancolie. A lui que je songe à cet instant. Qui donc était-il ? quelle personnalité avait-il ? Partageait-il avec Aldo des dons artistiques ou en était-il absolument dépourvu ? Par quels subterfuges, par quels rêves a-t-il tenté de combler le néant de son enfance ? J'ignore même ce qu'il est devenu, s'il est demeuré jusqu'à l'âge adulte chez les demoiselles Jeantet ou s'il a été, comme Dina me l'affirmera plus tard, confié à une famille qui l'aurait adopté. Vous-même avez paru dans l'incertitude, soit que vous ne sachiez rien de certain, soit que vous ayez voulu m'épargner une nouvelle tristesse, taisant un destin d'échec. Aldo, un jour que vous vous entreteniez avec lui au parloir d'une prison, vous aurait désigné un détenu qui s'éloignait de dos : « Voilà Brunetto. » Mais vous m'avez donné l'impression, me rapportant cet incident, de n'y ajouter point foi, votre ton trahissant ce mélange de dédain et d'irritation que les incessantes et gratuites affabulations d'Aldo vous causaient, comme si vous renonciez à jamais réussir à démêler le vrai du faux dans chacune de ses assertions.

Quant à Dina, elle me donnera trois versions successives, sans d'ailleurs y mettre la moindre conviction, comme s'il ne s'agissait pour elle que d'écarter une ombre importune : la première, la plus délirante, consistait, dans plusieurs des lettres qu'elle m'adressa alors, à m'assurer que Brunetto se trouvait auprès d'elle avec Aldo. « Mes quatre garçons sont enfin réunis autour de moi. » Elle caressait alors le projet de rassembler ses fils pour fêter Noël dans sa maison des Vosges, en un émouvant tableau de réconciliation qui devait l'attendrir et la faire rêver. Sans doute savait-elle que plusieurs de « ses » garçons manqueraient à l'appel, Massimo se trouvant alors en poste en Indonésie, Brunetto n'existant que dans son imagination, moi-même ne risquant guère de participer à ce mystère familial. Elle comptait d'ailleurs, je suppose, sur mon refus et j'imagine son inquiétude si j'avais accepté. Quelle explication m'eût-elle donné à l'absence de Brunetto ? Dans ses lettres, que je viens de relire, elle se montre du reste d'une significative discrétion sur l'aîné d'Aldo, se bornant à m'écrire que « Brunetto aussi possède des dons éclatants » ; sans plus de précisions. A-t-elle tenté de s'informer réellement de son sort ?

Elle me fournira ensuite, trop fine pour ne pas deviner que je me posais la question, une seconde version qu'elle me dit tenir d'Aldo : Brunetto purgerait une longue peine de prison pour un délit autrement grave que ceux dont son cadet était coutumier. Elle baissait la voix, soupirait, suggérant des forfaits inavouables, comme si elle voulait me persuader de ne plus songer à Brunetto, définitivement perdu.

Elle me déclarera enfin n'avoir jamais pu obtenir des demoiselles Jeantet qu'elles lui disent ce qu'il était devenu, car elles ne souhaitaient pas troubler sa tranquillité ni celle de sa famille adoptive. Tout ce que Dina aurait pu leur arracher, c'est qu'elles l'avaient confié, vers l'âge de dix ans, à une famille bordelaise sans enfants.

Cette dernière version me paraît la plus vraisemblable. Peut-être les demoiselles Jeantet ont-elles pensé qu'elles ne pouvaient pas se charger des deux garçons et n'ont-elles gardé que leur préféré, Aldo, confiant le second à l'Assistance publique ou à telle œuvre catholique, en vue d'un placement. Plus probablement ignoraient-elles ce qu'il était devenu, l'administration refusant de les renseigner, ce silence expliquant le malaise et les contradictions de Dina, son impatience aussi devant mes questions. Le silence de l'administration la mettait en effet devant la

377

brutale et, pour elle, insupportable évidence d'un fait accompli : l'abandon de Brunetto. Or, à ce moment, Dina vivait un merveilleux roman d'amour avec Aldo, dont toute sa correspondance témoigne.

Non seulement elle n'avait jamais abandonné ce fils, mais encore n'avait-elle cessé, tout au long de sa vie, d'y penser, souffrant cruellement du malheur qui l'en avait séparée. « ... jamais *abandonnés* (sic) par leur père et par leur mère, ils avaient été *confiés* (sic) par leur grand-mère (Assou) à des éducatrices remarquables — nos proches voisines d'Anglet — au moment où je ne pouvais *nullement* (re-sic) les défendre. Lorsque leurs parents voulurent les reprendre, il leur fut répondu qu'ils n'avaient aucun titre pour le faire, que les enfants étaient adoptés par une famille française bonne et honorable à laquelle ils étaient intégrés. Nous ne pourrions qu'apporter un trouble certain et porter atteinte à leurs études et à leur avenir. » Si je vous cite ce texte, Antoine, c'est qu'il me semble, à plus d'un titre, exemplaire. Vous aurez remarqué les adjectifs : *remarquables, bonne* et *honorable,* suggérant avec force qu'Aldo et Brunetto ont, tout bien pesé, eu de la chance et qu'ils ne sauraient se plaindre ; que c'est pour leur bien, pour ne les point « troubler », ni dans leur vie ni dans leurs études, que Dina ne se serait pas manifestée.

Que les conditions de leur abandon aient été celles que dit Dina, que ce fût ou non Assou qui prît la décision de les confier aux demoiselles Jeantet, cela ne changerait rien au silence de près de quarante ans, notez-le. Mais cette absence, ce vide, cette amnésie se trouvent évacués. C'est peu dire que Dina ne se reproche rien : elle s'admire et se plaint de s'être abstenue, avec quelle douleur intérieure, de paraître devant ses fils, ne voulant pas les troubler. Un peu plus, elle s'est sacrifiée pour eux. Il s'agit moins d'une justification, d'ailleurs compréhensible — comment Dina eût-elle pu faire face sans s'effondrer à ce passé qu'elle avait refoulé et nié ? —, il s'agit donc moins d'une tentative de justification que d'une compensation hallucinatoire : le destin ou Dieu lui rendent, dans sa vieillesse, ses fils dont elle a été injustement séparée, lui apportant une ultime et décisive consolation. Dina ne se contente pas de rejeter sa culpabilité sur Assou : elle s'affirme victime d'une injustice. Car, bien entendu, on lui a menti — dans quel but, et qui, elle ne le précise pas — puisque les enfants n'ont jamais été adoptés. « Sans la ténacité d'Aldo, il est fort probable que je serais morte sans revoir mes fils, ou... en les voyant de loin pour ne pas les " troubler "... » Peut-être vous étonnez-vous du pluriel, Antoine : c'est qu'à cette date, les mois suivant sa rencontre avec Aldo, Dina s'en tient encore à sa première version, celle où Brunetto se trouve auprès d'elle. « Brunetto me ressemble et te ressemble d'une façon assez surprenante. » Elle a réussi, comme elle l'écrit ailleurs assez platement, « à rassembler tous ses poussins » autour d'elle.

Si je vous cite ces quelques textes, c'est qu'ils indiquent mieux que je ne saurais le faire le roman que Dina avait alors bâti et où elle apparaissait en mère persécutée, trompée, privée de ses fils qu'elle allait, de loin, regarder en se cachant, se sacrifiant à leur bonheur. Cette scène, elle devait très probablement la contempler, s'émouvant de sa solitude et de son dévouement, s'apitoyant sur son destin tragique. Elle aura très certainement dépeint ce tableau à Aldo, comme, dans la chambre de l'*Hôtel de Noailles,* elle me donnait à voir Londres ou New York. Bouleversés, ils auront pleuré, s'étreignant, mêlant leurs plaintes. Ainsi, par la magie des mots, Dina aura-t-elle réussi, une fois encore, à écarter la réalité, à la rejeter dans la nuit.

Dans ce roman qu'elle lui tendait comme un miroir où leurs images se reflétaient, sublimées, comment Aldo, ce personnage en quête d'auteur, ne se serait-il pas précipité, trouvant un récit mélancolique là où il n'avait longtemps discerné qu'un vide opaque et vertigineux ? comment n'y aurait-il pas *cru,* quand la foi résulte d'un désir d'échapper à l'angoisse de l'incertitude ?

Si la littérature accompagne l'histoire des hommes, depuis les origines, c'est qu'elle dit et fixe l'imagination qui, seule, permet de fuir le néant. Dina mentait, certes, mais elle mentait nécessairement, et ses mensonges sauvaient Aldo comme ils la sauvaient elle-même. Là où il n'y avait rien, la fable de Dina mettait une histoire qui rendait à Aldo une mémoire, certes chimérique, mais néanmoins réelle, puisqu'elle s'emplissait d'images. Il possédait, grâce à Dina, un passé désormais disable,

379

atroce et même sordide, mais intelligible. Le mythe fondait en outre leur communion. Imaginez, Antoine, que Dina n'eût, en retrouvant son fils, rien inventé : ils n'auraient rien trouvé à se dire, paralysés par ce néant de cinquante années de vide. En inventant une histoire, en comblant le silence par des mots, Dina donnait à ce fils la possibilité d'aimer sa mère en la plaignant, en compatissant à ses malheurs. Les mots font mieux que de créer la mémoire, que d'organiser le passé : ils fondent aussi l'amour et la haine. Nous ne sommes des hommes que pour autant que nous sommes capables de dire que nous le sommes, et si le sauvage de l'Aveyron n'en était pas un, c'est d'abord que les mots lui manquaient.

Aussi est-il vain de se demander qui était Dina : elle était celle qu'elle se disait, constante seulement dans cet incessant verbiage où elle se perdait pour mieux renaître, chaque fois transfigurée, sauvée du déluge par l'arc-en-ciel des phrases. Ces métamorphoses verbales constituent-elles une littérature ? Je me pose ici la question qui n'a pas, depuis que j'ai lu *Une enquête à Syracuse*, cessé de me hanter : en quoi le récit que j'ai entrepris de vous faire diffère-t-il de celui d'Aldo ou de ceux de Dina ? Serait-ce la véracité ? Mais, arrivant au terme de cette histoire, je ne suis assuré d'aucun fait, pas même que Dina ait abandonné les deux frères. Pour incertaine qu'elle soit, sa version ne me paraît ni plus ni moins vraie que la mienne et je ne trouve à lui opposer que des mots. La littérature ne prouve rien, elle n'aide même pas à vivre : elle ne réussit qu'à contenir la folie en donnant une forme au chaos. Ce n'est donc pas en vain, Antoine, que j'évoque l'ombre de Brunetto. Si les romans de Dina n'ont pas réussi à intégrer cet absent, signant ainsi leur échec, c'est que la littérature accomplie sourd du silence et retourne au silence. Ce n'est ni l'imagination ni même le talent qui ont manqué à Dina et à Aldo, mais cette faculté de recueillement. Leurs vies, ils les ont dispersées en un flot de paroles qui diluaient le scandale. Or, c'est de la contemplation hallucinée du scandale que l'art tire sa force.

Dina comme son fils diluaient au lieu de concentrer, ils s'expliquaient pour ne pas s'impliquer, demeurant en quelque sorte spectateurs de leurs existences morcelées. Incapables de s'arrêter à rien, ils fuyaient de mythe en fable. Ils manquaient d'un point de vue, c'est-à-dire d'un style. Ils s'imaginaient naïvement qu'il suffit de raconter pour emporter l'adhésion, de se persuader pour persuader les autres, de s'illusionner pour créer l'illusion. Mais ce torrent de mots confus et contradictoires, ces justifications superfétatoires engendraient au contraire le soupçon, éveillaient la défiance, finissaient par susciter ce sentiment d'aversion irritée que j'ai maintes fois deviné dans vos propos, quand vous évoquiez leur souvenir ; et j'ai cru deviner, vous écoutant, que le plus sévère reproche que vous leur faisiez était de manquer de goût.

Cette fuite des mots, ces pertes verbales, elles ont pareillement repoussé mes élans. Combien de fois, depuis que j'avais revu Dina, n'avais-je pas été tenté de lui souffler son rôle ! Comme la musique trouve sa plénitude dans les silences qui scandent les sons, la parole puise sa force dans la contention. Or, Dina, prise de vertige, abolissait les pauses, supprimait les barres de mesure, et sa mélodie s'écoulait en un flot ininterrompu. Pourquoi elle comme Aldo ne supportaient pas le silence, il me semble le deviner : ni l'un ni l'autre n'avaient pu maîtriser l'angoisse de leurs enfances énigmatiques. Ils ne cessaient, au propre comme au figuré, de se raconter des histoires, enfants suspendus au-dessus du vide, fermant les yeux pour ne point céder au vertige.

Jamais autant que dans les deux ans qui suivirent la rencontre de Dina et d'Aldo, je ne pus mieux mesurer cette course éperdue. S'étant inventé un roman d'où toute pause était exclue, d'où le silence, c'est-à-dire Brunetto, se trouvait évacué, ils fuyaient, prisonniers de leur rêve. Vous les avez rencontrés à cette époque, Antoine, et je vous entends me déclarer, excédé : « Impossible d'en rien tirer. Ils mentaient autant l'un que l'autre. » J'ai déjà répondu à ce jugement et je ne reviens à votre phrase que parce qu'elle reflète très exactement les sentiments que j'éprouvais alors, lisant les lettres délirantes que Dina m'adressait, sans du reste craindre de se contredire de l'une à l'autre. Littéralement, elle ne savait plus où elle en était, agissant dans un état de transe. Ce n'était pas assez pour elle de se persuader et de persuader Aldo qu'elle ne l'avait jamais abandonné, jamais oublié, allant régulièrement le regarder de loin, pleurant chaque jour son absence : elle devait encore démontrer quelle mère admirable elle était.

Vous avouerai-je que cette comédie me touche et m'apitoie ? Vieillie, pouvant à peine marcher, sans grands moyens financiers, elle courait de ville en ville, partout où Aldo, alors sous le coup de plusieurs inculpations, passait en jugement. S'enfermant dans une chambre d'hôtel, elle rédigeait de longues et pathétiques lettres aux magistrats instructeurs, leur racontant, dans le dessein de les apitoyer, le roman de l'enfance délaissée du prévenu. Elle mouillait sans doute de ses larmes ces feuillets qu'elle couvrait de son écriture majestueuse, en appelant à l'indulgence et à la clémence des juges. Entre deux procès, elle cachait son fils dans sa maison des Vosges, elle réglait ses dettes, du moins certaines d'entre elles ; elle visitait ses victimes pour les dédommager et les prier de retirer leurs plaintes. Elle m'écrivait aussi, m'annonçant qu'Aldo était parti à l'étranger, en Suisse, en Autriche, aux Etats-Unis même, car mon silence l'effrayait et la désarçonnait, lui faisant redouter que je voulusse l'empêcher de s'agiter. Comme pour rattraper les cinquante années d'absence et d'oubli, Dina se dépensait sans compter ni ménager ses forces. Elle allait le visiter en prison et je ne peux, sans un serrement de cœur, l'évoquer, alourdie, le souffle court, sa figure haut levée au-dessus de son corps difforme, dans le parloir, fixant, derrière les barreaux, le visage d'Aldo.

Que ressentait-elle en regagnant seule son hôtel ? en se laissant tomber, avec un soupir de fatigue, sur le lit ? Quelles images traversaient alors son esprit ? Imaginait-elle le petit Aldo, assis avec son aîné dans le jardin de la villa d'Anglet, tournant son regard vers le portail ? le voyait-elle courbé au-dessus du piano, cherchant, dans la sonorité de l'instrument, à étreindre l'ombre du rêve de sa mère ? ou bien, le front contre le carreau de la fenêtre, contemplant le jardin vide, noyé dans la pluie ? songeait-elle seulement à la longue, l'interminable suite

382

des jours et des saisons de cette attente hallucinée ? C'eût été plonger dans le silence qu'elle redoutait, ce silence où je me tenais, revenu dans ma maison du Midi, suivant, à travers ses missives désordonnées, les péripéties de ce drame ultime où la mère et le fils se donnaient la réplique.

Je n'étais pas assez sot que de ne pas m'apercevoir que le spectacle m'était offert en priorité. Depuis que je l'avais revue, il y avait alors près de vingt ans, Dina ne cessait de s'agiter, étonnée autant que blessée par mon apparente impassibilité. Rien n'eût pu davantage la troubler que l'immobilité où je demeurais et dont les causes lui échappaient, l'attribuant tantôt à l'influence de Julien, qu'elle soupçonnait de m'avoir dressé contre elle, tantôt au dédain que j'éprouverais devant sa déchéance. Trop fine pour s'en tenir tout à fait à ces explications, qu'elle sentait frustes, elle tournait autour de mon mystère, sans réfléchir qu'il était celui de l'écriture. Sandro était mort dans une chambre d'hôtel, parmi le désordre des bagages qu'on boucle, ce Sandro qu'elle s'obstinait à ressaisir ; à sa place, un romancier était né, bon ou mauvais la chose importe peu, qui contemplait sa vie et celle de Dina depuis cet instant de silence stupéfait où son existence avait basculé.

Se servant d'Aldo, Dina faisait une dernière et pathétique tentative de séduction. Avec quelle éloquence, espérant sans doute réveiller mes sentiments d'antan, elle me parlait de son amour pour ce fils prodigue, louant ses talents de musicien et de romancier, suggérant finement qu'il pourrait bien m'être supérieur en tout, s'attardant sur chacune de ses qualités ! Elle me contait leurs re(?)trouvailles, insistant sur l'attitude généreuse et magnanime d'Aldo (sous-entendu : combien différente de la tienne !) « il ne m'a pas pardonnée, car il ne saurait être question de pardon entre nous ; il m'a seulement prise entre ses bras forts, il m'a serrée contre lui ». Elle m'assurait qu'il se trouvait désormais sur la bonne voie, sauvé de lui-même, grâce en partie à elle, qui n'avait fait, en l'aidant, que « son devoir » ; qu'il entendait se consacrer exclusivement à la musique et à la littérature. Elle s'imaginait finissant ses jours auprès de lui, dans une maison qu'il disait posséder dans une île grecque, maison, m'avez-vous appris avec ce sourire ambigu qu'il vous arrive d'avoir quand vous évoquez Aldo, maison qu'il aurait voulu vous léguer dans un élan de chimérique et sincère générosité, comme les petits-enfants offrent la lune et toutes les planètes à leurs parents.

Ces lettres, je les lisais avec mélancolie, prévoyant la fin du roman qu'elles suggéraient. Je les imaginais tous deux, assis au coin du feu dans la maison de Dina, attablés dans un café, installés dans une chambre d'hôtel, envoûtés par leur éloquence, emportés par leurs rêves, comme le sont deux amants dont le désir insatisfait s'écoule en métaphores, se libère en une rhétorique exaltée.

Roman, je m'en aperçois aujourd'hui, fort bref puisque, sur les trois ans qui séparent la rencontre de Dina et d'Aldo de la mort de ce dernier, il en aura passé plus de deux en prison, les douze autres mois n'ayant été qu'une série de fuites et de planques. Cette existence traquée, crépusculaire, Dina, je le devine, n'aura pu que l'aimer, puisqu'elle inversait l'ordre des temps, reléguant la lumière du jour dans l'oubli de la peur. De n'apparaître à son fils que dans l'éclairage nocturne devait délivrer Dina de l'angoisse d'être regardée au grand jour, dans l'impitoyable lumière solaire qui creuse chaque ride, accuse la moindre griffure. A ne se rencontrer que dans la pénombre, à ne se regarder qu'avec les yeux du complot et de la furtive complicité, ils préservaient leur rêve de toute atteinte, de toute indiscrétion.

Toutes ces ruses et toutes ces feintes n'auront cependant pas pu empêcher Aldo de voir, en un éclair, l'image réelle de Dina. M'en persuade, Antoine, cette phrase, longtemps demeurée pour moi énigmatique, de Dina, se réjouissant ironiquement, dans une de ses lettres, que j'aie écrit à Aldo et me remerciant, non sans lourdeur, de m'intéresser « à ce qu'elle aime ». l'avoue que j'y ai d'abord vu une maladroite tentative pour me persuader de rencontrer Aldo avant de comprendre, après que j'eus sèchement démenti le fait, que Dina ne redoutait rien tant que cette confrontation. Sa lettre suivante exprime en effet un soulagement qui ne trompe pas. L'essentiel cependant réside moins dans ce malentendu que dans sa source, c'est-à-dire Aldo lui-même.

Qu'il ait éprouvé le besoin d'inventer cette lettre et d'en parler à Dina prouve qu'il a ressenti l'obscur désir de me voir et de me parler, ce qui n'a d'ailleurs rien d'étonnant. L'intuition devait le traverser par instants qu'il vivait, avec Dina, une illusion d'amour, un rêve semblable à tous ceux qu'il faisait depuis l'enfance. Il aura souhaité se tourner vers moi qui possédais, à ses yeux, les clés de la mémoire. Il m'aura appelé du fond de son délire comme j'avais appelé Fortunata, espérant que je le délivrerais du sortilège. Mais, une fois encore, Aldo arrivait trop tard : qu'eût-il pu faire, à cinquante ans passés, déjà rongé par la maladie, ne sortant d'une prison que pour retomber dans une autre, fuyant partout pour échapper à la police, qu'eût-il pu faire de la réalité ? Sans doute la mère qu'il avait retrouvée ne correspondait-elle pas à celle dont il avait rêvé et à laquelle il s'était identifié. Par quelle autre pouvait-il la remplacer ?

Arrivé à la limite de son existence informe, Aldo rejoint soudain pour moi l'enfant misérable qu'il a d'abord été. Ce rêve qui l'a maintenu en vie, où il s'est abîmé, voici qu'il se dresse devant lui sous une apparence pitoyable. Un instant désemparé, vacillant, Aldo ferme les yeux, se précipite avec une violence désespérée dans le miroir. Il ne verra pas la femme qui l'a abandonné, oublié durant près d'un demi-siècle, mais une mère aimante à qui d'ignobles rapaces ont arraché ses fils. Il la plaindra, la consolera, la serrera « dans ses bras forts ». Il plongera dans son délire pour échapper à une folie plus redoutable mille fois que ce roman médiocre, tissé d'invraisemblances et de contradictions. Il ne trouve rien d'autre à quoi se raccrocher. A-t-il le pressentiment que son aventure touche à son terme ? éprouve-t-il déjà les premiers symptômes de la maladie du foie qui l'emportera dans moins de trois ans ? Il rêve les yeux grands ouverts, se consolant avec la pensée qu'il n'a jamais été abandonné, ni même oublié, mais au contraire passionnément aimé par cette mère dont il s'efforce également d'ignorer l'apparence. Il ne peut faire cependant que la réalité par moments ne vienne déchirer son rêve d'or et de gloire. Il fuit alors, saisi d'une panique obscure. Ses échecs ici le servent, lui fournissant le prétexte. Il pense échapper à la police et à la justice quand il se fuit, dans la réalité, lui-même, incapable de supporter cette cruelle caricature de ses songes les plus fous. Sa pensée alors se tourne, en un appel muet, vers son demi-frère, ce Sandro énigmatique, effrayant presque, caché dans sa maison et gelé dans un silence redoutable. Il lui demande de l'aider, de le sauver du naufrage en lui révélant, non la vérité mais, à tout le moins, une version crédible de cette histoire où il s'enlise. Il lui écrit dix lettres imaginaires, rêvant chaque fois de la réponse qu'il recevrait, qu'il *a* reçue, qu'il raconte avec enthousiasme à Dina, observant ses réactions, se réjouissant de son dépit. Car, par-delà les déclamations de l'amour et du dévouement, le souvenir persiste de toute une vie d'attente et d'absence, et ce souvenir alimente une sourde, une inavouable rancœur. Il a pardonné certes, il n'a probablement jamais haï, mais il ne parvient pas à oublier, le vertige le reprenant à chaque pas qu'il fait. Comme il déteste ce frère qui, là-bas, tranquille, impassible, poursuit sa route, noircissant patiemment des centaines de feuillets ! comme il l'aime aussi !

Pourquoi Sandro s'en est-il tiré alors que je titube, suspendu au-dessus du vide ? pourquoi demeure-t-il à l'extérieur du cercle où nous piétinons ? qui ou quoi l'ont délivré de l'enchantement funeste ? Lui seul pourrait, s'il consentait à parler, s'il s'avançait hors de l'ombre où il se cache, lui seul pourrait me sauver.

Si Aldo n'entreprend rien pour me rejoindre, c'est qu'il redoute en même temps d'entendre les paroles que je ne manquerais pas de prononcer, et qu'il connaît déjà. Que lui restera-t-il si son rêve se brise définitivement ? La mère qu'il a retrouvée, qu'il tient dans ses bras n'est que l'ombre de son rêve, mais une ombre vaut mieux que rien. Quand il atteint au but, Aldo s'aperçoit qu'il est trop tard pour tout, et que la partie est achevée. Il aura même manqué son enquête, faute de patience, faute de silence. Il a trop parlé et trop vite, négligeant de réfléchir. Le benjamin, lui, sans presque bouger, plongeant au fond de ses rêves, se laissant porter par eux sans s'y abandonner, le benjamin l'a devancé et se trouve sur l'autre rive où Aldo devine qu'il n'a plus la force de le rejoindre. Il est à bout, il lutte encore, il se débat, mais la fatigue petit à petit ankylose ses bras. Il va couler.

La correspondance de Dina reflète assez fidèlement cette noyade. D'abord exaltée, lyrique, elle devient, au fil des mois, plus réticente pour, à la troisième année, marquer une lassitude résignée, presque de l'indifférence. Avec une feinte sérénité, Dina s'interroge sur le destin d'Aldo qu'elle tente d'expliquer par l'hérédité, celle de son père, bien entendu, qui, à l'en croire, aurait été un demi-fou, joueur, alcoolique, brutal. Peut-être avait-elle espéré sincèrement qu'Aldo s'amenderait sous son influence et se sentait-elle brusquement découragée en comprenant que, malgré ses efforts, les mêmes médiocres embrouilles recommençaient. L'adjectif *lamentable* revient alors à plusieurs reprises dans ses lettres pour qualifier cette succession de délits sans envergure, presque gratuits, opinion du reste qui rejoint la vôtre, Antoine, puisque vous n'avez cessé, dans ce temps, de plaider sa cause devant les tribunaux, sans illusions, je l'ai senti. Une confidence que vous m'avez faite un jour exprime les sentiments que ce singulier client vous inspirait : vous ne l'avez jamais, m'avez-vous dit, invité chez vous, craignant qu'il ne cédât à la tentation de vous voler, ce qu'il eût été bien capable de faire en effet, malgré l'évidente sympathie qu'il vous portait. J'en déduis qu'il n'aura pas manqué de gruger Dina, qui devait se plaindre plus tard d'avoir dépensé pour lui des sommes importantes, qu'elle ne possédait pas.

Mais, outre ce découragement compréhensible, cette résignation à l'échec, ce que sa correspondance révèle, c'est une insensible retraite psychologique. D'abord doté par Dina, qui va jusqu'à minimiser ou même nier les délits d'Aldo, de toutes les qualités et de tous les talents, il se voit insensiblement chargé du péché de médiocrité. Elle pressent alors que la magnifique histoire d'amour qu'elle se raconte depuis deux ans risque de mal tourner. Félix s'impatiente et probablement se fâche de la voir courir les routes, sauter dans les avions, dépenser leurs économies pour un fils qui ne cesse d'inventer de nouvelles intrigues, plus minables les unes que les autres. Il se sera emporté, il aura crié, exprimant à voix haute les appréhensions de Dina qui, dans son for intérieur, se demande également jusqu'où cette folie de l'embrouille peut la mener. Elle a accompli ce qu'elle appelle son « devoir », elle s'admire de s'être montrée d'un inlassable dévouement, elle a parcouru la France et l'Europe, plaidant la cause d'Aldo, bombardant les magistrats de mémoires pathétiques, visitant son fils dans les prisons. Elle comprend enfin que le manège ne s'arrêtera pas et qu'à une affaire médiocre une nouvelle affaire, tout aussi lamentable, succédera aussitôt.

La vie nouvelle auprès d'Aldo, dans une maison située sur une île grecque, elle s'aperçoit qu'elle ne la connaîtra pas. Pour elle aussi, la partie est achevée. Elle devra se résigner à la vieillesse, à la rumination monotone des souvenirs embellis, à l'inexorable glissement. Pour sortir indemne de ce rêve ultime, il lui faut non pas accabler, mais charger Aldo, lequel ne lui offre que trop de prétextes à exprimer sa déception. Une fois encore, l'un de ses fils l'aura déçue, trahie. Qu'il ait des excuses, elle n'est pas assez naïve pour le nier : son enfance d'abord — encore que, *confié* à des éducatrices remarquables, il n'ait point trop à se plaindre, ayant été élevé dans un confort « petit-bourgeois » (sic) — son hérédité surtout, celle de son père. Dans cette chute, Dina ne se reconnaît en somme qu'une responsabilité « peut-être illusoire » (sic). Le beau rêve se dissipe : il ne reste que le sentiment réconfortant d'avoir pu apporter à Aldo « une joie immense ».

Nous apprenons avec peine le décès d'Aldo Casseto-Lavanti, à Paris, des suites d'une intervention chirurgicale. Ecrivain, musicien, philosophe, scientifique, Aldo Casseto-Lavanti était « affligé » de nombreux talents. A la manière du célèbre « Alba-

tros » de Baudelaire, ses dons multiples l'empêchaient de s'orienter.

On se rappelle que, très jeune, alors qu'il était élève de Mlle Gougès à Bordeaux, il éblouissait par son jeu brillant au piano en interprétant la Toccata, de Serge Prokofiev. Après la guerre, avant de partir pour les Etats-Unis, il avait donné plusieurs récitals dans la région.

Ecrivain, il devait publier, après un passage à la Légion étrangère, deux romans sous le pseudonyme d'Aldo Rosto, qui révélaient un incontestable talent de romancier et l'on a pu justement parler à propos de son style d'un « Camus flamboyant ».

Il y a quelques années, Aldo Casseto-Lavanti avait fait dans la région une série de conférences scientifiques mâtinées de philosophie. Il parlait avec une belle assurance, drapant ses arguments d'indiscutables dons oratoires.

Malheureusement, son amour de la vie le mettait quelquefois dans des situations dangereusement marginales. Aldo Casseto-Lavanti, à défaut de vivre sa vie, l'inventait, comme si celle-ci ne lui apportait pas assez d'aventures. Homme hors du commun, il rappelait les seigneurs de la Renaissance et tous ceux pour qui, toujours, « la vie est ailleurs ».

Cet article nécrologique, plein d'une évidente et compréhensive sympathie, devait me convaincre qu'Aldo était bien mort, comme Dina me l'avait annoncé sans que j'ajoute foi à son propos. Non que j'aie douté, Antoine, pas davantage cru : en vérité, je n'avais éprouvé qu'un sentiment de perplexité. J'avais fini par me retirer de cette histoire où tout pouvait à la fois être vrai et faux ; j'avais renoncé à rien savoir, jamais, de sûr. Tout ce qui concernait Dina et Aldo me paraissait hypothétique, et l'annonce même de la mort d'Aldo aurait pu n'être qu'un moyen de le faire « disparaître » pour des motifs que je ne cherchais pas à élucider.

Cet article même, manifestement rédigé par quelqu'un qui l'avait bien connu, dès peut-être l'enfance, je devais m'apercevoir qu'il contenait des affirmations prêtant à controverse. Ainsi pour le « jeu brillant » qui aurait « ébloui » son auditoire : le journaliste n'aurait, de toute évidence, pas su inventer ces succès, d'autant moins qu'il s'adressait à un public ayant entendu et applaudi le jeune pianiste. Non seulement Dina, dont l'opinion peut, certes, être révoquée en doute, mais mon ami Frédéric, qui a été son éditeur, qui l'a entendu jouer chez André, lequel, fin musicien, n'eût pas manqué de s'apercevoir de l'esbroufe, si épate il y avait — Frédéric lui-même me confirmerait donc son talent de pianiste. Vous-même, Antoine, évoquiez une soirée à la villa d'Anglet où, devant les demoiselles Jeantet, Aldo joua plus d'une heure, vous plongeant dans une hypnose fascinée. D'autres témoignages, également impartiaux, corroborent ce jugement, qui ne devrait donc pas prêter à discussion. Or, Régis, lui-même pianiste doué, possédant à fond la technique et qui a connu Aldo dans l'adolescence, infirmait cette opinion avec autorité. S'il admettait bien qu'Aldo ait été doué, capable d'improvisations brillantes susceptibles de produire de l'effet sur les profanes, il niait que sa technique fût sûre et solide. En somme, il tenait son compagnon d'adolescence pour un dilettante sachant habilement escamoter les difficultés. Il étayait ce jugement défavorable par le fait qu'Aldo n'avait jamais sérieusement travaillé l'instrument.

Même incertitude pour le scientifique : a-t-il séjourné aux Etats-Unis ? Probablement oui. A-t-il travaillé auprès d'Oppenheimer ? Rien de moins sûr. Il y a bien la lettre figurant au dossier, si élogieuse d'ailleurs qu'elle en paraît suspecte, où l'éminent physicien affirme le génie ou presque de son élève et collaborateur. Or, le journaliste situe le départ d'Aldo pour l'Amérique au lendemain de la guerre, vers 1946-1947 par conséquent. Né en 1927, Aldo aurait eu dix-neuf ou vingt ans. Où donc aurait-il suivi des études de physique d'un niveau tel qu'il pût devenir le collaborateur du père de la bombe atomique ? Rien n'interdit, certes, de penser qu'il ait fait ses études aux Etats-Unis et que, remarqué à Princeton par Oppenheimer, ce dernier l'ait pris dans son équipe.

Connaissant le caractère d'Aldo, son instabilité, ses conduites suicidaires : peut-on imaginer qu'il ait, durant près de dix ans, mené une existence de chercheur, reclus dans un laboratoire, pour, brusquement, devenir, à l'approche de la trentaine, cet

escroc familier des tribunaux et des prisons ? Il a en outre
commis tant de faux, certains fort habiles, que la lettre d'Oppenheimer a des chances de n'être, elle aussi, qu'un faux. Sans
oublier que, à en croire Aldo, il aurait également suivi des cours
à l'université d'Uppsala, en Suède, à peu près vers la même
époque. Qu'en conclure ? Antoine ? Qu'il ait eu un vernis de
culture scientifique, qu'il fût capable de prononcer des conférences à caractère scientifique « mâtinées » de philosophie et
« drapées » d'effets oratoires : rien là de surprenant. On y
retrouve son bagout, son assurance, son talent d'affabulation.

Comme pour le piano, je serais enclin à lui prêter, dans le
domaine de la science, des dons « gonflés » mais suffisants en
effet pour éblouir et même persuader des profanes. Ainsi sa
nécrologie même, par les trous et les incertitudes qu'elle révèle
dès qu'on s'y penche avec attention, conserve-t-elle ce caractère
inachevé, qui est la marque même de son existence problémati-
que. Tout est à la fois possible et improbable. Distinguer avec
certitude où s'arrête le rêve et où commence la réalité apparaît
dès lors comme une gageure.

Pour les circonstances de sa mort, je les connais, tant par le
récit de Dina que par le vôtre, qui le confirme. Atteint d'une
cirrhose du foie engendrée par un alcoolisme chronique, Aldo a
subi une crise d'ascite accompagnée d'un œdème. Plus d'un
mois, il a été gravement malade, soigné d'abord par Dina, qui
aurait demandé et obtenu une hospitalisation à domicile.
Connaissant l'appartement, composé seulement de deux pièces,
l'une de séjour plus une chambre, j'imagine aisément l'atmosphère entourant cette agonie, dans l'étouffante chaleur, dans
les odeurs des médicaments. A la veille de mourir, Aldo
retrouvait enfin son rêve. Son regard brouillé par la fièvre
rencontrait à chaque moment le visage de Dina, penché au-
dessus du sien ; du plus profond de sa torpeur et de son
engourdissement, il entendait un murmure d'amour qu'il n'avait,
tout au long de son existence, perçu qu'en imagination ; une
main caressante palpait son front mouillé de sueur, tenait sa
nuque endolorie, et des lèvres aimantes baisaient sa joue. Aldo
recevait, dans son agonie, les marques de tendresse dont il avait
été sevré dans son enfance. Mais n'est-ce pas l'enfant, Antoine,

qui râlait et gémissait dans ce logis étroit, un enfant incapable de survivre à ses rêves, tué par la réalité qu'il n'avait pu ni accepter ni maîtriser ?

La terrible ironie de cette mort, quand j'y pense, me plonge dans une indicible mélancolie. Tout s'est en effet passé comme si, rendant ce rêveur à la mère qu'il cherchait « dans les étoiles », je l'avais précipité dans les bras de la mort. Sans doute était-il déjà malade, rongé par l'alcool, usé par ses nombreux séjours en prison : d'où me vient pourtant ce sentiment d'avoir, en le confrontant à une réalité insupportable, précipité sa fin ? Je mesure mieux, aujourd'hui, sa faiblesse, dont je connais la source, cette faiblesse secrète qui le poussait à s'inventer des destinées prestigieuses, à courir sans cesse, fuyant un vide qui le terrorisait. C'est de cette faiblesse qu'il mourait, autant que de l'alcool ingurgité pour se procurer l'illusion du courage. Il niait, dans la mort, une réalité qu'il ne se sentait plus capable ni de travestir ni de porter. Il vivait, en agonisant, un rêve ultime d'amour total. Il retournait au berceau, se faisait cajoler, embrasser, caresser, s'abandonnant à l'illusion d'une enfance comblée — heureux enfin, absolument et définitivement. Dans le délire de la fièvre, dans le vertige de la souffrance, il oubliait l'abandon, la solitude. Il rentrait au bercail, il allait pouvoir se reposer, enfin.

Si j'en crois Dina — et je serais, sur ce point, tenté de la croire —, elle lui aurait annoncé, quelques jours avant sa fin, que j'allais venir le voir. Il aurait souri, comblé. Non qu'il éprouvât à mon endroit des sentiments d'une affection brûlante, puisqu'il ne m'avait jamais vu. Mais ce sourire de bonheur, j'en perçois, Antoine, toute la signification. J'étais, à ses yeux, le seul être à la fois situé dans et hors du cercle magique, acteur et spectateur tout ensemble de ce drame où il achevait de se noyer. Il s'imaginait sans doute que je possédais une force exceptionnelle qui, seule, m'avait permis d'échapper à ce naufrage. Il rêvait probablement de s'accrocher à moi. La distance que j'avais maintenue entre nous me parait à ses yeux d'un prestige surnaturel. J'étais l'inaccessible démiurge, capable de conjurer les maléfices.

L'ironie, toujours, fit que, son état s'aggravant, il dut être hospitalisé. Il eut donc la mort banale et quotidienne, dans une chambre d'hôpital, si bien que, même de cette illusion ultime — mourir dans les bras de sa mère —, il fut privé par la technique, qui le renvoya à sa solitude.

Vous m'avez, Antoine, conté la cérémonie religieuse, dans une petite chapelle, devant cinq témoins, dont vous-même et Dina. Vous avez encore assisté à son inhumation dans l'une de ces nécropoles géantes de la banlieue parisienne, rendant un dernier hommage à un homme qui vous avait inspiré des sentiments d'irritation et de pitié mêlés. Un homme que vous avez aidé, soutenu, réconforté, sans toutefois l'aimer vraiment. Vous sentiez que sa démence ni sa démesure ne lui apparte-naient, et vous ne pouviez vous empêcher de le plaindre ; mais son insincérité foncière, même vis-à-vis de vous, décourageait votre sympathie, qui se nuançait de mépris. Même ses talents, pourtant évidents, ne réussissaient pas à vous faire oublier ses faiblesses. Le mot de vérité qui vous eût ébranlé, Aldo ne l'a jamais prononcé, n'abandonnant un mensonge que pour un autre. Cette inauthenticité jusque dans l'amitié, vous l'avez ressentie comme une sorte de trahison. Mais quelle vérité, quelle sincérité aurait pu donner celui qui n'en avait jamais reçu ? Dès sa naissance énigmatique, il avait vécu entouré de brumes ; ses mains n'avaient touché que les nuages incertains, sans rien saisir de solide. Sans nom, sans identité, il n'avait possédé que des lambeaux de rêves. Quand il avait enfin voulu s'évader de ce pays de marécages pour fouler un sol ferme, il s'était heurté à des récits également flous et contradictoires. Il s'était senti trahi dès le premier jour de son existence et il s'était vengé en trahissant à son tour. Il n'avait cessé d'expier la faute de sa naissance. Il était mort, enfin, dans un rêve auquel il ne croyait plus. Un tel destin relève-t-il, Antoine, du jugement des hommes ? Si aucune vie ne saurait ni se justifier ni être condamnée, que dire de cette vie informe, gonflée seulement de virtualités ?

J'aurais pu, je vous l'ai dit, m'informer des années avant le jour où le roman d'Aldo échoua par hasard entre mes mains du sort de ces deux enfants. J'avais mis près de vingt ans à me remettre, à tenter de rassembler les morceaux de ma mémoire éclatée : j'ai reculé devant cette chute où j'aurais risqué de me fracasser. Prendre sur moi ce double abandon m'eût contraint de replonger dans mon passé pour me retrouver à l'âge de neuf ans, quand l'univers avait paru s'écrouler autour de moi.

Vingt ans plus tard, après que j'eus lu le roman d'Aldo, mon refus fut plus décisif encore. Je venais de traverser une épreuve pénible : je n'entendais pas réveiller des blessures mal cicatrisées. Tous ceux qui avaient connu Aldo et qui, comme Frédéric, avaient de l'amitié pour moi me conseillaient en outre la prudence, me mettant en garde contre ce personnage ambigu.

Un incident, aussi extravagant que pénible, vint m'ancrer dans mon attitude de refus.

Je me suis revu, ce jour-là, à l'âge de neuf ans, dans la chambre vide, remplie d'un silence halluciné, mais je m'y regardais avec des yeux d'adulte, ironiques et remplis d'écœurement. J'étais arrivé la veille à Paris, quand Geneviève, d'un ton de gêne et de timidité, m'avait demandé si j'avais bien reçu la lettre de Pierre-Yves, qui me parlait des coups de téléphone exaltés, depuis le Luxembourg, d'Aldo Casseto. Il me fallut un assez long temps pour comprendre. C'était un jour gris, sans presque de lumière, j'étais assis sur le canapé, devant le bureau de Geneviève, qui fixait sur moi un regard que je ne suis pas près d'oublier : un de ces regards, Antoine, qui vous réconcilierait avec l'humanité, un regard de femme, rempli de tendresse, de honte, de compassion et d'impuissance découragée. Elle contemplait un enfant soudain désemparé, comme hébété de douleur et de dégoût, qu'elle eût voulu prendre dans ses bras, consoler, mais qui avait, posé sur ses traits défaits, un masque d'adulte.

Dina s'agitait alors, ai-je cru comprendre plus tard, pour reconnaître son fils « avec effet rétroactif », si ce jargon recouvre une réalité quelconque, puisqu'elle ne l'avait pas même déclaré à sa naissance. Or, Aldo ne cessait d'être tourmenté par une question qu'il ne pouvait pas ne pas se poser : comment Dina, si elle n'avait pas pu, comme elle le prétendait, déclarer sa naissance à lui, s'était-elle arrangée pour déclarer, sept ans plus tard, la mienne ? Quelles embrouilles, quelle confusion ils créèrent alors, je l'ignore, Antoine. Il vous suffit de savoir qu'Aldo s'était persuadé que j'usurpais indûment mon identité. Entre deux fuites, il téléphonait à Pierre-Yves, mêlant les injures aux menaces. Il lui avait enfin écrit cette lettre juridico-démente que je tenais entre mes mains, que je relisais au bord de la nausée. Je me rappelle distinctement chacune de mes réactions devant ce document : *Cela* ne finira-t-il donc jamais ? Vais-je jusqu'à mon dernier jour barboter dans ces eaux fétides ?

Je me revois, quelques instants plus tard, devisant avec Pierre-Yves devant le zinc d'un bistrot, honteux d'avoir l'air de justifier mon identité comme si j'avais été un malfaiteur pris dans une rafle. Heureusement, la ferme et paisible attitude de Pierre-Yves me rendit à la réalité. Je me surpris à rire de cela même dont j'étais, dix minutes plus tôt, près de pleurer.

Si cet incident me frappa, c'est qu'il me fit entrevoir, en un éclair, tout un univers d'intrigues et de nœuds dont la médiocrité surtout me dégoûtait. Mille impressions confuses et mal refoulées venaient de se réveiller, me tirant en arrière. Je sus alors que, sous aucun prétexte, je n'accepterais de voir ou de parler à Aldo.

Mon silence et mon éloignement signifiaient pourtant tout, sauf l'indifférence. Je suivais chaque pas de mon double, chaque rechute, avec un serrement de cœur, sachant que j'aurais pu me trouver à sa place et qu'une part de moi s'effilochait avec lui. Quand je fus certain de sa mort, j'éprouvai une tristesse inexprimable. Dans mes rêves, je fixais ce cadavre dont le regard continuait de m'interroger.

Rien ne commence, je vous le dis une dernière fois.

Rentrant vers mon mas quatre ans après la mort d'Aldo, ayant presque tout oublié de cette histoire, quittant l'asphalte de la route vicinale pour la terre battue du chemin bordé de haies de lilas d'un côté, du mur du jardin de l'autre, contemplant avec mélancolie la longue façade ouverte au nord et me demandant si, quand on n'a pas d'enfants, habiter une si vaste maison possède le moindre sens, je remarquai, garée sous les mûriers blancs, la Ferrari étincelante, m'interrogeant sur sa présence devant mon portail. Ma surprise de découvrir Charles, perdu de vue depuis près d'un quart de siècle, à peine changé, son fin visage habité de la même panique qu'il avait dans l'adolescence, au jour où, dans une vente de livres, je l'avais vu s'avancer vers moi, souriant de ce sourire contraint que je reconnaissais aussitôt, le sourire des gosses mal aimés, cette surprise, Antoine, vous la devinez. Que venait-il faire chez moi après une si longue absence, alors que nos relations, certes chaleureuses, n'avaient jamais été fort intimes ?

Je l'introduisais dans le séjour, l'invitais à s'asseoir auprès de la cheminée, écoutais, avec ahurissement, ses explications : depuis près d'un an, il recherchait mon adresse, l'un de ses amis, un avocat parisien, souhaitant me rencontrer pour parler avec moi d'un de ses anciens clients, mort depuis, Aldo Casseto. Votre nom, cité en passant, réveillait aussitôt le passé. Je me revoyais dans mon lit, sept ans plus tôt, lisant *Une enquête à Syracuse*, tous les sentiments que j'avais ressentis m'agitaient à nouveau. N'était-il pas hallucinant de penser que quelqu'un que j'avais connu adolescent, que j'avais, ému par son air de solitude et de détresse, rencontré une dizaine de fois, se trouvait, mystérieusement, impliqué dans cette histoire ?

Charles n'était pas en effet qu'un messager. De sa voix sourde et agitée, il me rappelait que je lui avais offert, à l'époque où nous nous étions connus, un ouvrage, le premier roman d'Aldo Rosto, pseudonyme alors d'Aldo Casseto. Devant mon air d'effarement, il insistait : avais-je oublié ? Ce livre, il l'avait toujours gardé, il me le montrerait quand je viendrais chez lui pour vous rencontrer. Je tombais, tombais dans la spirale tourbillonnante des temps, je tournais, emporté par le maelström des ans et des époques. Que signifiait tout ceci ? Ainsi, dès l'époque de ma rencontre avec Dina, alors que j'ignorais jusqu'à son existence, je lisais la prose de mon double, j'offrais son roman à un adolescent épris de littérature, déjà nos ombres se frôlaient, nos voix se parlaient. Repassant le miroir magique, je me retrouvais pris dans le sortilège des *Ménines*.

Un mois plus tard, je vous attendais, assis devant le feu brûlant dans la haute cheminée de ce château fantastique, dressé sur un piton dominant le village et la vallée. Avez-vous, Antoine, perçu mon émotion en vous voyant apparaître, flanqué d'Adèle, dans cette vaste salle ? Vous aviez approché Aldo, vous lui aviez parlé, vous connaissiez son histoire : je vous dévorais du regard, je buvais chacune de vos paroles, je vous considérais, si pleinement vivant, si fermement ancré dans le sol. Je vous contemplais comme si j'avais été mort, depuis un au-delà de silence et de glace. Toute la nuit, je n'avais pas pu fermer l'œil, espérant que vous m'apporteriez une révélation décisive, un motif de me réconcilier, par-delà la mort, avec ce fantôme qui avait vampirisé mon existence. Or, toute votre révélation tenait dans cet énorme dossier que vous déposiez entre mes mains et dont le poids m'accablait. L'ultime secret de cette existence misérable se résumerait-il à ces liasses de pièces administratives, de fiches de police et de photos judiciaires, de procès-verbaux d'audience et de minutes de procès ? N'était-il, Aldo, que ces échecs minables, ces ruses sans grandeur ? Je feuilletais tristement ce dossier, m'arrêtant sur une fiche d'Interpol où la mention « homosexuel notoire » amenait sur mes lèvres un sourire ironique, sur cette carte du Front national de libération de la Palestine qu'il avait, dans sa cellule, fabriquée avec des intentions incompréhensibles, sur cette lettre en espagnol à en-tête d'une importante banque argentine demandant à son client, Aldo Casseto, comment il envisageait de placer les trois millions de dollars versés à son compte, puis sur la lettre, respectueuse autant que servile, d'une banque suisse déclarant au même Aldo Casseto qu'elle se tenait à sa disposition pour la gestion de son patrimoine et proposant plusieurs placements, documents dont il m'était facile de deviner l'usage qu'Aldo entendait faire. Combien de pigeons, à la seule vue de pareilles correspondances, remplies de chiffres astronomiques, auraient perdu la tête et oublié toute prudence ? Le coup, pour une fois, était habile, je lui rends cet hommage. Il fait, en prison, un faux, adroitement imité, la lettre de cette banque argentine lui demandant ses instructions pour les placements envisagés pour la somme créditée à son compte, trois millions de dollars. Il expédie cette lettre sous double enveloppe à l'une de ses connaissances de prison, un portier d'hôtel de Buenos Aires qui lui renvoie la lettre directement affranchie, tamponnée. Il ne lui reste plus qu'à s'adresser à une banque suisse en exhibant le document et il reçoit aussitôt une proposition fort détaillée de placements, qui attestent, aux yeux des gogos, de son immense fortune. Oui, un beau coup. Mais pour un éclair de génie, combien d'affaires minables et même sordides !

A cet instant, Antoine, alors que nous chuchotions, penchés au-dessus de ce dossier, j'ai commencé de vous parler dans ma tête. Non pour vous convaincre, ni pour vous inciter à l'indulgence, pas davantage pour rétablir les faits — quelle certitude pourrais-je partager avec vous, quand je n'en possède aucune ? — mais, peut-être, pour vous ouvrir à la pitié de l'art. Je n'ai pas voulu, dans ce récit, plaider pour Aldo, je ne plaide pour personne, j'ai seulement tenté de vous mettre devant ce tableau d'une déchéance dont vous êtes l'un des personnages, à la fois extérieur et présent au décor, comme nous le sommes tous devant chaque vie, glorieuse ou misérable, engagés dans le même combat obscur où chaque victoire nous élève et chaque défaite nous abaisse.

Je ne parle pas davantage que les autres fois, contemplant, avec un reflet de sourire sur mes lèvres, le papier à grosses fleurs, la desserte « anglaise », le portrait d'un Massimo vieilli, creusé de rides. Debout, Félix s'emporte contre les Noirs, les Arabes, les Chinois, les Juifs, qui ruinent la France, contre les partis et les syndicats, les fonctionnaires et les enseignants, contre les intellectuels surtout. Doucement, je glisse dans une rêverie confuse, traversée d'images tropicales cinglées d'une pluie étouffante. A ma droite, Dina, davantage alourdie, tassée, enfouie dans sa graisse tient sa tête au-dessus d'elle, comme un ostensoir qui renfermerait les reliques de sa beauté. Elle soupire, palpe sa médaille d'or massif qui frappe ses seins, lève les yeux au ciel. La sueur glisse lentement le long de mes aisselles, de mes côtes ; je lutte contre la nausée qui, régulièrement, remonte à mes lèvres. Je ne pense pas, me laissant traverser par des idées aussi incertaines et insaisissables que des nuages. Lui arrive-t-il de songer à Aldo ? quelles images la hantent, quand, étendue sur son lit, elle invoque le sommeil ? Un jour, elle m'a raconté les circonstances de la mort de son fils avec un accent de terreur et de dégoût dont la sincérité évidente m'a bouleversé. Elle a évoqué le vide où elle se débat depuis qu'Aldo l'a quittée et j'ai eu pitié d'elle, de cette vieillesse inutile et désemparée. N'est-ce pas cette pitié qui résiste à tout, même à l'horreur, qui me ramène dans ce décor, entre les grosses fleurs du papier peint et la vaisselle suspecte ? J'ai pitié de la fillette qu'elle fut, qu'elle n'a peut-être jamais cessé d'être, appelant un père comme Aldo appelait sa mère. Quelle pourrait bien être la réalité de Dina ? Ce logis médiocre, ces diatribes confuses, cette chaleur africaine où les idées se dissolvent ? Je la revois dans sa robe du soir, pivotant devant la glace de l'armoire, souriant à son image. Etait-elle moins vraie alors qu'aujourd'hui, moins réelle dans sa gloire insouciante que dans sa déchéance ? J'entends soudain sa voix, qui m'arrive de très loin, d'un cauchemar que je voudrais écarter. Une voix aigre et récriminante. Massimo, qui a perdu sa femme il y a trois ans, vient de se remarier à soixante ans passés, ce que Dina trouve d'autant plus choquant qu'il paraît plus vieux, plus ridé qu'elle. Il y a, dans son ton, une jubilation mauvaise, comme si la simple idée que son aîné puisse paraître plus vieux qu'elle la consolait de sa propre usure. Accablé, je baisse mes paupières. Je ne veux rien entendre, je ne me laisserai entamer par rien, je ne perçois plus qu'un ronronnement monotone, sorte d'incantatoire psalmodie. Félix s'est retiré après avoir un bon moment somnolé dans son fauteuil, la bouche grande ouverte. Il avait le visage qu'il aura sans doute à son agonie. Dina parle maintenant d'Aldo, faisant les comptes de tout ce qu'elle a dépensé pour lui. Plusieurs fois, les mots *minable* et *lamentable* frappent mes oreilles. J'imagine, dans la nécropole géante, la plaque qui porte son nom, perdue parmi des milliers d'autres sur un mur immense, creusé de niches renfermant des urnes. Que restera-t-il de nous tous dans quelques années ? Je voudrais arrêter Dina, je lui parle doucement, sans qu'elle m'entende :

« Pourquoi t'acharnes-tu à lacérer ton image ? Dina, ma Dina, qu'as-tu fait de toi, de nous tous ? Tu t'agites encore comme si nous étions vivants, mais nous ne sommes plus que des reflets tremblants sur le miroir magique. Tout est achevé depuis déjà longtemps, depuis ce jour où tu pleurais, le visage caché dans les genoux de ton père impotent, depuis bien avant peut-être. Je sais, moi, que tu es innocente de tout le mal que tu as pu faire et que tu n'as pas voulu ; tu croyais vivre et tu rêvais ta vie, comme j'ai rêvé la tienne, la mienne, celle d'Aldo et de ce Brunetto dont l'ombre muette me poursuit, hantant mon sommeil. Je nous regarde tous depuis le fond des temps, depuis le passé sans mémoire jusqu'au futur aveugle. Tu parles, Dina, les mots de l'hallucination. Tu tentes désespérément de conjurer le souvenir. Mais nous serons bientôt silencieux à jamais, enfin apaisés, et nul ne rappellera notre souvenir dont il ne subsistera peut-être que des balbutiements tremblants, comme ne demeure de la petite infante mélancolique, survivance évanescente d'une race épuisée, que le regard rempli d'un étonnement douloureux, des rubans cerise sur une robe d'un gris irisé... »

IMP. SEPC À SAINT-AMAND (CHER)
DÉPÔT LÉGAL SEPTEMBRE 1984. N° 6923. (1297-916).